L'AFFAIRE
NICOLAS LE FLOCH

Du même auteur
dans la même collection

L'Énigme des Blancs-Manteaux, Lattès, 2000.

L'Homme au ventre de plomb, Lattès, 2000.

Le Fantôme de la rue Royale, Lattès, 2001.

www.editions-jclattes.fr

Jean-François Parot

LES ENQUÊTES DE NICOLAS LE FLOCH COMMISSAIRE AU CHÂTELET

L'AFFAIRE NICOLAS LE FLOCH

Roman

LE GRAND LIVRE DU MOIS

À Maurice Roisse

Avertissement

À l'intention du lecteur qui aborderait pour la première fois le récit des aventures de Nicolas Le Floch, l'auteur rappelle que dans le premier tome, *L'Énigme des Blancs-Manteaux*, le héros, enfant trouvé élevé par le chanoine Le Floch à Guérande, est éloigné de sa Bretagne natale par la volonté de son parrain le marquis de Ranreuil, inquiet du penchant de sa fille Isabelle pour le jeune homme.

À Paris, il est d'abord accueilli au couvent des Carmes Déchaux par le père Grégoire et se trouve bientôt placé par la recommandation du marquis sous l'autorité de M. de Sartine, lieutenant général de police de la capitale du royaume. À son côté, il apprend son métier et découvre les arcanes de la haute police. Après une année d'apprentissage, il est chargé d'une mission confidentielle. Elle le conduira à rendre un service signalé à Louis XV et à la marquise de Pompadour.

Aidé par son adjoint et mentor, l'inspecteur Bourdeau, et après bien des périls, il dénoue le fil d'une intrigue compliquée. Reçu par le roi, il est récompensé par un office de commissaire de police au Châtelet et demeure, sous l'autorité directe de M. de Sartine, l'homme des enquêtes extraordinaires.

LISTE DES PERSONNAGES

NICOLAS LE FLOCH : commissaire de police au Châtelet
M. DE SARTINE : lieutenant général de police de Paris
M. DE SAINT-FLORENTIN : ministre de la maison du roi
PIERRE BOURDEAU : inspecteur de police
PÈRE MARIE : huissier au Châtelet
TIREPOT : mouche
RABOUINE : mouche
AIMÉ DE NOBLECOURT : ancien procureur
MARION : sa cuisinière
POITEVIN : son valet
CATHERINE GAUSS : ancienne cantinière, servante de Nicolas Le Floch
GUILLAUME SEMACGUS : chirurgien de marine
AWA : sa cuisinière
CHARLES HENRI SANSON : bourreau de Paris
MARIE-ANNE SANSON : sa femme
LA PAULET : ancienne tenancière de maison galante
LA SATIN : tenancière de maison galante
LA PRÉSIDENTE : fille galante
JULIE DE LASTÉRIEUX : maîtresse de Nicolas
CASIMIR : son valet
JULIA : sa cuisinière
M. DE LA BORDE : premier valet de chambre du roi
COMMISSAIRE CHORREY : commissaire de police au Châtelet
COMMISSAIRE CAMUSOT : ancien commissaire de police retiré
GASPARD : garçon bleu
FRIEDRICH VON MÜVALA : voyageur suisse
BALBASTRE : organiste de Notre-Dame
THÉVENEAU DE MORANDE : libelliste français réfugié à Londres
CHEVALIER D'ÉON : agent secret français à Londres
LORD ASCHBURY : agent du service secret anglais

MAÎTRE BONTEMPS · doyen de la compagnie des notaires parisiens
MAÎTRE TIPHAINE : notaire de Julie de Lastérieux
MAÎTRE VACHON : tailleur
M. DE SEQUEVILLE : secrétaire du roi à la conduite des ambassadeurs
M. RODOLLET : écrivain public
NAGANDA : chef mic-mac
M. TESTARD DU LYS : lieutenant criminel
M. LE NOIR : Conseiller d'État

I

MORTE EAU

Sa main, de la discorde allumant le flambeau,
Marqua par cent combats son empire nouveau.
Elle arma le courroux...

Voltaire

Jeudi 6 janvier 1774

La voiture le manqua de peu, le bond qu'il fit pour l'éviter le précipita à pieds joints dans une mare de neige fondue empoissée de fange. La nauséabonde giclée l'aspergea jusqu'à la pointe du tricorne, d'où elle se mit à dégouliner. Il jura sourdement. Encore une cape de bonne laine à porter au décrotteur. Nicolas Le Floch, commissaire de police au Châtelet, conservait de sa jeunesse bretonne l'usage des vêtements pratiques. Désormais, le port de la redingote l'emportait à Paris. Le manteau lourd et chaud qu'il affectionnait ne désignait plus que les soldats de cavalerie ou les commerçants en voyage. Me Vachon, son tailleur attitré et celui de M. de Sartine, désespéré de cette persistante fidélité aux vieux usages, l'avait pourtant convaincu de tolérer quelques fantaisies : une coupe particulière avec le collet et la garniture de boutons pour le bas et le volant plus ample sans doublure. Il espérait sans trop y croire que Nicolas, couru tant à la ville qu'à la Cour, en lancerait la mode.

Il imagina ses escarpins de soirée détrempés et leur fin vernis souillé, ainsi que les mouchetures de ses bas. Le vêtement devrait subir les outrages de la vigueur nettoyante du dégraisseur ; encore heureux si la boue caustique ne laissait pas dans le tissu d'indélébiles stigmates. Elle possédait, aux dires des connaisseurs, des qualités d'attachement sans pareilles. À bien y réfléchir, il serait préférable de s'en remettre aux soins méticuleux et affectionnés de Catherine et de Marion, les deux anges tutélaires de l'hôtel de Noblecourt. Il songea avec mélancolie que Marion, nouée de rhumatismes, ne présidait plus que d'une manière symbolique aux travaux de la maisonnée, chacun s'évertuant à lui faire accroire que son labeur, même dérisoire, demeurait toujours aussi nécessaire à la bonne marche du logis.

Ce petit incident, si fréquent dans les rues de la capitale, avait dissipé un court instant de désagréables réflexions. Il ressassa à nouveau les raisons de son dépit, pour ne pas dire de sa rage. Mieux valait s'y consacrer sur-le-champ que de réserver cet exercice au moment où il rechercherait le sommeil. Quelle fin d'année ! Depuis des jours, une sourde angoisse le submergeait. Il s'y était accoutumé, mais tout paraissait se conjuguer pour lui gâcher le passage, toujours redouté et mal vécu, entre deux années. Le basculement en 1774 était achevé et il se souvint que ce jeudi se célébrait l'Épiphanie, mais ce détail ne fit que renouveler son irritation.

Depuis longtemps la crise couvait avec Mme de Lastérieux, mais la vérité, comme un fruit, ne se récoltait que bien mûre. Une bouffée renaissante de colère lui fit frapper le sol du pied droit et, derechef, il s'éclaboussa. Son nez le piquait et il éternua plusieurs fois tandis qu'un long frisson lui parcourait l'échine. Il ne manquerait plus que d'attraper malemort, à courir ainsi sous la neige fondue ! Il se remémora les événements de la soirée... Tout laissait entendre que cette liaison n'avait que trop duré. Longtemps entraîné par son erre initiale, le vaisseau de cette passion avait écarté dans son sillage toute sorte d'incompatibilités et d'irritations que l'accord des sens avait longtemps occultées. Un commencement sans mélange avait noué dès l'abord une entente qui transfigurait la jeune femme aux yeux de son adorateur.

Il revoyait cette soirée de février 1773. M. Balbastre, organiste de Notre-Dame qu'il connaissait depuis plus de dix ans par M. de Noblecourt, grand amateur de musique, le recevait à souper. Leur première rencontre, mortifiante pour le jeune homme d'alors, fut suivie d'autres plus convenues où l'amour de la musique et une sorte de vénération pour le grand Rameau les rapprochèrent et, ce, malgré le ton sarcastique qu'affectionnait le virtuose. Son salon était plein d'invités qui s'extasiaient autour d'un clavecin de Rucker, orgueil du maître de maison. L'instrument avait été peint sur toutes ses faces, en dedans et au dehors, avec autant de soin qu'il se fût agi du carrosse ou de la tabatière d'un représentant d'une maison souveraine. La naissance de Vénus décorait l'extérieur, et l'intérieur du couvercle figurait l'histoire de *Castor et Pollux*, sujet du plus fameux opéra de Rameau. La terre, l'enfer et l'Élysée y étaient représentés et, dans ce dernier, l'illustre compositeur trônait sur un banc, la lyre à la main. Nicolas, qui avait croisé Rameau aux Tuileries quelque temps avant sa mort, avait jugé le portrait fort ressemblant.

Contre un mur du salon, s'élevait un grand orgue à pédales. Balbastre exécuta une fugue tout en déplorant le son criard de l'instrument et le bruit désastreux de ses touches, mais il lui était nécessaire pour ses exercices, au grand désespoir, ricanait-il, de ses voisins. Une jeune femme à la chevelure aux reflets ardents encadrant un visage fin et expressif que relevait une tenue grise et noire de tertiaire ou de veuve, s'exclamait devant la virtuosité de l'organiste. En habituée, elle fut invitée à essayer le clavecin. Elle exécuta une sonate particulièrement difficile avec beaucoup de sentiment. L'hôte reprit la main pour moduler un air de Grétry. Le son de l'instrument parut à Nicolas plus délicat que puissant. Il échangea quelques propos avec la jeune femme au regard mordoré. Elle lui précisa que le toucher en était très léger en raison de la présence de sautereaux de plumes [1]. L'échange se poursuivit, et ils se retrouvèrent dans la rue. Nicolas proposa de la reconduire dans son fiacre de service. Quand ils parvinrent rue de Verneuil, où elle possédait un grand logis, Nicolas était déjà un homme heureux ayant entamé les prémices. Les moments qui suivirent, après l'invitation à admirer un piano forte, consommèrent leur entente. Tout le reste, et pendant des semaines, s'était exalté d'embrassements et de langueurs auxquels succédaient les longues plages de l'absence et de l'impatience. Rien ne paraissait devoir mettre un terme à l'insatiable faim qui les réunissait.

Qu'avait-il, au fond, à lui reprocher ? Sa beauté était indéniable à une époque où, après avoir été décrié, le blond tirant sur le roux revenait à la mode. La nuance des cheveux de la jeune dauphine en avait ainsi décidé, en dépit des efforts véhéments de Mme du Barry, la favorite en titre. De beaucoup d'esprit, et infiniment ornée, la conversation de Julie de Lastérieux charmait par la diversité de ses sujets et par les vues originales qu'elle y semait. Elle avait épousé fort jeune, après avoir quitté le couvent, un intendant de marine beaucoup plus âgé qu'elle, ordonnateur en Guadeloupe. Une charge de secrétaire du roi en ses conseils avait anobli M. de Lastérieux qui avait eu la bonne manière de mourir presque aussitôt arrivé aux Îles. Sa veuve bénéficia par héritage d'une grande aisance et rejoignit Paris en compagnie de ses serviteurs noirs.

Même si son caractère la portait à mettre ascendant à tout, elle veillait avec Nicolas à ne point se départir d'une réserve, teintée d'une tendre admiration, qui impressionnait celui-ci davantage qu'une volonté affirmée. Il restait que les motifs d'irritation avaient fini par surgir entre eux. Au début, la passion encore vive ne manqua pas de rapetasser ces déchirures en épiçant la vie commune de réconciliations délicieuses. Les mois passant, ces escarmouches répétées le fatiguèrent. Elles portaient toujours sur les mêmes objets. Elle le tympanisait de son souhait de le voir vivre avec elle. Il refusait, pressentant derrière cette requête une autre demande informulée qu'il ne souhaitait pas comprendre. L'incessante plainte sur ses absences et sur l'esclavage de fonctions qui ne lui laissaient aucune disponibilité revenait à chaque querelle. À cela s'ajoutait qu'il devait sans cesse lui répéter de n'avoir point à le présenter comme étant le marquis de Ranreuil. Ce qu'il acceptait – lui, l'enfant naturel tardivement reconnu – de la part du roi et des membres de la famille royale comme un honneur, son amour-propre et son sens de la mesure le repoussaient venant d'ailleurs. Il sentait bien l'envie qui la rongeait de paraître à la Cour et les prétentions que leur relation favorisait. Cela le gênait comme une incongruité et une faute de goût. Enfin, il ne dissimulait pas l'agacement et la tristesse de constater les tentatives successives de Julie en vue de l'éloigner de ses amis les plus proches, à l'exception de M. de La Borde, premier valet de chambre du roi, que son accès au souverain et son prestige personnel paraient de toutes les vertus. Un souper chez M. de Noblecourt avait tourné au désastre. Ni le vieux procureur, ni le docteur Semacgus n'étaient parvenus, en dépit d'efforts destinés à complaire à Nicolas, à dérider la jeune femme. Il en tirait la leçon de ne point mélanger ceux qu'il aimait et se torturait à l'idée que son choix n'était pas approuvé. Dès que cette obsession s'insinua dans son esprit, la dévotion fut battue en brèche. Il constata avec effroi qu'un amour sans indulgence pour les défauts de son objet n'existait plus.

La consternation muette de ses proches attristait Nicolas et, longtemps, il ne voulut pas en tirer les conséquences. Il lui fallait accepter que cette liaison fût une erreur et que Mme de Lastérieux ne le méritât point. Il éprouva aussitôt, et s'en accusa, une souffrance d'orgueil d'avoir cédé à un être que tout le conduisait à ne plus estimer ; mais se vit aimer encore en rougissant d'aimer. La dernière scène avait mis le comble à cette désaffection. Pourquoi avait-il accepté ce souper en tête-à-tête ? En fait, il le savait trop bien... Cet engagement le contraignit à peiner M. de Noblecourt qui souhaitait, ce soir-là, tirer les rois avec quelques amis ; Nicolas, Semacgus, et l'inspecteur Bourdeau, auxquels se joindrait, si son service auprès du roi le lui permettait, M. de La Borde. Nicolas avait dû décliner la mort dans l'âme.

Il avait rejoint la rue de Verneuil en fin d'après-midi pour y trouver rassemblée, à sa grande surprise, une joyeuse compagnie. La moue ironique par laquelle Mme de Lastérieux s'inquiéta de le voir arriver si tôt lui déplut, tout comme l'annonce d'un grand souper d'une douzaine de personnes dont certaines se trouvaient déjà là. Elle l'abandonna et courut, rieuse, tourner la page d'une partition à un jeune homme qui jouait au piano-forte. Balbastre vint saluer Nicolas, son visage poupin, outrageusement maquillé, se plissa d'ironie et ses yeux noirs fixèrent le commissaire sans aménité. Quatre inconnus, jeunes aussi, jouaient aux cartes sur une table de précieuse laque de Coromandel. Hormis l'organiste, commensal habitué de la maison, Nicolas était le plus âgé. Il en éprouva de l'amertume, tout en se reprochant aussitôt le ridicule de ce sentiment. Quel personnage pensait-il jouer pour qu'une jeunesse dans les vingt ans le conduisît à se sentir barbon de comédie, quelque Alceste égaré au milieu de godelureaux ? Il s'adossa à une croisée. Le visage aux méplats aigus du jeune homme assis au piano-forte l'intriguait comme l'image délavée et trouble d'un vestige du passé, la face d'un noyé remontant du fond des eaux. Décidément, tout se conjuguait pour l'intriguer. Et d'ailleurs, pourquoi ne l'avait-elle pas présenté à ses hôtes ? Encore une blessure d'amour-propre à ajouter à la liste grandissante des avanies quotidiennes. Casimir et Julia, les deux serviteurs des Îles, servaient des sirops, du chocolat accompagnés de macarons et un breuvage délicieux, que Nicolas appréciait en d'autres occasions plus intimes, mélange savant de sirop de sucre et de rhum blanc auquel la servante ajoutait des zestes de bergamote et quelques gouttes d'une potion mystérieuse dont elle refusait toujours de divulguer le secret dans un grand rire éclatant.

Quelques instants après son arrivée, il observa le jeune homme sortir de son habit un recueil d'airs à boire. Se pouvait-il qu'il éprouvât à son endroit un sentiment de jalousie ? Julie se pencha sur son épaule en renversant la tête avec un rire de gorge. Elle jeta un regard moqueur à Nicolas et lui fit signe d'approcher. Que lui voulait-elle ? Elle se redressa quand il fut à ses côtés.

— Monsieur, allez me préparer un lait de poule, j'ai la bouche si sèche qu'il me la faut rafraîchir.

Elle accompagna sa demande d'un coup sec de l'éventail en dentelle dont elle jouait. Ce geste, qu'il prit comme une agression, fut pour Nicolas une déchirure. Il avait été accompli en présence d'un témoin au regard provocant et le ton était inacceptable. Sans parler de la lumière portée sur un secret de leur vie intime, ce lait de poule qu'il préparait chaque nuit au début de leur passion. Il perdit, lui si patient, sa maîtrise et ne parvint pas à dissimuler sa colère.

— Madame, j'informerai vos gens de votre désir. Je vous donne le bonsoir.

Elle le fixait, le bas du visage crispé dans un demi-sourire, les yeux durs. L'assemblée s'était tue. Il s'inclina et traversa le salon si rudement qu'il fit tomber le verre de Balbastre et ne s'en excusa pas. Il jeta son manteau sur ses épaules, n'attendit pas que Casimir lui ouvrît la porte et, l'escalier dévalé quatre à quatre, se jeta dans le froid et la neige de la rue de Verneuil. Il ne savait plus où il devait porter ses pas et piétinait, hagard, sur la chaussée.

Ce fut à ce moment-là qu'une voiture surgit et qu'il retrouva le sens de la réalité.

Son premier mouvement fut de courir rue Montmartre et de reprendre sa place au milieu de ses amis. Il se ravisa bien vite ; il n'était pas convenable, ni pour lui ni pour eux, de leur faire sentir que leur compagnie ne représentait qu'un expédient grâce auquel sa soirée ne serait pas totalement gâchée. Une telle attitude ne correspondait pas à l'estime et à l'affection qu'il leur portait. Il consulta sa montre à répétition. C'était un présent de Madame Adélaïde, la fille du roi, en remerciement d'une enquête où des bijoux dérobés avaient été par lui retrouvés. M. Caron de Beaumarchais, horloger de Mesdames et leur homme à tout faire, la lui avait livrée. Le messager, plein de gaîté, s'était acquis sa sympathie. Il avait expliqué le fonctionnement de la montre qui sonnait les heures et les minutes par deux tintements différents et délicats. Mille conseils avaient été dispensés : ne pas claquer le couvercle, à l'envers duquel figurait un délicat portrait de la princesse, remonter lentement le mécanisme et ne jamais laisser l'objet précieux sur la froideur du marbre. Nicolas, étonné, s'était enquis des raisons de cette précaution et avait appris que les huiles des mécanismes figeaient lorsque le froid était trop vif ; le phénomène entraînait l'arrêt des rouages. Il pressa sur un ressort. Six coups graves, six coups cristallins, il était six heures trente de relevée. Il continua un temps à patauger à l'angle de la rue de Beaune après avoir été bousculé sans méchanceté par un groupe de mousquetaires en goguette qui sortaient de leur casernement tout proche[2].

Il réfléchit un moment avant de savoir où porter ses pas. Non, décidément il n'irait pas promener sa triste figure rue Montmartre Depuis longtemps, il souhaitait entendre la nouvelle étoile montante du Théâtre-Français, Mlle Raucourt[3]. Elle avait débuté un an auparavant dans le rôle de *Didon*. *Le Mercure* et *La Gazette* s'étaient fait l'écho de la sensation produite. De mémoire d'homme, on ne se souvenait pas d'une semblable impression. Elle n'avait pas encore dix-sept ans, paraissait faite à peindre avec un son de voix qu'on disait enchanteur, une tournure d'exception et une prodigieuse intelligence des rôles. Nicolas irait écouter la pièce du jour, cela le distrairait de ses soucis, et sans doute glanerait-il en passant quelques nouvelles croustillantes ou édifiantes qui feraient les délices, le lendemain, du lieutenant général de police.

La neige s'était transformée en pluie glacée lorsqu'il passa devant la masse sombre de la pompe à eau du Pont-Royal. Les lanternes du chemin qui bordaient la rive droite du fleuve et la terrasse des Tuileries, faiblement nimbées d'auréoles, brillaient dans l'humidité ambiante. Disposant d'un passe permanent, il se fit reconnaître, après avoir frappé au guichet, par le concierge du corps de garde. Celui-ci lui ouvrit la grille en grognant d'être tiré de la dégustation d'un vin chaud dont les épices fleurissaient ses moustaches blanches. Dès qu'il fut dans les jardins, Nicolas regretta son initiative. Loin de lui faciliter la route, le raccourci le lançait dans une immensité neigeuse où les allées avaient disparu. Il songea que, pour le coup, il gâterait ses escarpins, ce qui le contrariait d'autant plus qu'il s'y trouvait comme dans des chaussons de feutre, et pouvait demeurer debout de longues heures sans fatigue ni compression. Faire le tour par la colonnade du Louvre eût été plus judicieux. Dans le calme de la soirée, il aurait pu prendre la mesure des embellissements extérieurs que la ville y ménageait en déblayant la place pour en chasser toutes les petites échoppes établies depuis des lustres. Le projet consistait, quand le sol serait nivelé et bien égalisé, à les remplacer par des gazons encadrés qui permettraient un coup d'œil agréable et offriraient la possibilité de voir le Point-du-Jour à partir de ce bel endroit.

Les grandes masses sombres des statues lui servirent de repères pour suivre, en pataugeant, une ligne à peu près droite vers le guichet du Pont-Tournant. Au bout du chemin, il buta sur la grande levée de la statue de César par Coustou. Le bassin octogonal lui faisait face, ses eaux luisant faiblement dans l'obscurité. Il devait obliquer vers la droite pour rejoindre le passage de l'Orangerie et gagner le Théâtre-Français. Celui-ci avait longtemps présenté ses spectacles au jeu de paume de l'Étoile, rue des Fossés-Saint-Germain. En 1770, l'édifice menaçant ruine et l'Opéra reconstruit au Palais-Royal laissant vacante aux Tuileries la salle des machines de Servandoni, il vint s'établir dans cette salle. Nicolas partageait l'avis de nombreux critiques qui jugeaient la disposition de ce théâtre provisoire mal appropriée à son objet.

Le spectacle allait commencer. On le salua au contrôle comme un vieil habitué. Il s'y trouvait les jours de permanence ou en cas de présence dans la salle de membres de la famille royale ou de souverains étrangers incognito. Dans le foyer, son attention fut attirée par un groupe animé que le vieux Chorrey, son collègue et sous-doyen de la compagnie, dominait de sa haute taille. Il s'approcha. Un homme au visage terreux en veste de serge élimée était tenu serré par deux gardes-françaises tandis que le policier le fouillait. Il extirpait au fur et à mesure ses trouvailles et les déposait sur le marbre d'une console en balustre.

— Et on se dit innocent, hein ! Mais c'est une vraie boutique de receleur du Temple que ce cagnard-là ! Tiens, voilà Le Floch ! Vous tombez à pic, mon ami. Pourtant, vous n'êtes pas de permanence ? Me serais-je trompé au tableau ?

— Que non pas, mon cher. Je suis là en chaland.

— Eh bien, vous allez en avoir pour votre argent ! Ce maroufle a les poches pleines. Deux montres en or, une en bronze, un double louis Barbette, six guinées anglaises, et puis cela encore...

Il approcha des pièces de son visage.

— Trois ducats de Berne, un ducaton de Venise, quelques vieux écus de France. Faut croire que toute l'Europe s'est donné rendez-vous pour admirer la Raucourt, ce soir. En tout cas, toi tu es bon pour la chaîne.

L'homme tremblait, comme saisi de fièvre.

— Trouvez-moi le lieutenant des gardes, dit Chorrey à un garçon du théâtre, et secouez-vous.

Nicolas s'étonna qu'un vieux policier ayant à son actif plus de quarante années de service ne fasse pas la différence entre un lieutenant des gardes, c'est-à-dire des gardes du corps, et un lieutenant *aux* gardes, à savoir un officier des gardes-françaises. Il se reprocha aussitôt son jugement, comprenant que son collègue ne possédait pas, comme lui, l'usage de la Cour et de ses finesses. Le lieutenant apparut, l'air arrogant ; il écouta avec une moue crispée les recommandations du commissaire d'avoir à prendre en charge le coupable et de prévenir le guet de venir le quérir pour le conduire au Châtelet. Chorrey tourna brusquement le dos à l'officier et entraîna Nicolas dans la salle.

— Ce demi-sel m'exaspère ; sa naissance l'empêche sans doute d'être poli. C'est-y pas malheureux d'avoir à subir les avanies d'un emplumé de boudoir !

Ils prirent place dans une loge du côté gauche, avec vue sur l'ensemble de la salle dont la disposition étrange rappelait la destination d'origine. Dans un bruissement d'étoffe et des raclements de plancher, elle s'emplissait peu à peu dans la pénombre.

— Tiens, le prince de Conti est encore là. Quel vieux coquin ! Il en tient pour la nouvelle. Elle manque à sa collection !

— Eh ! Les filles mineures des théâtres royaux sont du gibier facile, dit Nicolas. Elles jouissent, comme vous le savez, d'un privilège très particulier. Elles échappent à la puissance paternelle et ceux de nos beaux qui les entretiennent sont exempts de toute poursuite.

— À qui le dites-vous ! Je ne compte plus celles que j'ai vues débuter ainsi et finir en crapule. Pour le moment, son air de décence et sa réputation de sagesse la font rechercher par les plus grandes dames qui la couvrent de bijoux et de vêtements, trop heureuses sans doute de ne pas déceler dans cette espèce rare une nouvelle rivale. Le vieux père est d'ailleurs toujours là, qui veille au grain. Cela durera-t-il ? Attendons le cinquième acte. Enfin, c'est un vrai prodige, propre à faire crever de dépit ses concurrentes les plus consommées.

— Il est vrai, reprit Nicolas, que l'expérience ne vous manque pas. Plus de quarante années, je crois ?

— Quarante-trois, pour être véridique. Il y a de quoi être endurci et relaissé[4].

— Mais combien d'aventures ! On ne s'ennuie jamais dans nos fonctions.

— Ma foi, cela dépend, dit Chorrey en se grattant sous la perruque. J'ai toujours préféré les opérations de police au criminel, plus distrayantes que les activités civiles de cabinet. Au début de ma carrière, on me délégua aux visites domiciliaires de jour comme de nuit. Je les abandonnai bientôt au bénéfice d'enquêtes et de surveillance sur les usuriers, les escrocs et les prêteurs sur gage avant l'ouverture du mont-de-piété. Un monde de racaille sans entrailles, vous pouvez m'en croire !

— Routine que tout cela ! fit Nicolas. Vous avez sans doute connu des événements plus extraordinaires ?

— Certes, oui. En 1757, le lieutenant général de police, le digne prédécesseur de M. de Sartine...

— Qui vous tient en grande estime.

Chorrey rougit au compliment.

— J'en suis fort aise. Je disais donc qu'en 1757, je me suis cassé le dos à parcourir les pays d'Arras et de Saint-Omer et toute la province d'Artois, pour retrouver et interroger la parentèle de Damiens, l'assassin du roi. En 1760, de grandes affaires de vol dans les spectacles me mobilisèrent sans relâche. Cela m'a conduit jusqu'à un dépôt d'effets volés, à Briare : une montagne de bourses, filets, montres, tabatières et monnaies de toutes sortes. Enfin, l'an dernier, j'ai accompagné à Bouillon une compagnie des grenadiers d'Enghien, en garnison à Sedan, pour visiter les imprimeries et les libraires relativement à des livres prohibés.

— Vraie croix que nous portons, cette recherche perpétuelle d'une aiguille dans une botte de foin ! soupira Nicolas.

La rampe venait de s'allumer, les trois coups interrompirent leur échange. On donnait ce soir-là *Athalie* de Racine. Cette pièce trop connue lassa vite l'attention de Nicolas et le maintint plus attentif au détail du jeu des acteurs. Il fut séduit par la physionomie de la nouvelle comédienne, mais le métier de son partenaire, Le Kain, le convainquit encore une fois de la suprématie de son art. Sa laideur prodigieuse disparaissait par un artifice de jeu qui adoucissait son expression sévère et repoussante. Il rendait le rôle d'Abner à la perfection. Il semblait cependant qu'une partie du public en voulût à Mlle Raucourt de reprendre un rôle dans lequel s'étaient illustrées Mlle Dumesnil et la Clairon. Les rapports des mouches de la lieutenance de police signalaient depuis des semaines une cabale montante organisée par Mlle Vestris, elle-même du Théâtre-Français. Appartenant à la célèbre dynastie des danseurs, elle était protégée par le duc de Choiseul, toujours exilé à Chanteloup depuis sa disgrâce, et par le duc de Duras. Ces hautes relations fondaient sa suffisance et sa capacité de nuisance.

Soudain, on attendit miauler un chat. Qu'il appartînt à l'établissement ou qu'il ait été subrepticement introduit dans la place, l'effet du cri de cet animal fut prodigieux ; les acteurs s'arrêtèrent interdits, les plus jeunes sujets du chœur s'agitèrent dans un fou rire ondulant qui se transmit aussitôt au public. Le comble fut atteint lorsqu'un jeune homme du parterre lança d'une voix nasillarde et éclatante : « *Je parie que c'est le chat de Mlle Vestris*. » L'hilarité, comme une vague, enfla dans la salle. Le Kain, avec autorité, reprenait le fil et imposait silence quand un nouvel incident rompit le déroulement de la représentation. Un homme s'était levé à l'orchestre et, s'accrochant à la rampe, bondissait sur la scène. Là, bousculant les acteurs qui voulaient l'écarter, il déclara s'appeler Billard, être monté à Paris pour y présenter une pièce de sa façon intitulée *Le Suborneur*. Il disait ce texte approuvé par quantité de gens de goût mais rejeté par les histrions de cette comédie. La salle, amusée par ce second intermède, l'écoutait avec une attention qui l'encourageait à ne point renoncer à son entreprise.

Il poursuivit son récit, marquant que, fatigué de se voir repoussé par des refus multipliés, il ne pouvait que décréter une guerre ouverte contre la présente compagnie. Il dénoncerait son mauvais goût, vouerait à mille maux ses membres d'une manière générale et chacun en particulier, et se flatterait de ne plus rien devoir obtenir de tels juges. Il en appelait au parterre assemblé, à qui il allait lire sa comédie. Si celui-ci la jugeait digne, il forcerait cet indigne aréopage à l'accepter. Il se mit en devoir de dévider son rouleau quand on voulut l'en empêcher. Il faisait de grands moulinets avec son épée qui lui fut bientôt arrachée par un garde-française. Une masse confuse de soldats et d'employés du théâtre l'entraînèrent de force au foyer.

Le spectacle reprit aussitôt, afin de mettre un terme le plus vite possible au tumulte, mais il s'éleva un cri unanime du parterre acclamant l'auteur. Le bruit ne faisant qu'augmenter, les gardes-françaises revinrent en force et arrêtèrent plusieurs spectateurs avec force horions de part et d'autre et résistance du public dans un hourvari indescriptible.

Nicolas se précipita à la suite du commissaire Chorrey qui, empourpré d'émotion, soufflait comme une forge. Ils débouchèrent dans le foyer pour découvrir le phénomène, monté sur une chaise, qui lisait sa pièce à des gardes ricaneurs. Le guet arrivant, Chorrey indiqua à l'exempt d'avoir à conduire le coupable à Charenton, chez les fous, pour plus ample information. Cette suite d'événements agit comme un divertissement sur l'âme ulcérée de Nicolas ; elle chassa la colère et la rancune. Il ne jugea plus sa présence nécessaire, ne tenant pas à écouter plus longtemps Mlle Raucourt, dont certains effets de ton peu naturels lui apparaissaient devoir gâter ce que son apparence et l'élégance de son jeu possédaient de séduisant. De fait, par instants, le rauque et le râpeux et, par conséquent l'excessif, perçaient et détruisaient la musique des vers. Il prit congé de Chorrey qui lui fit promettre de venir, dès que possible, lui demander à souper dans sa petite maison, rue Maquignonne, près du pavillon de la police du marché aux chevaux. Nicolas se rappelait avoir assisté, encore en apprentissage de son métier, une douzaine d'années auparavant, à l'inauguration, par M. de Sartine, de cette élégante bâtisse. Il lui revint aussi que Chorrey disposait d'une fortune assise ayant naguère hérité de son père, négociant en chevaux.

Le froid humide de la nuit ranima son angoisse. Nicolas retrouvait avec effroi la vieille antienne de sa jeunesse, cette incapacité à tenir en main une imagination qui, abandonnée à elle-même, battait la campagne et s'engageait avec une obstination perverse dans toutes les voies qui se présentaient. Alors, sa manie le torturait jusqu'au moment où tous les détours de cette recherche avaient été parcourus. Cette démangeaison de l'esprit qu'il tentait de chasser sans y parvenir, il se la reprochait. Le moindre déséquilibre, ou contrariété, la voyait revenir au grand galop. Que ne s'employait-il à emprunter des voies moyennes, où le drame n'est réduit qu'à sa simple expression et le bonheur, cet instant fugitif, reçu avec simplicité. M. de Noblecourt, ce parfait honnête homme, lui avait promis la guérison : la sagesse viendrait avec l'âge et l'émoussement des passions.

Nicolas réexamina avec une froideur affectée la situation d'aujourd'hui. Quoi, faire un drame d'un caprice de femme ! Et d'une femme seule, pourvue d'un amant que ses tâches retenaient la plupart du temps loin d'elle, coquette comme ses semblables, sensible aux hommages de jeunes gens oisifs et peut-être incitée à faire naître chez lui la jalousie qui seule lui permettait de mesurer la force de son attachement. Et lui, en seigneur et maître, tempêtant à la première provocation et poussant au drame ce qui n'aurait dû être qu'une petite querelle propre à revigorer un attachement sincère. Il décida de faire à Julie la surprise d'un retour inopiné, et bientôt le désir de la retrouver l'embrasa tout entier. Il arrêta un fiacre rue Saint-Honoré, qui l'entraîna dans un Paris vide et figé par le froid jusqu'à la rue de Verneuil. Il régla la course si généreusement que le cocher étonné lui donna du *Monseigneur*.

Il leva les yeux. Les fenêtres du logis de Mme de Lastérieux étaient toujours éclairées, et il y voyait danser des ombres. Son ardeur se refroidit ; il avait imaginé une maison déserte et éteinte et son amante accablée, mais il voulut encore espérer. Arrivé au premier, il ouvrit la porte avec sa clef. Un vacarme de rires et de tintements de cristaux l'accueillit. La déception lui serra le cœur, comme une nausée. Quelle erreur avait été la sienne de croire que la fête, du seul fait de son départ précipité, serait abrégée !

Casimir apparut, portant un plateau. Nicolas se rencoigna dans l'ombre. Le domestique sortit de l'office les bras encombrés de bouteilles. Il songea, se plongeant avec ravissement dans un sentiment de mesquinerie inhabituel, à la précieuse bouteille de vieux tokay de Hongrie acquise à grand prix chez le maître d'hôtel de l'ambassadeur d'Autriche. Ce gaillard arrondissait ses gages en négociant du vin de son pays venu dans les bagages de son maître et procurait par ailleurs à M. de Sartine d'intéressantes informations. Julie en raffolait pour accompagner les truffes, les cailles et le pâté de foie gras à la manière du maréchal de Soubise. Nicolas décida de récupérer la bouteille qu'il avait déposée à l'office en fin d'après-midi. Elle avait été heureusement épargnée par les agapes de la soirée et attendait toujours sans doute protégée par sa voilette de poussière et de toiles d'araignée et par l'amoncellement de plats dévastés. Il dissimula le flacon dans la poche intérieure de son manteau, ainsi n'arriverait-il pas les mains vides rue Montmartre, où il avait l'intention finalement de se rendre. Comme il se tournait, il se retrouva nez à nez avec le jeune homme du piano-forte qui, appuyé au chambranle de la porte, la main droite sur la hanche, le regardait l'air moqueur. Où diable avait-il déjà vu ce regard ? Nicolas passa outre et le bouscula quelque peu en sortant. Casimir, étonné, le vit se jeter comme un fou dans l'escalier.

Il erra longtemps dans la nuit et dans la boue, marchant le long des quais, raccroché çà et là par des boucaneuses dont les bouches édentées proféraient des obscénités cajolantes et lançaient des propositions infâmes. Dans l'une d'elles, maquillée à l'excès et à laquelle le nez manquait, il crut reconnaître la vieille Émilie, fantôme resurgi de son passé, conduite jadis comme témoin au gibet de Montfaucon où elle avait coutume de couper de la viande aux charognes des chevaux pour alimenter un commerce de soupe. L'évocation de la vieille femme le jeta dans un tourbillon d'images et de visages parmi lesquels la face du jeune homme de la rue de Verneuil ressurgissait comme une obsession. Il s'arrêta pour boire un horrible tord-boyaux dans un estaminet enfumé près du Pont-au-Change et, après bien des détours, se retrouva rue Montmartre, devant l'hôtel de Noblecourt.

L'office offrait l'image de désordre d'une réception animée. Plein d'amertume, il hocha la tête ; sa soirée se résumerait donc en rebuffades, fuites diverses et visites de cuisine. Une vaste rumeur venait du premier étage, paroles et rires que dominait la voix de basse de Guillaume Semacgus. Parvenu jusqu'à la porte entrouverte de la bibliothèque où se dressait à l'accoutumée la table, il s'arrêta et, appuyant son front brûlant contre le bois dont l'odeur de vernis lui emplit les narines, il écouta ce que disaient ses amis.

— Devant une telle merveille, clamait Semacgus, il convient de procéder avec la délicatesse la plus consommée. Une trop longue incision introduirait l'air extérieur et le contact avec celui qui s'échappera, risquerait d'offusquer un équilibre fragile et d'affaisser l'ensemble. Cela me rappelle une opération accomplie en pleine tempête au large de l'île Bourbon. Il s'agissait d'une trépanation, et la partie méningée...

— Fi ! Voilà bien le chirurgien de marine qui reparaît, dit M. de Noblecourt. Que n'allait-il nous décrire ? Je crains que cela ne s'accorde guère avec notre plaisir. Qu'en dites-vous, La Borde ?

— Le roi, répondit La Borde, excelle à ce genre d'opération. Il y mêle à la fois la décision et la douceur. Comme avec une poulette [5] que l'on voudrait ameublir !

— Voulez-vous bien vous taire, mauvais drôle ! dit le vieux procureur dans un hoquet de joie. Il y a des dames. Je n'ai plus, à mon âge, de fermeté dans ces affaires et ma main tremble.

— Foi de chirurgien de marine, voilà bien une réponse qui se veut morale et qui redouble la grivoiserie du propos !

Bourdeau intervint :

— Nicolas vous l'eût ouverte en un tour de

main. Maintenant, il faut vous y résoudre. Trop tarder nuirait à son excellence et amollirait les couches intérieures.

— Ah ! il nous manque notre Nicolas, soupira M. de Noblecourt, mais il aime, et *trop*, chez lui si délicat de sentiments, n'est encore pas *assez*.

Semacgus gronda.

— Notre ami était plus gai compagnon lorsqu'il fréquentait la jeune dame de la rue Saint-Honoré.

Il y eut un silence à l'évocation de la Satin, liaison de jeunesse du commissaire ; elle dirigeait désormais *Le Dauphin couronné*. Les tendres liens qui les unissaient ne s'étaient jamais tout à fait distendus. Nicolas fut surpris de les savoir si au fait de son privé, et réconforté de ne trouver dans leurs propos aucune aigreur, mais au contraire la manifestation attentive et indulgente de leur affection à son égard.

— Allons, reprit La Borde, en attendant le retour de l'enfant prodigue qui ignore ce qu'il manque, que la magistrature opère. Mesdames, procédez !

Il y eut des bruits qui intriguèrent Nicolas et l'engagèrent à jeter un œil par la porte entrebâillée. La scène qui s'offrit à son regard lui rappela celles que les amateurs appréciaient et admiraient chaque année au Salon. La vision d'un intérieur refermé sur lui-même, et dont l'harmonie paraissait favoriser la jouissance des agréments de la nature et de la société. La lumière des fines chandelles éclairait doucement un moment charmant d'intimité. Dans cette belle pièce, où trois murs s'ornaient de livres précieux enchâssés dans des bibliothèques de bois clair, les quatre convives occupaient une table ovale ornée d'un surtout d'argent représentant *L'Enlèvement d'Omphale*. Poitevin le nettoyait avec un soin maniaque et renâclait lorsqu'une fête carillonnée, ou une grande occasion, justifiait l'exhibition de cet objet sur la table, comme l'ostensoir d'une éclatante liturgie gourmande. Deux flambeaux du même métal flanquaient cette pièce de maître. La Borde, Semacgus et Bourdeau observaient M. de Noblecourt, en grande perruque régence et habit noir à boutons de jais, qui s'apprêtait à ouvrir une étrange cérémonie.

Devant la table de desserte, Poitevin immobile tenait dans ses mains une bouteille à demi sortie d'un rafraîchissoir ; il avait l'œil fixé sur une monumentale tour de pâte dorée déposée devant son maître. Contre la croisée, assise sur une bergère, Marion, le menton sur le pommeau de sa canne, semblait fascinée. Enfin, comme deux lévites assistant le grand prêtre, Awa la cuisinière africaine de Semacgus et Catherine Gauss tenaient de leurs quatre mains un linge fin qu'elles abaissaient peu à peu sur la tête de M. de Noblecourt au fur et à mesure que celui-ci s'inclinait pour trouver le meilleur point de découpe de la splendeur dorée. La pointe du couteau tranchant pénétra dans la croûte, le linge dissimula la tête du sacrificateur. Dans un silence religieux, un léger sifflement chuintant suivi d'une profonde inspiration du magistrat se firent entendre, accompagnés d'un gémissement de plaisir et presque de volupté, auquel correspondit une rumeur d'approbation de l'assemblée. Marion, sans doute l'inspiratrice sinon l'artisan de cette réussite, soupira d'aise à son tour. Poitevin sortit la bouteille et commença à servir. Les deux cuisinières replièrent précautionneusement le linge et les convives applaudirent tant le geste cérémoniel s'était trouvé empreint de perfection. Avec une prestesse dont on ne l'aurait plus cru capable, le grand prêtre découpa une calotte de pâte et s'apprêtait à plonger la fourchette dans le puits des merveilles quand Semacgus, qui l'observait, l'arrêta.

— Et que comptiez-vous faire ? Vous serait-il par hasard passé dans l'esprit l'idée de piocher dans le moelleux de cette croûte pour y pêcher les splendeurs qu'elle renferme ? Et quid de votre goutte, monsieur ? Entendez-vous, monsieur, aux yeux et à la barbe de la Faculté, éteindre le feu d'une humeur qui fait le charme de vos propos et dont raffolent vos amis, pour le seul et vain plaisir d'une gourmandise dont vos mains, vos genoux, et vos pieds souffriront pendant des jours ? Comptez-vous pour rien le chagrin et la peine de Marion, auteur de ce bastion de succulence à l'assaut duquel vous montez comme un jouvenceau, et qui se tiendra alors pour responsable de vos désastres. Il s'ensuivra un réveil de ses rhumatismes suivi d'une mélancolie dont, monsieur, je vous tiendrai pour seul coupable. N'était-il pas convenu qu'en vous laissant le privilège de la première fumée odorante sortie de ce mets, vous bénéficieriez ainsi d'un privilège unique dont nous gémissons d'envie n'ayant, pour nous contenter, que la lourdeur des produits quintessenciés ?

— Je m'alourdirais volontiers de cette quintessence-là !

Contrit, M. de Noblecourt chatouillait du bout de sa fourchette les trésors cachés de la forteresse gourmande. Il bougonnait.

— Voilà qui est bien cruel, grommela-t-il, et qui me rappelle certain vieux conte parisien où le rôtisseur est payé du tintement des espèces sonnantes par celui qui avait respiré les effluves de ses viandes et à qui il réclamait son dû. Eh bien, je vais me résoudre à ce sacrifice, mais je réclame la grâce de goûter un morceau infime de ce trésor-là. Un petit bout de truffe, par exemple. Après tout, ce n'est qu'un champignon.

— Que non, reprit Semacgus, même un petit bout de truffe est échauffant ! Je vous conseille un bout de pâte, et c'est encore trop.

— Maudit soit l'âge qui nous prive de tout, soit que l'ardeur manque, soit que le corps défaille. Faut-il ainsi renoncer à toutes ces délicieusetés auprès desquelles les recettes de nos voisins ne sont que gueuseries que l'on souffrirait plus volontiers parmi les Mangageats[6] que dans un climat épuré comme le nôtre où la propreté, la délicatesse et le bon goût font l'objet et la matière, hélas, de nos plus solides empressements.

— Philosophe, autant que tu voudras, monsieur le procureur, nous ne nous laisserons pas attendrir, murmura Semacgus.

M. de Noblecourt savoura lentement le butin conquis de haute lutte, tandis que Catherine découpait l'ensemble de la forteresse fumante en quatre morceaux.

— Et le pourquoi de ces quatre parts ? fit-il, étonné. Oublierais-tu que je suis condamné à n'en point déguster ?

— Eh quoi ! dit Marion sur le même ton. Voilà bien le marguillier de Saint-Eustache qui oublie la part du pauvre ! Beau dévot en vérité que celui-là ! Et si je veux, moi, en garder une portion pour Nicolas ? Sur un coin du potager, l'assiette à demi fermée demeurera à bonne chaleur sans trop de dessèchement. Cela le sustentera de ses courses incessantes.

— C'est trop pour un ingrat qui déserte si souvent nos agapes, protesta Semacgus.

M. de Noblecourt lui lança un regard sévère.

— N'avez-vous point été jeune ? Et nous, tant

que nous sommes, avons-nous tenté tout ce que nous devions pour le mieux comprendre et le soutenir dans une situation que je suppose douloureuse ?

Pour faire diversion, Marion prit la parole en rougissant.

— Si monsieur le procureur l'ordonne, j'avouerai tout de ma recette.

— Faites, faites. Le récit est souvent aussi succulent que la dégustation.

La vieille cuisinière jeta un regard de biais sur M. de La Borde.

— Il faut dire tout d'abord que je tiens cette recette de monsieur là.

Les cris des convives couvrirent sa voix et le premier valet de chambre du roi se dissimula la face dans sa serviette pour cacher une feinte confusion. Il prit un ton de voix lamentable.

— Je me mets seulement sur le pied de divertir la vie austère de notre hôte. Et d'ailleurs, cette recette n'est point mienne. Son auteur est son Altesse Royale Louis-Auguste de Bourbon, prince des Dombes, et gouverneur du Languedoc.

— Fichtre, dit Bourdeau goguenard. Un petit-fils du grand Bourbon, un homme à mettre sa noblesse à Malte et à tous les chapitres !

— Voilà qui me promet un beau divertissement ! reprit le vieux magistrat. Après le fumet, le récit des hauts faits de ma cuisinière qui préludera au festin de mes hôtes, et en tout et pour tout, un misérable bout de pâte !

Marion, souriante, les laissait plaisanter ; elle profita d'un court silence pour reprendre la parole, pressée de jouer un rôle dans cette réjouissance.

— Il me faut une pâte brisée, commença-t-elle, bien fine, et que je laisse reposer au frais. Je prépare une farce de foie gras avec force lard râpé, persil, ciboule, champignons et des truffes hachées. Il vaut mieux la manier de bonne heure, elle sera ainsi plus rassise et de meilleur goût. Je fais ouvrir quelques bonnes douzaines d'huîtres vertes de Cancale autant qu'il m'en faut. Je les fais blanchir dans leur eau et je me les égoutte sur un tamis pour en garder le liquide. Alors, je mets la farce au fond du moule, une couche d'huîtres par dessus, et ainsi de suite. Je couvre l'ensemble d'une abaisse que je dore aux jaunes d'œufs. Le four étant bien chaud, j'enfourne et les laisse cuire autant qu'il se faut. Avec l'eau de mes huîtres, je concocte une réduction à laquelle j'ajoute deux pains de beurre de Vanvres fondu avec des herbes hachées bien menues. Cette sauce...

Elle désigna une saucière d'argent.

— ... est relevée d'un jus de citron. C'est selon le goût, mais j'y trouve un expédient pour humecter la farce en restituant aux huîtres leur naturel qui s'épanouit dans cette rosée relevée.

— Et comment s'appelle cette merveille ? s'enquit Noblecourt, les yeux exorbités de concupiscence. Je ne savais pas Marion si habile à rendre aussi poétiquement les tours de main de son office.

— Ingrat ! dit Semacgus. Il la découvre alors qu'elle le sert depuis quarante ans !

— Quarante-trois, pour être précis, fit Marion d'un air modeste. Mais, pour répondre à monsieur, c'est une tour farcie aux huîtres vertes. J'ajoute que le secret réside en une pâte brisée si longuement travaillée qu'elle en apparaît presque feuilletée, mais qu'elle est assez ferme dans le moule pour tenir l'ensemble de la préparation.

— C'est vrai, sourit La Borde, qu'en entendre parler, c'est la manger deux fois.

— Je me demande, dit Semacgus, si le simple fait d'entendre ce récit ne va pas réveiller la goutte chez notre hôte ? Ce serait le coup de pied de *Comus* !

Tous éclatèrent de rire. Nicolas les écoutait, triste et heureux à la fois. Un étrange sentiment le poignait d'assister à cette fête sans que ses amis se doutassent de sa présence. Il ne parvenait pas à faire le geste de pousser la porte et de franchir le seuil afin d'apparaître dans la lumière de la bibliothèque. La fièvre montait avec ses frissons ; son emprise lui enserrait les tempes. Des sentiments contradictoires l'oppressaient : la tristesse qui coulait en lui à flots, une sorte de nostalgie sur un passé qui ne reviendrait pas et la tentation d'un assoupissement oublieux. Il essaya de se reprendre en main en fixant son attention sur la conversation qui continuait de plus belle.

— Sa Majesté, dit La Borde, a longtemps mitonné et servi elle-même ses invités au souper de ses petits appartements. Nicolas, s'il était des nôtres, vous le confirmerait. Le roi lui a un jour servi toute une assiettée d'ailes de poulet, ravi de voir que *le petit Ranreuil*, comme il a coutume de le nommer, partageait avec lui sa prédilection pour ce morceau de haut goût.

— Comment se porte le roi ? questionna gravement Noblecourt.

— À la fois bien et mal. Il fait le jeune homme tout en éprouvant les fatigues de l'âge qui gagne.

— Allons, je suis de dix ans son aîné et je me porte comme...

— Comme un homme que ses amis protègent des tentations et des imprudences qui en tueraient de beaucoup plus gaillards, interrompit Semacgus.

— Voilà bien le bel apôtre qui se croit le mieux placé pour parler !

— Moi-même, monsieur le procureur, je m'astreins depuis quelques années à observer les précautions qui me permettent de jouir de la vie dans de bonnes conditions aussi longtemps que vous, je l'espère.

— Tout est là, dit La Borde, le roi n'est pas raisonnable. La jeunesse qui l'entoure en profite. La dame l'agace de provocations incessantes et attise ses derniers feux. Elle n'est pas la Pompadour et n'a point d'ambition politique, mais elle place son influence aux services de ceux qui l'entêtent d'en avoir.

— Vous voulez dire qui *l'aiguillonnent*, soupira Bourdeau.

Cette allusion au principal ministre, le duc d'Aiguillon, fut saluée d'applaudissements. La Borde soupira.

Nicolas se souvint que son ami s'était brouillé récemment avec la Guimard, maîtresse qu'il partageait avec le prince de Soubise. Ce dernier avait exigé la fin d'une situation qui satisfaisait tout le monde sous le prétexte que le premier valet de chambre du roi avait procuré une galanterie[7] à la comédienne, que celle-ci l'avait donnée au prince, lequel l'avait transmise à la comtesse de l'Hospital et celle-ci à on ne savait qui, la chaîne des causes et des conséquences se perdant dans la complexité des liaisons de la ville et de la Cour. La Borde avait confié à Nicolas qu'il s'était fait soigner, sur le conseil du maréchal de Biron, colonel des gardes-françaises, par les dragées antivénériennes d'un empirique nommé Keyser, remède dont le vieux soldat avait fait l'expérience sur les hommes de son régiment corrompus par la ville.

— Est-il vrai, demanda Noblecourt, que la dame a acheté vingt mille livres comptant un Van Dyck, représentant le portrait en pied de Charles Ier d'Angleterre, qu'elle aurait placé en vis-à-vis avec celui du roi pour lui mieux faire souvenir du sort qu'on lui promet s'il venait à céder aux Parlements ?

— Je ne sais si l'explication est véridique. En tout cas, j'ai souvent admiré ce portrait chez la favorite. C'est peut-être une idée d'Aiguillon, qui souhaite ainsi flatter le goût morbide de mon maître. Quoi qu'il en soit, sa vue me jette toujours dans le malaise. De fait, le roi fatigue. Il a désormais besoin d'un marchepied pour se mettre en selle. Il envisage d'user de l'invention du comte d'Eu qui, ne pouvant plus se mouvoir à la chasse, use d'une voiture particulière pour faciliter ce plaisir. Elle tourne sur un pivot et le met à même de faire rapidement toutes les voltes que l'évolution du gibier exige. Et toujours cet accablement d'idées noires.

— Mon ami le maréchal de Richelieu, reprit Noblecourt avec un petit coup de perruque destiné à saluer l'évocation de ce grand nom, m'a raconté qu'en novembre dernier, lors d'une partie de whist chez la comtesse du Barry, M. le marquis de Chauvelin, ne se sentant pas bien, s'est adossé au fauteuil de la maréchale de Mirepoix et a plaisanté. Soudain Sa Majesté a remarqué l'altération de son visage. À l'instant même, il tombait raide mort.

— C'est exact, répondit La Borde. En vain lui a-t-on donné les secours les plus prompts. Sa Majesté est demeurée fort frappée d'un tel spectacle, d'autant plus que son vieil ami n'avait que cinquante-sept ans. Après cela, et inquiet de quelques incidents de santé, le roi s'est ouvert à son premier chirurgien en qui il a grande confiance. Il lui a communiqué ses craintes sur le délabrement de sa santé, lui tenant ce discours : « Je vois bien que je ne suis plus jeune et qu'il faut que j'enraye. » « Sire, lui a répondu La Martinière, vous feriez mieux encore de dételer. »

Un long silence s'établit où chacun semblait occupé à mesurer la gravité et les conséquences de ce propos. Nicolas sentait la sueur l'envahir. Voilà bien, songea-t-il, les conséquences de ces courses folles dans la nuit glacée. Soudain, il glissa sur le sol, et la vénérable bouteille de tokay, échappant de sa main, se brisa à terre. Cyrus, le vieux bichon qui sommeillait aux pieds de son maître, se dressa à ce bruit et se mit à hurler à la mort. Chacun se précipita sous le regard affolé de M. de Noblecourt qui, pâle et tremblant, tentait de se lever de son fauteuil.

II

SUSPICIONS

> Seigneur, répond le chevalier, je vois qu'il me faut parler de ma honte et de ma douleur... afin de prouver ma loyauté.
>
> *Livre du Graal*

Vendredi 7 janvier 1774

Au milieu de nuées brumeuses qui enveloppaient toute chose, Nicolas distinguait à peine les visages de trois barbons branlant du chef qui considéraient un quatrième, lequel, la tête couverte d'une serviette, prononçait des mots indistincts. Une petite vieille, dont les traits disparaissaient sous d'épaisses dentelles noires, coupait, avec ce qui lui parut être une serpe, un gâteau des rois. Lorsqu'ils furent servis, les quatre convives s'employèrent à mâcher avec peine leur part du festin. Cette activité était entrecoupée de paroles brèves et inarticulées. Soudain, celui dont la tête était toujours dissimulée poussa un cri bref et, plongeant sa main sous le linge, en sortit une fève noire. Nicolas s'interrogeait sur le sens de cette scène quand le vieillard à la face cachée se leva avec peine et saisit de sa main gantée une couronne qu'il éleva jusqu'à son crâne dans le même temps que tombait la serviette. Nicolas frémit d'horreur à la vue de la tête de mort couronnée qui ricanait en le fixant de ses orbites vides. La vieille écarta ses dentelles et il constata avec un sentiment d'angoisse redoublée que son corps décharné portait, comme détachée, la tête exquise et poudrée de Mme du Barry. Il cria et ferma les yeux pour chasser cette image...

— Tenez-le ferme, Bourdeau, il s'agite tant qu'il va tomber.

— C'est un cauchemar.

Semacgus prit le pouls de Nicolas et posa sa main sur son front.

— Cela en a tout l'air. La fièvre est tombée et le pouls se rétablit. Les herbes d'Awa sont précieuses contre ces accès violents. Je me félicite chaque jour d'en avoir fait d'amples provisions avant mon départ de Saint-Louis.

— Cela fait tout de même douze heures qu'il dort, reprit Bourdeau. Il n'est pas loin d'une heure de l'après-midi.

Il avait jeté un regard sur une grosse montre de laiton. Il reprit :

— Le croyez-vous suffisamment fort pour supporter la nouvelle ?

— Sans nul doute. La situation est telle qu'il ne peut rester inerte, et d'ailleurs, vous-même insistiez pour qu'on le réveille.

— Que voulez-vous, Semacgus, M. de Sartine a demandé à le voir dans les plus brefs délais et qu'il vienne le trouver à l'hôtel de police. Cependant, je me demande si nous devons laisser à Sartine le soin de lui dire la vérité.

— C'est un risque pire que celui que nous voulons éviter. Et nous, nous sommes un peu brutes. J'en tiendrais assez pour demander à M. de Noblecourt de lui parler avec sa sagesse et sa placidité habituelles.

— À votre service, dit le magistrat derrière eux, essoufflé d'avoir gravi le petit escalier particulier qui menait aux appartements de Nicolas. Laissez-moi avec lui, mais faites-moi la grâce auparavant d'approcher ce fauteuil de son lit.

— Il ouvre les yeux, dit Bourdeau. Nous vous laissons.

Nicolas reprit conscience et les formes du lieu connu le ramenèrent à la réalité. La mine grave du vieux procureur l'alerta. Il revit l'expression du chanoine Le Floch lui annonçant, bien des années auparavant, son départ définitif de Guérande. La même expression inquiète, la même attention affectueuse se retrouvaient sur les traits familiers qui se penchaient sur lui.

— Je vous souhaite le bonjour, Nicolas.

— Ai-je dormi longtemps ?

— Plus que vous ne le pensez. Nous sommes vendredi et il est près de deux heures de relevée. Vous avez perdu connaissance hier soir à la porte de ma bibliothèque. Vos amis vous ont relevé baignant dans du tokay dont il aurait mieux valu faire un meilleur usage.

— C'était un présent à votre attention pour me faire pardonner ma désertion à la fête. Je mesurais l'ingratitude que cette absence constituait à votre égard.

— Rien de tel ne peut exister entre nous. Vous êtes ici chez vous. Le vent de la rue Montmartre libère. Il me souvient vous avoir dit, lors de votre entrée dans ce logis, que c'était une annexe de l'abbaye de Thélème, où étaient révérées la liberté et l'indépendance.

Il accompagna ce propos d'un hochement de tête. La bouche spirituelle laissa entrevoir un petit sourire, tandis que le nez fort et coloré se plissait de satisfaction. Il reprit :

— Que vous est-il donc arrivé ? Votre habit puait l'eau-de-vie à bon marché. Il était crotté et boueux comme un jeune chien perdu sur le quai Pelletier. Vous êtes-vous dérangé, monsieur le commissaire, pour vous mettre dans un tel état si contraire à vos habitudes et à la dignité de vos fonctions ?

— Hélas, vous n'avez que trop raison, dit Nicolas qui se sentait comme un élève devant son maître, et je ne vous fatiguerai pas avec le récit de ma soirée.

Les yeux de M. de Noblecourt le fixaient avec l'acuité qu'ils avaient jadis, lorsqu'il participait à une enquête de justice.

— En un mot, dit Nicolas d'une voix éteinte, je dirai que je suis passé rue de Verneuil chez Mme de Lastérieux, où mon souper était prévu. Elle m'a manqué d'égards, je suis parti. J'ai gagné le Théâtre-Français pour assister au premier acte d'*Athalie*. Calmé, j'ai décidé de retourner chez Julie, mais la joie qui y régnait m'a convaincu de mon erreur. Outragé et furieux, j'ai quelque peu erré dans Paris avant de faire retour rue Montmartre, comme l'enfant prodigue.

— Vous vous êtes en effet conduit en enfant, vous un homme fait et d'expérience. Avez-vous croisé quelques connaissances au théâtre ?

— Oui, mon confrère, le commissaire de permanence, M. Chorrey.

Nicolas avait répondu sans réfléchir, mais soudain il prit conscience que M. de Noblecourt l'interrogeait comme on s'enquiert de l'emploi du temps d'un suspect.

— Puis-je vous demander, monsieur, le pourquoi de cette question ?

Le procureur caressa ses bajoues couperosées d'une main blanche de prélat.

— Votre jugement vous revient, Nicolas. Je dois vous informer d'une nouvelle grave. Je comprendrais qu'elle vous émeuve, mais je vous demande de conserver un sang-froid dont vous pourriez avoir le plus pressant besoin dans les heures qui viennent.

— Que signifient ces propos, monsieur ?

— Ils signifient, mon enfant, que ce matin, sur le coup de dix heures, un envoyé de M. de Sartine est venu vous quérir. Le lieutenant général de police veut vous voir sur-le-champ. Bourdeau, venu prendre de vos nouvelles, lui a tiré les vers du nez. Soyez courageux ! Ce matin, aux premières lueurs de l'aube, ses gens ont trouvé Mme de Lastérieux morte. Des premières constatations d'un médecin du voisinage, il appert qu'elle pourrait avoir été empoisonnée.

Longtemps après, Nicolas se rappellerait que sa première réaction, pour fugitive qu'elle ait été, et cela bien avant le coup de poignard d'un chagrin dont l'acuité était exacerbée par une passion revécue en un éclair, avait été de soulagement et comme de libération. Il demeura un instant sans souffle, si pâle et si défait que Noblecourt s'inquiéta de son mutisme.

— Empoisonnée ! répéta Nicolas. Voulez-vous suggérer qu'une nourriture avariée ou des champignons...

— Hélas, non. Empoisonnée avec tous les signes et présomptions, à ce que l'on nous dit, d'une intention criminelle.

— N'est-il pas envisageable qu'elle ait voulu se tuer elle-même ?

— Si vous disposez de quelques éléments qui peuvent faire supposer un désespoir tel qu'il pouvait l'induire à souhaiter sa propre destruction, vous devez les faire valoir sans plus attendre à ceux qui auront mission de recueillir votre témoignage.

Nicolas hocha la tête et dit d'une voix à peine audible :

— La dernière fois... mon Dieu !... que je l'ai entendue – pas vue, je dis bien : entendue – elle riait à gorge déployée et rien n'indiquait une humeur de mort.

— Il faudra raconter tout cela et chaque chose nécessitera une explication. Prenez les événements avec calme, et affrontez l'une après l'autre les déplaisantes épreuves qui, j'en ai peur, vous attendent. Vous n'avez rien à vous reprocher... Courez vous faire entendre par M. de Sartine et présentez-lui mes respects.

M. de Noblecourt rajustait la calotte de velours qui couvrait son crâne dégarni. Il semblait que cette occupation minutieuse visât à dissimuler une gêne croissante. Nicolas en éprouva comme une souffrance. Une question non formulée lui avait été posée sur le ton d'une trop évidente affirmation. Non, il n'avait rien à se reprocher. Il comprit à ce moment-là qu'il venait de pénétrer sur une terre inconnue et dangereuse, où les obstacles allaient se multiplier, recelant pièges et chausse-trappes. Le moindre propos, la parole la plus anodine, un regard, l'expression de la plus normale sollicitude d'un ami, causeraient autant de blessures douloureuses dont il ignorerait si elles étaient les fruits de sa propre imagination. Le vieux procureur, fâché contre lui-même, se reprit.

— Ne vous méprenez pas. Il vous faut regarder les choses en face. Placez-vous en spectateur extérieur, en commissaire de police au Châtelet qui ouvre une enquête. On attend de vous un témoignage précis et circonstancié sur une soirée dont vous affirmez vous-même qu'elle fut agitée. Prenez l'engagement de vous expliquer dans le détail. M. de Sartine vous connaît trop pour douter le moins du monde de votre loyauté et de votre innocence dans un drame sur lequel, pour lors, nous ignorons tout. Et quand je dis M. de Sartine, j'y ajoute vos amis. N'imaginez pas que votre peine nous soit indifférente, elle nous touche à un point que vous n'imaginez pas et, désormais, notre seul souci c'est de vous assurer de notre appui, soyez-en convaincu...

La voix de M. de Noblecourt était à la fois si tremblante et si pleine de chaleur qu'elle chassa tous les doutes que Nicolas aurait pu nourrir sur le sentiment de son mentor, même s'il frémissait encore au seul énoncé du mot innocence. Mais il mesurait d'autant plus les risques qu'il aurait à affronter face à des interlocuteurs, des adversaires, des accusateurs, des témoins ou des juges moins bien intentionnés à son égard. Il éprouva avec horreur que, touché au plus vif de ses affections, il devrait en outre supporter jusqu'au dénouement de cette affaire, d'être placé dans la situation de ceux qui, tout au long de douze ans de carrière dans la police, avaient dû supporter l'acharnement de ses investigations.

La porte de la chambre s'ouvrit et Bourdeau réapparut, l'air soucieux.

— Un fiacre envoyé par M. de Sartine vient d'arriver. Vous le connaissez, je crains qu'il ne s'impatiente. Je vous laisse vous apprêter et je vous accompagne.

Nicolas eut un pauvre sourire.

— De peur que je m'échappe, sans doute ?

La mine ravagée de l'inspecteur lui fit tant de peine que, se levant, il se jeta dans ses bras.

— Pardonnez-moi, Pierre, je ne voulais pas dire cela, mais je suis à bout.

— Allons, mes enfants, dit Noblecourt, ne nous attendrissons pas. Que Nicolas se prépare. Promettez-moi de venir dès votre retour tout me confier.

Il se retira, s'appuyant sur le bras de Bourdeau. Nicolas s'efforça de prendre son temps, soucieux d'apparaître sous son meilleur jour aux yeux d'un chef dont l'œil sarcastique avait coutume de déceler l'état du moral par la bienséance de la tenue. Toute négligence dans l'apparence assombrissait le magistrat et lui faisait soupçonner les plus extrêmes relâchements. Il prit garde de ne se point couper en se rasant, revêtit un habit noir, récente création de son tailleur, enroula autour de son cou une cravate de dentelle immaculée et, après l'avoir longuement peignée, noua la queue de sa chevelure, où commençaient à briller les fils blancs de la maturité, d'un ruban de velours sombre. Il ne portait la perruque qu'à la Cour ou dans les occasions solennelles de sa fonction, quand il était revêtu de la robe de magistrat de police. Après un dernier coup d'œil à son miroir, qui lui fit oublier le sérieux de la situation tant la poussée de la fièvre subie avait rajeuni son visage, il descendit le petit escalier, et c'est la vue de Bourdeau et de Semacgus l'attendant sous le porche qui le ramena à la réalité. Le chirurgien de marine s'approcha de lui.

— Souvenez-vous, Nicolas, que vous pouvez tout me demander, lui dit-il. Je n'oublie pas à qui je suis redevable naguère de la liberté et de l'innocence reconnue.

Nicolas lui serra la main avec force et monta dans le fiacre à la suite de l'inspecteur. Il se renfonça dans une rumination morose. Soudain, la gracieuse silhouette de Julie s'imposa à lui. Il en eut le souffle coupé, éprouva une sorte de vertige et se replia sur lui-même, tandis qu'un sanglot le secouait. Incapable de maîtriser son imagination, il dut subir les images terribles d'un corps jeté sur la pierre de la basse geôle soumis aux outrages des praticiens et du bourreau chargés de pratiquer l'ouverture que la situation exigeait ; ce corps dont il éprouvait encore la suave douceur... Bourdeau, gêné, toussa. La ville, qu'il aimait tant, défilait avec ses maisons et ses foules comme un décor peint aux couleurs passées, sans vie ni gaieté. Ils n'échangèrent aucune parole. La voiture rejoignit bientôt la rue Neuve-Saint-Augustin. Ils croisèrent en haut des marches de l'hôtel de Gramont les visages connus des confrères du bureau de sûreté et des laquais qui s'inclinaient devant eux avec une déférence familière. Le vieux maître d'hôtel sourit en voyant Nicolas.

— Ne vous étonnez pas du changement d'habitudes, mais M. de Sartine est revenu de Versailles à midi.

Comme Bourdeau allait s'asseoir sur une banquette, le serviteur lui indiqua que sa présence était également requise.

Quand ils pénétrèrent dans le vaste bureau du lieutenant général de police, un spectacle inattendu les accueillit. Une assemblée silencieuse de perruques, serrées les unes contre les autres comme des soldats à la parade, peuplait la table. M. de Sartine, absent de sa demeure en raison d'une nuit passée au château, avait manqué son rendez-vous matinal avec sa chère collection. Et comme il ne pouvait supporter la moindre interruption dans les manifestations de son innocente manie, il avait passé la revue habituelle à une heure différée. C'était ce qu'avait voulu dire le portier. Nicolas, que le spectacle eût amusé en d'autres temps, s'inquiéta plutôt de ne point voir son chef quand, soudain, l'une des perruques s'agita et le visage aigu de M. de Sartine surgit au milieu de ses créatures inanimées.

Son expression surprit au plus haut point le commissaire, habitué depuis des lustres à toute la gamme, répertoriée suivant les circonstances, des apparences et des mimiques. Il s'était attendu à la mine irritée et impatiente qui prévalait chaque fois que le chef s'apprêtait à marquer son mécontentement à un subordonné, mais M. de Sartine le considérait avec affection et le visage détendu. Pour un peu l'expression du lieutenant général de police lui serait apparue paternelle.

— Suivant vous, Nicolas – l'usage du prénom était lui aussi de bon augure –, où M. le marquis de Ranreuil, feu votre père et mon regretté ami, achetait-il ses perruques ? Il me souvient qu'elles possédaient une tenue et une ondulation exemplaires.

— Je crois, monsieur, qu'il les trouvait à Nantes, dans une petite boutique près du château des ducs.

— Hum ! Il faudra que je fasse prendre des informations à ce sujet. Mais, pour le moment, nous avons une fâcheuse affaire à régler. Bien fâcheuse, en vérité, car elle vous touche de près et, comme chacun connaît l'estime dans laquelle je vous tiens et la confiance que je vous accorde, certains ne seraient que trop heureux de jaser sur un événement qui impliquerait « l'éminence grise » du lieutenant général de police.

Cela fut dit avec l'emphase habituelle dont usait Sartine lorsqu'il évoquait la dignité de sa charge. Ses mains caressaient deux perruques à étage disposées de manière symétrique comme les ifs d'un jardin à la française.

— Considérons toutefois, reprit-il, qu'il n'y a pour l'instant aucune affaire. Une jeune femme a succombé à ce qu'un médicastre de quartier estime ressembler à un empoisonnement. *Primo*, a-t-on la certitude des causes de cette mort ? *Secundo*, si tel était le cas, soupçonnons-nous le suicide, le meurtre ou bien, tout simplement, l'accident domestique toujours possible ? Lorsque toutes ces raisons auront été dûment établies, il restera, *tertio*, à écouter les témoins. Hein ?...

Cette interjection, Nicolas le savait, n'appelait aucune réponse ; elle ponctuait un propos qui allait reprendre son cours après cette respiration.

— Le corps, selon mes informations, est resté en l'état et n'a pas été retiré. Seul le commissaire du quartier est informé. La chose n'a pas transpiré ; les deux domestiques sont consignés au secret. Les scellés ont été placés sur la chambre, l'office et le salon. Il ne faut plus tarder. Bourdeau, prenez note : que le corps soit discrètement conduit à la basse-geôle, qu'on le sale abondamment, même si nous sommes en hiver, et que Sanson soit commis dès que possible. Les médecins en quartier du Châtelet sont, comme vous le savez, plus qu'incapables ; ils ont donné, à plus d'une occasion, la preuve de leur impéritie. Demandez à Semacgus, qui a fait ses preuves dans nos enquêtes, d'aider le bourreau dans cette tâche.

Il ricana.

— Ces deux-là ont des habitudes ensemble !

N'oubliez pas de faire saisir et relever tout élément qui pourrait nous apporter des lumières, verres ou vaisselle. Cherchez dans l'office le regrat du dernier souper qui était, dit-on, organisé en l'honneur de Nicolas, hier, rue de Verneuil, par Mme de Lastérieux.

Il fixa longuement Nicolas dans les yeux.

— Reste ce monsieur...

Il tortilla une boucle de sa perruque, l'air pensif, avant de poursuivre :

— Monsieur le commissaire, si vous avez une déclaration à faire, je vous écoute. Quelque chose qui vous pèserait et pour laquelle vous souhaiteriez me faire l'honneur d'une confidence. Ne vous précipitez pas, ce que vous m'allez dire orientera l'avenir, car à partir de ce moment je ne me départirai pas de la ligne adoptée. En effet, si quelqu'un possède ma confiance, c'est bien vous et, là où je me trouve, bien rares sont ceux qui en bénéficient. Hein ? Vous dites ?

L'ouverture de la conclusion tempérait pour Nicolas le ton inquisiteur d'un exorde qui aurait pu s'appliquer à n'importe quel suspect.

— Je ne peux répondre, monsieur, que par l'ouverture la plus grande à l'honneur que votre propos me fait. J'avais, hier soir, passé un quart d'heure chez Julie de Lastérieux lorsqu'une parole injuste m'a fait quitter les lieux. Calmé, je suis revenu deux heures après. Je ne l'ai pas revue, la fête battant son plein. J'ai jugé que ma présence ne ferait qu'attrister la joie des convives et je me suis donc abstenu de paraître. Et...

Il marqua un temps d'hésitation.

— J'ai quelque peu erré avant de rejoindre la rue Montmartre.

— Rien d'autre que j'apprendrais de tiers malveillants ?

— Rien d'autre, monsieur. J'ai rencontré le commissaire Chorrey de permanence au Théâtre-Français et j'ai passé un moment avec lui.

Sartine eut un mouvement d'impatience.

— Cela, vous pensez bien que je le sais déjà ! En tout état de cause, il me revient de vous faire entendre qu'étant partie prenante dans cette affaire, il ne saurait être question de vous y impliquer. Rejoignez vos tâches habituelles, mais ne mettez, ni de près ni de loin, le doigt dans l'engrenage de l'enquête diligentée. Ce sera déjà bien assez que l'inspecteur Bourdeau, *votre* ami...

Il appuya sur le possessif.

— ... soit chargé d'y mettre bon ordre. Sans compter que nos fouilleurs d'entrailles sont aussi de vos proches. Tout cela, que l'on pourrait aisément me reprocher, impose...

— Cependant, monsieur...

— Cependant, rien du tout ! Je disais... m'impose de vous tenir éloigné de cette cause. N'imaginez pas, pour autant, que je ne comprends pas vos sentiments, votre désarroi et le légitime souci de participer aux recherches sur la mort de votre amie. Mais les choses nous imposent leur cours. Vous vous trouverez bien d'obéir. Tant que le mystère n'est pas éclairci, tout mouvement de votre part nuirait à la régularité de nos démarches et me placerait en position délicate par rapport à l'un de ces magistrats que l'air du temps n'a que trop tendance à se hausser contre l'autorité du roi.

M. de Sartine se leva, contourna son bureau en retenant de la main une perruque qui avait failli choir et prit Nicolas par l'épaule pour le pousser doucement vers la porte.

— Si vous m'en croyez, prenez un peu de bon temps. Que diriez-vous d'aller à Versailles et de faire votre cour à Mesdames ? Encore hier,

Madame Adélaïde m'a demandé de vos nouvelles. Ou bien, montrez-vous chez Mme du Barry et paraissez à la chasse du roi. Bref, un peu d'esprit courtisan ne messiérait point par les temps qui courent. Versailles est un lieu où il faut se montrer souvent de crainte d'y être oublié !

Comme Nicolas, suivi de Bourdeau, s'apprêtait à descendre l'escalier, il entendit le lieutenant général de police rappeler l'inspecteur. Ce fut un aparté de quelques instants, dont il ne put rien saisir. Ils rejoignirent ensuite leur voiture sans que Bourdeau ait ouvert la bouche. Il resta muet tout au long des rues où, dans un épais brouillard, se mouvaient les ombres floues des passants. Nicolas se taisait, sans s'inquiéter de la destination. En proie aux perversités de son imagination, son esprit se peuplait d'images atroces auxquelles succédaient d'interminables et fiévreux raisonnements sur les causes et les conséquences de l'événement. Puis revenaient, comme montant à l'assaut de ses défenses, les propos de M. de Noblecourt et, en écho, les recommandations de M. de Sartine. Tout cela sonnait en lui comme les coups répétés d'un glas funèbre et comme autant de manifestations des dangers indiscernables dont il se sentait soudain environné. Rien n'avait encore éclairé la mort de Julie que déjà chacun s'évertuait à l'accabler de conseils et à lui recommander la prudence. Oui vraiment, se répétait-il, quelles que soient l'amitié et la confiance qu'on lui manifestait, c'était en tant que présumé coupable qu'il était traité. Et coupable de quoi ? Il était difficile de le préciser. C'était cela qui suscitait son malaise, cette angoisse diffuse et cette impression de dévaler une pente sans pouvoir se raccrocher au moindre relief. Il jeta un œil de côté sur Bourdeau, dont l'immobilité donnait à penser qu'il dormait les yeux ouverts. Il voulut lui parler, mais aucun son ne sortit de sa bouche, et d'ailleurs que lui aurait-il dit ? La solitude qui avait toujours été sa compagne dès sa plus tendre enfance rappelait son emprise de la manière la plus cruelle et la plus inattendue.

Le bruit de l'équipage résonna sous la voûte sombre du Châtelet. Les vieilles murailles le plongèrent dans une mélancolie si profonde que Bourdeau dut le tirer par le bras. Le gamin de service, toujours à l'affût de quelques courses, le regardait sans reconnaître dans cet homme accablé et buté, le brillant cavalier qui lui jetait en riant les rênes de sa monture. Nicolas parcourut le chemin habituel comme un automate, passa devant le Père Marie, l'huissier, sans le saluer ni décocher l'une de ses interjections amicales que l'homme recueillait toujours comme une marque précieuse de familiarité. Il se retrouva dans le bureau de permanence. Bourdeau feuilleta la main courante, puis, après avoir fixé Nicolas dans les yeux, frappa avec violence le bois de la vieille table de chêne.

— Maintenant, cela suffit, vous devez vous reprendre. Jamais je ne vous ai vu dans cet état, et pourtant nous en avons vécu de belles ensemble ! Blessé, assommé, enlevé et menacé, vous êtes passé par des épreuves bien pires que celle-là. Il faut agir.

Nicolas eut un pauvre sourire.

— Agir ? Que voulez-vous que je fasse ? On m'envoie à la chasse et faire ma cour aux dames !

— Justement ! C'est exactement ce que vous allez faire. Ou du moins, c'est ce que M. de Sartine doit croire.

— Que me contez-vous là ?

Bourdeau avait ouvert l'armoire où, depuis des

années, ils entassaient tout un arsenal de carnaval comprenant des tenues et des coiffures diverses ainsi que les accessoires correspondants. Cette collection, toujours enrichie de trouvailles nouvelles, était utilisée par les policiers lorsqu'ils voulaient passer inaperçus lors d'une filature ou d'une mission dans un faubourg dangereux. L'inspecteur en sortit une sorte de gilet matelassé, des poignées de filasse, un grand habit noir sans forme, si usé et si râpé que la nuance tournait au vert, d'épais souliers à boucle de cuivre, un chapeau rond à large bord, une grande antiquité de perruque dont le cheveu semblait issu de la crinière d'un gris pommelé, une chemise de lin épais, une cravate de coton d'une propreté douteuse et des bas de même acabit. Il jeta le tout en vrac sur la table.

— Nicolas, déshabillez-vous et enfilez-moi tout cela.

Le commissaire secoua la tête.

— Quelle folie envisagez-vous ? demanda-t-il.

— Rien d'autre que de suivre l'inspiration de mon amitié. Étant entendu – et je le dis avant même d'avoir la moindre certitude sur l'origine de la mort de Mme de Lastérieux – que je vous crois, que je vous sais innocent dans cette affaire, je ne vois pas pourquoi je me priverais de votre aide dans une enquête où vous pouvez apporter beaucoup.

— Mon Dieu, comment ?

— Imaginez qu'un homme de votre taille, vêtu de vos habits, le cache-nez sur le nez sorte, accompagné de votre serviteur, et monte en voiture. « À Versailles, fouette cocher ! » Monseigneur, rassuré, sera aussitôt informé de votre départ, conformément à ses vœux. Pendant ce temps, vous sortez discrètement, vous me retrouvez quelques rues plus loin et vous m'accompagnez.

— Mais sous quelle apparence ?

— Peu importe ! Vous serez une mouche, un exempt. Tiens, mieux encore : un huissier chargé de relever mes conclusions. Un scribe un peu crasseux, aux yeux si fatigués qu'il porte des verres noircis.

Il lui tendit une paire de bésicles aux lentilles fumées. Nicolas se redressa.

— Jamais je ne vous laisserai commettre cette folie, s'exclama-t-il. Si cette affaire est d'origine criminelle, vous y risquez votre charge et peut-être plus. Je ne puis le permettre d'aucune façon.

— Qu'ai-je à faire de ma charge, répondit Bourdeau, quand l'homme que j'ai adopté comme mon chef quand il avait vingt ans, que j'ai suivi partout, que j'ai sauvé de la mort plusieurs fois et dont j'ai appris à estimer la conduite et l'honneur, se trouve en situation délicate ? Quel homme serais-je de n'y point remédier de toute la force de ma conviction ? Et quel homme seriez-vous, si vous repoussiez mon dévouement ?

— Soit, dit Nicolas ému jusqu'aux larmes, je me rends.

— J'ajoute que, dans le cas où cette affaire se compliquerait, c'est votre jugement et votre expérience qui, comme toujours, nous conduiront à une solution.

Il marchait de long en large, frappant sa jambe droite de son tricorne. Il demeura un moment à réfléchir.

— Il nous faut trouver quelqu'un de votre stature sur lequel, de surcroît, nous puissions faire fond. Rabouine, j'y songe, est à peu près de votre corpulence.

— Il a un profil pointu.

— Peu importe, son visage sera dissimulé par le cache-nez. Ce choix bénéficie d'un autre avantage. Il me revient qu'il connaît très bien le garçon bleu[1] au service de M. de La Borde. Peste, je ne parviens pas à retrouver son nom...

— Gaspard ! Il m'a rendu de signalés services en 1761, dans la fameuse affaire Truche de la Chaux[2].

— Voilà qui convient à merveille. Avec un mot de vous, que vous m'allez écrire, il accueille Rabouine emmitouflé avec force politesse, l'entraîne dans le château et dissimule notre homme chez M. de La Borde. Le tout est d'y mettre le prix, le gaillard est assez sensible aux écus sonnants.

Bourdeau mimait, les doigts prestes, une main distribuant des pièces.

— Son maître couche à Paris, reprit-il. Il m'a confié hier soir n'être point de quartier. On le dit, je crois, entêté par une nouvelle conquête. Bavardant sur commande, Gaspard jase : « *Le petit Ranreuil, l'ami de mon maître, vous savez le commissaire, se repose, il est souffrant*. » Rabouine abandonne votre défroque et rejoint Paris discrètement. Vous êtes censé demeurer en quarantaine chez le premier valet de chambre. Sartine, rassuré, en est informé. Nous voilà tranquilles.

Face à cette énergie presque brutale, Nicolas estima devoir réfréner son humeur larmoyante et entrer de plain-pied dans les dispositions de l'inspecteur. Il éprouva bien quelque répugnance à se vêtir d'habits grossiers qui sentaient le renfermé et le moisi. La culotte flottait autour de lui et ils durent chercher une sorte de lacet qui servît de ceinture. Le gilet matelassé lui permit d'emplir le vêtement en offrant l'image d'un embonpoint qui modifiait sa silhouette. La perruque et une calotte noire auxquelles s'ajoutèrent des bésicles transformèrent à tel point le commissaire qu'il ne se reconnut pas lui-même dans le reflet de la croisée.

— Bon, je vais chercher Rabouine, dit Bourdeau. Il n'est jamais très loin, à cette heure. Dès qu'il sera habillé avec votre vêtement, j'irai distraire le Père Marie, il passera derrière moi et vous gagnerez discrètement le bureau de M. de Sartine qui n'est jamais fermé. Il suffira de pousser la moulure dorée de la troisième étagère de la bibliothèque pour emprunter le passage secret que vous connaissez. Des degrés conduisent à une petite porte donnant sur la courtine vers la Grande Boucherie, où je vous retrouverai. En attendant, ne bougez pas. Je vole chercher Rabouine, et, pour plus de prudence, je vous enferme.

Nicolas entendit tourner la clef et, seul face à lui-même, ne put se départir d'un sentiment d'inquiétude, non pour lui, mais pour Bourdeau. La loyauté et le dévouement de son adjoint entraînaient dans des voies de traverse bien périlleuses un homme ayant charge d'âmes et espérant légitimement poursuivre, dans la tranquillité, une carrière déjà longue. À cette interrogation s'en ajoutait une autre. Pouvait-il tromper Sartine aussi délibérément, alors que celui-ci s'était montré si ouvert et patient ? Nicolas possédait au plus haut point le don de s'enfoncer dans des cas de conscience dont il ne sortait que par des exercices de casuistique douloureux, vestiges de son éducation chez les jésuites de Vannes. Cette agitation spirituelle lui laissait des meurtrissures à l'âme et s'accompagnait d'agitation. Autre chose le hantait ; lui si indifférent, ou plutôt si habitué aux spectacles terribles qu'offrait le déroulement des enquêtes criminelles, saurait-il résister à la vue du cadavre de Julie et au désordre d'une maison envahie par la police ? Saurait-il garder la tête froide, condition de tout raisonnement assuré sur une matière qui lui était si proche ? M. de Sartine ne se trouvait-il pas dans le vrai en souhaitant l'écarter de ce théâtre et Bourdeau, emporté par sa fidélité, ne les plongeait-il pas tous les deux dans une dérive sans issue ?

Bourdeau et Rabouine le retrouvèrent ayant surmonté cette crise. Il écrivait le mot pour Gaspard, qu'il cacheta aux armes des Ranreuil après avoir glissé dans le pli quelques louis d'or. Auparavant, et par souci de clarté à l'égard d'un vieil ami dont le soutien ne s'était jamais démenti tout au long de ces années, il avait préparé un message à l'intention de M. de La Borde. Il estimait ce geste doublement justifié, tant pour ne pas manquer à cet ami que pour couvrir Gaspard vis-à-vis de son maître. Ce souci de délicatesse le fit raisonner sur les turpitudes humaines. Pourquoi acceptait-il de désobéir aussi ouvertement au lieutenant général de police en enfreignant ses plus expresses recommandations et tenait-il pour essentiel de ne pas agir dans le dos du premier valet de chambre du roi ? Sans doute, estima-t-il, parce que les incertitudes de la subordination supposaient l'inégalité et peut-être – mais il n'osa pas trop rechercher dans cette direction – sa propre attitude n'était-elle pas sans lien avec certaines rebuffades subies dont, malgré la reconnaissance et l'admiration qu'il nourrissait pour son chef, il gardait un goût amer. C'était peu de chose qu'une petite désobéissance dans les circonstances particulières qu'il était en train de traverser – une simple petite vengeance.

— J'ai commis le Père Marie pour une importante mission, dit Bourdeau : aller quérir un cruchon d'eau-de-vie dont il aura la moitié en jouissance particulière. C'est le moment. Rabouine a tout compris. Donnez-lui la lettre.

— Qu'il passe d'abord chez La Borde lui remettre ce pli.

Bourdeau considérait avec perplexité le petit papier sur lequel le cachet faisait comme une tache sanglante.

— Croyez-vous nécessaire de... ?

— C'est cela, ou je renonce.

Rabouine s'était changé et se transformait peu à peu, une perruque courte aidant, en un très acceptable Nicolas. Une pièce de laine noire remontée sur le visage, le col relevé du manteau, et l'enfoncement du tricorne complétèrent l'illusion. De son côté, Nicolas assura les bésicles et fit quelques pas.

— L'air moins mousquetaire, dit Bourdeau, les jambes fléchies, le dos rond, les épaules tombantes. Allons, c'est cela... C'est beaucoup mieux.

Il ouvrit un tiroir de la table et en tira du papier, des plumes, un canif et une bouteille d'encre portative. Il tendit ces objets à Nicolas.

— N'oubliez pas vos instruments de travail. Cet attirail-là parachève l'illusion. Vous êtes à crever ! Un peu trop propre encore. Ôtez vos lunettes.

Bourdeau passa la main sur le haut de l'armoire et barbouilla de poussière le visage du commissaire, dont le teint prit en un instant une apparence grisâtre et fatiguée.

— La voie est libre. Partons chacun de notre côté. Nous nous retrouverons là où vous savez.

L'inspecteur disparut, suivi d'un Rabouine fringant, fier comme Artaban, d'entrer dans la peau du commissaire pour lequel, en vieux complice, il se serait jeté dans la Seine. Nicolas gagna le cabinet d'audience. Le silence de cette pièce lui fit souvenir de son premier entretien avec le lieutenant général de police, alors qu'il arrivait frais émoulu de sa province natale, et de mille autres scènes drolatiques ou tragiques que les années accumulaient. La moulure dorée s'enfonça et la bibliothèque pivota, dévoilant un escalier d'où montaient, lointains, les bruits de la cité. Deux étages plus bas il trouva la porte qui se referma derrière lui. Le soir, qui tombait déjà, accentuait encore le froid humide de la rue. Il n'attendit pas longtemps. Un fiacre s'arrêta, la portière s'ouvrit et il y sauta.

— Ce Rabouine est étonnant, dit Bourdeau. Il a du monde[3] comme un huissier du Palais. Il fera illusion à Versailles, et, ma foi, dans vos nippes, il a grande allure.

Nicolas sourit.

— Grand merci pour les nippes ! On voit bien que vous ne recevez pas les factures de Me Vachon, mon tailleur ! Quant à Rabouine, Dieu nous le garde, il excelle à se tirer d'affaire en toutes occasions sans pleurer son temps.

— Vous avez souri, observa Bourdeau, tout va bien. La guérison est proche.

La conversation se poursuivit sur un ton léger qui rasséréna peu à peu Nicolas, lui faisant oublier ce qui l'attendait. Rue de Verneuil, des exempts surveillaient discrètement la maison. Ils reconnurent aussitôt le fiacre qui ne portait pas de numéro et le visage familier de Bourdeau. Un inspecteur assis devant la porte sur laquelle avaient été apposés des scellés de pain à cacheter signés essaya bien de discuter leur présence. Le nom de M. de Sartine apaisa toutes les difficultés d'un confrère qui souhaitait seulement préserver les prérogatives du commissaire de quartier. Après que les scellés eurent été rompus, Bourdeau et Nicolas pénétrèrent dans le logis de Mme de Lastérieux.

L'ombre et le silence emplissaient les pièces

aux volets refermés. Le hall désert ouvrait sur un corridor qui conduisait aux pièces de réception. À droite, une porte menait à l'office. Au fond, une portière de velours donnait sur le grand salon prolongé à gauche, en angle, par une bibliothèque et un salon de musique. Toujours à main droite, s'ouvrait un petit couloir menant à un boudoir circulaire avant la chambre de Julie. Une garde-robe jouxtait cette pièce et rejoignait des chambres de service en enfilade, qui faisaient retour sur l'office. Les pièces nobles avaient vue sur la rue de Verneuil, le reste sur une cour, puits obscur des retraites ancillaires. Les croisées de la bibliothèque et du salon de musique regardaient la rue de Beaune.

— Commençons par la chambre, dit Bourdeau.

Il parcourut du regard le salon et la table encore installée, mais débarrassée, entourée de huit chaises.

— Tout paraît en ordre, il y avait pourtant réception hier soir.

— Le service des domestiques des Îles est parfait, précisa Nicolas, et Julie était intraitable sur le sujet. Tout devait être rangé et nettoyé. Elle ne supportait pas de voir au petit matin la maison en désordre.

— Voilà qui est bien fâcheux. Le désordre possède un éminent mérite, il multiplie les occasions d'observation.

— Cela ne laisse pas de nous donner une indication. Les soirées de cette maison, je suis bien placé pour le savoir, ne duraient guère au-delà d'une heure du matin. La remise en ordre prenait deux heures au moins. C'est dire, les domestiques nous le confirmeront sans doute, que Mme de Lastérieux n'a pas appelé à l'aide à ce moment-là. Elle aurait pu le faire aisément de son lit en tirant le cordon qui sonne à l'office. Sa servante serait accourue.

— C'est une indication utile, concéda Bourdeau. Sauf à penser qu'elle a perdu connaissance sans pouvoir chercher de l'aide.

Nicolas, en d'autres temps, se fût amusé du rapport inversé de leur dialogue. Était-ce l'effet de sa défroque ridicule, mais c'était Bourdeau qui, désormais, concluait. Il avait d'ailleurs la capacité et l'expérience pour cela.

— Quelle honte, murmura Nicolas, d'avoir abandonné le corps de Julie sans personne pour le veiller !

Bourdeau répondit par un grognement indistinct.

Quand ils poussèrent la porte de la chambre, une odeur écœurante les saisit à la gorge. Ils ne distinguèrent d'abord rien ; la pièce, aux courtines tirées, demeurait dans l'obscurité. Bourdeau courut chercher un flambeau dont il alluma les bougies au briquet. La lumière vacillante éclaira l'alcove. Julie de Lastérieux, en chemise de nuit, paraissait arquée, les jambes pliées et écartées. La mort l'avait saisie alors qu'elle portait les mains à sa gorge. La tête, renversée sur l'oreiller au milieu du flot ardent de la chevelure, semblait hurler, la bouche ouverte. Des déjections orangées, sanglantes par endroits, couvraient le devant du corps et avaient dégoutté sur les draps et sur le tapis. Les prunelles des yeux exorbités se troublaient déjà. Nicolas, assailli par les souvenirs, éprouva une peine profonde de voir l'œuvre de mort si horriblement mise en scène. Il dut se faire violence et se cramponna à l'idée de son devoir. Il s'efforça de toute sa volonté à agir comme si le pauvre corps qui gisait dans ses vomissures n'avait pas été celui d'une femme aimée. Il reprit en mains la direction des opérations. Il constata une fois de plus que la pusillanimité de ses réactions affectives pouvait céder aussitôt le pas à une froide détermination, même et surtout si son propre destin était en cause.

— Pierre, dit-il, plus un pas. Vous ne connaissez pas cette chambre. Je veux la considérer avec attention, moi qui en sais tous les détails. Peu importe que les raisons du décès nous soient encore inconnues. Quand nous serons éclairés sur ce point et si le malheur voulait que l'empoisonnement criminel fût prouvé, nous regretterions de ne pas avoir été assez attentifs. Levez ce flambeau pour m'éclairer.

Il considéra la pièce avec attention. Sa réflexion fut si lente que Bourdeau, impatienté, lui toucha le coude comme s'il craignait qu'il ne se fût endormi.

— Hé ! Nicolas, le temps presse...

— Dans ces circonstances, il est quelquefois utile de perdre quelques instants.

— Quelles constatations avez-vous glanées ?

— Quelques-unes bien étonnantes, en vérité. D'abord, le feu est éteint, mais cela est normal. Il est près de six heures. Mais que les fenêtres soient closes et les rideaux tirés, cela n'est pas conforme.

— Pas conforme à quoi ?

— Aux habitudes de Julie. Elle exigeait toujours un feu d'enfer – ce que j'abhorre, vous le savez – avec, en contrepartie, la croisée toujours entrouverte et les rideaux à moitié tirés. Or, sauf à ce que les choses n'aient point été laissées en l'état lors de la découverte du corps, ce que je ne crois pas...

— Pourquoi ?

— Regardez ces flambeaux posés sur la

commode. Le médecin qui est venu a examiné le corps à leur lueur. Ils n'ont jamais eu leur place ici, pas plus que ces bijoux épars. Lorsqu'un mort repose l'hiver, on laisse pénétrer le froid extérieur, de préférence... J'observe aussi, sur la table de nuit, un verre de liquide blanc à demi bu, et une assiette avec ce qui paraît être une aile de poulet dans sa sauce. Ce dernier point est impossible et totalement aberrant.

— Et pour quelle raison ?

— Julie avait horreur de manger au lit. Jamais elle ne se serait fait apporter quelque nourriture que ce soit. Jamais elle ne m'avait permis de satisfaire une fringale à son chevet. C'est vous dire si la présence incongrue de cette assiette m'inquiète.

Il rougit dans l'ombre d'avoir à évoquer ces détails intimes.

— Autre chose, reprit-il. Comment pouvez-vous imaginer qu'elle ait souhaité manger à son coucher ou durant la nuit alors qu'elle sortait d'un souper fastueux ? Voilà qui n'a pas le sens commun.

Il considérait pensivement la petite écritoire posée sur une table en bois de rose. Des feuilles éparses y gisaient en désordre, avec une plume, un cachet et un bâton de cire verte.

— Soit, pour ce qui nous entoure, dit Bourdeau. Mais le corps ?

— Il nous faudra le considérer de plus près. Il me rappelle celui d'un vieillard qui, une nuit de l'été dernier, à Chaville, se vit attaquer à la gorge par des guêpes. La position des mains était identique. L'empoisonnement, à première vue, est patent, l'étouffement aussi, la gorge paraît gonflée, même vue de loin. L'ouverture nous en dira plus long, je l'espère. Il convient de faire recueillir avec précaution le verre et son contenu, de même que les reliefs de l'assiette.

— Que de traces de pas ! dit Bourdeau. Et des plus boueuses.

— La police, le médecin. Pas grand-chose à tirer de tout cela.

Ils firent le tour de la chambre, cherchant d'autres indices. Bourdeau désigna une porte dérobée ménagée dans la cloison.

— Où mène-t-elle ?

— À l'office par la garde-robe, le cabinet de toilette et les chambres de service.

Bourdeau poussa la porte, traversa une petite pièce garnie de placards ouvrant sur une autre plus vaste, meublée d'une table à miroir et d'une bergère. Il ouvrit une seconde porte qui donnait sur un long couloir couvert d'un chemin de galerie en jute.

— Par ici les empreintes sont beaucoup plus nettes, constata-t-il. Un homme paraît avoir fait l'aller et retour.

Nicolas avança. Bourdeau, stupéfait, se taisait, fixant le sol.

— Voilà qui est bien étrange, reprit l'inspecteur. Dieu me damne si ces empreintes ne sont pas identiques à celles que laissent vos bottes sur le tapis. Vérifiez vous-même.

Ils s'agenouillèrent tous les deux ; Nicolas, au bout d'un moment, rompit le silence.

— Identiques. Absolument et parfaitement identiques.

Nicolas fit quelques pas, s'accroupit et, avec une feuille de son petit carnet noir, entreprit de relever l'estampage de marques sur le parquet à l'aide d'une mine de plomb.

— En fait, pas complètement, reprit-il. Voyez,

un clou devait dépasser de la semelle et a éraflé en creux le parquet. Regardez.

— Et ces empreintes sont fraîches, de surcroît. Enfin, de la nuit, murmura Bourdeau gêné.

— Je vois ce que vous pensez. Il y a une explication.

Il regagna la garde-robe, ouvrit une penderie où Bourdeau vit accroché un habit de Nicolas qu'il reconnut et, sur une étagère de traverse, des chemises pliées et des mouchoirs. Cependant, quelque chose ne correspondait pas à l'attente du commissaire et il devina l'accablement de Nicolas.

— Disparue ! Ma deuxième paire de bottes, identiques à celle-ci, disparue. J'ai toujours ici quelques effets m'appartenant.

— Peut-être les domestiques l'ont-elles emportée pour la nettoyer.

— Il ferait beau voir ! dit Nicolas. J'ai appris du marquis, mon père, à ne jamais confier ce soin à d'autres qu'à moi-même. Vous n'obtenez jamais autrement le poli et le brillant d'un cuir semblable à la surface vernie d'un marron d'Inde bien patiné.

— Soit, soit, dit Bourdeau, peu habitué à entendre Nicolas mentionner le nom de son père. Autre chose, ce sont les traces des domestiques !

— Impossible, ils ont coutume de marcher pieds nus. Julie déteste le bruit. Elle aurait voulu qu'on glissât sur les parquets.

— Il reste, reprit l'inspecteur hésitant, que les seules traces de pas relevées dans ce passage sont les vôtres...

Il observa le mouvement d'impatience de Nicolas.

— Les vôtres, ou des traces laissées par vos bottes... Permettez qu'on les suive.

Elles les conduisirent à l'office, qui était dans un ordre parfait. Dans un garde-manger, ils découvrirent les restes d'un plat de poulet qui intrigua Bourdeau, mais que Nicolas reconnut comme préparé à la manière des Antilles, plat dont il raffolait tout particulièrement.

— Il faudra recueillir tout cela, le porter à la basse-geôle où Semacgus s'en chargera et pratiquera l'examen, y compris l'essai sur des rats.

Bourdeau se voûtait de plus en plus, en proie à un évident dilemme intérieur.

— Je devrais rendre compte à M. de Sartine...

Nicolas lui répondit sur un ton un peu vif.

— En effet. Pourquoi, également, ne pas lui faire observer que vous étiez accompagné d'un huissier, inconnu de sa compagnie, porteur de très belles bottes de cavalier ? Lequel vous a d'ailleurs indiqué qu'il en gardait une autre paire dans un placard, où ledit huissier, inconnu sur la place, je le répète, lui fit apercevoir des hardes appartenant à un commissaire de police au Châtelet qu'il n'avait jamais rencontré, et pour cause, mais dont il reconnaissait les culottes ! Quand je vous disais que nous nous engagions dans une impasse... Vous voilà pris dans un piège, et moi avec vous. Notre machination se referme sur nous. Je n'aurais jamais dû accepter votre généreuse proposition.

— Dieu juste, dit Bourdeau, fasse que cet empoisonnement soit naturel ! Dans le cas contraire...

Ni l'un ni l'autre n'eurent le cœur d'aller au bout de cette éventualité. Ce qui faisait le plus mal à Nicolas, c'était de penser que lui-même, à la place de Bourdeau, n'aurait pu s'empêcher de s'interroger sur la présence troublante des traces de bottes.

III

PIÈGE

Jesuz mab Doue, n'eo bet kredet,
Piv en e vro a ve profed ?
Jésus, Fils de Dieu, n'a pas été cru,
Qui serait prophète dans son pays ?

Dicton breton

Les instructions et les décisions s'étaient succédé avec méthode. Bourdeau prenait décidément les choses en main. Des émissaires avaient été dépêchés au docteur Semacgus, à Vaugirard, et à Sanson, bourreau de Paris, qui demeurait hors les murs dans une maison lui appartenant à l'angle de la rue Poissonnière et de la rue d'Enfer. Depuis longtemps, Monsieur de Paris – comme on disait – prêtait les ressources de son art à l'ouverture des corps dans les enquêtes criminelles. À cet homme cultivé et discret, mais qui pouvait dissimuler – il en avait fait naguère l'expérience – des travers inattendus, Nicolas vouait une amitié sincère et pleine de compassion.

Les voitures empruntées par les exempts en

mission ramèneraient les deux praticiens au Grand Châtelet où, dans la soirée, s'effectuerait l'examen du corps de Mme de Lastérieux. Il ne s'agissait pas d'une formalité ; tout était suspendu aux résultats de cette ouverture. Que la présomption d'empoisonnement criminel l'emporte et la lourde machine judiciaire s'ébranlerait sur-le-champ, avec son convoi de mesures et de procédures.

Le cœur serré, Nicolas, collé contre le mur, s'était écarté pour laisser les porteurs descendre le cadavre vers le chariot d'usage. Le cahotement du véhicule sur le pavé parisien risquant d'opérer des changements sur le corps, celui-ci avait été placé sur un lit de paille avec la tête fixée par des attelles afin de rendre les secousses moins sensibles. Auparavant, Bourdeau s'était employé à clore les ouvertures du cadavre avec de la charpie afin d'éviter que s'écoulent des liquides dont il était important d'analyser la nature.

Il avait remis à plus tard l'audition des domestiques, ainsi que celle des invités du souper de la rue de Verneuil. Elles ne s'imposaient pas dans l'immédiat. Les deux hommes laissèrent partir le chariot contenant le corps et remontèrent dans leur fiacre après que les scellés eurent été une nouvelle fois apposés sur la porte du logis. Bourdeau emportait dans un panier trouvé dans l'office les restes d'aliments découverts dans la chambre et dans la cuisine, ainsi que le breuvage blanc transvasé dans une petite bouteille dûment bouchée.

Nicolas remerciait le ciel de son déguisement. Il lui permettait de s'enfoncer dans une espèce d'assoupissement fait de stupeur et de chagrin. Un mauvais pressentiment le poursuivait. La nuit tombée ajoutait encore à son état ; il regardait sans les voir les passants emmitouflés dont les faces disparaissaient dans les cols relevés des manteaux, tant le froid recommençait à piquer. Les couleurs des rues s'effaçaient dans le brouillard humide qui tombait. Les feux des réverbères peinaient à diffuser leurs lumières. La vue de cette foule pressée lui rappela un tableau flamand de la collection du roi, dans lequel, sur fond de ciel neigeux, des personnages sans visage déambulaient en procession vers un cimetière figuré dans le lointain. Bourdeau tenta sans succès de lui proposer leur habituelle halte dans un estaminet de la Grande Boucherie, où ils avaient coutume de se lester les entrailles avant les ouvertures. Nicolas n'avait goût à rien et fit observer sèchement à Bourdeau que son accoutrement risquait d'attirer l'attention de leur hôte et que celui-ci, les comptant comme pratiques depuis des années et n'appréciant rien tant que parler sous le nez de ses clients, risquait de percer son incognito.

Le bruit des roues résonnant sous une voûte le tira de ses réflexions. La voiture s'arrêta. Bourdeau releva d'un air paternel le cache-nez qui dissimulait le bas du visage du commissaire et s'assura que les bésicles fumées étaient bien ajustées, puis examina les environs de l'entrée du Grand Châtelet. La voie était libre. Personne ne rôdait et les vas-y-dire habituels avaient abandonné le lieu pour des retraites plus chaudes. Ils descendirent à la basse-geôle. À ses débuts dans la carrière, Nicolas organisait les ouvertures dans la salle ogivale de la question, près du greffe du tribunal criminel. Depuis, les occasions s'étant multipliées, un petit caveau muni d'une table de pierre à rigole prêtait ses commodités à ces opérations et bénéficiait de la présence toute proche de la morgue, ouverte à la vue du public. Quand Nicolas et Bourdeau y entrèrent, ils eurent la surprise d'y trouver Semacgus et Sanson. Nicolas s'étonna de les voir là, car il était impossible de les avoir joints dans un délai si court à leurs domiciles respectifs. Ils étaient plongés dans une conversation animée, ayant tous les deux été conviés à assister à une opération délicate de la pierre sur un malade hospitalisé à l'Hôtel-Dieu. À l'issue de celle-ci, Sanson avait invité Semacgus à venir admirer de nouveaux instruments provenant de Prusse, que la malle-poste venait de lui livrer.

— Le bonsoir, messieurs, dit Bourdeau souriant.

Les deux hommes se retournèrent. Nicolas, en retrait, veillait à ne pas tomber sous la lueur des flambeaux. Il observa que Sanson portait un élégant habit vert. C'était la première fois qu'il le voyait autrement que dans son éternel habit puce. Cela le rajeunissait et compensait la gravité que l'embonpoint naissant lui donnait.

— Nicolas n'est pas des nôtres ? demanda Semacgus en jetant un regard incisif vers l'ombre où se tenait le faux greffier.

— Pas cette fois, dit Bourdeau. M. de Sartine n'a pas jugé décent qu'il s'implique dans une enquête, ou plutôt dans une recherche préliminaire, qui le touche de si près.

Il donna un coup de tête de côté pour désigner Nicolas.

— M. Deshalleux, greffier. Il prendra note de nos conclusions.

Nicolas s'inclina.

— Monsieur l'inspecteur, dit Sanson, notre ami m'a confié les faits. Je souhaiterais que vous fussiez mon interprète auprès de M. le commissaire Le Floch pour lui exprimer la part sensible que je prends à sa peine...

Le bourreau fut interrompu par l'arrivée du brancard porté par deux hommes et précédé d'un exempt. Le cadavre posé sur la table en pierre,

Semacgus et Sanson se mirent en silence à préparer leurs instruments. Ce qui suivit fut pour Nicolas une épreuve épouvantable. Il ne sut jamais comment il avait pu supporter le crissement du scalpel sur la peau, les craquements d'écartement des côtes de chaque côté du tronc, livrant au regard les dégradés nacrés des organes et les divers bruits et odeurs provoqués par l'opération. Plus insupportables encore, furent les commentaires et propos qui accompagnèrent ce travail. Ce corps jadis follement aimé n'était plus qu'un rebut misérable et sanglant. Après l'avoir recousu, salé et enveloppé dans un sac de jute, Bourdeau et Semacgus se lancèrent dans un long conciliabule qui s'acheva par un assaut de politesses pour savoir qui dicterait les conclusions. Finalement, Sanson se mit en devoir de résumer leurs considérations. Bourdeau heurta du coude Nicolas, pour lui rappeler d'avoir à prendre en note ce qui allait être dit.

— Nous, commença Sanson, Guillaume Semacgus, chirurgien de marine et Charles Henri Sanson, bourreau et maître des hautes œuvres de la vicomté et sénéchaussée de Paris, demeurant séparément en cette ville et dépendances, certifions et attestons nous être, en ce jour 7 janvier 1774, en vertu de l'assignation à nous donnée ce dit jour par Pierre Bourdeau, inspecteur au Châtelet, transportés en compagnie jusque et, en la prison du Grand Châtelet, en un caveau situé près la basse-geôle, avons opéré une ouverture sur le cadavre de dame Julie de Lastérieux et de cette visite tant extérieure qu'intérieure avons dressé procès-verbal. Nous rapportons en conscience avoir trouvé que le corps de la dame de Lastérieux, dans toutes ses parties extérieures, est sain et entier, sans contusions ni blessures, et dans son état naturel, ayant seulement les articulations raides et la peau des cuisses et des jambes comme vergetée et fouettée, effet naturel d'une mort violente. Passant ensuite à l'ouverture du cadavre, et commençant par celle du bas-ventre, avons trouvé les viscères sains à l'extérieur, de l'intérieur de l'estomac nous avons retiré environ une chopine d'une liqueur brunâtre mêlée de caillots de sang, la surface interne de ce viscère paraissant irritée et teinte d'un rouge clair ineffaçable au frottement d'une serviette. Quant à la couleur...

— Permettez, cher confrère, dit Semacgus, mais je crains que vous n'omettiez certains détails.

— C'est tout à fait juste, pardonnez-moi. Je reprends : « Alors, l'estomac est apparu vide de toutes substances solides avec juste un peu de liquide. Quant à sa couleur étrange, elle ne s'est pas retrouvée dans le premier intestin, qui était fort sain ainsi que le reste du canal. Nous avons ensuite procédé à l'ouverture de la poitrine. Les poumons étaient sains, ainsi que le cœur. Le conduit de l'œsophage semblait fort irrité. Les masses musculaires et muqueuses du cou étaient fort gonflées. À l'examen de la bouche, nous n'avons découvert aucune lésion, les dents sans fractures, ce qui indique parfaitement qu'on n'a usé d'aucune violence pour faire avaler quelques substances étrangères et nuisibles. La visite des parties sexuelles dudit cadavre a montré, par ce que nous y avons recueilli, qu'un coït pourrait être intervenu peu avant la mort. D'après quoi, nous avons salé le cadavre de ladite défunte dame de Lastérieux, afin de le pouvoir conserver aux fins d'examens ultérieurs. Fait et arrêté, notre présent procès-verbal de rapport, à servir et valoir ce qu'il appartiendra, offrant d'être répété sur icelui, si requis est. Ce 7 janvier 1774. Avons signé sur la minute Guillaume Semacgus, Charles Henri Sanson, Pierre Bourdeau, et contresigné du greffier Deshalleux qui a établi la copie. »

Au-delà de son désarroi, Nicolas éprouvait le caractère inhabituel de cette séance. Même si Bourdeau menait son affaire avec détermination et méthode, l'ouverture s'était effectuée dans le mystère du seul dialogue médical. Manquaient à son développement ces remarques candides, marquées du sceau du bon sens et de la curiosité, que lui seul savait formuler au moment opportun. Il est vrai que, cette fois, l'objet de cette recherche lui était si proche que les mots ne lui seraient peut-être pas venus pour exprimer ses interrogations. Il avait l'impression d'assister à un quatuor auquel aurait manqué un instrumentiste, celui par qui tout s'ordonnait et s'éclairait. Il est vrai que la pratique judiciaire imposait au médecin et chirurgien commis en ces sortes d'affaires d'éviter de se prononcer, leur fonction se limitant à énoncer un certain nombre de constatations qui établiraient l'opinion des limiers et des juges. La recherche ultérieure des preuves et l'interrogatoire des suspects, poussés jusqu'à la question dans les affaires criminelles les plus graves, achevaient les procédures d'enquête. L'inspecteur, sans doute remué lui-même par les doutes de son chef, paraissait lui aussi perplexe et déçu de ce qu'il venait d'entendre.

— Messieurs, dit-il, tout cela est bel et bon, mais je distingue mal dans vos propos les éléments signifiants. Et *quid* des raisons et causes du décès de Mme de Lastérieux ?

Semacgus et Sanson s'entreregardèrent. Le chirurgien de marine toussa et croisa ses grandes mains dont il fit craquer les articulations.

— Il est encore trop tôt pour se prononcer, dit-il. Probable que cette femme est morte victime d'un empoisonnement. Il justifierait les lésions irritantes observées dans les organes, et en particulier cet œdème du cou fort curieux. J'hésite à le considérer comme la cause principale de la mort, mais il pourrait y avoir grandement contribué.

— Peut-être dit Sanson, par l'angoisse d'étouffement provoqué par le gonflement des chairs. Le cœur, alors, aurait pu céder.

Un grand silence s'établit à nouveau. Bourdeau semblait perdu dans la contemplation du corps dissimulé par le sac.

— Il y a d'autres constatations, dit Sanson. Ainsi, il est probable qu'il y a eu conjonction charnelle ; les traces sont troublantes.

Nicolas songea que cette restriction n'avait pas de sens.

— L'étrange, reprit Semacgus, c'est l'absence d'aliments dans les entrailles de la victime. Quelques déjections et traces de liquide, c'est tout.

— Il sera d'autant plus utile, dit Bourdeau, d'analyser le breuvage blanchâtre trouvé au chevet de la victime, une sorte de lait. Je m'étonne cependant, messieurs, qu'aucun aliment n'ait été découvert, alors que nous savons positivement que la victime sortait d'un souper prolongé.

— Peut-être, avança Sanson, a-t-elle été conduite à rejeter ce qu'elle avait mangé ? Vos constatations à son logis laissent-elles une chance à cette hypothèse ?

— D'aucune façon. Les déjections étaient liquides et nous n'avons rien trouvé de semblable à ce que vous imaginez dans la garde-robe. Le docteur Semacgus examinera avec le plus grand soin le liquide en question et les restes du repas qui sont dans ce panier.

— Alors, il faut croire que la solution réside dans ce liquide que je vais analyser dès que possible, ainsi que les aliments rapportés par vos soins, dit le chirurgien. Je crois que nous avons fait notre possible ce soir. Retrouvons-nous ici demain vers trois heures de relevée. Je vous ferai part de mes résultats.

Semacgus repliait la serviette de cuir qui renfermait ses instruments. Sa hâte à les nettoyer sous l'eau d'une fontaine de cuivre indiquait à ceux qui connaissaient ses habitudes qu'un rendez-vous l'attendait et qu'il ne souhaitait pas prolonger la séance. Il s'inclina et disparut sous la voûte de l'escalier ; ses pas résonnèrent dans le lointain. Sanson s'apprêtait lui aussi à prendre congé quand l'inspecteur l'entraîna dans un angle du caveau et lui parla un long moment à l'oreille. Ils se retournèrent tous deux souriants vers Nicolas.

— Monsieur le commissaire, dit Bourdeau, je vous ai trouvé un asile pour la nuit. Notre ami accepte de vous accueillir dans sa demeure. C'est un endroit où personne n'aurait l'idée de venir vous chercher.

Il toussa, gêné par ce qu'il venait de dire, et qui pouvait apparaître blessant à l'exécuteur des hautes œuvres.

— Je vous retrouverai demain matin devant l'hôtel des Menus Plaisirs [1], vers midi. Nous poursuivrons l'enquête qui, pour le moment, ne me semble en rien concluante. Certes, il ressort de l'ouverture que la victime a été empoisonnée, mais la cause et les circonstances demeurent inconnues.

Nicolas ôta ses lunettes.

— J'ai scrupule, dit-il, à m'imposer chez notre ami au risque de le compromettre.

— Monsieur, dit Sanson, c'est un honneur pour moi. Calmez vos alarmes ! Je ne risque rien. On ne perd pas une charge que l'on ne possède pas encore. Et quand même cela serait, je gage qu'il n'y aurait pas foule à se battre pour la réclamer !

— Comment, dit Nicolas, vous n'êtes pas en

charge ? Chacun pourtant reconnaît en vous Monsieur de Paris.

Le bourreau eut un sourire triste.

— Mon père est toujours vivant et ne s'est jamais dessaisi d'une charge que Sa Majesté seule peut l'autoriser à quitter. Le jour venu, et si cela se produit, le roi me confirmera dans ces fonctions par une lettre de provision.

— Mais quel est ce mystère ? s'étonna Bourdeau.

— Charles-Jean-Baptiste Sanson, mon père, paralysé d'un bras en 1754, s'était retiré à la campagne. C'est pourquoi, je vous l'ai jadis raconté, mon oncle Gabriel, bourreau de Reims, a présidé avec moi à l'exécution du régicide Damiens en 1757. Il ne s'est jamais remis des conditions si affreuses de cette exécution.

— Il me semblait, reprit Bourdeau, que votre père avait encore officié lors de l'exécution de M. de Lally, baron de Tollendal.

— Cela est véridique. Mon père connaissait depuis longtemps le baron. Lorsqu'il était jeune officier au Royal-Irlandais, il se réfugia dans notre maison à la suite d'une pluie torrentielle. Il eut l'idée curieuse de demander à mon père de voir ses instruments. Passant un doigt sur la lame à double tranchant d'une lourde épée, il observa que la tête du condamné devait être détachée d'un seul coup et prononça à la suite cette phrase saisissante : « *Si jamais le hasard me met un jour entre vos mains, promettez-moi de vous le rappeler*. »

— Et alors ? demanda Nicolas.

— Et alors, quand il fut condamné après la reddition de Pondichéry pour trahison supposée au profit de l'Angleterre [2], mon père se souvint de la promesse faite au jeune officier. Il quitta sa campagne, revint à Paris. Il fut désespéré de constater qu'il ne possédait plus la force nécessaire pour brandir la lourde épée de justice. Ce fut moi qu'il chargea de cette tâche horrible et... honorable, mais...

Sanson baissait la tête, la poitrine soulevée par une visible émotion.

— ... Le condamné avait soixante-quatorze ans et sa longue chevelure blanche se dénoua. Quand je laissai tomber la lame, elle glissa, lui brisant seulement la mâchoire. La foule de la place de Grève gronda. M. de Lally se tordait de douleur sur le sol ; je ne savais plus que faire. Mon père, avec une prestesse et une puissance inattendues pour son âge, m'arracha l'arme des mains, la brandit au-dessus de lui et trancha d'un seul coup la tête du condamné, puis, terrassé par l'émotion autant que trahi par ses forces, il tomba évanoui sur le sol.

— Ainsi, dit Nicolas, depuis vous n'avez pas eu l'occasion d'exécuter de la sorte, je pense ?

— Hélas, si ! Le chevalier de La Barre, accusé de sacrilège pour ne s'être point découvert au passage d'une procession et avoir mutilé un Christ en bois sur le grand pont d'Abbeville, eut le malheur d'être remis en mes mains. Il avait été condamné, sans preuves certaines, à avoir le poing coupé et la langue arrachée avant d'être brûlé vif. Il fit appel au Parlement de Paris, qui lui accorda la grâce d'être décapité avant d'être brûlé. Le pauvre jeune homme avait dix-neuf ans...

— N'est-ce pas lui, dit Bourdeau dont M. de Voltaire réclame à cor et à cri la réhabilitation ?

— Tout juste. Sans être entendu jusqu'à présent.

— Mais, reprit Bourdeau, Abbeville ne se trouve pas dans votre juridiction ?

— Certes, cependant le titulaire de cette ville étant tombé malade, et bien qu'il y eût des confrères à Amiens et à Rouen, le chancelier Maupeou m'a ordonné d'officier. Il entendait sans doute donner plus d'éclat à cette exécution qui répondait aux vœux de l'Église. J'y ai procédé sans incident et ne cesse depuis de supplier le ciel pour le salut de la malheureuse victime. On imagine toujours que nous exerçons notre profession par goût de la destruction de la vie... Il faut combattre cette absurde fable.

— Nous le savons bien, dit Bourdeau. Je crois qu'il convient de nous séparer, il se fait tard. Comment êtes-vous venu ?

— J'ai mon cabriolet, dit le bourreau, mené par un de mes aides.

— On peut lui faire confiance ?

— Comme à moi-même.

Nicolas se dirigea vers la table de pierre, Bourdeau et Sanson s'éloignaient déjà. De deux doigts, il toucha ses lèvres puis les posa sur le sac informe, à la place de la tête. Il resta ainsi un moment, le visage fermé, puis rejoignit ses amis qui gravissaient lentement l'escalier. Ils croisèrent le Père Marie qui jeta un coup d'œil curieux sur le faux greffier.

— Mon cher Sanson, se hâta de dire Bourdeau, auriez-vous l'obligeance de déposer notre greffier, M. Deshalleux, rue Saint-Denis, c'est sur votre chemin.

— Ce sera avec plaisir, dit Sanson en entraînant Nicolas vers le porche.

Dans la voiture, le commissaire ne parvenait pas à trouver les mots simples destinés à alimenter la conversation. Sanson, de son côté, respectueux de son silence, fermait les yeux et offrait l'image d'un homme fatigué s'assoupissant. Le cabriolet emprunta la rue Trop-va-qui-dure, face à la sortie du Pont-au-Change, fit le tour du Châtelet par la rue de la Sonnerie afin de rejoindre la rue Saint-Denis.

Paris semblait désert par ce soir d'hiver ; même le marché et le cimetière des Saints-Innocents, pourtant toujours si animés, ne se manifestaient que par l'odeur méphitique qui s'exhalait de ces lieux en dépit de la froidure du temps. Peu à peu, les glaces de la voiture se couvrirent de la buée de leur respiration. Nicolas ferma, lui aussi, les yeux au spectacle horrible d'un corps dévasté se superposant à celui de sa maîtresse dans sa rayonnante beauté. Il se souvint soudain d'une des observations de l'ouverture. Julie avait donc reçu un homme, ce soir-là... Non seulement reçu, mais aussi aimé si l'on en croyait les experts. Elle le trompait. Il en éprouva une douleur rétrospective dont il espérait qu'elle dissiperait le chagrin de sa perte. En vain : les deux sentiments – l'amertume du chagrin et la colère rageuse de la trahison – s'ajoutaient, sans se confondre. Une question inutile se présenta à son esprit : qu'aurait-il fait s'il avait surpris Julie dans les bras de son rival ? À vrai dire, il n'en savait rien, mais il éprouvait l'angoisse de cette incertitude qui le tenaillait comme une folie. Il prit une longue inspiration, s'efforçant de retrouver le calme et la sérénité de l'enquêteur.

Sous son déguisement, Nicolas n'avait pas été en mesure d'apporter son concours au débat. Ses réflexions s'ordonnaient cependant avec la plus grande netteté. Si Mme de Lastérieux avait l'estomac vide, cela s'expliquait par ses habitudes. Pour ne pas enflammer davantage un tempérament généreux, elle ne mangeait jamais de viande et, de surcroît, détestait le poulet, et en particulier celui traité à la manière des Îles et son assaisonnement de feu. Œufs et laitages, fruits, légumes et salades en saison, constituaient l'essentiel de son alimentation. L'assiette trouvée à son chevet ne pouvait, dans ces conditions, lui être destinée. Tout prouvait qu'elle n'était pas seule, et la logique conduisait à penser que le mets en question visait à apaiser la fringale de l'amant de passage. Or, lui Nicolas, savait que ce plat était d'habitude préparé en son honneur et que sa présence risquait de signifier une chose, c'était qu'on voulût faire accroire qu'il avait passé une partie de la nuit avec sa maîtresse. Cela supposait une bonne connaissance des usages de la maison, et le but de tout cela était, à l'évidence, de le mettre en position de principal suspect dans le cas où l'empoisonnement criminel serait avéré. Il ne croyait pas, en effet, à l'accident. Trop de détails s'accumulaient, tissant peu à peu une toile au milieu de laquelle il finirait par s'empêtrer comme l'impuissante victime d'un mystérieux et invisible prédateur.

La conjoncture était donc des plus défavorable. Depuis longtemps, la justice du royaume punissait avec la plus extrême rigueur l'empoisonnement, considéré comme le plus grave des crimes. Il s'agissait de mettre un terme à une violence dont le siècle dernier offrait des exemples encore présents dans toutes les mémoires. Le roi Louis XIV avait réagi avec fermeté à cette violation des lois fondamentales de la nature, et, cela, d'autant plus que les coupables se rencontraient jusqu'aux marches du trône. Nicolas connaissait la rigueur de la procédure dans ce domaine, et celle aussi du châtiment, mises répétées à la question, mort sur le bûcher et infamie posthume. Il se souvint que chez lui, en Bretagne, le suspect était interrogé au moyen des escarpins de soufre, torture particulièrement atroce.

Après la porte Saint-Denis, la voiture prit à main gauche le boulevard jusqu'à son croisement avec la rue Poissonnière. Nicolas remarqua au passage la masse sombre de l'hôtel des Menus Plaisirs, devant lequel il avait rendez-vous le lendemain avec Bourdeau. Alors qu'ils se dirigeaient vers l'angle de la rue d'Enfer où se trouvait la demeure de Sanson, Nicolas, en vieux Parisien, songea qu'il existait curieusement deux rues du même nom à Paris, l'une dans les murs, dans le quartier du Mont-Parnasse, et l'autre dans ce quartier de banlieue appelé Nouvelle-France, où les bourgeois de fraîche date bâtissaient autour de l'immense tenure du couvent de Saint-Lazare. L'attention de M. de Sartine avait été appelée sur les accidents fréquents le long de cette enceinte.

— Voyez, dit Sanson, dont l'esprit suivait la même pente, l'endroit est fort dangereux. C'est par là qu'arrivent tous les maraîchers, la plupart du temps des femmes portant des hottes à denrées pour l'approvisionnement de la capitale. Plusieurs d'entre elles, chaque semaine, se cassent bras et jambes sur cette bande étroite de terre fangeuse et glissante qu'elles sont contraintes d'emprunter, de crainte d'être accrochées par les voitures.

— Je ne le sais que trop bien, répondit Nicolas. Les religieux renâclent à faire construire à leurs frais un trottoir praticable.

Nicolas entendait encore M. de Sartine, maçon et voltairien, vitupérer cette congrégation des Prêtres de la Mission, riche à millions, qui possédait une vingtaine de rues à Paris et près de vingt-cinq villages en banlieue et « *pleurait ses écus sans charité ni sens du bien public* ».

Pendant qu'il faisait ces réflexions, l'aide du bourreau s'évertuait à soulever le marteau de la porte cochère d'une maison cossue ; elle finit par s'ouvrir sur une cour pavée. Sanson l'invita à gravir les quelques marches menant à l'intérieur de sa demeure. Pour la première fois depuis deux jours, Nicolas éprouva une sensation de bien-être, comme si quelqu'un de compatissant l'avait serré dans ses bras. L'endroit fleurait bon la cire et le bois. Paris et ses crimes s'éloignaient soudain. Deux enfants, dont l'aîné ne devait guère dépasser les huit ans, se tenaient debout devant un escalier. Le plus âgé étreignait son frère par les épaules, les sourcils froncés, comme prêt à le défendre contre l'intrusion d'un étranger, événement rare qui rompait d'évidence la chaîne des habitudes. Sanson se débarrassa de son manteau et se mit à rire en considérant la tenue de greffier de son hôte.

— Dans cette défroque, vous allez effaroucher mes fils ! dit-il. Mes enfants, je vous présente un ami. Que son apparence ne vous égare point sur sa qualité. Il était de première nécessité qu'il passât inaperçu. Rassurez-vous, il va se changer. Monsieur, je vous présente Henri et Gabriel. Allons, venez embrasser votre père.

Encore intimidés, ils s'inclinèrent, puis se ruèrent sur le bourreau qu'ils escaladèrent en le couvrant de baisers.

— Allons, allons, un peu de tenue ! Allez plutôt prévenir votre mère que nous avons un invité. Pendant ce temps, je le conduirai à sa chambre.

Il précéda Nicolas dans l'escalier et le mena dans ses quartiers, une pièce qui respirait toujours cette sorte de confort rustique rappelant au commissaire ses souvenirs d'enfance. Sanson le laissa un moment, puis revint avec une chemise, des bas, une cravate de dentelle et un habit gris qui, bien qu'un peu large, rendit à Nicolas son élégance native. Un aide du bourreau lui apporta un broc d'eau chaude, aussitôt versé dans la cuvette de porcelaine de la table de toilette près de laquelle se dressait une psyché à roulettes. Le visage qui apparut à Nicolas une fois disparue la couche de poussière qui maquillait ses traits, le frappa comme un constat brutal. Ce n'était plus celui d'un jeune homme. L'épreuve qu'il traversait mettait sur sa face une ombre tragique, accusant les rides naissantes et faisant ressortir les cicatrices de sa jeunesse de garnement élevé au grand air et celles de sa vie mouvementée.

Sanson le rejoignit pour l'accompagner dans la salle à manger. Sur le seuil, une femme coiffée d'un bonnet de dentelle immaculé et revêtue d'une robe de serge grenat protégée par un tablier empesé lui adressa une manière de révérence. Bien en chair, un peu plus âgée que son mari, l'air avenant avec un soupçon sensible d'autorité, Nicolas comprit vite que c'était elle qui exerçait la loi sur les habitants du logis, à commencer par son époux. Cependant, un air de bonté rayonnait sur ce visage bienveillant.

— Marie-Anne, voici qui tu sais, dit le bourreau. Mme Sanson, ma femme...

— Monsieur, dit-elle, puissiez-vous croire combien je suis honorée de vous recevoir dans cette maison. Vous pardonnerez, je l'espère, la simplicité d'une table familiale surprise à l'improviste.

Elle jeta un regard sévère à son mari qui baissa la tête.

— M. Sanson aurait dû me prévenir que vous seriez des nôtres ce soir. Il m'a tant parlé de vous, et depuis si longtemps...

Elle lui adressa un gracieux sourire qui creusa les fossettes de ses joues rebondies.

— Madame, dit Nicolas, je suis au désespoir de m'imposer à vous de la sorte. Je remercie pourtant les circonstances de m'offrir l'occasion de vous rencontrer. C'est pour moi un privilège d'être reçu par mon ami Sanson au milieu de sa famille.

Il appuya sur le terme et Marie-Anne rougit de plaisir.

— Eh bien ! Prenons place.

Sanson présidait une table rectangulaire, avec

Nicolas à sa droite et sa femme à sa gauche, les enfants de chaque côté. Marie-Anne hésita un moment, se leva et, regardant Nicolas dans les yeux, le pria de bien vouloir réciter les grâces. Tous se levèrent. Nicolas, ému de retrouver une habitude de sa jeunesse à Guérande, rappela à sa mémoire les mots si souvent entendus de la bouche du chanoine Le Floch. Ce souvenir ressuscita devant lui les ombres du passé, le marquis son père, sa demi-sœur Isabelle, le père Grégoire, apothicaire des Carmes déchaux rappelé à Dieu, et tous ses amis dispersés.

— *Benedic, Domine nos et haec tua dona quae de tua largitate sumus sumpturi. Per Christum Dominum nostrum.*

— *Amen*, répondit l'assistance.

Mme Sanson le gratifia à nouveau d'un sourire.

— C'est une sainte habitude de notre famille. Je trouve surprenant, dit-elle, que ce soit à des tables où tout abonde, où il y a une si grande variété de viandes qu'on refuse impunément au Seigneur, de qui seul on tient tout cela et à qui seul on en est redevable, les justes hommages qui lui sont dus.

Les deux aides apportèrent une soupière fumante dont le maître de maison se mit en devoir de servir le contenu.

— C'est, dit son épouse, un potage de chapons et de jarret de veau aux oignons blancs. J'ai passé l'après-midi à l'écumer pour que son jus soit bien clairet. Bernard, dit-elle à l'un des aides, servez du cidre de mon père à notre hôte. Je crois avoir entendu qu'il apprécie fort cette boisson.

Nicolas la remercia de son attention. Il savait que le père de Mme Sanson était fermier à Montmartre et que c'est en allant à la chasse que le bourreau avait fait la connaissance de sa future femme. Décidément, il était fort connu dans cette amicale maison. Après un moment de gêne, la conversation s'engagea sur les affaires de cuisine. Mme Sanson dit à Nicolas qu'elle connaissait son goût et sa science dans ce domaine. Au potage d'entrée, succédaient des œufs à la Tartufe dont la dénomination intrigua le commissaire.

— C'est, dit Marie-Anne, en riant, que le blanc dissimule le noir comme l'hypocrisie la fausse dévotion !

— Et comment diantre traitez-vous ce plat ?

— Oh ! le plus simplement du monde. Je coupe du petit lard en tranches minces et je le cuis à petit feu avec un peu d'eau dans une casserole. Le jus donné est jeté, emportant le trop de sel et le peu de rance. J'en chemise un plat de terre commune et j'ajoute un demi-setier[3] de jus de vin, une bonne bouteille de rouge que j'évapore à gros bouillons. Je casse sur le tout une dizaine d'œufs bien mirés et, pour l'assaisonnement, sel, gros poivre et muscade râpée. Il faut cuire le tout à petit feu et passer enfin la pelle rouge par-dessus pour gratiner un peu, en prenant bien garde de ne point faire durcir les jaunes qui se doivent manger mollets.

— Cela est délicieux, dit Nicolas. Ce mélange de saveur et de consistance me ravit.

Le repas se poursuivit paisiblement. Nicolas observa que l'hôte n'avait pas souvent la parole, et que sa femme avait réponse à tout dans la plus grande bonne humeur. On servit un plat de purée de pois accompagnée d'une échine de porc braisée, puis on apporta le reste d'un énorme gâteau des rois et un confiturier.

— Vous pardonnerez, dit Sanson, la modestie de ce dessert, mais...

— Mais, M. Sanson préviendra désormais lorsqu'il aura un hôte de marque...

Nicolas fut surpris par la confiture qui, d'évidence, était composée de cerises, mais avec un autre parfum qui se liait avec suavité à l'acidulé dominant.

— Comment nommez-vous cette confiture ?

Elle hocha la tête, heureuse de le voir étonné.

— C'est un secret de famille que je veux bien vous révéler. Il s'agit tout bonnement d'une confiture de cerises framboisées. Le mystère tient à ce qu'à la place du noyau retiré on substitue en chaque cerise une framboise. À cela, il convient d'ajouter du jus de framboises et de cerises pressées, et faire mi-part de cerises farcies et de cerises à noyau. Il faut piquer ces dernières en deux endroits d'une épingle, afin d'éviter qu'elles ne crèvent et que le noyau quitte la peau. La cuisson est au sucre, comme de coutume.

— Je garderai précieusement le souvenir de ce délice et vous promets, madame, d'en préserver jalousement le secret.

Le souper s'acheva et chacun se retrouva devant l'escalier, y compris les aides et la cuisinière. Mme Sanson fit mettre son monde à genoux et récita d'une voix ferme les prières du soir. Elle distribua ensuite des bougeoirs avec les recommandations d'usage. Désormais apprivoisés, les enfants vinrent embrasser l'ami de leur père. Nicolas retrouva sa chambre. Il se sentait apaisé par la chaleur de cette soirée familiale. La fatigue s'empara de lui et il se laissa aller à la mollesse d'une couche qui l'enveloppa d'une telle douceur qu'un sommeil sans pensée le saisit aussitôt.

Samedi 8 janvier 1774

Le bruit des rideaux que l'on tirait et une odeur familière l'éveillèrent. Un des aides déposait sur une petite table un pot de breuvage fumant, une tasse et une assiette de petits pains que Nicolas supposa être de fabrication domestique. Sans doute habitué à la discrétion, l'homme ne le regarda même pas. Alors qu'il achevait sa collation, la porte s'ouvrit et une petite forme en chemise de nuit blanche glissa jusqu'à lui.

— Bonjour, monsieur. C'est moi Gabriel, j'ai cinq ans. Tu as bien dormi ?

— Très bien, je te salue.

— Je voudrais te demander une chose... Une chose...

Il hésitait ; Nicolas sourit pour l'encourager.

— Tu es le premier ami de mon père que je vois. Pourquoi ?

Nicolas se sentit bien embarrassé. Que pouvait-il répondre à cet enfant ? Connaissait-il l'occupation de son père ? Il semblait difficile que Sanson pût dissimuler à ses enfants la vraie nature de ses fonctions, au risque qu'une découverte inopinée bouleverse leur sensibilité. Mais Nicolas n'en savait rien. Comment allait-il s'en tirer ?

— Je crois que ton père se trouve tellement heureux dans sa famille qu'elle suffit à son bonheur et que ses amis il les rencontre au dehors, dans la grand'ville.

L'enfant fronça les sourcils, parut réfléchir avec intensité, se détendit. Son regard remercia Nicolas. L'explication, pour boiteuse qu'elle fût, répondait sans doute à une question informulée. Il repartit sans mot dire, comme il était venu. Nicolas fit toilette et s'apprêta. Il reconstitua avec minutie la figure du greffier. Il eut du mal à trouver la poussière nécessaire à parfaire sa physionomie, puis il attendit l'heure du départ en feuilletant des livres de dévotion contenus dans un petit meuble. Cette maison si paisible et si éloignée des horreurs du monde abritait pourtant le bourreau.

Vers midi, il descendit. Sanson avait été appelé à quelques terribles occupations. Sa femme le salua avec chaleur, l'engageant à lui faire l'honneur de revenir et lui confiant combien son époux avait éprouvé de joie de sa visite. Elle ne s'étonna pas de le retrouver sous l'apparence rébarbative de son incognito. C'était une femme de discrétion et de devoir ; rien ne parvenait à la surprendre.

On fit sortir Nicolas par une petite porte dérobée donnant sur la rue d'Enfer, qu'il emprunta un moment avant de rebrousser chemin vers la rue Poissonnière. Il vérifia qu'il n'était pas suivi. Il avait suffisamment pratiqué les filatures de suspects pour ne pas se laisser prendre à une surveillance dont il aurait été l'objet. Il rejoignit assez vite la façade de l'Hôtel des Menus Plaisirs. Il savait que ce bâtiment de belle apparence servait de dépôt à toutes les machines, décorations et habillements utilisés lors des fêtes de la Cour. Le visitant un jour, il avait été interloqué d'y trouver côte à côte les vestiges d'un grand bal et les débris du catafalque d'une pompe funèbre princière. Son attente fut de courte durée. Le défilé de nombre de jolies jeunes femmes, certaines presque des enfants encore, le divertit. Certaines lui lançaient en passant des œillades effrontées qui ne laissaient pas d'attiser secrètement sa curiosité. Pourtant, son apparence n'avait rien pour susciter de telles manifestations. La voiture de Bourdeau surgit. Une porte s'ouvrit, il bondit à l'intérieur.

— Vous n'avez pas trop attendu ? demanda l'inspecteur d'un ton jovial.

— Point du tout, vous êtes aussi précis que l'horloge du Palais.

— Vous me paraissiez perplexe ?

— En effet, je m'interrogeais sur un défilé de

jolies femmes peu farouches qui entraient à l'Hôtel des Menus.

— Ah ! dit Bourdeau en se frappant la cuisse. Cela est commun et se répète chaque jour. Toutes les filles de l'opéra et des théâtres, pour peu qu'elles soient protégées, bénéficient d'un billet d'introduction.

— D'introduction ? Pour visiter cet établissement. Et pour quel avantage ?

— Quel avantage ? Mais le plus affriolant pour une femme. Les matériaux épars, vestiges des fêtes royales, coûtent aussi cher à rajuster que s'ils étaient neufs. On les abandonne donc à la rapacité de ces donzelles. Ah ! c'est un beau gâchis. Elles mettent tout au pillage et trouvent là du satin et d'autres étoffes dont elles ne sont jamais rassasiées.

— Aux frais du roi !

— Du roi ? À nos frais, oui ! Qu'on jette par les fenêtres les débris des fêtes de la Cour ne peut qu'affliger un bon citoyen soucieux de l'emploi de l'argent des impôts que l'on nous soutire. Quand la force de l'État réside entre les mains du seul souverain, voilà ce qu'il advient. Il faudra un jour qu'une autre force prévale, afin de faire contrepoids à ces excès condamnables. Et je ne parle pas du roi lui-même, qui, dit-on, agioterait sur les grains pour alimenter sa cassette.

Nicolas reconnut là cette âcreté de jugement que Bourdeau exhalait parfois et, souvent, à juste titre.

— Allons, Pierre, vous vous égarez et tirez de prémices incertaines des conclusions hasardeuses. Je ne puis vous laisser dire cela. Imaginez-vous Sa Majesté s'abandonner à de telles pratiques ? Tout cela est bon pour les gazettes et les libelles de Londres et de La Haye. Et de quel contrepoids voulez-vous parler ? En tenez-vous désormais pour les parlements, si continûment rebelles à l'autorité du roi ?

Bourdeau hocha la tête, l'air peu convaincu.

— Je ne songe pas aux parlements, mais au peuple, si peu représenté, sans parole et sans voix.

La voiture fit soudain un écart violent qui précipita Nicolas sur l'inspecteur. On entendit des jurons et des claquements de fouet. Le fenestreau du cocher s'ouvrit.

— Faites excuses messieurs, c'est un garçon limonadier qui traversait en rêvant. Nous avons failli l'écraser.

La voiture repartit. Nicolas aperçut sur la droite le visage effaré d'un jeune homme aux cheveux frisés, la taille serrée dans un tablier blanc qui portait une cafetière d'argent à la main et de l'autre un plateau avec une jatte et une pyramide de tasses qu'il venait par miracle de sauver du désastre. Quand ils arrivèrent au Châtelet, le docteur Semacgus, le visage crispé de contrariété, les attendait dans le bureau de permanence.

— Quoi de neuf ? demanda Bourdeau. Vos recherches ont-elles abouti et devons-nous décidément clore cette affaire ?

— Point du tout, répondit le chirurgien. Il y a bel et bien empoisonnement...

— Cela, nous le savions déjà.

— Certes, mais l'empoisonnement criminel est désormais avéré. Toutes mes constatations – et croyez que j'ai tout vérifié plusieurs fois – me conduisent à cette affirmation.

Bourdeau ouvrit la bouche.

— Non, j'entends votre objection avant même que vous ne l'énonciez. Il ne s'agit pas d'un empoisonnement involontaire, mais bien criminel.

Nicolas sentit une chape glacée s'abattre sur

lui ; il dut s'asseoir sur un tabouret. Ainsi, ce qu'il avait appréhendé dès le premier instant se vérifiait.

— Et quelles sont vos raisons ? reprit Bourdeau.

— Oh ! deux rats. Six, plutôt, car j'ai renouvelé l'expérience trois fois, ce qui fait douze car il y eut un groupe essayé pour le liquide et un autre pour les aliments. Avec le poulet, résultat nul ; mais avec le liquide ce fut une hécatombe ! Au reste, ce poison est plus efficace que l'arsenic pour se débarrasser de cette engeance. Les bestioles ont paru tout d'abord embarrassées, puis les manifestations se sont succédé, bâillements suivis de spasmes, suées abondantes et couinements d'angoisse. Mis en présence d'eau, ils s'y précipitaient et rejetaient aussitôt ce qu'ils avaient avalé en criant de douleur de plus belle. Ils ont ensuite vomi des glaires teintées de sang, avant de succomber en un petit quart d'heure.

— Et de quel poison s'agit-il ?

— Voilà bien le hic ! Je n'en sais rien.

— Qu'est-ce à dire ?

— Que l'apport acide et corrosif contenu dans le breuvage doit encore être recherché.

— Vous le connaissez donc.

— J'ai fini par le précipiter ou, plus exactement, par en recueillir d'infimes fragments en réduisant et asséchant les vestiges des matières humides. Il s'agit de graines pilonnées.

— De quelle nature ? Vous me faites enrager de curiosité.

— Hé ! si je le savais ! C'est bien ce qui m'insupporte : je ne le reconnais point, quoique ayant traversé bien des régions du monde. À certains égards cette substance me rappelle par son effet des poisons végétaux dont j'ai pu observer la nocivité aux Amériques, des lianes à graines vénéneuses et à action convulsive. J'ai bouleversé ma bibliothèque jusqu'à une heure avancée de la nuit pour consulter les auteurs. Même chez Pouppé-Desportes dans son ouvrage sur les plantes usuelles de Saint-Domingue, rien d'approchant. Je vais de ce pas au Jardin du roi consulter les collections et interroger mes confrères. Vous savez que je poursuis un grand-œuvre, la constitution d'un herbier de plantes exotiques. Je possède donc quelques lumières, et pourtant cette affaire défie mes connaissances.

— Vous nous tiendrez informés, dit Bourdeau. Mais auparavant, je souhaiterais vous poser une dernière question : ce poison aurait-il pu être administré à Mme de Lastérieux par l'un des serviteurs noirs originaires des Îles ?

Semacgus réfléchit un moment.

— C'est une hypothèse. La flore de ces régions est d'autant plus mal connue que sa diversité est extrême. Pourtant, dans ce cas, il aurait fallu qu'ils l'apportassent avec eux au moment de leur transfert en France. Dans quel dessein ? C'eût été un crime prémédité de longue main, ce qui me semble bien hasardeux à soutenir ! Je vous abandonne, cher Bourdeau. Au fait, Nicolas se repose toujours à Versailles ?

Bourdeau fit l'étonné.

— Ne soyez pas surpris, je suis passé ce matin rue Montmartre. Il avait fait dire à M. de Noblecourt qu'il se trouvait à Versailles, chez notre ami La Borde. L'heureux homme doit pêcher à la ligne au bord du grand canal !

Bourdeau et Nicolas s'inquiétèrent en même temps de ce messager mystérieux que ni l'un ni l'autre n'avait dépêché.

Semacgus se retira sans un regard sur le greffier qui baissait la tête avec obstination. Bourdeau attendit quelques instants que son pas s'éloignât pour se tourner vers Nicolas.

— Je suis désolé de ce que nous venons d'apprendre, dit-il. Ainsi, nous voilà à pied d'œuvre. La véritable enquête commence et je crois que nous devrions courir interroger nos deux oiseaux des Îles. Qu'en pensez-vous ? Les domestiques de Mme de Lastérieux s'affirment comme nos premiers suspects. Cet embrouillamini de graines empoisonnées pourrait bien être de leur ressort. Les connaissez-vous bien ?

— Assez, oui. Voici une année que je les croise rue de Verneuil. Ils m'ont toujours bien servi. Ils ont l'usage du français et donnaient l'impression d'être dociles et discrets.

— Mme de Lastérieux les traitait bien ?

L'instant d'hésitation de Nicolas n'échappa nullement à la sagacité de Bourdeau.

— Sans doute... Encore que, Julie pouvait agir avec dureté, s'étant rapidement laissé gagner, lors de son séjour en Guadeloupe, aux errements [4] des créoles qui traitent leurs esclaves, en bien ou en mal, comme des meubles. J'ai parfois cru comprendre, à quelques plaintes échappées, que ses deux serviteurs espéraient un affranchissement qu'elle leur refusait avec obstination. Elle était très à l'aise, mais n'aurait pas toléré d'être abandonnée par des domestiques qu'elle tenait dans sa main et qu'il lui suffisait de nourrir et de vêtir.

— Leur affranchissement leur aurait-il apporté une amélioration ?

— C'était pour eux l'espérance de revoir leur pays. Affranchis, ils ne pouvaient rester en France, selon les termes de la loi. On les eût renvoyé prendre un passage au Havre. Il faudra que je relise la législation pour vous en reparler. Ainsi, par exemple, notre chère Awa, qui nous prépare de si savoureux soupers, a été affranchie par Semacgus bien avant l'ordonnance de 1762, ce qui l'autorise à résider chez lui, à la Croix-Nivert.

— Elle ne voudrait pas pour un empire abandonner notre ami et préférerait retourner en servage pour demeurer ici, sourit Bourdeau. Sont-ils âgés ?

— Difficile à dire, répondit Nicolas. Ces naturels font jeune très longtemps, puis vieillissent d'un coup. Casimir ne doit pas avoir plus de vingt-cinq ans et Julia, une vingtaine d'années.

— Sont-ils mariés ? Le permet-on ?

— Ils le peuvent, étant bons chrétiens, mais je ne jurerais pas qu'ils soient passés devant le curé.

— Les croyez-vous capables d'un crime capital aussi atroce ?

Cette fois, Nicolas n'hésita pas.

— Je ne conçois pas comment ces deux-là auraient pu imaginer ou même caresser l'idée d'un projet aussi insensé pour se débarrasser de leur maîtresse. Le moyen retenu, ces graines mystérieuses venues d'outre-mer, les dénonçait tout de suite. J'ajoute que Mme de Lastérieux était la marraine de Julia, récemment baptisée, et que ce lien, aux yeux de ces gens, aggraverait encore l'atrocité du crime.

— Revenez sur terre, Nicolas. Vous ne paraissez pas conscient de la gravité de la situation. Je ne peux pas vous dissimuler que votre position deviendrait bien malaisée aux yeux d'un magistrat qui se saisirait de cette affaire si nos deux lascars étaient innocents. Alors, oui, vous feriez un coupable idéal. On ne s'interrogerait guère sur votre culpabilité. On dirait : voici un amant trompé et éconduit qui, animé par la jalousie, s'est porté aux pires extrémités. En outre, on ferait observer que vous connaissiez les habitudes de la maison et que vous étiez à même d'en compromettre les serviteurs en faisant porter les soupçons sur eux. N'irait-on pas jusqu'à insinuer que vous profitiez de la fortune de Mme de Lastérieux...

— Arrêtez, Pierre. Vous m'accablez comme un procureur. Je ne suis pas encore sur la sellette d'infamie.

— Ce que je veux dire, Nicolas, c'est qu'il faut nous préparer au pire. Savez-vous si Julie avait fait un testament ?

— Elle était encore bien jeune pour y songer, encore qu'il me semble l'avoir entendue évoquer la chose devant moi, car, disait-elle, n'ayant plus que des cousins éloignés, il était souhaitable de mettre ses affaires en ordre au profit de fondations charitables. La mort subite de son mari l'incitait à cette démarche.

— Connaissez-vous le nom de son notaire ?

— Il ne doit pas être difficile à retrouver. L'étude la plus proche de son logis faisait l'affaire pour quelqu'un d'étranger à cette ville, comme elle.

— Si nous la retrouvons, la consultation du notaire sera nécessaire. Vous savez d'expérience ce que la manifestation des dernières volontés peut parfois contenir d'informations utiles. Mais le plus urgent est d'interroger les domestiques et les invités du souper de Mme de Lastérieux. La liste peut-elle en être dressée ?

— Le nombre, sans difficulté. Les qualités et identités seront plus malaisées à rassembler. En fin d'après-midi, lorsque je suis passé pour la première fois rue de Verneuil, se trouvaient réunis là, outre Julie et les deux serviteurs, M. Balbastre, organiste de Notre-Dame, un musicien qui jouait du clavecin et quatre jeunes hommes engagés dans une partie de cartes. Voyez que mes lumières sont bien incertaines.

— M. Balbastre, dit Bourdeau, pourra, peut-être, nous en dire plus. Dressons notre plan de campagne. D'abord, interroger Julia et Casimir au bureau de police de la rue du Bac, chez le commissaire Monnaye. L'avez-vous déjà rencontré ? Il m'a toujours paru un homme acide.

— C'est peu dire. On m'a rapporté des propos peu aimables tenus sur mon compte et d'âcres censures en prose et en vers au sujet de M. de Sartine, qui, placées sous ses yeux, lui auraient dérangé la perruque.

— Ne perdons pas notre temps. Rajustez votre ventre postiche, il pendouille sur la droite, cela vous donne un air de guingois du plus mauvais et intrigant effet !

La porte du bureau de permanence s'ouvrit brutalement et le lieutenant général de police apparut.

— J'ignore si ma perruque risque un dérangement, jeta-t-il. Mais je me permets de penser que la position du commissaire Le Floch, supposé – notez-le bien, messieurs – se remettre de ses émotions dans une retraite ouatée au sein du palais de nos rois, me paraît, à moi, de guingois, pour ne pas dire compromise.

Il se campa devant Nicolas.

— Non mais, voyez cette mise ! Ah, la belle figure que voilà ! Défroque qui siérait à merveille pour monter sur les planches. On s'y laisserait prendre. Il vous faut, mon cher, arpenter le boulevard ou vous exposer chez Ramponneau[5]. Vous serez lancé le jour même !

Soudain, son visage se crispa, il saisit un tabouret pour s'y asseoir et se mit à hoqueter de rire pendant un long moment sous les regards inquiets de Nicolas et ceux, impavides, de l'inspecteur Bourdeau.

IV

TURPITUDES

> L'expérience commençait à nous tenir lieu d'âge, elle fit sur nous le même effet que les années.
>
> *Abbé Prévost*

Jamais, au grand jamais, songeait Nicolas, M. de Sartine ne s'était lâché à ce point devant ses proches. Il fallait vraiment que l'objet de son hilarité en valût la peine. Dès qu'il reposait la vue sur le visage effaré de Nicolas et sur le ridicule de sa tenue, son rire repartait de plus belle, détendant son visage et lui rendant par fugitives visions l'aspect de son âge réel. La gravité et le maintien composé habituels craquaient comme un vernis, faisant apparaître l'épure première d'une sorte d'allègre adolescent. Il se calma peu à peu, reprit son sérieux et rajusta sa perruque d'une main inquiète.

— Monsieur le commissaire, dit-il, vous attendiez, je l'espère, quelque accès, au demeurant légitime, d'âcreté à votre égard. Je pourrais en effet dire bien des choses sur votre légèreté, le mot est faible.

Qu'un écervelé ait cru habile d'écouter le fallacieux babil et les conseils empoisonnés d'un ami agissant, sur mes ordres, cela passe mon entendement. Je dois cette justice à Bourdeau qu'il se rebéquait plutôt à l'idée de vous tromper.

Nicolas jeta un regard indigné à Bourdeau qui ne bronchait pas.

— Oh ! Vous pouvez lui pardonner ; il vous a défendu bec et ongles convaincu de votre innocence plus qu'aucun autre, avant même que le crime soit avéré. Inutile de me regarder avec cet air consterné. Vous me pratiquez depuis bientôt quinze ans. Vous ai-je jamais donné l'impression d'être naïf au point de me satisfaire de la seule parole d'un suspect ? Car, que vous le vouliez ou non, vous l'étiez en puissance, même si ma propension naturelle et mon aménité à votre égard m'incitaient à vous croire innocent. Cette impression était celle de l'homme, et non celle du lieutenant général. Vous savez mon goût du secret. Je vous voulais voir à l'œuvre dans une enquête où votre liberté demeurerait entière et sans entrave et que, de celle-là, Bourdeau me rendît compte exactement.

— Monsieur, dit Nicolas profitant d'une pause, une question, une seule question. Pourquoi cette épreuve contre laquelle je ne proteste point...

— Il ne manquerait plus que cela ! Vous n'êtes guère en position de le faire et je constate que les regrets ne vous étouffent pas.

— Et pourquoi, reprit Nicolas, cette épreuve prend-elle fin tout d'un coup ? La poursuivre vous aurait permis de conforter mieux encore votre jugement.

— Et le voilà qui me donne des conseils ! J'ai, monsieur le raisonneur, mes raisons pour agir, dont je n'ai pas à vous rendre compte. Évitez de me faire resonger au reste d'irritation que votre manque de sincérité dans cette affaire pourrait faire renaître.

— Et qu'aurais-je dû faire, monsieur, protesta Nicolas. Venir dénoncer un ami qui me tendait une perche secourable ? Ne le faisant pas, je ne vous trahissais pas. J'aidais, dans la discrétion, la justice à faire son travail étant le mieux à même, par mon intimité avec Mme de Lastérieux, à démêler le vrai du faux.

— Je reconnais bien là l'élève des jésuites de Vannes, dit Sartine. Moi, ce que je considère, ce sont les faits. Les rapports de Bourdeau pèsent dans la balance de mon jugement en votre faveur. Il reste un détail déterminant, qui confortera la confiance que l'homme vous concède et que le lieutenant général de police souhaiterait vous restituer, lui aussi, Nicolas.

— Je suis à vos ordres, monsieur.

— Je veux que vous me relatiez dans le plus grand détail votre seconde visite chez Julie de Lastérieux, avant-hier soir.

— C'est bien facile, monsieur, répondit Nicolas. Je suis arrivé calmé du Théâtre-Français, décidé à faire la paix avec Julie. Dès mon entrée dans son logis, dont je possédais les clefs, j'ai entendu le bruit animé de la fête qui se poursuivait. La colère m'a repris et j'ai renoncé à me montrer. M. de Noblecourt donnait un souper pour la fête des rois et je n'entendais pas rentrer rue Montmartre les mains vides. J'ai donc pénétré dans l'office pour y récupérer une bouteille de vieux tokay que j'avais achetée pour ma maîtresse. En sortant, j'ai heurté un inconnu, un musicien que j'avais rencontré l'après-midi jouant du piano-forte. Pressé, je l'ai d'ailleurs bousculé. Enfin, j'ai croisé Casimir, le valet, avant que de me retrouver dans l'escalier.

— Je suis témoin, dit Bourdeau sortant de son

silence, que Nicolas, de retour chez M. de Noblecourt, a perdu connaissance et brisé la bouteille en question.

— Merci, dit Sartine en lui tendant une lettre. La confiance du lieutenant général et la certitude de votre innocence vous sont acquises. Plût au ciel que chacun en soit aussi convaincu que moi ! Une impression, fût-elle forte, ne sert pas de preuve, surtout devant certains de nos magistrats.

Nicolas déplia la lettre. Ce qu'il découvrit le remplit d'effroi et de fureur.

Le 7 janvier 1774

Monsieur,

Je me dois à moi-même et à l'idée que je me fais de la droiture morale ainsi qu'à la bienveillance que vous m'avez toujours manifestée de vous signaler les faits suivants. Je viens d'apprendre la mort de Mme Julie de Lastérieux, amie bien proche et claveciniste distinguée, dans des conditions que je n'ose qualifier.

Pourtant, la rumeur publique rapporte qu'elle aurait été empoisonnée. Il se trouve qu'hier soir j'étais convié chez elle à souper avec des amis. Votre commis, M. Le Floch, apparu en fin d'après-midi, a violemment pris à partie notre hôtesse. Il m'a bousculé et s'est enfui comme un fou à la surprise générale. Deux ou trois heures plus tard, alors que nous soupions, j'ai appris qu'il avait reparu et s'était introduit secrètement dans l'office. Là, on l'aurait surpris, mais je serais au désespoir d'accuser quiconque, trafiquant à on ne sait quelle tâche mystérieuse près des plats.

Quel que soit l'attachement que je lui porte et trop conscient à mon âge des égarements auxquels conduisent les passions humaines, je tenais, Monseigneur, à remplir mon devoir et demeure à votre disposition en vous assurant d'être plus que jamais votre très obéissant et déférent serviteur.

Balbastre

— J'ai rarement lu quelque chose de plus ignominieux et de plus hypocritement ménagé, s'écria Nicolas. J'ai toujours su, sans m'en expliquer le pourquoi, que cet homme m'en voulait, et cela, depuis notre première rencontre. Commis ! Il m'a toujours lancé ce terme qui n'est injurieux que dans sa bouche. Et, ce « secrètement »... et cette « tâche mystérieuse... »

Nicolas agitait la lettre.

— Ah ! le jean-foutre.

— Calmez-vous, dit Sartine. Il est vrai que cette lettre est assez écœurante. Mais comprenez bien qu'elle contient tous les éléments pour condamner un suspect devant une cour. Imaginez un moment que vous m'ayez dissimulé votre incursion dans l'office. Quelles conclusions aurais-je dû tirer de cette omission ? Il faudra à coup sûr élucider les raisons qui nourrissent une haine aussi rancie. Elle est trop établie pour ne pas dissimuler autre chose. L'organiste de Notre-Dame vous hait.

— Qu'allons-nous faire ? demanda Bourdeau.

— Ne pas perdre de temps. Il faut interroger les domestiques. Je les ai fait extraire du poste de la rue du Bac. Ils sont ici, sous bonne garde, dans mon bureau. Nicolas, conservez pour le moment votre déguisement. Rabouine, qui n'est jamais allé plus loin que le jardin de l'Infante, a déposé vos habits dans le cagibi du Père Marie, où vous pourrez ensuite vous changer et abandonner enfin ce ridicule accoutrement. J'entends procéder à l'interrogatoire moi-même.

— Monsieur, encore une chose, fit Nicolas. Je ne comprends pas l'intérêt que vous portez à rentrer dans le détail de cette affaire. Je n'ose penser que mon implication constitue à elle seule l'explication de ce souci.

Sartine hocha la tête avec satisfaction.

— Il semble que la raison revienne peu à peu dans cette tête folle. Je vais donc vous répondre avec la plus grande ouverture et vous apprendre une nouvelle qui, je le crains, vous surprendra. Que saviez-vous de Julie de Lastérieux ?

Nicolas ouvrit la bouche, mais Sartine ne le laissa pas répondre.

— Rien, monsieur, rien ! Vous ignoriez tout d'elle et ne receviez, béat, que ce qu'elle voulait bien vous laisser connaître. Ainsi, par exemple, son mari n'est pas mort subitement abattu par les fièvres des Îles. Poursuivi pour un trafic d'écritures et détournement des deniers du roi, il s'est donné la mort afin d'échapper à la justice. Sa fortune a été saisie et ses biens vendus. Pourtant, une partie importante de ceux-ci a été abandonnée à la veuve pour des raisons que vous allez comprendre. Vous la rencontriez trois ou quatre fois par semaine, quelquefois moins. Que pouvez-vous dire de son activité en dehors de ces soirées ? Peu de chose.

— Cependant...

— Il n'y a pas de cependant. Je sais tout sur elle et vous ne savez rien. Monsieur le commissaire, imaginez une femme ayant son entrée dans les meilleures maisons de Paris, qui reçoit chez elle, plusieurs fois par semaine, des courtisans, des gens de lettres, des gens du monde et de ces désœuvrés que l'on croise partout et qui se mêlent de tout. Elle offrait des collations dont la police – ma police – lui défrayait la dépense. Sa maison de la rue de Verneuil, où se formait un assemblage d'hommes de tout état et de bonne et mauvaise compagnie, n'était pas regardée absolument comme une maison ouverte ; il n'y avait que peu de femmes, point de jeux et on y parlait en toute liberté. Mme de Lastérieux n'était connue dans ce rôle particulier que par moi-même. Elle s'évertuait adroitement à vous en dissimuler la chronique. J'étais souvent instruit de ce que je désirais savoir, et de manière plus subtile que par les mouches ordinaires ou que par ceux que vous connaissez et dont nous usons, à l'occasion, sous le nom d'espions de circonstances.

Nicolas paraissait accablé.

— Et elle ne m'a jamais révélé la chose !

— Elle avait reçu l'ordre formel de la taire. Son intérêt bien compris consistait à se conformer à cette recommandation. Je dois reconnaître à votre décharge, Nicolas, que même sur l'oreiller où tant d'hommes se débondent de leurs secrets, vous n'en avez jamais divulgué aucun, vous qui en approchiez beaucoup. Et la dame...

Il se mit à rire.

— ... avait reçu instructions – pardonnez-moi, cher Nicolas – de vous interroger sans relâche. Vous ne cédâtes jamais. Il est satisfaisant pour un chef de la police de pouvoir se rassurer sur la loyauté de son agent le plus proche.

— Mais, monsieur, intervint Bourdeau, ce rôle l'exposait, dans le cas où elle serait devinée ou dénoncée, aux plus terribles représailles.

— Cette remarque, Bourdeau, est frappée du sceau du bon sens. C'était un risque que nous courions, et rien, pour le moment, n'infirme ni ne confirme l'hypothèse que vous avancez.

Était-il concevable, pensait Nicolas, que cette femme aimée avec passion l'ait trompé tout ce temps, qu'il n'ait été qu'un jouet dans ses bras ? Sartine le regardait avec douceur, devinant où la pente de sa pensée le conduisait.

— Vous ne faisiez pas partie du jeu, Nicolas. Elle vous était très attachée et espérait qu'elle échapperait un jour à la contrainte dans laquelle nous la maintenions. Ainsi s'expliquait cette persistante obsession de vous voir l'épouser. Elle espérait que paraître à la Cour la libérerait de son assujettissement. Mais la règle est la règle. Pour maintenir l'ordre et servir le roi, nous usons de moyens que la morale réprouve, mais que la fin justifie.

— Et dont le prix est une vie humaine.

— Quelquefois, oui. Mais rien n'indique pour l'instant que ce soit là l'origine de son trépas. Il est cependant essentiel de tirer cela au clair, pour le salut même de l'État.

Le lieutenant général les entraîna dans son bureau. Quand ils y pénétrèrent, des bûches immenses, qu'on allait chercher spécialement à Vincennes, y flambaient joyeusement avec force craquements et projections d'étincelles. Comme à l'accoutumée, lors des passages du magistrat, le Père Marie avait allumé un feu dans la grande cheminée gothique. Au centre de la salle, Julia et Casimir entravés attendaient debout. Deux exempts les surveillaient. Sartine se campa devant la cheminée, redressa sa svelte silhouette, ordonna qu'on éloigne la jeune femme et se mit à interroger Casimir.

Dans une langue un peu chantante, celui-ci énonça son identité. Il était originaire de l'île de la Guadeloupe, âgé de vingt-cinq ans environ, de religion catholique romaine et servait chez Mme de Lastérieux en qualité d'esclave. Il décrivit la soirée du jeudi, au cours de laquelle sa maîtresse offrait un souper. Il y avait huit personnes. M. Nicolas était passé en fin d'après-midi, mais était reparti aussitôt. Il n'avait aucune explication à donner à ce départ.

Les autres invités lui étaient inconnus, sauf M. Balbastre, un habitué, et un jeune musicien qu'il avait déjà vu depuis une quinzaine de jours : il avait rendu visite seul à Mme de Lastérieux à plusieurs reprises. Un soir, même, il était resté fort tard. Le souper s'était déroulé normalement. À son habitude, madame n'avait guère mangé. Interrogé sur le point de savoir s'il avait revu Nicolas au cours de la soirée, il avait répondu sans hésitation par la négative. Il avait croisé sa maîtresse pour la dernière fois quand elle se retirait dans son boudoir, afin de montrer un parfum au jeune musicien. Julia et lui avaient tout remis en ordre et s'étaient couchés. Oui, Julia était sa femme, même si aucun prêtre n'avait béni leur union. Il ne savait pas si le jeune homme était parti et à quelle heure. Le lendemain matin, Julia était entrée chez sa maîtresse et l'avait trouvée morte. Elle avait poussé un grand cri et il était accouru.

Sartine avait alors passé le relais à Bourdeau, qui avait demandé à l'esclave s'il était bien traité dans cette maison. Après un temps d'hésitation, Casimir répondit qu'il n'avait jamais été maltraité. Il n'avait donc aucune raison d'en vouloir à sa maîtresse. Pourtant, elle avait toujours refusé de leur rendre la liberté. Pour le souper en question, il avait préparé un plat de poulet à la manière des Îles, avec des graines de son pays qu'on ne pouvait retrouver car il en avait épuisé la réserve. L'interrogatoire de Julia avait confirmé celui de son mari. Ou ils s'étaient concertés, ou, tout simplement, ils disaient la vérité. Le lieutenant général de police ordonna qu'ils fussent enfermés au secret dans les cachots du Châtelet dans l'attente d'un dénouement.

— Que vous semble de cette audition, Nicolas ? demanda-t-il.

— J'en éprouve une grande perplexité et elle me suggère plusieurs remarques, répondit celui-ci.

Je constate premièrement, sans parvenir à me l'expliquer, que Casimir a oublié – ou a tu – m'avoir croisé alors que je quittais pour la seconde fois la rue de Verneuil. Deuxièmement, rien dans ces témoignages ne permet de déterminer quand le jeune homme inconnu a quitté Julia. Lui aussi, prend rang dans la liste des suspects possibles.

— Je comprends que vous le souhaitiez, dit Sartine. Il nous reste à l'identifier avant de le saisir et de l'interroger.

— Peut-être, observa Bourdeau, serait-il utile d'entendre M. Balbastre. Entre musiciens, on se connaît.

— C'était bien dans mon intention de le convoquer, afin de le remercier de sa lettre de bon citoyen, répondit Sartine avec un sourire ironique.

— D'autre part, reprit Bourdeau, j'observe aussi qu'il est étrange d'entendre Casimir évoquer l'assaisonnement du plat de poulet et des épices utilisées, alors que nous savons que des graines sont à l'origine de l'empoisonnement. S'il est innocent, son propos se comprend. Dans le cas contraire, il est bien sûr de lui et persuadé que la substance en question ne peut être retrouvée.

On gratta à la porte et le Père Marie apparut, un pli à la main. Après avoir regardé le cachet, le magistrat l'ouvrit et prit connaissance du contenu. Il demeura un moment silencieux :

— Voilà bien ce que je craignais..., dit-il enfin.

Il relut la missive et la jeta avec colère sur son bureau.

— Votre Balbastre est une vipère, et de celles qui frappent plusieurs fois ! Non content de m'écrire et de dénoncer, il a adressé cette correspondance à M. Testard du Lys, lieutenant criminel. Vous connaissez ce magistrat, l'ombre d'une ombre l'affole et le fait rentrer dans sa simarre ! Par chance, nos relations sont anciennes et confiantes et, depuis l'affaire Galaine il chante vos louanges. Mais il n'a pas seulement été informé par ce damné organiste, il l'est également par ce jeune musicien inconnu, et qui ne l'est plus. C'est certain Friedrich von Müvala, de nationalité suisse. Avant de repartir, car apparemment il a pris la poudre d'escampette dès hier, ce dernier n'a rien trouvé de plus convenable que de vous accuser d'avoir menacé Mme de Lastérieux, précisant qu'il vous avait surpris, engagé dans une besogne mystérieuse, dans la cuisine de la rue de Verneuil.

— Mystérieuse ! fit Nicolas. Le même terme que celui utilisé dans la lettre de Balbastre...

— Il saute aux yeux, dit Sartine, que ces deux-là se coalisent contre vous. Mais pourquoi ? Bourdeau, je suis le chef de la meilleure police de l'Europe. Vérifiez sur-le-champ le registre des étrangers, les arrivées et les départs. Les premières depuis six mois, les seconds d'hier. Je crois savoir qu'il y a ici des doubles.

Bourdeau sortit précipitamment du bureau. Le lieutenant général de police marchait de long en large.

— Et que souhaite le lieutenant criminel ? demanda Nicolas.

— Rien d'autre, avec les circonvolutions d'usage aggravées par sa sourcilleuse courtoisie, que cette chose énorme : que je veuille bien lever ma main de votre tête, vous commissaire de police au Châtelet, et autoriser votre prise de corps pour que vous soyez conduit dans une enceinte de justice, puis dûment interrogé dans une procédure d'enquête criminelle. Voilà où nous en sommes, et il nous faut vous tirer de là. Je suis bien coupable, de n'avoir pas mesuré à temps les dangers que vous faisait courir cette liaison. Pour satisfaire ce besoin de tout contrôler, qui est à la fois la nécessité et le vice de mes fonctions, j'ai compromis mon meilleur agent. Oui, Nicolas, cela je le regrette et m'en accuse en vérité.

Il frappa avec rage le tisonnier sur une bûche qui s'effondra à grand fracas. Nicolas, sidéré, considérait cet homme réputé froid et insensible, manifester sa peine avec une telle fougue. Tout ce qu'il avait accompli, pendant tant d'années, auprès de lui, s'en trouvait justifié et comme récompensé. Que M. de Sartine s'attachât avec une telle obstination à son salut au risque de compromettre sa propre position toujours fragile au milieu des intrigues de la Cour et de l'incertitude d'une fin de règne, le réconforta et le rasséréna. Bourdeau reparut avec un grand registre couvert de papier gris.

— Depuis juin 1773, déclara-t-il, cent soixante-douze Suisses sont entrés à Paris. Le nom de notre musicien n'apparaît nulle part. J'ai consulté la liste alphabétique des étrangers dans les garnis et les hôtels, sans plus de succès. Nous allons devoir nous en remettre à Balbastre pour plus de précisions, puisque, apparemment, il le connaît.

— Retrouvez-moi Balbastre, ordonna Sartine. Je suppose qu'on le trouve l'après-midi à Notre-Dame, soit qu'il répète soit qu'il enseigne à ses élèves. Nicolas vous accompagnera dans sa tenue de greffier. Pour ma part, je vais me concerter avec moi-même. Rejoignez-moi ce soir à l'hôtel de police, nous aviserons. D'ici là, rien ne peut arriver. Nous sommes samedi : Testard du Lys attendra ma réponse et ne bougera pas, sachant que je vois le roi pour mon audience particulière chaque dimanche soir. Allons, faites diligence et prenez garde à l'organiste, il sait manipuler les poussettes et les tirettes !

Sartine ramassa prestement une grande cape au col bordé de fourrure de zibeline, s'en enveloppa, coiffa un tricorne gris gansé de noir et quitta la salle. Quand Bourdeau et Nicolas sortirent à leur tour, le Père Marie leur adressa un clin d'œil éhonté, le doigt sur la bouche. En voilà un, pensa le commissaire, qui n'avait pas traîné pour comprendre la situation. Dans la voiture qui devait les conduire à Notre-Dame, les deux hommes restèrent un moment silencieux. Ce fut Bourdeau qui parla le premier.

— Ce qui me fait le plus mal, soupira-t-il, c'est qu'à cette comédie que j'ai dû vous jouer sur ordre, vous n'avez opposé que votre loyauté. Elle vous poussait à refuser mon plan de peur de me compromettre...

Nicolas se tourna à demi vers l'inspecteur et lui envoya une bourrade dans l'épaule.

— N'en parlons plus, voulez-vous ? L'essentiel est que M. de Sartine et vous, Pierre, soyez persuadés de mon innocence au moment où le sort s'acharne sur moi. À propos de Balbastre, notre première rencontre chez M. de Noblecourt me reste encore en mémoire comme un moment détestable. À vingt ans, je supportais fort mal l'arrogance et le mépris vis-à-vis du petit provincial arrivant de sa Bretagne natale. Nous nous sommes revus souvent depuis, sans que notre commerce se réchauffât. L'homme a dans la cinquantaine et s'évertue à jouer les petits maîtres en habit de godelureau et perruque blonde. Il fréquentait chez Julie. Défiez-vous de lui, il voudra le prendre de haut. Avancez dès l'abord en agitant le nom et la puissance de M. de Sartine. Si je tousse, prenez garde !

Tout au long du bref trajet du Châtelet à Notre-Dame, Nicolas peinait à faire le tri dans les pensées multiples qui l'agitaient. Ainsi, Julie n'apparaissait plus comme une jeune veuve réservée ; elle appartenait à ces agents stipendiés par la police grâce auxquels la lieutenance générale de police exerçait son écoute et son contrôle de la capitale. La femme désirable n'était plus qu'un de ces relais d'opinion qui permettaient à M. de Sartine de dire « lorsque quatre personnes parlent entre elles, il y en a au moins une à moi ». La réalité se bâtissait de faux-semblants et la vérité même trompait sur ses apparences, et il avait été le jouet de ce théâtre d'ombres. Savoir, dans ces conditions, si les sentiments que Julie prétendait lui vouer étaient sincères pesait peu au regard de ce qu'il venait d'apprendre. Par une sorte d'incompréhensible et rétrospective jalousie, le fait que ce jeune homme inconnu ait d'évidence séduit sa maîtresse le hantait comme une douleur actuelle. De là, son raisonnement le conduisait à noircir le caractère de Mme de Lastérieux, à la traiter en créature *toute à tous*, comme si cet abaissement recelait quelque puissance propre à calmer un chagrin qui demeurait poignant. Il espérait aussi que cette dévaluation de son souvenir emporterait le reste comme l'eau jetée sur la chaussée y entraîne les ordures. Ce moment de sa vie gouverné par l'absurde lui présentait de lui-même l'image d'un aveugle béat, un « franc bœuf à embâter » comme aurait dit le marquis, son père. Il lui semblait avoir longé un abîme sans en mesurer le péril et adoré le vice en le prenant pour la vertu. Comme l'ironie sur lui-même surgissait toujours dans ses moments d'examen, il se dit qu'il était peut-être un peu janséniste et, par là, un peu candide. Il avait de ces accès de rigueur qui le conduisaient à l'aveuglement ; il faudrait y réfléchir.

Sortant du Pont-au-Change, leur voiture entrait dans la Cité. Nicolas essaya de chasser ses tourments. Il songea à Notre-Dame, but de leur mission et à une conversation avec M. de La Borde, grand amateur d'art et contempteur du « travail grossier des Goths ». Le commissaire, qui aimait le vieux sanctuaire, lui avait opposé avec modestie les vues du Père Laugier auteur d'un *Essai sur l'Architecture* [1] dans lequel celui-ci chantait les louanges des églises gothiques en dépit des ornements grotesques qui les déparaient comme une sédimentation des époques. Il citait l'impression de l'abbé sur Notre-Dame « qui frappe l'imagination par l'étendue, la hauteur, le dégagement de la nef et le majestueux de l'ensemble ». Le même auteur, au grand scandale du premier valet de chambre du roi, trouvait Saint-Sulpice fort au-dessous de sa réputation ; il n'y avait là, disait-il, « qu'épaisseur et masses ». Il s'était ensuivi une interminable soirée où chacun allant au bout de son idée avec une joyeuse mauvaise foi se trouvait entraîné bien au-delà de son idée première.

Alors qu'un embarras de voitures les arrêtait au coin de la rue de la Lanterne, Bourdeau qui, une fois encore, suivait Nicolas dans ses pensées, prit la parole.

— Aimez-vous toujours autant la cathédrale ?

— Certes. Pourquoi cette question ?

— Lorsque je vous ai connu, vous y fréquentiez assidûment les offices et les concerts spirituels en compagnie de votre ami séminariste au collège des Trente.

— Pierre Pigneau. C'est ma foi vrai ! Comme cela semble loin !

— Allons, vous êtes encore un jeune homme. Que devient-il ?

— Aux dernières nouvelles qui, avec lui, ne sont jamais très récentes et qui doivent remonter à six mois, il se trouverait à Pondichéry après bien des aventures. Je crois savoir qu'après la mort de Mgr Piguel, évêque de Carathe, le pape Clément XIV a désigné Pierre comme son successeur. Le voilà donc mitré et coadjuteur du vicaire apostolique de la Cochinchine. Il en avait toujours rêvé. Dire que nous nous gavions ensemble de babas chez Stohrer, pâtissier du roi rue Montorgueil !

— Vous connaissez bien sûr, dit Bourdeau, la nouvelle querelle à la mode ?

— Non, mais je crois que vous m'allez l'apprendre.

— On parle de blanchir l'intérieur de Notre-Dame afin de lui donner plus de clarté. La mettre au goût du jour, en quelque sorte[2].

— Ce serait là une erreur grave. On enlèverait à ce temple cette patine vénérable et cette obscurité imposante qui commande un religieux respect.

Bourdeau baissa la glace et se pencha à l'extérieur. Il se rassit en soupirant.

— Encore une bête morte qu'on débarrasse pour l'équarrissage ! Ces haridelles harassées qu'on use jusqu'à leur dernier souffle, cela devrait être interdit.

— Faites un mémoire à Sartine que vous intitulerez *Des entraves à la circulation*. Il adore les nouveautés et tout prétexte lui est bon pour réglementer.

— Cela me rappelle, reprit Bourdeau en riant, qu'en 1759 – je ne sais si vous étiez déjà à Paris – M. de Lalande, l'astronome, lut à l'Académie des Sciences un mémoire sur les comètes dans lequel il admettait la possibilité d'un globe venant heurter notre planète et le réduisant en poudre. Le bruit de la fin du monde se répandit aussitôt. On se précipitait en foule dans les confessionnaux. Je fus chargé de rétablir l'ordre autour de Notre-Dame. C'était impressionnant. Imaginez une foule de cauchemar venue se faire entendre du grand pénitencier, seul habilité à entendre les confessions des cas épouvantables. Je revois encore ces visages effrayants, du vrai gibier de potence. De rudes journées, en vérité !

La circulation se rétablit et ils se trouvèrent devant la cathédrale. Le ciel était si bas par cette journée d'hiver que les fumées des cheminées se mêlaient au brouillard et que la vieille église paraissait coupée à hauteur de la frise des rois. Dès l'entrée dans le sanctuaire, Nicolas fut, comme toujours, impressionné par la statue monumentale de saint Christophe. L'air vibrait des essais de l'orgue de la tribune. Balbastre était donc là. Ils demandèrent leur chemin à un chanoine qui passait, si voûté que son menton touchait sa poitrine et qu'il dut relever d'une main son visage pour les considérer. Il leur indiqua où se trouvait l'escalier menant à la tribune avant de laisser tomber lourdement sa tête. Parvenus à destination, Nicolas était en sueur sous son faux ventre et Bourdeau, cramoisi, soufflait comme un bœuf. Ils jetèrent un coup d'œil sur les drapeaux pris à l'ennemi qui tapissaient le pourtour de l'édifice et sur les chapeaux des cardinaux morts qui pendaient attachés à des fils depuis la voûte. Une voix connue, aigre et doctorale, leur parvint.

— Voulez-vous me dire ce qu'est le tremblant, monsieur ?... C'est peut-être l'état dans lequel vous plonge ma question. Le tremblant, monsieur, est le système qui, dans l'orgue, altère le débit du vent de sortie de telle sorte qu'il jaillit dans les tuyaux par saccades régulières et produit un son tremblant. Rachetez-vous, jeune ignorant. Qu'appelle-t-on tremblant fort, ou à vent perdu ?

— Je crois, maître, fit une petite voix, que c'est celui que l'on emploie dans le grand jeu.

— Voilà qui est mieux ! Mais ne vous croyez pas sorti d'affaire. Définissez-moi le grand jeu.

— Le grand jeu... C'est le jeu... qui... où...

— Rien du tout ! Vous n'êtes qu'un âne bâté. Le grand jeu, c'est le nom donné au clavier principal...

On entendit un poing qui frappait sourdement du bois.

— Sans grand jeu, point de liesse, point d'éclat, point de dialogue entre les diverses résonances.

Bourdeau toussa. Une demi-douzaine de têtes effarées se retournèrent sans que le principal acteur de la scène daignât bouger la tête.

— Qui se permet de troubler ainsi M. Balbastre quand il enseigne ?

— Maître, je suis au désespoir, dit Bourdeau. M. Gabriel de Sartine, lieutenant général de police, m'a requis de venir au plus vite prendre des compléments d'information à la suite de la lettre, dont il vous sait grandement gré, que vous avez bien voulu lui adresser sur les tristes événements de la rue de Verneuil. Inspecteur Pierre Bourdeau, pour vous servir.

Le tricorne de Bourdeau balaya le plancher. Nicolas trouva le geste un peu exagéré, mais rien n'était de trop pour calmer le musicien. Balbastre, raide sur son fauteuil à tournevis, pivota. Encadré par une perruque blonde à petites boucles, son visage rond et pâle, sur lequel la céruse dissimulait les rides et où le rouge tentait de remplacer l'inexistence des pommettes, se fixa sur Bourdeau. Son gilet jaune jonquille et une culotte chinée à fils d'or accentuaient encore par leur assemblement incongru son apparence d'automate juché sur son mécanisme.

— Inspecteur ? N'ai-je droit qu'à un inspecteur ? Je ne parlerai qu'au lieutenant général.

— Je suis au désespoir d'avoir à vous contredire, répliqua Bourdeau. C'est à moi qu'il vous faut parler. M. de Sartine est à Versailles. Et d'abord, messieurs, récréation, M. Balbastre vous donne congé. Allons...

Il agita les mains vers les élèves qui se dispersèrent comme une volée de moineaux.

L'organiste descendit de son fauteuil et se dirigea vers Bourdeau en se dandinant. Nicolas pensa en le voyant qu'il évoquait quelque pintade exotique gravée sur un paravent de Coromandel.

— Qui vous autorise, monsieur ?

— M. de Sartine m'a donné tous pouvoirs pour vous interroger, jeta l'inspecteur. Asseyez-vous et écoutez-moi.

Balbastre obéit.

— Dans la lettre en question, commença Bourdeau, vous portez de bien graves accusations contre M. Le Floch. J'aimerais entendre de votre bouche les arguments qui fondent votre défiance.

— Loin de moi l'idée d'accuser quiconque ! se récria l'organiste. Je me borne à rapporter les faits. Et les faits, quelques fois, accusent...

— Depuis quand connaissez-vous le commissaire Le Floch ?

— Commissaire, ce petit clerc de notaire ? Quelle époque vivons-nous, où les fausses valeurs tiennent le haut du pavé ? Je l'ai rencontré un jour chez M. de Noblecourt, un ami, il y a bien une quinzaine d'années. Nous nous sommes croisés depuis. Votre « commissaire » a surpris la confiance de cet honorable magistrat et s'est installé à demeure, mettant la maison au pillage et escomptant l'héritage de son bienfaiteur, qui ne voit goutte à son manège. Je suis assuré qu'il guignait de la même manière la fortune de Mme de Lastérieux, ma belle amie, en maître fourbe qu'il est.

Bourdeau jeta un regard inquiet sur Nicolas qui, tête baissée, s'abîmait dans la contemplation des inscriptions d'un étendard poméranien.

— Vos affirmations sont-elles fondées sur des faits précis ?

— Qu'a-t-on besoin de faits précis ? La belle Julie n'avait point de secrets pour moi, sachez-le.

Nicolas toussa, fusillé par un regard indigné de l'organiste.

— Suggéreriez-vous par là avoir entretenu une liaison avec Mme de Lastérieux ? demanda Bourdeau.

D'un air vainqueur, Balbastre secoua sa perruque blonde sans répondre et sa tête fut aussitôt environnée d'un nuage de poudre parfumée.

— Vous ne voulez pas répondre ? Soit, d'autres seront plus loquaces. En dépit de votre peu d'estime pour M. Le Floch, il est de notoriété publique que vous lui parliez.

— S'il fallait refuser de parler à tous ceux que l'on méprise, on ne pourrait plus sortir. Je daignais répondre à ses saluts. Il me craignait, sans doute. Il est vrai que j'ai quelque influence à la Cour et à la ville. La dauphine requiert souvent mes services.

— Un homme aussi introduit que vous, maître, doit bien connaître les habitués du salon de Mme de Lastérieux.

— Que oui ! Encore que le soir dont nous parlons, la plupart d'entre eux étaient des inconnus.

— Tous, fit Bourdeau, ou la plupart ?

— Il y avait là quatre jeunes gens, de fort bonne mine, qui avaient été présentés par ce gentilhomme suisse, M. Friedrich von Müvala.

— Ah ! Parlez-nous un peu de celui-là. Que pouvez-nous en dire ?

Depuis un moment, Bourdeau tentait d'attirer l'attention de Nicolas qui se souvint d'avoir à prendre en note ce qui se disait. Sauf à susciter le soupçon, il devait donner quelque épaisseur à son rôle de greffier.

— Intéressant gentilhomme, reprit Balbastre. Originaire du Valais, il fait son tour d'Europe.

Esprit artiste qui peint à ravir et touche assez bien le piano-forte. Il s'intéresse aussi à la botanique, cherchant à constituer un herbier des différentes régions de l'Europe.

— Où l'avez-vous rencontré ?

— M'ayant bousculé un soir au bal de l'Opéra, il a présenté ses excuses avec tant de grâce et déployé une telle connaissance de mon œuvre...

— Il vous connaissait donc ?

— Après que nous nous fûmes présentés, évidemment. Je l'ai invité à l'un de mes après-midi musicaux, afin de l'entendre au piano-forte. C'est à cette occasion que je l'ai présenté à Mme de Lastérieux. Il y a de cela deux ou trois semaines.

Nicolas tendit un petit morceau de papier à Bourdeau qui, après avoir lu, l'enfonça dans sa poche.

— Vous n'inviteriez pas chez vous, monsieur, quelqu'un que vous méprisez ?

— Jamais, dit Balbastre en riant, je me contente de le saluer.

— J'ai pourtant, maître, la certitude que vous avez à plusieurs reprises convié à vos séances M. le commissaire Le Floch. Depuis quinze ans, des dizaines de fois. Il a même fait chez vous une démonstration de bombarde, instrument de sa province natale. Il y a dans tout cela, monsieur, je ne vous le cache pas des éléments contradictoires qui risquent de mettre en cause l'ensemble de votre témoignage. On méprise, on salue, on calomnie, on déprécie, tout cela s'entend encore fort bien, mais inviter chez soi des dizaines de fois, c'est étrange, non ?

Balbastre s'approcha d'un brasero de fonte rempli de charbon rougeoyant, comme si le froid du sanctuaire l'avait brutalement transi.

— Monsieur l'inspecteur, je vais tout vous dire.

Je ne sais si je peux... si je dois... et quels risques j'encours...

L'organiste perdait de sa superbe, regardait à droite et à gauche comme une bête aux abois, lorgnait l'entrée de l'escalier, s'enfonçait le long du buffet de l'orgue, cherchant à se confondre avec l'obscurité du fond de la tribune.

— À vrai dire, reprit-il, je n'ai rien contre M. Le Floch, que je reconnais avoir souvent invité. Peut-être un peu de jalousie pour un jeune homme qui ramasse tous les succès. Rien de bien méchant. Cependant, j'ai reçu ordre, de bien haut, de très haut, de le présenter il y a un an à Mme de Lastérieux.

— Qui vous a donné cet ordre ?

— Je ne le puis dire, sur ma vie.

Il demeurait prostré dans l'ombre.

— Reste, dit Bourdeau, que vous avez proféré contre M. Le Floch de graves accusations.

Balbastre eut un sursaut de révolte.

— Cela vous semble, mais il n'en est rien ! Je n'ai rapporté que la stricte vérité, les choses telles qu'elles se sont déroulées. Cette altercation avec Mme de Lastérieux, chacun a pu l'observer. Il était si furieux, lorsqu'il a quitté la pièce, qu'il m'a bousculé et renversé mon verre sur un pourpoint de soie qui en a été gâté à jamais. Un fou, je n'exagère pas.

— Et encore ?

— Pour le reste, je dois à l'honnêteté de dire que je n'étais pas témoin direct. C'est M. von Müvala revenant de l'office où il était allé quérir une bouteille qui m'a confié que Le Floch était de nouveau dans la maison, occupé dans la cuisine à on ne sait quelle pratique et que, surpris, il s'était enfui précipitamment.

— Y avait-il un autre témoin ?

— Pas à ma connaissance.

— Quelle est votre opinion personnelle sur la mort de Mme de Lastérieux ?

— Je me garderais bien d'en avoir une, ignorant sa cause réelle.

— Et si je vous disais qu'il s'agit d'un assassinat, quelle serait votre réaction ?

— La même, monsieur. Je ne veux accuser personne et souhaite seulement que la vérité éclate pour que justice se fasse.

Il y eut un court silence, puis Bourdeau demanda :

— Autre chose, à quelle heure êtes-vous rentré chez vous ?

— J'avais donné congé à mon cocher. Il n'a pas été aisé de trouver un fiacre à cette heure-là. Environ minuit.

— Qui peut en témoigner ?

— Vous m'accusez ! s'indigna l'organiste.

— Je ne vous accuse point, mais tous les participants à ce souper sont par définition suspects. Je suppose que vous ignorez le numéro du fiacre ?

— Je n'étais pas en état de le noter, si tant est que ce détail puisse jamais m'intéresser ; je n'ai pas l'œil policier.

— Non, mais vous en avez la plume... Merci, maître, de votre aimable concours. Je rendrai compte à M. le lieutenant général de police des précisions que vous avez bien voulu me confier. J'ai l'honneur de vous saluer.

Bourdeau, suivi d'un Nicolas toujours voûté, redescendit l'escalier de la tribune. Sur la place du parvis, ils remontèrent dans leur voiture après s'être dégagés non sans difficulté d'une foule de mendiants qui demandaient l'aumône et qu'un coup de fouet du cocher finit par disperser alors que le cheval bronchait face à cette multitude.

— Drôle de bonhomme, fit Bourdeau quand la voiture s'ébranla. Peut-on lancer autant de méchantes calomnies sans les penser et sans être animé par quelque haine tenace ?

— Poser la question, c'est y répondre, dit Nicolas.

— Qu'a-t-il voulu dire par cet ordre venu de très haut ? Pour quelles raisons aurait-on souhaité que Mme de Lastérieux vous fût présentée ? Quel intérêt y avait-il pour cette puissance inconnue à vous jeter ainsi dans les bras de cette intrigante ? De fait, le projet n'a que trop réussi. Sommes-nous encore devant un de ces coups pendables de M. de Sartine, destinés à compléter le tableau qu'il nous a déjà dressé ?

— Je ne crois pas, répondit Nicolas. Il nous l'aurait avoué, dès alors que le principal était dit. Que je fusse surveillé et contrôlé par manie de tout savoir était le morceau principal. Le fait qu'on m'ait présenté la dame, un petit détail.

— Alors qui ? Le principal ministre, le duc d'Aiguillon ? Je ne cite pas M. de Saint-Florentin, ministre de la maison du roi, il fait un avec M. de Sartine. Le roi ?

— Pourquoi pas le pape ou le général des jésuites. Ne vous emballez pas. Balbastre avait l'air terrorisé. Serait-il maçon ?

— Sartine l'est aussi.

— Oui, mais il y a des loges rivales et des obédiences diverses. Imaginons que l'on ait voulu compromettre M. de Sartine.

— Encore faudrait-il résoudre une équation. La police tient Julie. Balbastre a de l'influence et de l'autorité sur elle. Comment tout cela se lie-t-il, s'il n'y a pas relation entre ses fonctions secrètes et la pression exercée sur la dame ?

— Le mieux serait peut-être de poser la question à M. de Sartine.

Bourdeau opina de la tête et consulta sa montre.

— Passons au Châtelet, vous pourrez abandonner cette défroque et vous rhabiller. Ensuite, nous rejoindrons l'hôtel de police.

Nicolas s'abîma dans une nouvelle réflexion. Ce que Bourdeau ignorait, et qu'il ne pouvait lui révéler, c'est que Sartine comme lui-même appartenaient à un groupe restreint d'hommes à qui le roi donnait sa confiance et qui participaient à sa diplomatie secrète. Même le duc d'Aiguillon, ministre des Affaires étrangères, quelque estime que lui manifestât le souverain, n'avait pas été jugé digne d'en pénétrer les arcanes ou, peut-être, était-il plus commode qu'il demeurât à l'écart. Le roi, au fond de son cabinet secret des petits appartements, recevait des deux mains les nouvelles des capitales étrangères : celles adressées par ses ambassadeurs en titre et celles, en dépêches chiffrées, de son agent secret. Il arrivait que certains ambassadeurs réunissent en leur personne les deux fonctions, mais cela était rare. Les informations, de la sorte, se complétaient, se recoupaient et s'enrichissaient, mais, quelquefois aussi, elles se contredisaient, nourrissant la réflexion royale. Nicolas lui-même était le correspondant d'un naturel de la Nouvelle-France, Naganda, chef d'une tribu Mic-Mac resté fidèle à la France après la catastrophe du Canada, et recruté à la suite d'une sombre affaire[3] pour surveiller les Anglais et agir sourdement sur leurs flancs. Depuis lors, le commissaire avait été mêlé de près ou de loin à différentes affaires et missions. L'attention de ceux qui souhaitaient contrarier la politique du roi risquait d'avoir été attirée sur sa personne. De ténébreuses menées environnaient le trône, où se mélangeaient les efforts des puissances étrangères, celles d'Aiguillon s'accrochant au pouvoir, de Maupeou en lutte contre les parlements et, enfin, celles de Choiseul, auteur du mariage autrichien, qui escomptait les bénéfices qu'il pourrait tirer de la reconnaissance de la dauphine, Marie-Antoinette.

Nicolas réintégra avec volupté ses habits. Lorsqu'il sortit du Châtelet, la nuit tombait. On ne voyait rien à quinze pas, tant le brouillard était épais. Une ombre sortit d'un recoin du porche de la vieille prison. Un bref sifflement avertit Nicolas qui se retourna, ayant reconnu l'appel de Rabouine. Celui-ci se détacha de la muraille et lui rapporta brièvement que leur voiture avait été suivie, qu'un inconnu était descendu d'un cabriolet, qu'il n'avait pu le dévisager en raison de l'obscurité. Tout cela pouvait être le fruit d'une simple coïncidence aussi, sur le moment, Nicolas n'y prêta-t-il guère attention ; il n'en parla même pas à Bourdeau qui l'attendait dans le fiacre, à moitié assoupi.

Rue Neuve-Saint-Augustin, M. de Sartine, qui recevait, les rejoignit un instant dans l'antichambre. Il ne laissa rien deviner des impressions que le récit de Bourdeau suscitaient en lui, se contentait d'observer que la position de Nicolas ne sortait guère renforcée des débuts de l'enquête, et que le roi devait être averti des menaces qui pesaient sur la tête de *son* serviteur. Cela fut dit avec un sourire gracieux à l'adresse de Nicolas. Celui-ci se trouverait dès six heures à l'hôtel de Gramont[4] ; il accompagnerait à Versailles le lieutenant général de police, dans son carrosse. Ils assisteraient à la messe à la chapelle Saint-Louis. M. de Sartine espérait pouvoir faire avancer son audience particulière après l'office. Il ajouta que Nicolas ne devait pas en tirer vanité, mais qu'une autre affaire, des plus graves, qui exigeait des décisions urgentes, devait être mise sous les yeux du souverain. Puis, il leur souhaita le bonsoir.

Bourdeau accompagna Nicolas rue Montmartre. Celui-ci, se souvenant de l'information de Rabouine, fit arrêter la voiture aux environs de Saint-Eustache. Bourdeau comprit qu'il y avait anguille sous roche et ne posa pas de questions. Il indiqua seulement à son chef que le cocher viendrait le prendre le lendemain matin, rue Montmartre. Nicolas plongea dans la nuit, il laissa le fiacre s'éloigner et, marchant à reculons, il s'approcha de la façade de Saint-Eustache. Il entendit le bruit des sabots et du souffle d'un cheval tout proche. Pourtant il ne distinguait rien, dans le brouillard de plus en plus dense. Il trouva l'entrée du sanctuaire et y pénétra. L'immense nef était faiblement éclairée par les lumières des cierges. Il se fondit dans l'ombre d'un bas-côté pour gagner une chapelle où il avait ses habitudes quand il voulait vérifier qu'il n'était pas filé. De là, son regard balayait les accès. Quelques secondes plus tard, une silhouette enveloppée de la tête aux pieds dans une cape plusieurs fois repliée sur elle-même surgit venant du dehors, et inspectant d'évidence les lieux. Elle s'approcha de la chapelle et frôla le pilier derrière lequel Nicolas se dissimulait. Elle fit le tour de l'église et quand le commissaire l'aperçut de l'autre côté de la travée centrale, il profita de l'éloignement et de l'ombre dans laquelle il baignait pour gagner, suivant son habitude, la petite porte donnant derrière le bâtiment, sur une impasse menant rue Montmartre, à deux pas de l'hôtel de Noblecourt. À bien y réfléchir, celui qui le suivait ne devait pas le connaître, car autrement il se serait épargné cette peine et l'aurait attendu devant son domicile. Il sentait s'amonceler autour de lui des menaces convergentes dont il ne distinguait pas l'origine.

Nicolas trouva M. de Noblecourt emmitouflé de madras, sirotant au coin de la cheminée de l'office une tisane calmante que venait de lui préparer Catherine.

Le vieux procureur exigea d'entendre le détail de sa journée. Ce qu'il apprit ne le réconforta que sur un point : la main du roi pèserait désormais comme une inviolable protection sur la tête de Nicolas. Il remonta jusqu'à ses appartements appuyé sur son bras. Cyrus les accueillit avec de faibles jappements de reproche ; il ne comprenait pas qu'on troublât ainsi la régularité du coucher de son maître.

— Voyez-vous, dit Noblecourt, vous fûtes témoin à plusieurs reprises de ce sens étrange qui me fait quelques fois réussir à démêler les intrigues sans parvenir à m'en expliquer les raisons. L'âge me fait vaticiner. Cette affaire me semble redoutable, parce qu'elle dissimule autre chose, et que cette autre chose n'est sans doute pas unique.

Il lut sur le visage de son interlocuteur une sorte d'incompréhension.

— Mes propos vous paraissent confus ? reprit-il. Je m'explique. Comme un fleuve est le résultat de l'apport de plusieurs rivières, ce crime est l'aboutissement de plusieurs intrigues mêlées. De cela, je suis sûr. Réfléchissez-y et dormez en paix.

C'est en songeant à cette remarque sibylline que Nicolas prépara son habit de cour et se coucha dans la quiétude de la maison amie.

V

ESCAMOTAGE

> Tu m'as fait passer par le feu du creuset et tu n'as trouvé en moi nulle impureté.
>
> *Psaume* 16,3.

Dimanche 9 janvier 1774

Le cardinal de La Roche Aymon, grand aumônier, venait d'entonner le *Domine salvum fac regem* repris en canon par les choristes. Vêtus de blanc, ils étaient regroupés de chaque côté de la tribune de l'orgue au-dessus du chœur. On les distinguait à peine dans les flots d'encens qui environnaient le maître autel et les deux anges de bronze doré inclinés vers le tabernacle. Les volutes du sacrifice montaient en spirales vers la demi-coupole de l'abside ; elles se mêlaient aux cieux figurés du tableau de Charles de la Fosse représentant la Résurrection du Christ. Un sentiment d'émotion et un élan religieux de fidélité saisirent Nicolas qui regardait la forme grise agenouillée sur son prie-Dieu : le roi Louis XV, son maître.

Il mesurait la solitude de cet homme. Près du

roi, le dauphin et la dauphine, ainsi que ses petits-fils Artois et Provence, représentaient les espérances de l'avenir. Depuis son arrivée à Paris, la camarde et ses coupes sombres avaient élagué les abords du trône : deux filles de France – Anne-Henriette et Madame Infante –, leur mère, la reine Marie Lezinska, trop tôt disparue, les fils du roi et sa femme la princesse de Saxe, et la bonne dame de Choisy[1] et bien d'autres dont il se rappelait les visages. Cette idée ajouta encore à la tristesse de Nicolas. Le déroulement de la liturgie lui avait fait souvenir des conseils du chanoine Le Floch, son tuteur et père adoptif : « Il ne faut pas que tu te disperses parce que tu verras partout les tourments et les morts, alors que tu sais que tout est épreuve. Le deuil et la patience doivent engendrer l'espérance et l'impassibilité par lesquelles on meurt au monde. » Hélas, il n'avait pas encore atteint cette sagesse-là !

Sartine et lui étaient arrivés juste à temps pour le début de l'office. Placé derrière son chef dans une tribune latérale, il avait pu observer tout à loisir les personnages de la Cour. Aux côtés de son chef impavide, se tenait, petite forme tassée, M. de Saint-Florentin, ministre de la maison du roi. Il ne parvenait pas à le nommer autrement, alors que la faveur du souverain avait fait ériger en duché-pairie sa terre de Châteauneuf-sur-Loire et qu'il portait désormais le titre de duc de la Vrillière. L'homme le mieux renseigné de France voyait sa faveur perdurer et les attentions du roi se multiplier ; ainsi, la perte d'une main au cours d'un accident de chasse avait été aussitôt compensée par la royale attention d'une prothèse en argent qu'un gant de soie dissimulait ordinairement.

Plus loin, le duc d'Aiguillon, ministre des Affaires étrangères et de la Guerre, lorgnait à loisir les femmes de l'assistance, sans égards pour la sienne, assuré qu'elle ne lui en tiendrait pas rigueur habituée qu'elle était aux infidélités du beau duc. Elle-même, nièce de M. de Saint-Florentin, édifiait la Cour par sa piété, sa dévotion et sa résignation. Nicolas, qui la détaillait, mesura qu'on ne mentait pas sur son compte. Il nota la bouche enfoncée, le nez de travers et le regard égaré. À cela s'ajoutait une taille de harengère à la poitrine et aux bras énormes. Pourtant, l'effet général n'était pas désagréable et, comme il l'avait entendu dire, « cette personne était un spectacle chargé de machines et de décorations, où il se trouve quelques traits merveilleux sans suite et sans ordre, que le parterre admire, mais qui est sifflé des loges ».

L'office s'achevait dans l'exaltation d'une fugue triomphale de l'orgue. Le bruissement des fidèles s'accentuait et, debout, chacun reprenait les formules de bénédiction. La procession des officiants quitta la chapelle après avoir salué la tribune royale. La nef se vida. Le roi se leva et reprit ses gants et son chapeau des mains d'un aumônier. Les portes du salon de la chapelle s'ouvrirent et les Cent-Suisses, disposés en haie, prirent les armes au son du tambour.

M. de Sartine murmurait à l'oreille du ministre. Celui-ci fit la moue et Nicolas l'entendit s'engager à parler au roi sur-le-champ. Ils attendirent un long moment son retour. Le lieutenant général de police s'abîmait dans la contemplation d'une statue du salon représentant *La Gloire tenant le portrait de Louis XV*. Un garçon bleu apparut qui les invita à se rendre dans la salle du conseil où le roi, par extraordinaire, recevrait le magistrat. Le messager salua le commissaire, qui reconnut Gaspard. Celui-ci, autrefois au service de M. de La

Borde[2], relevait désormais du service intérieur du souverain. La confiance du roi en son premier valet de chambre lui avait valu cette flatteuse promotion. Nicolas, à qui l'intéressé avait naguère rendu bien des services, se dit que le choix n'était peut-être pas pertinent et qu'il ne l'aurait pas conseillé en tout état de cause, tant l'appât de l'or tenait fortement le drôlet. Or, les tentations étaient grandes dans les coulisses et les antichambres du palais. Ils traversèrent bientôt la Galerie des Glaces encore remplie de la foule des dimanches. Nicolas, qui avait eu longtemps la responsabilité d'assurer la sécurité de la famille royale, redoutait particulièrement ces jours où chacun, à condition d'être convenablement vêtu, le chapeau à la main et l'épée au côté – épée qu'on louait à l'entrée du château – pouvait approcher le roi et les siens. Sartine fit signe à Nicolas d'attendre sur une banquette et pénétra dans la salle du conseil.

Le commissaire avait connu dans la galerie un autre mobilier que le désir de nouveauté avait écarté en 1769. Il admira les guéridons de bois doré représentant des groupes d'enfants et les femmes tenant des cornes d'abondance. Au-dessus, le cartouche du tableau central proclamait : « Le roi gouverne par lui-même. » Mercure descendait des cieux le caducée à la main, planant sur un Louis XIV romain.

— Hon, hon ! fit une voix sarcastique. Le petit Ranreuil baye aux corneilles !

Nicolas se leva et s'inclina avec respect devant un petit vieillard vêtu de satin blanc, au visage maquillé à outrance, qui le considérait avec ironie.

— Monsieur, je vous salue, dit-il. Je me perdais dans les étoiles du plafond, alors que la gloire m'environnait. Vous avez raison de persifler. Je suis impardonnable, monsieur le maréchal, et mériterais un coup de votre bâton fleurdelisé.

— Oh ! Je le laisse à mon hôtel, en vérité il m'embarrasserait fort, répondit le maréchal de Richelieu en souriant. On ne saurait être plus gracieux que vous l'êtes : bon chien chasse de race. Le marquis, votre père, avait de ces reparties... Est-ce le marquis ou le commissaire qui attend sur cette banquette à la porte de la salle du conseil ?

Il soupira. C'était l'amertume et la désolation du vieil homme de n'avoir jamais pu entrer dans les conseils du roi.

— À vrai dire, monsieur, je l'ignore encore moi-même. Sa Majesté reçoit M. de Sartine et, comme vous l'avez si bien observé, j'attends.

— Ce n'est pourtant pas l'heure de la rencontre hebdomadaire. Quelque affaire extraordinaire ou un scandale bien salace propre à divertir l'âme mélancolique du roi ? Qu'importe, je vous souhaite, monsieur, la bonne attente. Je vais, de ce pas, faire ma cour à la divine comtesse.

Le maréchal comptait au nombre des amis de Mme du Barry. Il espérait toujours, par son entremise, satisfaire son ambition politique. Il rappelait sans vergogne que son aide avait été précieuse à la favorite lorsqu'il s'était agi de la présenter à la Cour. C'était grâce à lui que les parrainages indispensables avaient été, bon gré mal gré, rassemblés.

Enfin, la porte de glace de la salle du conseil s'ouvrit et la tête de M. de Sartine parut. Sans un mot, il regarda Nicolas d'un air dévot Celui-ci décrypta la mimique et le suivit. Le roi tapotait d'un doigt le cadran d'une pendule rocaille placée au centre de la cheminée de marbre griotte. Enrichie de bronze, elle étincelait entre deux vases de Sèvres.

— Le commissaire Le Floch est aux ordres de Votre Majesté, annonça Sartine.

Il avait entraîné Nicolas au centre de la pièce,

à mi-chemin d'une console et de l'extrémité de la table. Le roi se retourna en souriant. Il se voûtait de plus en plus et la saillie de son abdomen emplissait l'habit gris brodé d'or. Le visage parut à Nicolas encore plus marqué qu'à l'accoutumée, ensemble disparate de bouffissures et de marbrures. Seuls les yeux bruns, presque noirs, rappelaient le souverain d'antan. Louis fit quelques pas, s'approcha de la table sur laquelle il s'appuya des deux mains ; ce mouvement fit bâiller le cordon du Saint-Esprit. Il tourna la tête fixant, l'un après l'autre, les bustes de Scipion l'Africain et d'Alexandre le Grand.

— Qui me dira où Scipion écrasa Hannibal ?

Nicolas jeta un coup d'œil à Sartine, qui l'encouragea d'un battement de paupières.

— Si je puis me permettre de suggérer à Votre Majesté que ce pourrait être à la bataille de Zama.

— C'est cela, c'est bien cela ! Ah ! l'éducation des jésuites... fit le roi en soupirant.

Nicolas le savait : le souverain n'abordait jamais de manière directe son propos. Comme un navire tire des bords et louvoie en vent contraire pour rallier le port, le roi, soit timidité soit souci de ne pas brusquer son interlocuteur, procédait toujours par approches successives et détournées.

— Monsieur le lieutenant général de police m'a tout conté, dit-il enfin. Sachez que nous vous tenons pour innocent dans cette affaire. Étouffer la chose nous paraît pour le moment inopportun. À l'heure qu'il est, le drame est public et une telle censure ne ferait qu'aggraver son retentissement. Je tiens toutefois à recevoir de votre bouche votre parole de gentilhomme.

— Sire, vous avez la parole du fils du marquis de Ranreuil et de votre serviteur. Je ne suis ni de près ni de loin mêlé à la disparition de Mme de Lastérieux.

— Cela me suffit, monsieur.

Sans excès d'égard pour la sensibilité de Nicolas, le roi se fit alors conter dans le détail l'ouverture du corps de la victime avec cette délectation morbide qui était l'un des aspects les plus étranges de sa nature. Il réfléchit ensuite un long moment.

— Comprenez-vous, monsieur, la langue anglaise ?

— Oui, sire. Sans excéder la patience de Votre Majesté, je puis lui rapporter que lors de la descente de la croisière anglaise dans l'estuaire de la Vilaine, le marquis de Ranreuil captura un détachement parmi lequel se trouvait un officier de marine. Ce lieutenant de vaisseau demeura une année, prisonnier sur parole, au château de Ranreuil. À la demande de mon père, il nous apprit sa langue, à ma sœur Isabelle et à moi.

— Voilà qui est fort bien.

Il y eut un nouveau silence, puis le roi demanda :

— Connaissez-vous l'escamotage, Sartine ?

— Sire, il en est de plusieurs manières...

— Celle que j'évoque est la plus plaisante. Les princes, mes petits-fils, m'ont présenté l'autre soir, pour me divertir, un personnage étrange. Il s'agit d'un juif anglais nommé Jonas, arrivé depuis quatre mois à Paris...

— Quatre mois et demi, fit Sartine en souriant.

— Si vous le dites ! Il est devenu rapidement à la mode en déployant ses talents pour l'escamotage et il n'y a point aujourd'hui de soupers élégants à Paris où il ne soit appelé et où il ne serve quelque plat de son métier. Il gagne, dit-on, bien sa vie.

— Votre Majesté voit juste, il prend trois louis par séance.

— On le dit supérieur à ses confrères, poursuivit le roi. En particulier à Comus. Il est plus fin, alors que l'autre est seulement physicien. Le personnage possède un air balourd et une tournure ronde qui en imposent encore davantage par la distance qu'il y a entre son apparence et les disparitions merveilleuses qu'il opère. Voyez où me conduit la pente de mon esprit. Monsieur le marquis de Ranreuil, il vous faut disparaître quelque temps. Je compte sur votre intelligence et votre dévouement.

D'une écritoire en écaille blonde de tortue, le roi sortit un papier.

— Prenez ce sauf-conduit, il vous sera utile et vous fait mon plénipotentiaire. Sartine vous expliquera le reste. Je vous souhaite bonne chasse. Une dame de mes amies qui vous connaît vous en sera reconnaissante...

Il lui tendit sa main sur laquelle Nicolas appuya ses lèvres avec respect.

En dépit du temps maussade et froid, Sartine avait entraîné Nicolas dans le parc désert jusqu'au parterre de l'Orangerie où, près du bassin, la vue était si dégagée que nul ne serait en mesure de les approcher sans se signaler aussitôt à leur attention. Le gravier crissait sous les pas. Le lieutenant général de police, l'air fermé, composait son ouverture sous le regard attentif de Nicolas.

— J'ose espérer, dit-il enfin, que vous êtes bien conscient, monsieur le commissaire, de bénéficier de la confiance particulière de Sa Majesté et d'appartenir à cette cohorte d'élus qui participent de ses plans les plus secrets. Ceci pour vous dire que les propos qui vont suivre sont de nature telle que vous aurez à les enfermer dans le tréfonds le plus reculé de votre conscience.

Nicolas acquiesça.

— Vous savez ce combat insensé, et toujours recommencé, que nous livrons contre tous ceux qui veulent affaiblir le roi et l'État en déversant des tombereaux d'infamie, tout ce ramas de pamphlets, de libelles et de brochures après lesquels nous ne cessons de courir. Pour un ouvrage détruit, combien d'autres largement répandus !

Tout cela est bel et bon, songeait Nicolas, mais ce n'est pas lui qui met sens dessus dessous cinquante imprimeries pour trouver un de ces torche-culs qui avaient tant obsédé Mme de Pompadour et irritaient de même la sultane d'à présent. Au début de son influence, Mme du Barry soupçonnait Sartine, ami de Choiseul, de ne pas agir avec assez d'énergie contre ces écrits. Il avait dû se justifier.

— Lorsqu'ils sont imprimés à Paris, reprit Sartine, la chose est aisée.

Il remarqua la mine dubitative de son adjoint.

— Enfin, possible... Nous possédons des moyens pour y parer. En revanche, à quelles astuces sommes-nous astreints lorsqu'il s'agit de lutter avec efficacité contre la fraude qui introduit clandestinement les fruits de la calomnie. J'en viens au fait. Un aventurier connu de longue main de mes services, réfugié en Angleterre, publie une feuille à scandales, *Le Gazetier Cuirassé*. Il se fait frauduleusement appeler chevalier de Morande. Son nom véritable est Thévenot, fils d'un honnête praticien de Bourgogne que ses écarts de conduite ont fait mourir de chagrin.

— Cependant, monsieur, il est en Angleterre.

— J'y viens, ne m'interrompez pas, sinon nous gagnerons malemort dans ce carrefour des ouragans !

Il replia les queues de sa perruque à l'ancienne sur sa gorge.

— Ce moderne Arétin, encouragé par le succès de ses libelles, a imaginé une manière plus prompte et moins dangereuse de gagner de l'argent. Il a choisi ses victimes, riches de préférence. Il leur fait connaître qu'il possède sur leur compte des anecdotes très scandaleuses et qu'il croit de son honnêteté de les en prévenir et de savoir s'ils ne seraient pas fâchés de les voir révélées au grand jour et à l'opinion du public. Il ajoute que, moyennant le versement de telle somme, il leur épargnera ce désagrément en ne publiant point.

— C'est un pur chantage ! s'exclama Nicolas.

— Le mot est faible, car l'impudent, non content de s'adresser à des particuliers de ce pays-ci, s'en prend à des illustres. Ainsi, il a osé écrire à M. le marquis de Marigny, jusqu'il y a peu directeur des bâtiments du roi et frère de feue la marquise de Pompadour. Il menace de répandre un libelle intitulé *Le Pétangueule*. Enfin, et c'est bien là le pire, il s'est abouché avec Mme du Barry, la menaçant de publier *Les Mémoires secrets d'une femme publique*. Imaginez l'indignation du roi devant le risque de voir salie la mémoire d'une femme dont le souvenir lui est cher, dans le même temps qu'on menace d'infamie son amie d'à présent.

— J'ai peine à mesurer tant d'ignominie. S'en prendre à une femme disparue !

— Son audace s'est portée à un point tel qu'il a écrit directement à la dame pour la rançonner de bonne façon. Elle a porté ses plaintes à M. le duc d'Aiguillon, principal ministre. Celui-ci s'est concerté secrètement avec l'ambassadeur d'Angleterre, qui manda le propos à la connaissance de sa Cour. Sa Majesté britannique ne s'est pas opposée, selon ce qu'il en fut répondu, à ce qu'on vînt enlever dans ses États, noyer dans la Tamise ou étouffer ce monstre, peste de la société et fléau du genre humain. Albion fermerait les yeux, pourvu que cela se conduisît dans le plus grand mystère, sans léser à l'extérieur les droits de la nation anglaise. En conséquence de quoi, Sa Majesté a laissé à son amie toute latitude d'agir de son propre chef, ce qu'elle a fait dans la crainte et l'égarement de la précipitation.

— Y avez-vous pris part, monsieur ? demanda Nicolas.

— On ne m'a pas consulté ! Un certain Marie-Félix Dormoy, marchand de chevaux et de bétail en banqueroute, qui avait fui ses créanciers outre-Manche, a proposé ses services mercenaires. Là-dessus, et en vertu de l'accord passé avec les Anglais, M. d'Aiguillon, animé par la comtesse et soucieux de lui complaire, a organisé une descente armée en Angleterre d'un groupe d'agents de la Connétablie[3] sous la direction d'un certain Béranger, soi-disant capitaine d'infanterie, en réalité espion de police et mouche. Ce sicaire lui a été recommandé sans que mon avis ait été demandé et que je sois pour rien dans la chose. Vous savez que le duc de la Vrillière, M. de Saint-Florentin, est parent par alliance du duc d'Aiguillon.

— Si j'ose avancer un avis, dit Nicolas, il me paraît bien redoutable de faire confiance à l'Anglais.

— Légitime boutade de Breton ! Mais, je crains que vous n'ayez raison. Un courrier nous est parvenu il y a deux jours. Rien ne va comme prévu à Londres. Pièges et chausse-trappes organisés par ce démon de Morande s'ouvrent sous les pas de nos enfants perdus sous la direction de cet incapable de Béranger. Les petits moyens ne défendent pas les grandes causes. Il est urgent d'y porter remède. Sur ma proposition, le roi vous a choisi pour cette mission, dont l'avantage subsidiaire est de vous tenir quelque temps éloigné de Paris où le vent est mauvais pour vous ces jours-ci. Recevez donc les instructions de Sa Majesté. *Primo,* enveloppez votre mission du plus grand secret et tâchez de régler cette situation sans esclandre. *Secundo,* ramenez sains et saufs, il y va du prestige de la couronne et du maintien de la paix, les membres de notre descente à Londres. Pour cela, vous avez toute autorité et pouvoir pour négocier, de puissance à puissance, avec un représentant de la Cour de Saint-James. *Tertio,* prenez contact avec Morande, même si vous n'obtenez rien de lui...

— On peut toujours essayer ; je vous promets d'y travailler.

— Avec cette figure de canaille, promettre et tenir sont deux ! sourit Sartine. Enfin, écoutez-moi bien. Je dois vous mettre en garde. Toute cette affaire intéresse à plus d'un titre beaucoup de monde. Chacun aura intérêt à tenter de vous intercepter, y compris les Anglais habiles à jouer sur deux tableaux : le public en négociant et le secret en essayant de se débarrasser de vous. Surtout, comprenez-moi à demi-mot, de grands intérêts sont en jeu dans le royaume même. Le roi vieillit, vous avez pu comme moi mesurer sa fatigue, même si la jeunesse qui l'entoure le distrait et... l'épuise. Prenez garde à vous et revenez-nous.

Nicolas, qui tenait à son idée, demanda :

— M. le duc de la Vrillière a-t-il été informé de la mission que Sa Majesté me confie ?

Un silence éloquent lui répondit. Sartine fit quelques pas de côté en regardant avec inquiétude les nuées humides qui brouillaient les perspectives des alentours.

— Dans une certaine mesure... C'est selon... Enfin, dans ses grandes lignes, l'hypothèse ayant été évoquée d'une mission de secours, qu'importe qu'il s'agisse de vous ou d'un autre. L'essentiel est que vous soyez couvert par le roi et par moi.

Le paquet était maladroitement ficelé et Sartine jouait le mot[4] sans vergogne. Cela signifiait une seule chose : le ministre de la Maison du roi n'était pas dans le secret de ce plan audacieux. Et ce n'était pas tout.

— Je dois également vous dire, reprit Sartine avec componction, qu'il y a apparence que les écrits en question, ceux qui touchent la dame de Louveciennes[5], puissent intéresser bien des gens. Aiguillon bien sûr, pour ce que je vous ai dit, mais bien d'autres encore. Vous savez mes relations confiantes avec Choiseul ; elles n'emportent pas mon souci de l'État. Derrière sa pagode de Chanteloup, je n'ignore pas qu'il demeure aux aguets de toutes les conjonctures qui pourraient mettre un terme à sa mise à l'écart des affaires. Quant aux parlementaires, tout ce qui menace le trône et les venge de leur exil est bon à prendre. Cela fait beaucoup de bêtes de proie à tourner autour des innocents. Ah ! autre chose. Sachez que si Mme de Lastérieux était chargée, en ignorant le pourquoi de sa mission, de vous sonder, c'est que Sa Majesté entendait vous compter au nombre des quelques fidèles serviteurs triés sur le volet habilités à traiter du secret de ses affaires. Cela nécessite, vous le comprenez, certaines précautions.

— Sans doute, fit Nicolas d'un ton peu convaincu. J'attends, monsieur, des instructions précises et matérielles.

— Voilà, dit Sartine soudain ragaillardi, le langage que j'aime entendre, celui de l'action que ne satisfait pas la viande creuse des conseils. Vous allez rejoindre Paris et dormir rue Montmartre. Préparez votre bagage. Trouvez un prétexte pour justifier votre absence, une dizaine de jours tout au plus. Gazez le tout par quelques croquignoles[6] à la vérité. Demain matin, une demi-fortune[7] viendra vous prendre à neuf heures. Le format est peu compromettant et nul n'imaginerait vous voir partir pour un long voyage dans un tel équipage.

— Cela semble pourtant un peu aventuré. En cas de surveillance...

— Laissez-moi finir. La voiture vous conduira dans le quartier du Palais-Royal. Que ne m'avez-vous entêté avec le chamaillis de véhicules qui y règne chaque matin ! Et vous n'avez pas tort ; Paris est une grande ville où six mille voitures circulent chaque jour par les rues, les places et les carrefours. Vous m'avez incité à y porter remède. Je vous ai entendu, monsieur le réformateur. Place Louis-le-Grand et rue Neuve-des-Petits-Champs, des sentinelles et des gardes sont postés à l'effet d'établir ou de rétablir l'ordre nécessaire à la circulation. Votre voiture s'engagera dans un désordre feint, j'y veillerai. Portière à portière, vous sauterez avec votre bagage dans une berline de voyage. Un homme de mes services vous remplacera dans la demi-fortune. Bien malin qui y verra quelque chose au milieu des voituriers, des cochers de place, des charretiers, des gravatiers, des porteurs de chaises et des tireurs de brouettes.

Il se frottait les mains à l'idée du bon tour qui allait se jouer.

— Vertuchou, monsieur, reprit-il, quittez cette mine dépréciative ! Vous gagnerez ensuite Calais, où vous prendrez le paquebot. À Londres, vous vous rendrez au numéro 4 de Berkeley Square où vous trouverez les indications nécessaires à votre mission. Quel soulas pour moi de vous savoir là-bas !

— Et le ministre du roi à Londres ?

— Le comte de Guines, notre ambassadeur ? Souciez-vous de lui comme du fruit du même nom.

M. de Sartine se mit à rire de cet à-peu-près. Nicolas fut de nouveau frappé de l'air de jeunesse qui irradiait ce visage lorsque craquait son vernis austère. Il jugea ce bon mot digne du marquis de Bièvre, prince du calembour, ou du président de Saujac, son émule, dont le goût pour les saillies spirituelles n'avait d'égal que la mauvaise foi légendaire.

— L'ambassadeur, précisa Sartine, est en délicatesse avec Sa Majesté pour sa maladresse et le traitement insensé qu'il a réservé à des affaires de son emploi, lesquelles nécessitaient plus de doigté et de finesse. Vous ne serez pas troublé par le niveau de ses talents ; son enflure est en proportion de sa vacuité.

Revinrent à la mémoire de Nicolas les bruits d'un différend scandaleux entre l'ambassadeur et son secrétaire, qui accusait son chef de spéculations à la Bourse à partir d'informations confidentielles. La chronique galante rapportait en outre que l'ambassadeur de France avait été provoqué en duel par lord Crewen. Ce dernier avait enfermé sa femme. M. de Guines s'était infligé à lui-même une vérole récoltée dans un mauvais lieu de Londres et avait séduit la maîtresse du mari cocu, afin de lui en repasser le venin. La pauvre enfermée, mise au courant de l'aventure, s'était vengée en proclamant bien haut qu'on la tenait prisonnière dans sa tour pour éviter qu'elle ne jase sur le mal dont son mari était frappé.

— Et qui me donnera mes instructions ?

— Le chevalier d'Éon. En habit ou en robe, ce sera selon, dit Sartine en ricanant.

Nicolas se rappela que ce personnage étrange jouait un rôle aussi ambigu que son sexe présumé dans les menées secrètes de la politique du roi. Les mieux informés évoquaient là aussi un chantage concernant un document dont la divulgation eût été lourde de conséquences dans les relations entre la France et l'Angleterre. Le chevalier tenait la dragée haute à son maître, s'agitant sans relâche en se gardant toutefois de rompre son allégeance. Ainsi, son attitude balançait-elle entre la révolte ouverte et la loyauté conditionnelle.

— Et quelle attitude dois-je observer à l'égard de l'inspecteur Bourdeau ? demanda encore Nicolas.

— Que de questions ! Silence avec Bourdeau comme avec les autres. D'une part, il n'y a aucune raison que vous le rencontriez avant votre départ et, si la chose survenait, la discrétion la plus absolue s'imposerait. Mission secrète, ordre de se taire. Je veillerai moi-même à calmer sa curiosité en lui serinant longuement des vétilles.

Le lieutenant général de police tapait des pieds sur le sol, soit impatience des questions posées ou, plus sûrement, inconfort du froid humide qui les pénétrait peu à peu, les laissant transis.

— Ah ! Encore une chose, qui n'est pas des moindres.

Il fourragea dans l'intérieur de son habit et en sortit une bourse de velours incarnat aux flancs rebondis et une liasse de papiers qu'il tendit à Nicolas.

— Voici le nerf de la guerre ! C'est une somme rondelette en guinées et en louis d'or pour les dépenses du voyage. Usez-en avec parcimonie et prudence. Changez l'or pour du billon dès que vous pourrez, afin de ne point attirer l'attention. Quant à ces papiers, ce sont des lettres de change pour un montant illimité, négociables dans toutes les banques de la place. J'entends prévoir à toute éventualité et ne point vous laisser sans moyens. Veillez à ce que ce Morande ne tente pas de vous extorquer une contribution exorbitante au cas où vous parviendriez à faire aboutir une négociation. Il suffit d'appâter ce genre d'oiseau de proie et il s'attache à vous sans répit ni relâche ; il vous dévore en exigeant des morceaux de plus en plus gros. Brisons là, il vous faut dès à présent rentrer à Paris pour préparer votre bagage. Un carrosse du roi vous attend dans *le Louvre*[8]. N'oubliez pas de prendre vos armes. À bientôt.

Le commissaire s'éloigna. Sartine pensif le regardait partir. Il fit un petit geste d'adieu et le vent porta ses dernières paroles.

— Méfiez-vous des faux-semblants, des miroirs trop réfléchissants, des portes ouvertes et de la fortune de mer. Revenez-nous, le roi a besoin de vous, et...

Nicolas était désormais trop loin pour entendre les derniers mots de son chef, mais il pensa deviner : « Et moi aussi. » Peu importait que cela ait été vraiment dit, il le crut et cela le remplit d'une joie fiévreuse, tant il tenait à l'estime de cet homme.

Lundi 10 janvier 1774

Sans l'inconvénient de rouler dans un carrosse du roi, la satisfaction de Nicolas eût été entière lors de son retour à Paris la veille au soir. Mais les mauvaises habitudes continuaient à prévaloir à la Cour et les usagers privilégiés de ces véhicules officiels n'hésitaient jamais à soulager leur vessie dans la caisse et à souiller les velours des capitons. C'est donc baignant dans une odeur pénétrante de pissat que Nicolas, toutes glaces baissées, parcourut les quelques lieues qui séparaient Versailles de la rue Montmartre. Il s'efforçait de ne pas réfléchir à l'avenir qui l'attendait, mais une jubilation presque sauvage l'agitait à la perspective de la mission qu'on lui avait confiée. Comme un cheval lâché au champ s'ébroue et caracole, son esprit vagabondait déjà au-delà de la mer. Ce sentiment l'accompagna jusqu'à l'hôtel de Noblecourt où il arriva, transi de froid, le cœur battant et l'estomac vide. Son dernier repas lui semblait un souvenir d'enfance. Il inspecta l'office et finit par trouver un plat de terre contenant un ragoût de porc dont la sauce, sous le gras figé, était prise en gelée. Après s'être coupé de longues tranches de pain, il les tartina du gras après y avoir coulé quelques grains de gros sel. Il attaqua ensuite la viande dans son enveloppe tremblante et ambrée. Le reste d'une bouteille de cidre arrosa ce festin impromptu qu'il acheva de quelques cuillerées de gelée de coings de la dernière récolte.

Un peu plus tard, il avait préparé son portemanteau, y rangeant un habit de rechange, deux chemises, des culottes, deux paires de bas, une paire de souliers à boucle, une traduction portative des *Métamorphoses* d'Ovide, un flacon d'élixir de l'eau des Carmes, souvenir du Père Grégoire, et son pistolet miniature destiné à être fixé dans l'aile du chapeau, présent utile de Bourdeau. Il nettoya son épée et graissa avec soin ses bottes. Enfin, il brossa son habit noir de bonne laine et sa cape de voyage. Il ajouta une paire de gants et posa le tout sur une chaise. Il n'oublia pas de repasser son rasoir afin d'éviter de s'embarrasser du cuir et qu'il accompagna d'un savon de réserve, de crainte de n'en pas trouver en chemin. Puis il récita ses prières d'enfant et, s'efforçant de ne pas songer, s'endormit.

Le départ s'effectua sans excès de sensibilité.

Il prétendit partir en province pour une dizaine de jours. M. de Noblecourt ne paraissait pas dupe. Nicolas s'engouffra dans le demi-fortune annoncé, et le cheval fouetté prit le petit trot. Dans le quartier du Palais-Royal, il constata que des manœuvres subtiles s'organisaient autour de lui et que d'autres voitures l'environnaient. Les visages des conducteurs ne lui étaient pas inconnus. Il s'agissait de ceux, familiers, de mouches, d'exempts et d'autres recors de la haute police, toutes créatures affidées du lieutenant général.

Il semblait que toute l'armée policière se fût donné rendez-vous dans ces rues étroites et animées afin de créer de toutes pièces un carrousel désordonné. Une lourde voiture au vernis vert sombre à liserés d'or s'arrêta tout contre le frêle véhicule de Nicolas. Une silhouette fugitive se glissa de la portière à peine entrouverte et sauta légèrement sur le sol. Elle fit signe à Nicolas d'ouvrir. Il prit son portemanteau et s'insinua à l'extérieur, non sans peine tant la proximité des deux caisses gênait les mouvements. À terre, il reconnut Rabouine vêtu comme lui à s'y méprendre. Il songea que cela devenait une habitude. Il s'enfonça dans la berline. Les rideaux des glaces étaient à moitié tirés. Il trouva en évidence sur la banquette une lettre cachetée du sceau aux trois sardines de M. de Sartine, sur laquelle il était précisé que « M. Le Floch devait prendre connaissance du contenu, s'en pénétrer et détruire l'ensemble par le feu à la première occasion ». Il plaça le document sur sa poitrine, entre chemise et habit, se réservant de le lire dès qu'il aurait franchi les limites de la ville.

Comme par miracle, et sur l'injonction d'un maître de ballet invisible, le désordre prit fin ; la voie, désormais, était libre et le cocher agita son fouet avant d'en faire claquer la mèche sur la croupe de quatre robustes chevaux.

Les barrières furent franchies sans encombre, le postillon étant pourvu de laissez-passer et de lettres de courrier. Passé les faubourgs, Nicolas rompit les scellés du pli. Il contenait plusieurs mémoires, l'un sur la situation générale du royaume britannique et l'autre sur la position particulière du cabinet anglais face à la politique personnelle du roi George III. On évoquait avec insistance les difficultés des Anglais aux Indes et l'inconduite des directeurs corrompus de la Compagnie. Il découvrit aussi les affaires d'Amérique et l'irritation des habitants des colonies, notamment ceux du Massachusetts dont la justice serait à nouveau soumise aux tribunaux de la métropole et le commerce chargé des restrictions les plus tyranniques. Cette effervescence n'allait pas sans secousses au Parlement et portait aux premiers rangs de la phalange anti-ministérielle un brillant nouveau venu, Charles Fox. Le cabinet estimait que la charte des colonies n'était pas si sacrée qu'elle empêchât l'Angleterre de faire de nouveaux règlements pour arrêter la faction. Suivaient quelques autres portraits et notes sur les Français de Londres. Nicolas fit arrêter la voiture près d'un terrain vague, se dégourdit un peu les jambes, battit le briquet et enflamma les papiers qu'il abandonna quand ils ne furent plus qu'un amas de cendres noires que le vent d'hiver dispersait.

Il découvrit d'autres papiers attachés à la paroi avec du pain à cacheter. L'un énumérait les différents relais postes de l'itinéraire de Paris à Calais. Des faubourgs de Paris, il prendrait la direction d'Amiens par Saint-Denis, Écouen, Luzarches,

Chantilly, Clermont, Saint-Just, Wavigny, Flers, Breteuil et Hébécourt. De la capitale picarde, il gagnerait ensuite Calais par Pecquigny, Flixecourt, Ailly-le-Haut-Clocher, Abbeville, Nouvion, Bernay, Nampont, Montreuil-sur-Mer, Cormont, Boulogne, Marquise et Hautbuisson. En terme de coût, cela impliquait qu'il aurait à régler quarante-neuf postes. Il calcula mentalement que cette mission par berline de poste particulière attelée à quatre chevaux reviendrait à la caisse des dépenses de la lieutenance de police à près de neuf cent quatre-vingts livres, soit vingt livres par poste, c'est-à-dire, remarqua-t-il avec amusement, l'équivalent d'une centaine de poulets achetés au rôtisseur ou de trois robes de mariée de bonne coupe. Cette dernière précision venait d'une remarque récente de Me Vachon, son tailleur. Un petit prospectus indiquait aussi que les Anglais n'acceptaient pas l'argent français et qu'il lui faudrait donc, dès son arrivée à Douvres, changer ses pièces d'or, que le cours actuel fixait qu'un louis valait une guinée, et que celle-ci comptait vingt et un shillings. Mais il disposait déjà d'une somme non négligeable en pièces anglaises.

Son pied heurta un objet qui sonna sous le choc. Il se baissa pour découvrir un pot de chambre à couvercle en porcelaine blanche à fleurettes, dont l'intérieur était tapissé d'herbes sèches odoriférantes. Il en conclut qu'on souhaitait, par cette attention délicate, lui signifier de ne pas traîner en chemin, l'utilisation des glaces baissées étant encore le meilleur moyen de se débarrasser en voyage rapide du trop-plein des récipients. Il soupçonna dans cette disposition le goût des farces de collège qui transparaissait quelquefois chez M. de Sartine. À cet objet utilitaire était jointe une petite chaufferette de métal et de bois emplie de braises encore chaudes. Il apprécia l'attention et la glissa sous la couverture de voyage où elle commença à rayonner une douce chaleur.

Le balancement de la voiture le plongea insensiblement dans une torpeur proche de l'assoupissement. Ce demi-sommeil n'interrompait pas une réflexion par laquelle son esprit fatigué revenait inlassablement sur les étapes du drame vécu depuis la mort de Mme de Lastérieux et sur les développements qui l'avaient conduit à s'engager dans cette mission inattendue. Une souffrance revenait lancinante ; ce n'était pas tellement d'avoir appris que Julie le trompait, mais plutôt l'incertitude où le plaçait cette révélation sur la sincérité d'une liaison dont il éprouvait désormais le regret. Il cherchait avec désespoir ce qui avait pu advenir qui expliquât de manière acceptable la trahison. À d'autres moments, il revoyait le visage aimable du roi, avec sa capacité pleine d'élégance de maintenir la distance tout en exprimant à ceux qui bénéficiaient de sa confiance une bienveillance qu'accentuait le feu noir et doux d'un regard demeuré étonnamment jeune. Il mesurait, dans sa détresse, la chance de pouvoir compter sur la mansuétude du souverain.

S'éloigner de Paris lui procurait une impression de liberté. Il fuyait, comme l'oiseau sous l'orage, les cruelles tourmentes dans lesquelles il évoluait depuis des jours. Il allait sombrer dans un sommeil serein lorsque la voiture s'arrêta dans un grand bruit de frein à manivelle, grincements divers, raclements des roues sur l'empierrement de la chaussée et hennissements stridents des chevaux retenus en pleine course. Avant qu'il ait pu faire un mouvement, empêtré qu'il était dans sa couverture et gêné par sa chaufferette, la portière s'ouvrit à grand fracas, faisant voiler les rideaux, et un cavalier en tenue de chasse couleur feuille morte surgit et s'assit en face de lui. Lorsque son visiteur releva la tête dissimulée par un grand feutre à plume blanche, Nicolas eut la surprise de reconnaître les yeux bleus en amande et le doux ovale du visage de la comtesse du Barry. Elle ôta sa coiffure découvrant une petite perruque blanche nouée d'un ruban amarante.

— Monsieur le marquis, je vous salue. Pardonnez ce déguisement, j'espère que vous me remettez ?

Le nez se fronça et la bouche esquissa une moue mutine.

— Ce qu'à Dieu ne plaise, madame...

Il se redressa et sa tête heurta le toit de la caisse. Elle éclata de rire.

— Quiconque a eu le privilège de vous approcher ne peut vous oublier, bredouilla-t-il, confus. Mais que me vaut cet honneur ?

— Point d'honneur entre nous, monsieur. Un ami proche, soucieux de mes intérêts, m'a révélé la mission dont vous étiez investi. Le succès de votre voyage à Londres m'intéresse au plus haut point et je me voulais assurer que ma fortune était en bonnes mains, que vous prendriez fait et cause pour ma tranquillité, en un mot, que je pourrais compter sur votre fidélité.

— Madame, dit Nicolas ébahi par ce flot de paroles, cela va de soi. Que votre inquiétude s'apaise. Comme j'ai eu l'occasion de vous le dire il y a quelques années, je...

Elle l'interrompit en levant la main.

— Quatre ans, monsieur, quatre ans ! Je n'ai rien oublié. J'étais alors convaincue que l'occasion vous serait offerte un jour de m'être agréable en me rendant service...

Elle parut s'interroger, plutôt qu'elle ne l'interrogeait, lui.

— Je vous avais alors promis que vous pourriez compter sur mon zèle et sur mon dévouement, répondit Nicolas. Je suis votre serviteur.

Elle plongea ses yeux dans les siens. À nouveau, il frémit, sensible au pouvoir de séduction qui émanait de la comtesse. Un frais parfum lui emplit les narines. Elle lui tendit la main, qu'il baisa.

— Marquis, mes vœux vous accompagnent. Souvenez-vous désormais d'être de mes amis. Ne l'oubliez pas !

Elle sortit de la voiture aussi vite qu'elle y était entrée. Il se pencha à la portière pour la voir disparaître dans un carrosse de cour escorté de deux gardes du corps. Son émerveillement passager céda bientôt la place, alors que sa berline reprenait la route, à une manière d'agacement. De quoi se mêlait la favorite ? Ne pouvait-elle se persuader qu'il était tout acquis à ce que le roi lui ordonnait sans avoir à le poursuivre publiquement ? Comment pouvait-elle imaginer que ces quelques minutes l'engageraient à mieux accomplir sa tâche ? Cette irritation, il en prit conscience, dissimulait bien d'autres appréhensions. Cette mission réputée secrète ne l'était plus. La favorite, un cocher, deux laquais, deux gardes du corps, et qui d'autre encore, avaient eu vent de son départ pour Londres. Qui avait informé Mme du Barry ?

Il ne pouvait imaginer, approchant le roi depuis quatorze ans et ayant pu constater à maintes reprises son goût du secret, que ce soit lui qui eût informé sa maîtresse. Il risquait de compromettre ainsi une entreprise bâtie par lui-même pour sauver la réputation de « la belle bourbonnaise »[9] d'un surcroît d'infamie. De même,

Sartine, toujours soucieux de faire sa cour à la dame, n'aurait pas entrepris une telle démarche, conscient qu'il était de devoir protéger en permanence la sûreté de ses agents. Saint-Florentin ne paraissait pas informé de sa mission, les propos gênés de Sartine l'en persuadaient. Qui alors ? Le duc de Richelieu ? Ce ne pouvait être lui, il n'était pas réputé pour savoir conserver les secrets et donc pour en recueillir ; et qui le lui aurait dit ? Ou alors, le duc d'Aiguillon ? Cela n'entrait pas dans l'ordre des vraisemblances, le roi aimant travailler par voies parallèles qui, par définition, ne se rencontraient jamais. Nicolas se demanda soudain si l'entrevue entre Louis XV, Sartine et lui dans un lieu aussi public que la salle du conseil n'avait pas été surprise. La foule des laquais et huissiers ne pouvait pas être exempte de quelques brebis galeuses aux gages de ceux qui avaient intérêt à connaître les secrets du pouvoir pour assurer leur position ou accroître leur influence. Nicolas, en outre, était un peu déçu par sa conversation avec la favorite, quand il la comparait aux échanges de naguère avec Mme de Pompadour, une jouteuse d'un tout autre tempérament et d'une bien plus subtile intelligence.

Mardi 11, mercredi 12 et jeudi 13 janvier 1774

Le temps moyen pour joindre Paris à Calais, suivant la saison, variait entre six et huit jours par la diligence régulière. On avait calculé que ce délai devait être réduit de moitié ; aussi bien ne voyageait-il pas, il volait. Rien, dans cette course, ne correspondait aux règles immuables des messageries royales. Il changea plusieurs fois de cocher, tous avaient le même aspect revêche et la même discrétion respectueuse. Des chevaux frais et piaffants attendaient à chaque relais l'arrivée de leurs prédécesseurs fourbus. Les maîtres de poste les plus rébarbatifs s'évertuaient au milieu des ruades à changer les attelages sans désemparer. Nicolas se restaurait au hasard des auberges rencontrées, pillant leurs réserves et mangeant dans la berline. Il occupait son temps à lire à la triste lumière du jour d'hiver ou, la nuit, grâce aux faibles lueurs d'une lanterne intérieure. Le matin, il profitait d'un échange de chevaux pour se laver à grandes eaux aux puits et fontaines des relais de poste, riant de sa peau bleuie par le froid et des regards en biais des commères réjouies ou des servantes aguichantes.

À Ailly-le-Haut-Clocher, sur la route d'Abbeville, un cochon traversa la chaussée et fut pris en écharpe par la voiture lancée à pleine vitesse. L'attelage trébucha et l'équipage alla porter contre une borne dissimulée dans un taillis. L'une des roues se brisa. Il fallut réparer et échanger l'un des chevaux qui s'était luxé une jambe dans l'accident. Le charron et le forgeron étaient occupés dans un hameau voisin. Nicolas décida de descendre à l'auberge locale qui faisait relais. Il était las d'attendre près d'une écurie qui tenait plus du tas de fumier couvert que d'un lieu d'agrément, entouré de l'engeance curieuse et moqueuse des palefreniers. La réparation prendrait plusieurs heures, la nuit tombait et la neige menaçait.

Il tint à acheter à bon prix le porc tué au maître de poste auquel il appartenait, geste bienveillant car l'animal aurait dû être tenu enfermé et ne pas divaguer sur la grand'route. Cette bonne manière fraya la voie à des trésors de bienveillance de la part du bonhomme qui, pour le coup, secoua valets et servantes afin de satisfaire le voyageur.

Le feu fut aussitôt ranimé et on dressa près de la cheminée une table pour le souper. Peu de temps après, Nicolas songea que, dans ces conditions, un voyageur pouvait être heureux comme Dieu en France. La plus misérable auberge recelait toujours quelque chose d'inattendu à déguster. Sa curiosité gourmande ne fut pas déçue. On lui apporta une terrine qui abritait un pâté tout emmailloté de crépine. Sa saveur le hanterait toute sa vie et il s'évertuerait en vain à en retrouver l'arôme. Il tenta sans succès d'obtenir la recette. L'hôte lui assura qu'elle devait demeurer un secret de famille que chacun se transmettait à son lit de mort. Les abats du cochon sacrifié, grillés dans l'âtre, constituèrent, avec une solide soupe au chou, le complément de son repas. Nicolas dévora sans remords les vestiges croustillants de sa victime. Un pot de bière pleine d'amertume, mais à la belle mousse blanche, arrosa ce festin improvisé, conclu par quelques pommes tapées et un verre de genièvre réconfortant.

En revanche, la chambre qu'on lui présenta avec force commentaires comme la meilleure de l'établissement laissait à désirer. Avec son ameublement de réforme bancal, ses murs crépis à la chaux sur lesquels pendaient de vieux vestiges de tapisseries, repaires d'araignées et de papillons de nuit à demi dévorés, elle s'apparentait à beaucoup de ses semblables dans la province française. La porte fermait à peine et ses gonds grinçaient à fendre l'âme. Un air glacial sifflait par les fentes du volet qui tenait lieu de vitre. Il n'était pas aisé de l'ouvrir ni, une fois cet exploit accompli, de le refermer. La saleté du drap de la couchette le convainquit de ne s'y point glisser. L'horreur que sa population rampante et piquante lui inspirait l'engagea à s'installer aussi confortablement que possible dans un fauteuil recouvert de velours d'Utrecht râpé jusqu'à la trame. Il étendrait les jambes sur un escabeau. Il ne fut pas long à s'endormir, mais vers le petit matin il fut réveillé par le grincement de la porte. Quelle était cette intrusion ? Il demeura immobile, le cœur battant, tapi sous son manteau, ne voulant pas donner l'alarme. Une ombre s'approcha de la couchette, un bras se leva et frappa à deux reprises. Il entendit une exclamation de surprise, des pas précipités et le claquement de la porte. Il se dressa, saisit aussitôt son épée et se précipita à la poursuite de l'inconnu. Sur le balcon circulaire dont la vue plongeait sur la pièce centrale du relais, il s'arrêta pour prêter l'oreille. Aucun bruit ne troublait un silence pesant et comme ouaté qui lui rappelait une impression ancienne. Les premières lueurs de l'aube commençaient à chasser les ténèbres. Il songea soudain que d'autres voyageurs pouvaient occuper les trois autres chambres de l'étage. Avec précaution, il ouvrit les portes les unes après les autres ; les pièces étaient vides. Il finit par tomber sur la chambre de l'aubergiste qui, ahuri, s'inquiéta de son intrusion matinale. Il accompagna Nicolas en bas. Le feu fut ranimé et les chandelles allumées pendant que l'hôtesse réchauffait un peu de soupe de la veille. Le commissaire sortit sur le seuil de la porte non fermée. Il comprit les raisons de ce silence étrange ; la neige était tombée en abondance durant la nuit. À la blafarde lueur du jour naissant, il remarqua des pas d'homme imprimés sur le sol et formant un aller et retour éloquent. Il les suivit longtemps à travers champs, jusqu'à un petit bosquet. Il s'avança avec prudence, prêtant l'oreille à tous les bruits et tomba sur une clairière où les pas disparaissaient dans un désordre d'empreintes ; d'évidence, près d'un grand chêne, une monture avait attendu son cavalier. L'inconnu paraissait avoir pris la direction d'Abbeville. C'est à ce moment que Nicolas, transi de froid, se rendit compte, avec une conscience plus aiguisée, qu'on avait tenté de le tuer et qu'il avait, une nouvelle fois, échappé à la mort.

Il regagna sa soupente et découvrit un spectacle de désolation. Son portemanteau ouvert avait été déversé sur le sol, ses effets fouillés et retournés. Ses quelques livres de voyage offraient des reliures tailladées et vidées de leur doublure, leur papier en plume de paon déchiré. Cependant, rien n'avait été volé ; le maraudeur cherchait autre chose. Il devait être dissimulé dans quelque recoin. Par chance, Nicolas conservait toujours sur lui l'or, ses lettres de crédit et ses papiers d'accréditation, mais cette agression prouvait que cet attentat était dirigé contre sa mission et que ses assaillants ne reculeraient devant rien pour l'empêcher de l'accomplir. Sans doute n'appartenaient-ils pas à la classe des voleurs et des brigands, toujours redoutables dans les campagnes isolées. Il observa que son volet était ouvert. Il se pencha à la fenêtre mais ne put rien distinguer sur le sol situé au nord et encore plongé dans le noir. Il savait ce qu'il aurait découvert : d'autres pas conduisant à un autre bosquet où devait attendre une autre monture. Il replia tant bien que mal ses rechanges et son habit, fit son paquet et régla la nuitée et le souper au maître de poste auquel il trouva la mine basse. Son cocher l'attendait chez le charron voisin. Il avait déjà payé la réparation ; une nouvelle roue venait d'être fixée. Les chevaux furent amenés pour être attelés. À peine était-il installé dans la berline que l'équipage, dans un nuage de neige projetée et dans un vacarme soyeux, piqua des deux et s'engagea sur la route d'Abbeville.

VI

LONDRES

> Nous sommes la seule nation que les Anglais ne méprisent pas. En revanche, ils nous font l'honneur de nous haïr avec toute la cordialité possible.
>
> *Fougeret de Montbron*

Le vent chassait le brouillard matinal et poussait les nuées vers l'est. Le soleil perçait peu à peu. Nicolas réfléchissait en suivant des yeux l'horizon d'un pays uni et déplaisant dont la régularité était, par instants, coupée par de grands bois aux arbres serrés. Ayant renoncé à dormir il se tenait sur ses gardes et avait avisé le postillon d'avoir à pousser les chevaux à la moindre alerte. Il continuait à se perdre en conjectures sur les motifs d'une agression évidemment destinée à le tuer. Les recommandations de M. de Sartine lui revinrent en mémoire. Les intérêts en cause étaient si puissants que le secret de sa mission, il en était persuadé, n'avait pu être gardé. Ce secret éventé accumulait les menaces sur sa tête. Cela, il pouvait le comprendre, connaissant par ses fonctions la puissance et l'influence occulte de certains clans dans l'État, mais ce qu'il ne parvenait pas à saisir, c'était le lien existant entre la mort de Mme de Lastérieux et la traque dont il constituait le gibier. Désormais, son salut et le succès de sa mission dépendraient de sa sagacité à deviner les périls et à les éviter. On cherchait à lui nuire, à le déshonorer, à le jeter dans les griffes d'une justice dont il savait qu'elle pouvait trancher sans délai et, parfois, sans discernement les destinées humaines. Le piège de la rue de Verneuil et la tentative d'assassinat à Ailly ne pouvaient être dissociés, mais rien ne lui permettait encore de discerner avec clarté ni le contexte ni l'enchaînement pervers des causes et des conséquences. La trame commune à ces deux événements lui échappait. Il se souvint de la remarque de M. de Noblecourt dont la parole prophétique résonnait dans sa tête comme un sinistre avertissement : « Comme un fleuve est le résultat de l'apport de plusieurs rivières, ce crime est le signe de plusieurs intrigues mêlées. »

Il relaya à Abbeville, qui le surprit par son antiquité avec ses vieilles maisons mal bâties en bois et torchis. La nuit tombait, il ordonna pourtant de poursuivre. Un nouveau relais ralentit sa course à Montreuil, où il longea des tourbières qui lui rappelèrent les alentours de sa Guérande natale. Il dut élever la voix pour obtenir des chevaux qu'un autre voyageur, qui répandait l'or à profusion, voulait se réserver. Le maître de poste, en dépit des menaces de l'inconnu, se résigna à obéir à celui qui parlait au nom du roi, mais cet épisode contraria Nicolas qui voyait peu à peu s'effilocher son incognito.

Vendredi 14 janvier 1774

Boulogne apparut peu avant l'aube. Nicolas fit arrêter la berline et décida de modifier l'itinéraire de son voyage. Il recommanda au cocher de prendre désormais une allure plus modérée et de gagner, sans hâte excessive, Calais, sa destination première. Il s'agirait de faire accroire que le voyageur était malade et fatigué. Les rideaux seraient tirés et il conviendrait de réclamer des victuailles afin de ne pas attirer l'attention lors des derniers relais avant Calais. Ce port atteint, Nicolas confierait à l'habileté du cocher le soin de disparaître sans révéler l'absence de son passager. Quant à lui, à pied et par les faubourgs, il entrerait à Boulogne et tenterait d'embarquer sur le premier bateau en partance pour Douvres. Il espérait que cette ruse déconcerterait ses poursuivants.

En dépit du froid toujours piquant, Nicolas attendit le jour, le dos appuyé à un grand arbre au sommet d'une colline dégagée. Cette position dominante lui assurait de n'être point surpris à revers. Le soleil surgit enfin derrière lui, incendiant le paysage. La journée s'annonçait belle et Boulogne lui apparut resserrée dans ses remparts. La Liane voisine s'élargissait en embouchure à côté de la ville, inondant sa basse vallée et s'étendant en nappe miroitante à demi gelée. Des troupes d'oiseaux de passage, immobiles, marquaient l'emplacement des plaques de glace. La rivière se jetait dans la mer entre deux falaises. Il devina au loin une grève immense et les flots couleur d'huître parsemés de moutons d'écume.

Il descendit vers la ville traversant de pauvres faubourgs, entra dans un estaminet où il prit un bol de vin chaud largement trempé d'eau-de-vie qui le réchauffa. Nicolas séduisit le tenancier en lui offrant quelques verres. Celui-ci confirma ses informations. Il existait bien un service de paquebots entre Boulogne et Douvres et, cela, depuis la paix de 1763 entre les deux pays. Tout en assurant le passage des voyageurs, ces navires se consacraient toute l'année à transporter en Angleterre du vin français en bouteille. Conservées dans les caves de Boulogne, ces masses de boisson demeuraient propriété des Britanniques qui les faisaient venir au fur et à mesure de leurs besoins. Nicolas s'inquiéta des raisons de cet étrange système. Son hôte lui expliqua que, par cet arrangement, l'amateur anglais ne payait que proportionnellement à sa consommation les droits considérables dont le vin français était chargé à son entrée dans le Royaume-Uni.

Pourvu d'indications précises sur le lieu d'embarquement, Nicolas pénétra dans Boulogne dont les portes venaient d'ouvrir. Il passa sans encombre le corps de garde, à l'étonnement du factionnaire devant ce quidam à pied et si bien mis. Le paquebot devait lever l'ancre vers neuf heures. Il se promena, évitant les rues trop passantes, mais fut cependant frappé du nombre d'Anglais qu'il croisa. La différence de costume les signalait à l'attention. Il remarqua des femmes de la bonne société d'outre-Manche avec leurs robes à la mode et leurs petits chapeaux, et des Boulonnaises reconnaissables à leurs bonnets fermés et à leurs mantes tombant jusqu'aux pieds. Son expression intrigua un bourgeois qui prenait le frais devant sa porte. Il dévida un commentaire sur l'invasion des Anglais, expliquant que Boulogne constituait depuis longtemps un refuge pour ceux qui, de l'autre côté de la mer, par le désordre de leurs affaires ou par l'extravagance de leur conduite, préféraient le séjour à l'étranger à celui de leur propre patrie. L'heure avançant, Nicolas rejoignit le port où il trouva ouvert le bureau qui distribuait les billets pour le passage à Douvres.

Il monta à bord du paquebot, et se sentit soudain très ému. C'était la première fois qu'il quittait le royaume. Il avait toujours caressé le rêve de prendre la mer, et voilà que la chose arrivait sans qu'il l'ait vraiment recherchée. Le navire, *Le Zéphir*, était un ancien bateau marchand dont une partie des installations intérieures, transformée, permettait de coucher dans des lits de fortune une douzaine de personnes, chiffre bien inférieur au nombre de passagers possibles. Le capitaine salua Nicolas et l'informa que, depuis plusieurs jours, la tempête avait jeté et retenu dans les ports anglais des navires de toutes nationalités. Il jugeait cependant que le vent n'était pas encore fixé. Suivant sa direction, il serait possible de gagner trois heures sur la durée du passage. L'appareillage était imminent. Quelques passagers coururent se réfugier dans la chambre intérieure alors que la plupart demeuraient sur la dunette afin d'assister au départ sans gêner la manœuvre.

Nicolas examinait à la dérobée chacun de ses compagnons de voyage. Il y avait là un commerçant français avec son commis qui parlaient haut et fort et, près d'eux, deux jeunes Anglais dont l'allure, les propos et la désinvolture indiquaient qu'ils venaient d'achever *le grand tour* que tout fils de bonne famille un peu fortuné se doit d'accomplir afin de connaître, même d'une manière superficielle, l'Italie, l'Allemagne et la France. L'officier de marine jadis prisonnier sur parole au château de Ranreuil lui avait expliqué que le monde nouveau devait être connu dans sa variété. Une phrase de M. de Voltaire dans son *Essai sur les mœurs* lui revint en mémoire : « Tout ce qui est intimement lié à la nature humaine se ressemble d'un bout à l'autre de l'univers. Tout ce qui dépend de la coutume est différent et ne se ressemble que par l'effet du hasard. » Il y avait encore les quatre domestiques des jeunes gens, une matrone en voile de veuve dont le maquillage cérusé lui rappela le visage de la Paulet, sa vieille complice du *Dauphin couronné*, deux autres domestiques et l'équipage. Rien de suspect à première vue.

Des matelots s'affairaient autour du cabestan afin de tirer l'aussière de remontée de l'ancre. Le navire avançait sur son câble. Il entendit le maître d'équipage annoncer que celui-ci était « à pic » et que l'ancre dérapait. Passavants et ponts étaient animés de cris et d'ordres. Tandis que se déroulait la manœuvre, des hommes s'égaillaient dans la mâture pour larguer les perroquets. Nicolas les regardait avec inquiétude progresser le long des vergues. Les toiles claquaient avec des bruits de fouets. Un frémissement s'empara du navire et des poulies grincèrent. Les voiles s'enflèrent dans la mâture et *Le Zéphir* prit le vent au plus près.

Nicolas demeura sur la dunette heureux de respirer l'air du large et peu enclin à rejoindre le confinement de la chambre des passagers où certains, que l'on voyait remonter blafards, ne supportaient déjà plus l'agglutinement dans la puanteur des déjections. Une heure après l'appareillage, le vent avait tourné et soufflait décidément de l'arrière. Après quelques minutes d'observation, le capitaine décida de carguer des voiles pour permettre à celles de l'avant de prendre mieux le vent. Successivement la brigantine et la grand-voile s'abattirent. Cela ne suffit pas à rétablir la vitesse du bateau. Il apparut qu'il y aurait près de quatre heures d'erreur dans les calculs et les prévisions du capitaine. Le navire avait pris une erre trop faible pour respecter l'heure de la marée. Une houle coupée agitait *Le Zéphir* en tous sens. Peu de temps après, en vue de la côte anglaise, dont on devinait les falaises au loin, on mouilla l'ancre. Il fallait décidément attendre le moment propice. La toile fut amenée et le navire se tint vent debout, la proue dirigée vers la France d'où soufflait le vent dominant qui fraîchissait de plus en plus.

La situation devint difficile pour les passagers enfermés, car les mouvements du navire, déjà si sensibles à pleine allure, l'étaient encore plus sur un bâtiment immobilisé et soumis à tous les caprices des flots. Nicolas, sur le tillac, admirait le spectacle des navires qui, libérés des ports d'Angleterre, débouchaient tous ensemble et faisaient route vers le continent, couvrant la surface des eaux. Il évaluait avec inquiétude les risques d'abordage car, à chaque instant, des bâtiments de grande taille surgissaient cinglant vers *Le Zéphir* au risque de le heurter, mais au dernier instant un habile coup de barre évitait la catastrophe et des saluts étaient échangés à portée de voix.

La nuit tombait quand l'ordre d'appareiller fut donné. Nicolas, las d'être recouvert à l'avant de paquets de mer écumante, se tenait sur le plat-bord de la poupe. Il se sentit soudain saisi par les jambes et projeté dans le vide. Il eut à peine le temps d'appréhender la chute dans l'élément liquide qu'un obstacle le recueillit avec brutalité. Il se trouva allongé dans une coque qui puait le goudron, mais jamais odeur ne lui parut plus suave. Le dos contusionné, il demeura immobile et sentit sous ses reins un rouleau de cordage. Il comprit aussitôt que la petite yole suspendue à l'arrière l'avait recueilli et que, dans l'obscurité, son agresseur ne pouvait constater le résultat de sa tentative. La sagesse lui conseilla de demeurer immobile là où la providence avait voulu qu'il tombât. Il ne s'inquiéta pas de ses bagages, les ayant fait enfermer dans une armoire dont seul le capitaine possédait la clef. Il acheva ainsi la traversée ne craignant qu'une chose : que le mal de mer, auquel il était peu sensible, ayant, enfant, souvent accompagné les pêcheurs du Croisic, ne le prenne et ne l'anéantisse. Deux heures après, *Le Zéphir* entrait dans le port de Douvres.

Nicolas attendit un temps raisonnable, et, son tricorne, retrouvé au fond de l'esquif, entre les dents, s'aidant des câbles et des sculptures de la poupe, il parvint au prix de quelques rétablissements gênés par son épée, à surgir sur le pont aux yeux de deux matelots effarés. Sans une explication, il courut récupérer son portemanteau, qui lui fut rendu par un capitaine impatient et inquiet. Il ne fit aucun commentaire, sauta sur le quai et mit le pied sur le rivage de la vieille Angleterre.

Aussitôt, une nuée de gamins et de valets fondit sur lui et se pendit à ses basques, lui proposant qui, un moyen de transport, qui, un hébergement et toutes sortes de services. Il s'en débarrassa assez vite dès qu'ils reconnurent qu'il parlait leur langue et pouvait leur répondre. Un homme mal fagoté se présenta et lui demanda la permission de visiter son bagage. Ne souhaitant pas exciper de sa qualité de plénipotentiaire, il autorisa cette fouille, au demeurant courtoise. Cela lui coûta l'équivalent d'un écu à régler au douanier pour acquitter une taxe d'usage appelée « droit de vicomté ». Il s'engagea ensuite dans la cité pour trouver une auberge où se restaurer et dormir. La taille des enseignes de ces établissements le frappa, ainsi que l'exubérance des ornements dont elles étaient chargées. De toute part, les voyageurs affluaient. Ce n'est pas sans peine ni bousculade qu'il parvint à gagner – de haute lutte et à prix d'or – une méchante couchette dans une hôtellerie médiocre. Il ne put souper qu'en allant lui-même à l'office saisir sur la braise fumante des morceaux de bœuf. Rien d'autre n'était disponible, et toute l'occupation de l'aubergiste consistait à souffler sur le feu pour soutenir la combustion du charbon de terre à demi étouffé par la graisse des grillades et à substituer de nouvelles pièces à celles que les occupants de son établissement venaient lui arracher tour à tour.

Sur le point de se coucher tout habillé, Nicolas quitta son manteau et remarqua à hauteur des cuisses, là où il s'était senti soulever par des mains meurtrières, des traces de doigts qui avaient laissé des marques blanches et grasses. À la lueur de sa chandelle, il les examina de plus près et les renifla ; il s'agissait de céruse. Aucun doute désormais, la veuve maquillée qu'il avait remarquée au moment de l'appareillage devait être un homme travesti et l'auteur de ce nouvel attentat. Il mesura avec effroi que ses poursuivants disposaient d'une meute efficace, que sa ruse avait fait long feu et que chacun de ses mouvements semblait anticipé par un ennemi invisible. Il aurait du mal à échapper aux mailles d'un filet qui ne cessait de se resserrer autour de lui.

Samedi 15 et dimanche 16 janvier 1774

Vers quatre heures du matin, un valet vint le réveiller en le secouant pour qu'il cède son lit à un nouvel arrivant qui piétinait en jurant à sa porte. Nicolas tint bon et ne déguerpit qu'à six heures. Son lever fut difficile, son dos le faisant souffrir.

Catherine n'était pas là pour lui administrer un de ses remèdes de bonne femme, rapporté de son Alsace natale, qui vous remettait un homme ou un cheval en un rien. Il pensa à la rue Montmartre avec nostalgie et se demanda s'il s'agissait déjà du mal du pays.

Une fois sorti de l'auberge, il s'inquiéta auprès d'un gamin qui sautillait autour de lui aux cris répétés de « *One schilling, sır !* » des possibilités de gagner Londres par les voies les plus rapides. Tandis qu'on lui saisissait son portemanteau, il apprit que vingt-huit lieues séparaient Douvres de Londres et que le meilleur parti consistait à prendre la malle-poste jusqu'au port de Gravesend, sur la Tamise, à partir duquel un service de bateaux remontait le fleuve. On le pressa aussi de réserver sa place sur l'une des voitures, car elles risquaient, vu l'affluence, d'être prises d'assaut. Il s'installa à côté du postillon ; il serait au grand air et verrait le paysage. Le temps s'annonçait froid, mais beau. Louer un cabriolet eût attiré l'attention ; il s'estimait plus en sécurité au milieu de passagers habituels.

Sous le soleil, la campagne paraissait paisible et étonnamment verte par rapport à celle de France en cette période d'hiver. Il déjeuna à Canterbury. Il semblait que le bœuf fût le plat essentiel dont se nourrissait ce peuple. À Gravesend, il abandonna la malle. La marée étant à nouveau contraire et la remontée du fleuve impossible de nuit, il décida de prendre une chambre dans une auberge de brique jaune qui le surprit par sa propreté. Les planchers de bois lavés et cirés brillaient. La chambre qu'on lui proposa, petite mais coquette, possédait des meubles en bois d'acajou verni et des toiles récemment blanchies entouraient le lit. Le service, décent et discret, comprenait des jeunes gens des deux sexes qui s'agitaient en souriant. Il soupa d'un pâté en croûte au bœuf et aux rognons de porc dans une sauce épaisse qu'on lui précisa s'appeler *steak and kidney pie*. Il passa une nuit tranquille et, au petit matin, il s'embarquait sur une barge à destination de Londres.

Le temps se maintenait et les bords du fleuve offraient des points de vue agréables et variés. De belles maisons surgissaient, sur le versant des collines, au milieu de jardins ornés. Il prit conscience que la Tamise était l'une des plus larges rivières d'Europe et que les plus grands vaisseaux y entraient avec facilité. La capitale anglaise approchait et le fleuve se trouvait si couvert de navires qu'il ne restait plus qu'un étroit canal à ceux qui le remontaient. Tout autour de la barge, c'était une forêt de mâts où le vent soufflait, bruissant dans les vergues et les haubans. La marée étant favorable, il parvint en peu d'heures au pied de la tour de Londres et trouva sans difficulté une voiture pour le conduire dans le quartier où il avait instruction de se rendre. Était-il toujours suivi ? Il ne pouvait plus compter sur sa vigilance, trop de détails incongrus, de visages inconnus et d'impressions nouvelles venaient la distraire.

Berkeley Square se présentait comme une belle place rectangulaire entourée de demeures d'un style agréable quoiqu'un peu répétitif dans leur alignement. Ces bâtiments de brique n'avaient que deux ou trois étages et possédaient une espèce de sous-sol qu'occupaient des cuisines et des offices, autant qu'il put en juger par ce qu'il en devinait. Ces pièces basses prenaient jour sur un fossé de trois pieds de large qui séparait les maisons de la rue. Le trottoir était coupé de ce fossé par des grilles de fer. Il découvrit sans peine le numéro qu'il cherchait et souleva le marteau avec l'appréhension de se présenter dans une maison à la fois inconnue et étrangère. Après quelques instants, la porte s'ouvrit et une femme âgée l'accueillit. Elle était vêtue avec austérité : un fichu couvrait sa poitrine, elle portait une robe noire, et ses cheveux gris tirés étaient couverts d'une sorte de mantille. Nicolas eut l'impression de se trouver devant une manière de religieuse, image qu'accentuait encore un lourd trousseau de clefs accroché à sa ceinture. Cette sœur tourière le fixait de ses petits yeux perçants et enfoncés dans un visage replet. La bouche, petite et serrée, faisait contraste avec les plis du cou, retenus par un ruban orné d'un camée. Elle le considérait comme s'il s'était agi d'une espèce venimeuse avec laquelle la prudence était de mise. Le fait qu'il se présenta dans sa langue parut surprendre l'hôtesse qui grimaça un sourire.

— Je dois, monsieur, vous poser une question.

— Je vous écoute, madame.

— Pouvez-vous me donner le nom de votre tailleur ?

— Maître Vachon, répondit Nicolas qui ne s'attendait pas à cela.

— Où se tient sa boutique ?

— Rue Vieille-du-Temple, à Paris.

— Depuis quand possède-t-il votre pratique ?

— Depuis 1760, précisément.

Nicolas aurait juré que tout cela était du Sartine bon teint. D'évidence, ces réponses rassuraient la femme dont le visage s'éclaircissait peu à peu. Elle esquissa une inclinaison du buste qui pouvait passer pour une révérence.

— Madame Williams, pour vous servir. Veuillez prendre la peine de me suivre, je vais vous montrer votre appartement.

Après avoir gravi un escalier feutré, elle l'introduisit dans une suite de trois pièces, comprenant un salon-bibliothèque, une alcôve et un cabinet de toilette. Il accepta la proposition d'un bain et demanda si ses habits pouvaient être brossés et repassés. Mme Williams saisit avec empressement ceux qu'il sortit du portemanteau. Quelques instants plus tard, un valet apparut, portant des brocs d'eau chaude. Il revint plusieurs fois et lui remit, à sa dernière visite, un pet-en-l'air[1] en cotonnade indienne. Avant de se retirer, la vieille femme lui indiqua que le thé lui serait servi et que *la dame qu'il savait* viendrait le visiter à six heures.

Nicolas pénétra avec volupté dans une baignoire de cuivre. Les douleurs consécutives à sa chute dans la yole du *Zéphir* s'atténuèrent. Voilà, songea-t-il, ce que le marquis de Ranreuil, son père, devait appeler *le confort*. Il n'avait précédemment goûté à ce plaisir qu'en de brèves occasions, aux bains russes de la rue de Bellechasse ou dans les cabinets particuliers des « bois flottants » des bords de Seine, tous lieux étroitement surveillés par la police qui y pourchassait le libertinage. Il s'endormit dans la vapeur parfumée. Ce fut le refroidissement de l'eau qui le réveilla. Il se rasa et se coiffa. Il trouva dans sa chambre ses vêtements nettoyés et repassés. Ses bottes cirées reluisaient à la lueur d'un feu de charbon qui brûlait dans une sorte de coquille dans la cheminée. Il prit le temps d'admirer les murs revêtus de siamoise à motifs de pagodes, qui lui rappelèrent les tissus qu'offrait la boutique à la mode spécialisée dans le négoce des chinoiseries, rue du Roule, à Paris. L'acajou dominait partout. Il fut frappé par l'accumulation sur les murs de gravures encadrées, représentant des scènes champêtres et des combats navals. Habillé de frais, il découvrit enfin dans le salon, disposés sur une petite table à jeu, un pot de thé, du beurre, du pain et plusieurs jattes de confitures. Le pain lui procura une sensation nouvelle ; il n'en avait jamais mangé de semblable. Il le trouva délicat, blanc, mollet, la mie fine, mais peu goûteux et sans croûte. Six heures sonnèrent à la pendule de la cheminée, du bruit se fit entendre venant de l'escalier. La visiteuse s'annonçait. Ses pas précipités, remarqua Nicolas, avaient pourtant peu de chance d'appartenir au beau sexe. Ils frappaient, secs et lourds et la fois, le parquet du palier qui craquait. La porte s'ouvrit sans avoir été ni grattée ni frappée. Une petite tour de tissus fit irruption dans la salle et minauda d'une voix de rogomme :

— Charles, Geneviève, Louis, Auguste, André, Timothée de Beaumont, demoiselle d'Éon souhaiterait s'entretenir avec le marquis de Ranreuil.

Nicolas trouva incongrue cette entrée en matière à la troisième personne et avec cette énumération ambiguë de prénoms. Il ne savait trop comment se conduire vis-à-vis de cette beauté androgyne sur le retour. Encore eût-il fallu en discerner les contours et les traits, ce que ne permettait pas l'accumulation d'artifices qui dénaturait Éon. Elle se laissa tomber dans une bergère sans attendre une réponse et frappa avec force ses falbalas de ses deux mains gantées de filoselle, afin de les dégonfler. Elle portait une robe grise à grandes manches de Valenciennes avec un corsage remonté jusqu'à un cou épais entouré d'un large ruban noir. Nicolas nota la tache rouge de la croix de Saint-Louis, qui signalait les brillants états de services du soldat sous les ordres du maréchal de Broglie. Le visage, maquillé à l'excès, rappela au commissaire ceux des comédiens avant l'entrée en scène, quand leurs traits soulignés se grossissaient démesurément, surmonté d'une coiffe de dentelles tuyautées. L'être s'agita, trouva sa place, allongea les jambes et laissa apparaître dans le désordre de sa toilette, les bottes de l'officier de dragon qu'il n'avait jamais cessé d'être.

— Prendrez-vous du thé ? demanda Nicolas.

— Du tout. Un breuvage plus fort me conviendrait mieux, mais ce n'est ni l'heure, ni le moment. Pour parler net, nous sommes, vous et moi, au fait d'un certain nombre d'affaires dont il me paraît inutile de vous rebattre les oreilles. J'irai donc droit à l'essentiel. *On* me dit vous en avoir expliqué les prémices.

— Je vous le confirme. M. de Sartine ne m'a celé aucun des éléments.

— Deux motifs graves justifient votre mission à Londres. Le premier, qui exige des mesures urgentes, consiste à tout faire pour sauver quelques malheureux incapables dirigés par un imbécile, tombés dans les chausse-trappes de nos amis anglais. *On* a laissé entendre que vous déteniez les pouvoirs d'un plénipotentiaire. À vous d'être convaincant, sinon convaincu, et, surtout, plus habile que les habiles...

Il ricana sur un ton fort haut et forcé.

— Vous aurez affaire à forte partie. J'ai joué mon jeu pour vous. Ce ne fut pas facile, je puis vous l'assurer. Un représentant de Whitehall doit vous rencontrer ce soir dans un lieu que j'ignore. Un fiacre vous prendra au neuvième coup de relevée. Prenez garde, je fréquente ces gens-là depuis des années : ils sont retors et prompts à la manœuvre. Le moyen de lutter contre tant de mérites !

Il poursuivit longuement sur ce thème, traînant une conversation lourde et fatigante, qui ne se relevait que par accès de sarcasmes durs et de mauvais goût.

— Bref, conclut le chevalier, ils observeront à votre égard la plus exacte et froide courtoisie et dissimuleront leurs arrière-pensées. Nos gens – enfin, ces gredins envoyés par Aiguillon – sont retenus au commissariat de Bow Street sous la double vigilance de la justice et de ses aides policières ainsi que de la plus vile populace. Celle-ci ne serait que trop encline à faire un mauvais parti à des Français dans la complète indifférence des autres. Sont enfermés en ce lieu ce capitaine Béranger, deux exempts et quatre archers. Et c'est là que je dois vous parler de Morande.

— Vous le connaissez bien ? questionna Nicolas.

Éon fourragea dans son corsage et rajusta sa guimpe.

— Chaque jour que Dieu fait, ce coquin m'entête de lettres et de rendez-vous. Je l'écoute et le rencontre et, faute d'opiner dans son sens, je m'efforce de lui insuffler la raison. Je dois constater que cette bonne parole n'est pas reçue, jusqu'à présent. Autant tirer sa poudre aux moineaux[2]. Cet homme n'a d'entrailles que pour sa nichée : il a fait mourir son père de chagrin et a voulu faire pendre sa mère. Longtemps enfermé à Armentières, il a trouvé un refuge commode en Angleterre. Si vous m'en voulez croire, il finira à Tyburne[3] où ses pieds pataudes donneront leur bénédiction à la canaille de Londres venue le voir tirer sa méchante langue !

— Comment décririez-vous ce caractère ?

— L'homme est sans qualité et il tient pour le mal. Il a cent piques au-dessus de la tête[4] et ne sait où la tourner pour trouver les expédients nécessaires. Au demeurant, je le répète, bon père et bon mari. Reste que son ambitieuse médiocrité le fait patauger dans la fange où il se noie, voulant et ne voulant pas, et insensible à tout argument. Il ne pousse jamais ses attaques résolument, piquetant çà et là, provoquant et agaçant comme un chien qui baise par saccades...

Éon tendit la pointe d'une de ses bottes, se penchant vers elle comme s'il voulait s'y mirer.

— Il m'a tout conté de l'aventure des filous de Paris venus le tuer, reprit-il. J'ai tenté de lui faire sentir que cela ne m'étonnait point, que ce qui arrivait, je le lui avais prédit de tout temps et qu'il était lui-même la cause première des affaires dangereuses qui survenaient. Enfin, ai-je ajouté, ne pouvait-il choisir d'autres sujets de censure que la sultane en titre, sans compter celle qui l'avait précédée, pour exercer sa détestable plume et répandre son venin ?

— Et quelle fut sa réaction ?

— Celle d'un enragé, marquis. Je ne vous en donne pas le détail, vous en jugerez par vous-même. Il m'a congédié en m'intimant le conseil de faire dire au duc d'Aiguillon et à « toute la clique » de la Cour qu'il se foutait et se contrefoutait d'eux, de toutes leurs menées et de tous leurs séides. L'ayant derechef exhorté à mettre un terme à ces insanités, il n'en a point démordu. Songez qu'il a envoyé les récits de ses aventures qui ont été publiés, le 11 janvier, dans le *Morning Post and Daily Advertiser*. Il veut saisir la justice contre l'infamie qui lui est faite. Je l'ai quitté excédé, et j'ai dit à sa pauvre femme de prendre garde aux conséquences des actes de son mari, qui me paraissait fort dérangé, et de s'en prendre à lui des retombées calamiteuses pour elle-même et ses marmots.

— Et que suis-je censé faire dans cette galère ? fit Nicolas en riant.

La chevalière se frappa les cuisses avec gaillardise.

— Tout beau ! Ne vous désespérez pas. Avec un oiseau de cet acabit, tout reste possible. Ce n'est pas que d'autres ne s'y soient essayés, mais...

— Mais ?

— L'homme, malgré les apparences, est loin d'être fou. Il s'esclaffe devant cette lamentable équipée, même si cette aventure l'a chaviré et inquiété. Parlez-lui. Si vous n'en obtenez rien sur le moment, du moins ameublirez-vous ses défenses pour des offensives ultérieures. Outre cela, il n'est pas sans savoir, car je me suis chargé de le lui apprendre, que vous n'êtes pas l'émissaire de M. le duc d'Aiguillon, mais celui du roi. J'ai mes sources d'information, il a les siennes, elles se recoupent quelquefois. La rumeur rapporte, marquis, que des chiens courants sont après vous ; cela vous rendra sympathique ! Mais même en Angleterre le renard s'échappe parfois ! C'est tout le bien que je vous souhaite. Au fait, êtes-vous armé ?

— Oui, une bonne lame et un pistolet.

— Sinon, je vous aurais procuré le nécessaire. Mes épées sont les meilleures de Londres. Savez-vous que j'ai été l'élève de Dumonchelle et de Rousseau, maîtres d'armes à Paris ?

Il redressa fièrement sa petite taille.

— Méfiez-vous de tout et de chacun, reprit-il. Morande vous dispensera un respect et des propos peu ménagés, ne vous y laissez pas prendre. Il est pris dans un jeu de dés fatal dont la fureur le possède et qui noircit et absorbe toutes ses pensées.

— Quand le verrai-je ? demanda Nicolas.

— Demain, sans doute. Mme Williams vous le fera savoir. Il voulait vous recevoir chez lui. Trop voyant. J'organise autre chose en terrain neutre.

Il regarda Nicolas avec un demi-sourire et une sorte de pitié amicale.

— Prenez soin de vous, la crainte est parfois

bonne conseillère et il serait dangereux de n'en point éprouver. Nous ne sommes pas si nombreux à lutter pour aider Sa Majesté, le meilleur des rois, mon illustre et secret protecteur...

Nicolas regardait avec surprise l'émotion visible de cet étrange personnage.

— Ah ! dit Éon. J'oubliais... Notre ambassade traite une affaire dont je m'occupe en parallèle. Je crains qu'elle ne la fasse échouer. Vous verrez le roi de retour de Londres. Dites-lui bien, de ma part, que M. Flint, qui a voyagé en Chine en 1736 et a parcouru la grande muraille en 1759, sans cependant pouvoir entrer dans Pékin, et qui demeura emprisonné plusieurs années par les Chinois, continue à hésiter devant nos propositions. Il m'a indiqué que, depuis son débarquement, on n'a jamais entendu parler du bâtiment anglais de cent tonneaux et de douze hommes d'équipage sur lequel il naviguait pour cette expédition.

— Je n'y manquerai pas, répondit Nicolas sans comprendre de quoi il s'agissait.

— Ce n'est pas tout, reprit Éon. Selon mes conclusions, les observations que les Anglais avaient pu recueillir, si essentielles à nos intérêts, sur ces côtes ont été perdues, à l'exception de ce qui peut se retrouver dans la tête du sieur Flint, lequel prétend avoir étudié ces parages et ces mers avant même que d'embarquer sur le bâtiment en question.

— Mais quel est l'objet de votre négociation ? demanda Nicolas. Excusez-moi de vous presser.

— Nous devons compenser les inconvénients, pour lui ou sa famille, de traiter avec nous, ou le dédommager d'un exil s'il n'était pas possible de l'éviter. Les Lords de l'Amirauté le tiennent à l'œil. La dernière fois que je l'ai rencontré, je lui ai fait valoir qu'il convenait à un grand prince et à un gouvernement comme le nôtre de rechercher tous les genres d'hommes qui ont des lumières, des talents ou des connaissances rares. Je lui ai rappelé, pour le convaincre, le temps de Colbert, où les récompenses allaient chercher le mérite dans quelque nation qu'il se trouvât. Voyez, mon cher, cela est peut-être plus important pour le renom du roi dans l'avenir que toutes les *moranderies* du monde. Marquis, je vous salue et vous réitère mon souci. Prenez garde à vous.

— Mademoiselle, dit Nicolas, je vous sais gré de votre sollicitude ; le proche passé plaide pour que je retienne vos recommandations.

La chevalière lui tendit une main que le commissaire éprouva ferme et sincère et, dans un grand ramassis de tissus, elle sortit à grands pas pressés.

Le sentiment de Nicolas sur Éon avait peu à peu évolué au gré de la conversation. La manière dont celui-ci parlait du roi ne pouvait que l'émouvoir, de même que son souci des succès du royaume. Restait ce qu'il connaissait, cette espèce de chantage qu'Éon soutenait contre son maître en détenant des documents qui lui servaient de sauvegarde. Mais le commissaire se sentait bien placé, dans sa situation actuelle, pour comprendre les moyens extrêmes que le destin pouvait conduire à utiliser dans des circonstances difficiles et particulières. Tout de même, le fléau de la balance pesait en faveur du chevalier – ou de la chevalière –, hypothèse que Nicolas n'aurait guère retenue. Quant au fond des propos d'Éon, ils ne faisaient que lui confirmer la complexité d'une affaire où les intérêts de l'État et de troubles menées se mêlaient pour mieux se combattre.

Il entendait se méfier aussi de l'interlocuteur

anglais dont la mauvaise foi s'était déjà manifestée par le guet-apens par lequel s'était achevée l'équipée du capitaine Béranger. Quant à Morande, les perspectives s'obscurcissaient. Qu'obtiendrait-il de ce personnage vicié, si la description faite par Éon correspondait à la réalité ? Qu'attendre d'une telle immoralité ? Par quels leviers pouvait-on espérer le mouvoir dans le sens souhaité par le roi ? La séduction et la menace devraient-elles alterner pour détruire des défenses fondées sur le mensonge et la calomnie ?

Pour finir, Nicolas se remémora en frémissant les avertissements répétés de son visiteur. Ils étaient aussi ambigus que celui, ou celle, qui les énonçait. Qu'il fût menacé, il n'en avait jamais douté ; la question se posait de savoir d'où venaient les coups et si toute cette chaîne d'événements avait ou non une origine unique. Sa perplexité se concentrait sur cette fatale soirée du 6 janvier, quand une crise amoureuse – pour ne pas dire une scène de ménage – avait déréglé le cours d'un destin, conduit Mme de Lastérieux à une mort atroce et l'avait précipité lui-même dans les rets du soupçon et dans les périls d'une traque meurtrière. Encore oubliait-il dans sa tristesse le rôle ambigu qu'elle avait joué auprès de lui.

La demie de sept heures sonnait à la pendule. Le valet entra et, après avoir desservi les vestiges du thé, disposa un couvert sur la table à jeu. Nicolas soupira d'aise à considérer ces préparatifs quand Mme Williams glissa dans la pièce, tel un navire de haut bord, l'air scandalisé.

— Monsieur, il y a là un homme qui souhaite être reçu. Je lui ai signifié que vous n'étiez pas là. Il insiste, assurant que vous deviez le rencontrer à neuf heures. Il demande à avancer l'heure du rendez-vous.

— De quoi a-t-il l'air ? demanda Nicolas.

— D'un gentleman d'honnête allure, assurément.

— Bien. Ayez l'obligeance de le faire monter et de nous faire apporter deux verres et quelque chose que l'on boit à Londres avant le dîner.

La bonne dame sortit du salon, l'air contrarié. Elle revint accompagnant un petit homme bedonnant d'une soixantaine d'années, sans perruque, au crâne chauve entouré d'un croissant de cheveux blancs. Le visage blême, avec des sourcils broussailleux coupés à la serpe, un nez rouge et pointu et un long cou entouré d'une cravate écharpe de gaze blanche, sortait d'un habit vert boudinant un corps sans forme. Une culotte de casimir blanc immaculé se terminait par des bas noirs et des souliers à boucles d'argent. L'homme se haussa sur ses petites jambes, saisit de deux doigts une sorte de face-à-main pendu à un ruban noir, lorgna Nicolas après avoir jeté un coup d'œil circulaire et approbateur à la pièce et à son ameublement. Sans y avoir été invité, il s'assit face à Nicolas, le toisa derechef, puis prit la parole dans un anglais aux accents aristocratiques.

— Monsieur le marquis, dit-il d'emblée, vous êtes-vous jamais demandé si nous étions heureux de vous recevoir ?

Nicolas n'entendait pas se laisser désarçonner de la sorte.

— Avant toute chose, demanda-t-il, à qui ai-je l'honneur de parler ? Car si vous semblez me connaître, je n'ai pas, moi, ce plaisir.

— Je suis lord Aschbury, Robert Aschbury. Vous deviez m'être conduit ce soir, mais j'ai précédé l'heure. Je ne souhaite pas, en effet, qu'un envoyé aussi distingué que vous soit soumis à des obligations détestables. J'ajouterai que je n'apprécie que modérément que *notre ami commun organise nos divertissements*.

Le tout avait été dit avec suffisance, le face-à-main se balançant. Nicolas se leva et alla tisonner le charbon, songeant avec amusement que c'était là une habitude de M. de Sartine lorsqu'il voulait donner délai à sa réflexion. L'odeur âcre de la combustion lui monta à la gorge et le fit tousser. Cela lui fit gagner quelques secondes et lui permit de calmer une irritation montante.

— Auriez-vous, my lord, quelques papiers m'assurant que vous êtes bien celui que vous m'annoncez ?

Son hôte se mit à rire.

— Monsieur le commissaire, il vous faudra vous fier à ma parole. Je ne vous demande pas, moi, les lettres de plénipotentiaire que votre souverain vous a signées pour vous accréditer et qui, sans doute...

Il tendit le doigt vers la poitrine de Nicolas.

— ... vous chauffent le cœur. Ces sortes d'affaires, apprenez-le, se traitent de confiance – ou de méfiance, comme vous voulez.

Mme Williams entra, portant un flacon d'une liqueur ambrée et deux verres qu'elle posa sur la table à jeux. Lord Aschbury s'en servit aussitôt une large rasade qu'il avala d'un trait en claquant la langue d'une manière que Nicolas trouva bien peuple.

— Excellent sherry ! Compliment à votre commanditaire.

Il s'affala dans sa bergère en hochant la tête avec goguenardise.

— Alors, monsieur le plénipotentiaire, qu'avez-vous à me dire ?

— Je ne biaiserai pas, répondit Nicolas. Lord Stormont, votre ambassadeur à Paris, avait offert toutes assurances pour qu'une mission policière française pût agir sur le sol britannique afin d'empêcher de nuire M. de Morande, dont les écrits indécents calomnient gravement Sa Majesté très chrétienne et ceux qui lui sont proches.

— Vous voulez dire *celles* qui lui sont proches.

Nicolas ignora la provocation.

— Or, que voyons-nous ? Cette mission tolérée et, je vous l'accorde délicate, s'est trouvée dès son arrivée environnée d'embûches sournoises. Celles-ci ont mené à un échec. À la suite d'une dénonciation, la populace a été dressée contre elle et, pour finir, nos gens sont emprisonnés et passibles des foudres de votre justice. Les engagements pris par votre gouvernement n'ont pas été respectés ; il reste à éviter que cette affaire n'en vienne à détériorer de façon durable et dangereuse les relations entre deux pays en paix depuis onze années. Nous sommes confrontés à un obstacle, à un *stumbling block*, comme vous le dites ici. Une pierre d'achoppement, en français.

— Votre connaissance de notre langue l'emporte sur la qualité de votre argumentation, sourit Aschbury. Ce que vous avancez, monsieur, serait recevable si vos émissaires avaient observé la prudence et l'habileté requises dans une démarche aussi inhabituelle et si les lois de l'Angleterre avaient été respectées.

Il gonfla ses joues, expira, puis reprit son souffle.

— Que voyons-nous, en effet ? Une troupe de misérables qui se confient indiscrètement à une certaine Mme de Godeville, Française perdue d'honneur, une *catin* diriez-vous, n'est-ce pas ? Grâce à ses bons soins, tout a été découvert, ce que, notez-le, fidèles à nos promesses, nous ne souhaitions pas. Vos gens ont vu le libelliste en question qui a commencé à leur extorquer trente louis à chacun. Après quoi, il a sonné le tocsin de si vilaine manière que vos négociateurs – si toutefois le terme convient à une telle tourbe – véhémentement soupçonnés par le peuple anglais, si droit, si juste, si attaché à ses libertés, ont été l'objet d'une chasse à l'homme. Morande les a stigmatisés par l'intermédiaire de notre presse, qui est libre. Vos gens se sont vus assiégés dans leur hôtel, l'un d'eux a été saisi et enduit de poix, précipité dans la Tamise, repêché par notre police et confié à un asile de fous. Les autres se sont jetés dans les bras de la justice qui les protège et les jugera si les accusations portées contre eux sont avérées.

— Quelle que soit leur maladresse, dit Nicolas humilié de cette leçon donnée avec hauteur, rien dans votre propos ne marque la bienveillance légitime que votre gouvernement aurait dû accorder à une mission dont vous connaissiez l'objet et la nécessité.

— Elle l'eût été, naturellement, si tout avait été conduit dans le mystère, sans blesser publiquement les droits et usages de la nation anglaise. Il faut en prendre votre parti et vous barder de patience : s'ils ne sont pas pendus, vous pourrez les récupérer dans quelques années.

Il se versa un nouveau verre de sherry, ses joues s'enflammaient peu à peu. Nicolas réfléchissait. Il se leva.

— My lord, dit-il enfin, je crains que nous n'ayons plus rien à nous dire. Je rendrai compte à mon maître de l'insuccès d'une démarche que les engagements de votre ambassade à Paris autorisaient. Nul doute que son résultat complaira à ceux qui, dans mon pays, observent les difficultés du vôtre avec la volonté affirmée d'en profiter. La fortune des armes est changeante. M. le duc d'Aiguillon, soucieux du maintien de la paix, peut, après un tel affront, modifier le cours de sa politique. Quant à M. de Choiseul, qui ne rêve, comme vous le savez, que de revenir aux affaires et dont l'esprit de revanche anime les pensées, il ne manquera pas de tirer parti d'une telle aubaine.

Lord Aschbury s'empourprait sous l'outrage.

— Les difficultés de mon pays ? Que voulez-vous dire ?

— Je lis les feuilles de votre presse libre. Elles sont pleines des problèmes que rencontre votre gouvernement aux Indes et dans vos colonies d'Amérique.

Nicolas se félicitait d'avoir pris connaissance avec attention des documents que lui avait communiqués Sartine. Il sentait son interlocuteur accuser le coup.

— Suggéreriez-vous que...

— Je ne suggère rien, j'affirme, et je constate, en plénipotentiaire, l'impossibilité de régler de manière convenable un incident déplorable qui n'existerait pas si un personnage aussi nuisible que M. de Morande avait été dûment empêché de nuire, au lieu de trouver refuge, appui et soutien dans votre pays. Aussi bien...

— Allons, monsieur le marquis, vous avez la flamme de la jeunesse ; il vous reste à acquérir le flegme qui est ici la qualité première. Je vous prie de vous asseoir.

Nicolas feignit de le faire, avec mauvaise grâce.

— Le gouvernement de sa gracieuse majesté, reprit lord Aschbury, ne souhaite pas faire de cette histoire un *casus belli*. Nous passerons sur les droits inviolables, sur la liberté de notre presse et sur l'indépendance de nos juridictions. Dans deux jours, à six heures du matin, vous pourrez récupérer vos bougres et embarquer avec eux sur le vaisseau qui les conduisit chez nous. Voilà. Monsieur, je vous salue ; nous ne nous reverrons sans doute jamais.

Lord Aschbury souriait d'un air contraint en flattant d'une main sa couronne de cheveux blancs. Nicolas n'était pas convaincu d'avoir emporté le morceau par lui-même. Les arguments avancés ne venaient que conforter l'idée qui prévalait chez les Anglais que cette histoire médiocre risquait de déclencher une crise d'autant plus grave qu'elle toucherait l'honneur des deux nations et que son écho éclabousserait le trône de France, rendant par là même toute solution impossible. Le jeu n'en valait pas la chandelle. Peut-être Londres avait-il espéré obtenir quelque chose en échange ? Si succès il y avait, c'est dans cette direction qu'il fallait le chercher. L'Anglais se leva.

— Monsieur le marquis, monsieur le commissaire, monsieur le ministre plénipotentiaire, vous êtes aussi divers et multiple que votre chevalière. Je vous laisse.

Sur cette dernière pointe et sans tendre la main à Nicolas, il fit quelques pas, s'arrêta et se retourna en faisant virevolter son face-à-main.

— Surtout ne vous éternisez pas à Londres. Mes compatriotes peuvent être vindicatifs et cruels. Je crois savoir que votre tête est mise à prix par des commanditaires inconnus. *God save the commissionner*. Adieu.

Lord Aschbury quitta le salon à petits pas. La porte s'était ouverte à son approche. Il eut une sorte de haut-le-cœur à constater que Mme Williams avait sans doute écouté tout leur entretien Nicolas se dit que sa candeur et son inexpérience étaient grandes devant ce monde nouveau pour lui. Quelle invraisemblable situation que cette Anglaise au service d'un espion français connu comme tel, qui, lui-même, faisait partie commune avec les hommes du secret anglais. Comment se débrouillait-elle d'un tel imbroglio, et sur quelle base Éon fondait-il la confiance qu'il semblait lui accorder ? Nicolas ajouta un constat à cette réflexion : chacun semblait au fait des menaces le concernant, ses amis comme ses ennemis. L'adversaire n'était nulle part, mais pour Nicolas le péril était partout et surgirait un jour là où il l'attendrait le moins.

Un rosbif accompagné de son pudding et arrosé d'un vin de Bordeaux de bonne qualité dissipa ces pensées sinistres. À la fin de son souper, il fut étonné de voir arriver un flacon poussiéreux posé avec précaution sur la table. Le valet annonça un vin précieux venu du Portugal, appelé Porto, communément servi pour conclure les repas et, cela, exclusivement pour les hommes. La liqueur, comme décantée, miroitait de reflets amarante ou ambrés au gré du scintillement des chandelles. Humer ce nectar se révéla un plaisir rare, le boire fut un enchantement ; sa douceur veloutée s'épanouissait en force et chaleur et irriguait toute la poitrine. Des noix et des carrés de fromage sec relevaient ce breuvage somptueux. Sans résister à son plaisir, il vida la bouteille, remettant au lendemain de démêler l'écheveau des hypothèses qui se mélangeaient dans son esprit.

Lundi 17 janvier 1774

Tiré du sommeil dès l'aurore, Nicolas ne put paresser dans la douce chaleur de l'alcôve. L'odeur appétissante de *roties* l'éveilla tout à fait. Il retrouva le sempiternel pot de thé. Mme Williams attendit un temps raisonnable qu'il ait achevé sa toilette pour surgir. Son impatience était grande de lui annoncer qu'un fiacre le mènerait en ville, en un lieu non précisé, et que rien ne devrait l'étonner dans les précautions observées au cours de cette expédition destinée à lui faire rencontrer « qui il savait ». Le cocher chargé de le conduire lui expliquerait les manœuvres requises. Qu'il soit convaincu que le tout visait à préserver la discrétion de sa démarche.

Il trouva en effet un fiacre devant la porte, qui s'ébranla dès qu'il y fut assis. On circulait à Londres aussi difficilement qu'à Paris. Il ne put rien noter de suspect, s'en remettant tout à fait à ses complices anglais, aux dispositions prises par Éon et au destin. Au bout d'une demi-heure de trajet, la voiture s'arrêta. Le cocher descendit avec calme de son siège et l'invita à entrer dans la boutique d'un perruquier. La perspective des alignements de modèles les plus divers aurait rendu fou de convoitise M. de Sartine. Une jeune fille le prit par la main, le fit passer derrière le comptoir d'ébène et de cuivre poli et le précéda dans un couloir sombre. Une porte fut poussée. Il sentit sur son visage un courant d'air froid et, sous ses pieds, un sol de pierre. Bientôt le jour réapparut ; une seconde porte s'ouvrit et la fille le confia à un gamin qui l'attendait, le visage à demi dissimulé par un bonnet de laine trop large. Celui-ci le tira par la manche et le dirigea vers un autre fiacre conduit par un nouveau cocher.

La voiture erra longtemps, tournant plusieurs fois à angle droit, et un long quart d'heure s'écoula. Elle s'arrêta enfin. La porte s'ouvrit et le cocher lui demanda d'entrer dans une église qu'il nomma *Queen's Chapel*. Il lui mit dans une main un missel catholique en français, lui précisant que, pour le retour, il connaissait son adresse et pouvait rentrer par ses propres moyens. Enfin, la personne recherchée serait celle qui lui proposerait de lui décrire le monument, qu'il ne s'adresse surtout à aucune autre.

La chapelle n'était pas grande mais d'admirables proportions, avec un plafond en caissons sculptés. Nicolas s'approcha de l'autel et entendit quelqu'un se glisser derrière lui. Se retournant, il découvrit un homme de taille moyenne, drapé dans un manteau à haut col, perruqué, le tricorne à la main qui présentait un visage bien empli, sans relief, mais aux yeux fureteurs.

— Monsieur, demanda en français l'inconnu, veut peut-être connaître l'histoire de ce monument ?

L'homme prit le missel de Nicolas, l'ouvrit et vérifia quelque chose, puis le mit dans sa poche.

— Bien volontiers, dit Nicolas.

— L'architecte Inigo Jones l'a édifié en 1627 pour la princesse Henriette de France, épouse de Charles Ier. Je vous recommande l'autel décoré par Annibale Carrache. Cela vous satisfait-il ?

— Monsieur, fit Nicolas, vous savez qui je suis et de qui je suis l'envoyé. On m'a autorisé à vous proposer tout arrangement utile afin de mettre un terme à une situation préjudiciable à tous, et à vous le premier, et qui ne peut qu'être un malentendu.

— C'est vite dit, protesta l'homme. Voyez comme on me traite ! Considérez les bandits qu'on lance à mes basques pour me tuer. Comment voulez-vous que j'accepte quelque proposition que ce soit ! Je me veux venger, aussi vrai que je m'appelle Morande. Je vais porter plainte et j'obtiendrai bien quelque chose comme victime du despotisme.

Il se calma, soudain doucereux.

— Je n'ai rien contre vous, reprit-il. Venez donc rencontrer ma femme et mes marmots. Je vous prie bien humblement de venir manger une hure de saumon dont on m'a fait présent et qui vaut tous les poissons de France et, cela, flanqué d'huîtres frites. Hein ? De quoi donner de l'exercice à l'estomac le plus chaud. Ma femme est très malade, étant sujette à des pertes de sang. Ayez pitié d'elle, soyez bon.

— Vous me voyez disposé à vous aider de toutes sortes de manières, répondit Nicolas. Je n'ai pas fait tout ce chemin sans pouvoir proposer une solution permettant à toutes les parties intéressées d'obtenir satisfaction.

— Non, répliqua Morande, il est trop tard pour traiter. On m'agresse, j'attaque, j'attaque...

Il frappait du talon sur le sol.

— J'ai consulté des hommes de loi et je détaillerai à nouveau dans les papiers publics l'histoire des coquins de la police de Paris qu'Aiguillon a envoyés ici pour m'enlever et me poignarder.

— Monsieur, répondit Nicolas, il est beau d'accuser, mais vous êtes vous-même la cause de vos déboires. Que ne trouvez-vous d'autres occupations que de salir la réputation de personnes de qualité qui ne vous connaissent ni d'Ève ni d'Adam ?

— Et que voulez-vous que je fasse ? Que diable, prouvez-moi qu'il existe de meilleurs sujets que les putains de la Cour pour venir au but que je me propose et qui est de me procurer des deniers. Si je faisais des scènes et des romans, personne ne me lirait ni ne m'achèterait ! Par les sujets que j'embrasse et par la manière dont je les traite, je suis assuré d'acheteurs et de lecteurs par toute l'Europe. Ils peuvent bien, ceux de Versailles qui vous envoient, me dépêcher des assassins. Je me fous du poison et du poignard, et si je meurs de cette façon, je ne serai pas pendu et cela déshonorera les organisateurs de ce meurtre.

Ayant agrippé le manteau de Nicolas qu'il secouait dans sa frénésie, il grinçait des dents et écumait de fureur.

— Ainsi, monsieur, dit Nicolas, moi qui ne vous menace point, qui au contraire vous offre le moyen honorable de sortir de cette affaire en vous présentant le moyen de nourrir et de chérir votre famille, sans les affres qui vous angoissent, en un mot qui vous tends la main, vous refusez de m'écouter ! Acceptez mes propositions et détruisez ces feuilles excessives qui font couler les larmes d'une femme dont le cœur est tendre pour les malheureux et qui a montré, en bien des occurrences, qu'elle savait répondre avec pitié aux marques d'un tempérament généreux.

Il sembla à Nicolas que cet exorde sensible touchait Morande et qu'il hésitait un moment. Il pétrissait son tricorne, mais l'orgueil finalement l'emporta.

— Je veux les faire censurer devant la barre de l'opinion. Ah ! vous ne connaissez pas les juges anglais. Le Béranger et ses exempts se trouvent dans leur gueule à Bow Street. Je les écraserai, ces vils serpents, et avec eux, tous ceux de la Cour ! Quant à vous, profitez de mon hospitalité, je vous ferai juge de mon style.

Nicolas, écœuré, le salua et sortit de la chapelle. L'air froid lui fit du bien. Il décida de marcher au hasard, se réservant de prendre une voiture en cas de fatigue. Comme Éon l'avait prédit, le personnage, trop animé par la haine, n'avait pas cédé. L'avait-il seulement ébranlé ? Absorbé dans ses pensées, il heurta de plein fouet une femme en robe rouge éclatante et mantelet en peau de lapin. Elle se récria en français.

— Fous-moi par terre, mon tout beau ! En voilà-t-y pas une brute !

Soudain, son visage peinturluré de fard se figea dans une expression de surprise.

— J'y crois pas mes yeux, c'est M. Nicolas ! T'es bien le dernier que j'aurais cru croiser à Londres ! Tu vois qui je suis ? Souviens-toi, la Présidente, l'amie de la Satin, une ancienne du *Dauphin Couronné*.

Il reconnut en effet, sous le maquillage et l'empâtement, l'ancienne pensionnaire de la maison galante de la rue Saint-Honoré.

— Et comment ! Que deviens-tu, ma belle ?

— J'ai passé la Manche en 1770, profitant de la paix. Les Françaises sont très recherchées ici. Tu pourras en croiser tout un troupeau, des charmantes de chez nous. C'est bien plus facile, on a beaucoup moins la pousse[5] au cul. Les boutiques à bière nous servent de boudoirs et leurs arrière-cabinets d'alcôves. On se cache pas, la liberté est totale et l'on débite publiquement la liste de celles qui courtinent. Y a les noms, les adresses et les détails les plus chaleureux sur leur taille, leur figure et les talents qu'elles savent le mieux faire valoir. En plus, ce catalogue se renouvelle à chaque arrivage.

Elle cligna de l'œil.

— Ainsi la police te semble plus indulgente ici ? fit Nicolas.

— Pas meilleure, mais moins rapineuse, sauf pour les *bagnos*. Les viédases[6] sont partout les mêmes. Pardon, Nicolas.

— Il n'y a pas offense. Les *bagnos*, dis-tu ?

— Oui, c'est des endroits qu'on organise des parties galantes. Les tenanciers n'y souffrent pas de scènes trop scandaleuses. D'ailleurs, ils s'exposeraient à de mauvaises affaires s'ils permettaient au monde d'insulter les filles.

— Ainsi, tu es heureuse à Londres ?

— Oh ! Paris me manque, mais il y a de l'ouvrage pour les gueuses qui ne fignolent pas. J'arrondis mon pécule pour revenir au faubourg Saint-Marcel et ouvrir un petit commerce ; je me tiens, mais je ne suis plus de première jeunesse. Comment va la Satin ?

— Bien. Elle a pris la succession de la Paulet.

— Ben ça, alors, voilà une nouvelle ! La Satin, si gentille, en mère maquerelle ! J'en reviens pas. C'est toujours l'amour entre vous ?

Nicolas ne répondit pas.

— C'est vrai, reprit-elle, que vous êtes liés. Comment va ton fils ?

— Mon fils ?

— Ben oui, le p'tit Louis, tout ton portrait. Celui-là, tu peux pas le renier.

Nicolas sentit comme une marée de glace s'emparer de lui, il s'appuya à la muraille. Le sang reflua de son visage à un point tel que la Présidente s'en aperçut.

— Voilà ! C'est bien moi, ça ! Toujours trop bavarde. Te voilà si pâle. Qu'ai-je dit ? Pardi, tu ne le savais pas ! Vieille bête, je me battrais... Elle m'avait pourtant craché de me taire. Je filais en Angleterre, elle pensait pas me revoir jamais.

Nicolas s'éloigna en hâte, la plantant là. Il marchait comme un insensé, réfléchissant fiévreusement. Lorsque la Satin lui avait annoncé la naissance d'un enfant en 1761, il l'avait interrogée, anxieux de savoir si le petit était de lui ; il s'en souvenait très bien. Sa réponse résonnait encore dans son oreille : « Elle avait fait ses comptes et il y avait longtemps qu'elle ne le voyait plus. » Il l'avait crue sur parole. Sa gêne évidente, il l'avait portée au crédit de la pudeur et de la honte. Il se traita d'imbécile. Un instant après, il se persuadait que cela ne pouvait être, que la Présidente élucubrait, à partir de ragots de maisons galantes. De retour à Paris, il éclaircirait ce nouveau mystère. Il s'efforça de n'y plus penser.

Il observait Londres dont la saleté rivalisait avec celle de Paris, en dépit du travail continuel d'énormes tombereaux chargés d'enlever les boues. La fumée mêlée à un brouillard perpétuel voilait le soleil. L'usage du charbon de terre causait cette oppression ; il constituait l'unique combustible dans les cuisines et les appartements. Nicolas finit par prendre un fiacre qui le ramena sans encombre à Berckeley Square, où Mme Williams soupira, rassurée de le voir reparaître. Un pli scellé, sans arme ni signature, lui indiquait, d'une haute écriture penchée, qu'en raison de la marée l'évacuation de ses protégés aurait lieu le soir même. Nicolas devait se trouver au poste de police de Bow Street à dix-sept heures précises. Lui et les Français arrêtés seraient aussitôt conduits à l'*Embankment*, d'où une chaloupe les mènerait à bord de leur vaisseau. Nicolas remonta préparer son portemanteau, distribua quelques guinées au valet ébloui. Mme Williams minauda pour finir par les accepter. Le commissaire l'avait conquise et, peu à peu, son aspect revêche s'effaçait. Elle offrit à Nicolas un gâteau aux raisins secs et aux épices des Indes dont le parfum de cuisson embaumait encore la maison. Ils se séparèrent bons amis.

L'accueil des autorités anglaises révéla leur irritation. Un magistrat au regard fuyant expliqua comment il entendait procéder. La voiture de police approcherait le perron du poste pour embarquer les Français et éviter autant que possible tout mouvement de foule hostile. Nicolas avait traversé à son arrivée une faune agressive, lie du port et de la rue. Sa vue avait déclenché des injures et des cris, une motte de boue l'avait manqué de peu.

Il découvrit au fond de leurs cellules ses compatriotes hâves, décomposés, les habits en loques et la barbe drue. Le capitaine Béranger tremblait et Nicolas jugea aussitôt qu'il ne pouvait être l'homme d'une mission aussi délicate. Les informations de Sartine l'avaient d'ailleurs prévenu contre cet officier aventurier, *fanfaron de vices*, risquant tout parce qu'il n'avait rien à perdre, connu dans les tripots pour tenir de fallacieuses banques au pharaon[7] et prêt à tout pour une forte somme. L'un des exempts paraissait délirer, allongé sur le sol. Un autre se mit à pleurer et tous s'accrochèrent à ses genoux en le suppliant de les sauver.

L'extraction du commissariat fut tumultueuse. Une pluie de projectiles crépitait contre la voiture. La haine de la populace contre les Français s'exprimait sans mesure et Nicolas songea que cela augurait mal l'avenir des relations futures entre les deux royaumes. Il renonça à récupérer son propre fiacre et se tassa avec les prisonniers, inquiet de perdre son bagage. Arrivé sur le quai, il remercia la présence d'esprit des serviteurs d'Éon : le cocher les avait précédés et lui tendit en souriant son portemanteau. Il refusa une guinée, mais secoua avec franchise la main de Nicolas. Pourquoi cet Anglais-là, si désintéressé, lui manifestait-il une telle sympathie ? Il n'eut pas le temps de démêler la chose et sauta dans la chaloupe.

Le patron du bateau – une grosse embarcation de pêche – fit aussitôt appareiller, craignant de manquer la marée. Un vent favorable les ramena à

Calais. Tout au long de la traversée, Nicolas dut subir les récits décousus des policiers, ponctués des hurlements du pauvre dément. Au petit matin, il mit le pied sur le rivage français, vieilli, déniaisé dans les affaires du Secret et père putatif d'un garçon de quatorze ans qui, il le remarqua soudain, portait le prénom de son propre père, le marquis Louis de Ranreuil, et celui du roi, son maître. Abandonnant les chevaliers de la triste équipée aux mains de leurs confrères du port, il se fit donner le meilleur coursier au relais de poste et piqua des deux, désireux de rentrer le plus vite possible à Paris.

VII

CONFUSION

L'heure est de glace aux vérités
Elle est de feu pour les mensonges.

La Fontaine

Mardi 18 janvier 1774

Le retour de Nicolas à Paris lui fut un cauchemar. Les montures de qualité inégale fournies par les relais de poste l'avaient fait vider deux fois les étriers et tomber dans des fondrières de boue et de glace. Ce n'était pas méchanceté ou vice de chevaux auxquels il parlait avec science et tendresse, mais ils avaient dérapé sur des plaques gelées, effrayés par les nuées fantomatiques qu'une succession ininterrompue de pluies et de brouillards jetait comme autant d'obstacles menaçants devant leurs yeux fatigués. Au cours de brèves haltes, il s'était goinfré des moindres victuailles, reprenant aussitôt la route, tendu vers sa destination sans réflexions ni angoisses.

Le samedi matin, il parut enfin rue Montmartre et se laissa choir de sa selle. Les mitrons de la boulangerie du rez-de-chaussée l'avaient monté presque paralysé dans sa chambre. Chacun s'évertuait, Poitevin coupait ses bottes afin de les lui ôter, Marion ranimait le feu et faisait chauffer de l'eau, et Catherine, en ancienne cantinière, qui en avait vu d'autres sur tous les champs de bataille de l'Europe, le déshabillait et le bouchonnait comme une bête en l'inondant des chaleurs conjuguées du schnaps et des onguents paysans. Le sommeil qui s'ensuivit dura deux jours. Il revint à lui le lundi matin. Reposé, il avait surgi dans l'office à moitié nu, bondi dans la cour, actionné à grandes brassées le levier de la pompe pour s'inonder d'eau froide, en chantant à tue-tête, avant que de dévaliser la cuisine et de taquiner Marion et Catherine effarées. Il avait ensuite devisé de riens avec M. de Noblecourt, ravi du retour de l'enfant prodigue et remis à plus tard d'aborder des sujets plus sérieux. Rasé de frais, coiffé et habillé, il s'était dirigé à pied vers le Grand Châtelet où il savait à cette heure pouvoir retrouver Bourdeau. Il avait l'ardeur et l'appétit de vivre d'un homme renaissant.

Seule la silhouette familière de la prison royale parvint à le rappeler à la sombre réalité : il demeurait le suspect principal d'un meurtre atroce. Nul parmi ses proches ne le croyait coupable, mais tout semblait machiné pour confirmer les soupçons de beaucoup d'autres. Il se perdait toujours en conjectures sur l'origine des tentatives d'assassinats dont il avait été l'objet. Elles l'avaient convaincu qu'une mystérieuse coalition de puissances en voulait à sa vie comme à son honneur. À quelle aune, Sartine et surtout le roi mesureraient-ils le succès mitigé de sa mission à Londres ? Et, brochant sur ce tableau menaçant, il lui fallait encore se pencher sur le passé d'un enfant, aujourd'hui adolescent, dont l'avenir pouvait le toucher de près. Mais cette affaire-là, il estimait qu'elle pouvait attendre un peu ; quatorze années de silence justifiaient amplement sa prudence.

Assis dans le bureau de permanence, Bourdeau consultait la main courante des événements de la nuit. Cette scène respirait la routine du quotidien ; elle le rassura. Il fut sensible à l'élan qui fit se lever son ami et à la forte bourrade décochée avec des grognements de joie.

— Pardieu que c'est plaisant de vous retrouver, voyageur mystérieux !

Nicolas, gêné, ne savait comment expliquer une absence dont Bourdeau était censé ignorer les raisons.

— Je sais, reprit Bourdeau, je sais. Affaire d'État ! M. de Sartine m'en a laissé entendre suffisamment pour que je ne vous agace pas de questions. Et la rumeur...

— Vous m'avez manqué ! s'écria Nicolas soulagé. Un jour, je vous conterai le tout. Mais ici, quoi de nouveau ?

— La hauteur des coiffures augmente peu à peu, répondit Bourdeau, sérieux comme un pape. Pour être plus précis, je vous rassure sur la rumeur. L'équipage de Mme du Barry a glosé sur une rencontre avec un marquis commissaire sur la route du Nord... Le lieutenant général à qui la chose fut rapportée en a perdu son sang-froid, arraché sa perruque et promis qu'il vouerait aux pires supplices les bavards – il a usé d'un terme plus fort – qui mettaient en péril la vie de son meilleur commissaire. C'est dire mon inquiétude et ma joie de vous revoir.

— Bien, bien. Mais éclairez ma lanterne : où en sommes-nous de nos affaires ?

— *Adagio ma non troppo*. Dans l'ordre et vite dit : *primo*, vous héritez de Mme de Lastérieux ; *secundo*, une lettre anonyme vous implique dans un acte mystérieux ; *tertio*, Casimir, l'esclave de votre amie, est passé à la question, sans résultat mais je souhaiterais avoir votre sentiment sur cet interrogatoire.

— Allons, examinons cela dans l'ordre.

— J'ai trouvé le nom du notaire de Mme de Lastérieux. Comme vous le pressentiez, c'est, sinon quelqu'un du quartier, du moins un office proche. Il s'agit de Me Thiphaine, rue de la Harpe vis-à-vis la rue Percée. Ayant reçu ordre de l'interroger, ce personnage m'a sorti de ses layettes un testament olographe de votre amie qui vous érige en légataire universel.

Il regardait Nicolas accablé qui baissait la tête.

— Cela n'est rien, il y a pire ! Cet acte a été signé trois jours avant sa mort.

— Dans quelles conditions ? A-t-elle comparu ? A-t-elle fait venir ce tabellion rue de Verneuil ? Le sceau était-il intact ?

— Bonnes questions ! Aucune comparution, pas de témoins, et testament déposé à l'étude par porteur inconnu.

— La signature ?

— Il y en a plusieurs qui paraissent authentiques selon l'avis autorisé d'un expert du Palais et le sceau rouge était intact. Vous connaissez aussi bien que moi les risques d'erreurs dans ce genre d'affaire. Jamais aucune certitude, à vrai dire. La pièce peut être authentique ou constituer un faux. Dans le second cas, les soupçons peuvent se porter sur vous, à qui profite... Et dans le premier cas, idem.

Nicolas réfléchissait.

— La signature authentique ne suffit pas, dit-il, et l'acte lui-même doit être entièrement écrit à la main, et la date de même. Ces trois conditions sont exigées pour la reconnaissance légale de cette catégorie particulière de testament. Coutume de Paris, modifiée en 1581, par une tentative du Parlement qui entendait ainsi entamer les prérogatives des notaires royaux seuls habilités à dresser ce type d'acte. De toute façon, mon cher Pierre, je vous suggère de resserrer votre enquête autour de ce notaire dont, moi, vieux Parisien, j'ignorais jusqu'aujourd'hui le nom.

— Vous avez mis le doigt sur la partie douteuse, répondit l'inspecteur. Ce Thiphaine vient juste d'être reçu dans la Compagnie. Chacun s'étonne qu'il ait pu mobiliser l'argent nécessaire pour l'achat d'une charge soudain abandonnée par une famille qui la tenait depuis des siècles. Ces reprises sont fort rares et souvent favorisées par des unions matrimoniales. Elles sont difficultueuses à l'excès et exigent beaucoup d'entregent. Mais d'où vous vient toute cette science ?

— Vous oubliez qu'on me destinait au notariat et que je fus clerc de notaire à Rennes avant mon exil à Paris.

Ils se mirent à rire, et Bourdeau demanda :

— Que me conseillez-vous, en l'occurrence ?

— Il serait bon de s'adresser à Me Bontemps, doyen de la Compagnie des notaires royaux, pour recueillir plus d'informations sur ce Thiphaine-là. Nous en parlerons à M. de Noblecourt ; ils sont sensiblement du même âge et je les sais fort amis. Et cette lettre anonyme dont vous parliez ?

Bourdeau ouvrit un registre et en sortit un petit papier maculé, couvert de caractères en bâtons d'imprimerie.

— Cela a été jeté dans la voiture de M. de Sartine. Écriture sans caractère et par conséquent contrefaite, papier commun et encre de même. Aucun indice utilisable.

Il lut la missive à haute voix.

— « *Demandez à Nicolas Le Floch ce qu'il précipitait dans le fleuve à l'angle du quai avec le Pont-Royal, face à la rue de Beaune, dans la nuit du 6 au 7 janvier 1774. Que justice soit faite !* »

— Cela n'a aucun sens, dit Nicolas qui voyait son bel enthousiasme du matin se dissiper peu à peu. Quelle main perverse s'acharne contre moi, et pour quelles raisons ? Le meurtre de Julie, d'autres choses encore que je ne puis vous dire. Ce testament... Quand prendront fin ces mystères ?

— Quand nous aurons arrêté le ou les coupables. Il me vient une idée sur ce dernier point. M. de Sartine, en votre absence, m'a enjoint d'assister pour lui à une expérience présentée par un inventeur à une commission de l'Académie des Sciences.

— Et que vient faire cette expérience avec notre affaire ?

— Vous allez comprendre. Il s'agit d'une nouvelle machine à l'aide de laquelle son inventeur prétend pouvoir rester sous l'eau pendant au moins une heure sans aucune communication avec l'air extérieur. Il soutient qu'il atteindra avec elle une profondeur de trente pieds. Suivez-vous la pente de mon esprit ? Le lit de la Seine n'est pas si profond. Je précède votre question : nous avons déjà dragué à cet endroit, sans résultat. Il suffit que cette expérience intervienne à l'angle du Pont-Royal, c'est à nous d'en décider le lieu, et cela, dans deux jours, le 20 janvier.

— Pour extraordinaire qu'elle soit, votre idée me paraît excellente et j'aimerais assister à cette tentative.

— Rien ne s'y oppose. M. de Sartine a décidé, avec l'accord de Sa Majesté, que vous pouviez m'accompagner dans la poursuite de cette enquête, sans déguisement cette fois, encore que le carnaval n'est pas éloigné.

— Et le tertio ? soupira Nicolas.

Bourdeau lui tendit une feuille de papier toute constellée des pattes de mouche d'un greffier.

— C'est le procès-verbal d'interrogatoire de Casimir, l'esclave de Mme de Lastérieux.

Nicolas hocha la tête.

— On ne reconnaît point à ces gens la qualité d'hommes libres, mais quand il s'agit de les tourmenter ils appartiennent à l'ordre commun et subissent la torture comme leur maître. Alors, on les écoute et leur parole vaut autant que celle d'un autre !

— Je reconnais bien là votre bon cœur, dit Bourdeau, et je partage votre sentiment là-dessus. Pour votre gouverne, apprenez que cette affaire a transpiré sans que votre nom soit cité, mais pour Casimir ce fut une autre paire de manches ! Certains milieux ont informé le ministre secrétaire d'État à la Marine. Tous confabulent et exigent que la lumière soit faite sur un crime, à leurs yeux, d'une exceptionnelle gravité. Pensez donc, un assassinat commis contre une femme blanche, veuve d'un ordonnateur de marine aux Antilles, par un nègre esclave – et, de surcroît, en France ! Qu'adviendrait-il aux colonies si le bruit de l'aventure n'arrivait pas en même temps que la nouvelle rassurante d'un châtiment implacable et immédiat ? Les pressions les plus fortes se sont exercées sur M. de Sartine, dont vous connaissez l'opinion éclairée tant sur l'esclavage que sur le principe même de la torture.

— Hé ! que n'a-t-il résisté à cette cabale !

— C'est exactement ce qu'il a fait, donnant à Sanson des instructions de modération. Vous savez l'humanité de notre ami : elles ont été observées à la lettre. Les tourments n'ont été qu'esquissés. Il s'agissait plutôt d'effrayer le prévenu pour le persuader de parler que de le meurtrir pour obtenir n'importe quoi. L'appareil de la question est suffisamment impressionnant pour briser la résistance d'un pauvre esclave accusé d'un crime à mille lieues de son île natale !

Nicolas prit le document et le lut à haute voix.

— « *L'an 1774, le quinzième de janvier en la prison royale du Châtelet, nous, Pierre Bourdeau, inspecteur de police, par délégation extraordinaire de M. le lieutenant criminel et en présence...* »

— Passez, dit Bourdeau, il a répété mot pour mot ce qu'il avait dit auparavant. J'ai souligné à la mine de plomb les passages où apparaissent quelques précisions nouvelles.

Nicolas reprit sa lecture.

— « ... *fait pour la seconde fois attacher le dit Casimir sur le tourment et interrogé sur le fait le savoir s'il n'a pas tenté d'empoisonner sa maîtresse. – Répond : non, et que celle-ci ne l'a jamais maltraité, mais que c'est vrai qu'il lui a souvent demandé de le rendre libre, lui et sa compagne, et qu'elle a toujours refusé, ce dont ledit interrogé a été fort mécontent. Interrogé s'il s'en est ouvert à un tiers. – Répond : il ne veut pas préciser l'identité de la personne qui lui avait donné conseil de passer aux Îles, que l'argent en suffisance était le seul aléa. Interrogé ledit s'il savait que c'eût été là une désertion et qu'il s'exposait à être recherché et sévèrement châtié une fois repris, ce qui ne manquerait pas d'arriver. – Répond : qu'il le savait mais que sa liberté n'avait pas de prix. Interrogé pour connaître d'où provenaient les épices dont il usait à l'occasion de ses préparations. – Répond : que c'était là des graines de Saint-Domingue appelées piments de bouc qui étaient chez lui consommés habituellement. Inter-*

rogé à nouveau sur la présence de M. von Müvala le soir de la mort de sa maîtresse. – Répond : qu'il ne savait rien et ne l'avait vu pour la dernière fois ce soir-là qu'au moment où sa maîtresse lui présentait des parfums dont il s'était enquis. Interrogé pourquoi il avait été à ce moment-là appelé par sa maîtresse. – Répond : qu'elle l'avait chargé de porter une lettre à la poste, qu'il l'avait fait aussitôt et qu'il ne savait pas à qui elle était destinée, ne sachant ni lire ni écrire. Interrogé de savoir si sa maîtresse entretenait commerce charnel avec M. von Müvala. – Répond : qu'il était assuré que non et sa maîtresse était trop entichée de M. Le Floch pour aller chercher son plaisir ailleurs. »

Bourdeau lui tendit un autre papier.

— Voilà le réquisitoire du procureur.

— « *Je requiers*, reprit Nicolas, *pour le roi, attendu ce qu'il résulte de l'état de l'enquête et aux pièces de la procédure, que ledit Casimir, esclave nègre, soit condamné d'être brûlé vif dans un bûcher, qui sera dressé et allumé, à cet effet, pour l'exécution de la haute justice, sur la place de Grève en cette ville. Icelluy Casimir, préalablement appliqué à la question ordinaire et extraordinaire pour avoir révélation de ses complices.* »

— Il va de soi que tout cela est de routine pour accélérer les choses, tant certains sont pressés de le voir convaincu et châtié ! Mais les preuves manquent de sa culpabilité, c'est le moins que l'on puisse dire. Les crimes d'empoisonnement ont toujours déterminé des mouvements insensés. Savez-vous qu'on réfléchit à aggraver les peines ? Il est un magistrat de nos connaissances[1] qui prêche pour que le coupable, arrivé au lieu de l'exécution et étant monté sur l'échafaud, soit renversé dans une chaudière d'eau bouillante.

— Fi, l'horreur !

— Que pensez-vous des propos de Casimir ? demanda Bourdeau.

— Mystérieux truchement, donneur de conseils, poison inconnu, incertitude sur le caprice de Julie pour Müvala, lettre envoyée en pleine nuit, pourquoi et à quel destinataire ? Cet interrogatoire obscurcit plus qu'il n'éclaire ! De plus, il est indigent.

— Exact. J'ai organisé ce soir un conseil de guerre officieux. Semacgus nous reçoit à Vaugirard. Exceptionnellement, Sanson a accepté son invitation. Nous examinerons l'affaire sous tous ses angles, à tête reposée, si toutefois cette partie vous agrée. Catherine viendra aider Awa, cela promet d'être succulent ! M. de Noblecourt aurait bien couru la poste afin d'être des nôtres, mais sa présence risquait d'effaroucher Monsieur de Paris.

— Cela me convient, j'ai besoin de votre amitié à tous. Sans compter le plaisir de retrouver la cuisine française.

Cela lui avait échappé. Il se mordit les lèvres, se traitant d'étourneau. Bourdeau ne releva pas, mais ses yeux se plissèrent d'ironie contenue. Pour faire diversion, Nicolas se leva et fourragea dans un casier où s'accumulaient des notes ou du courrier parvenu à son nom au Châtelet. Son cœur battit la chamade en reconnaissant, sur un petit pli carré avec un cachet de cire rouge, l'écriture de Mme de Lastérieux. À ce premier sentiment succéda l'incompréhension de voir que l'adresse portait « *à Monsieur, Monsieur Nicolas Le Floch, Commissaire de police au Châtelet, rue Montmartre, Hôtel de Noblecourt, vis-à-vis le passage de la Reine de Hongrie* ». Pourquoi, en dépit de toutes ces précisions, cette lettre était-elle parvenue à la prison royale ? Il l'ouvrit, oubliant la présence de l'inspecteur. « *Nicolas, qui ne nous épouse pas s'expose à ce que l'objet de sa flamme lui en fasse ressentir les désagréments, tant sa tristesse est grande de ce délaissement, et aille jusqu'à former des souhaits contre vous. Je ne prétends point me justifier d'une faute trop réelle ni diminuer celle-ci. Croyez que je me méprise autant qu'il est possible d'avoir cédé à un mouvement d'humeur en vous donnant l'impression d'avoir eu la faiblesse de profiter de la présence de ce jeune homme qui ne m'est rien et qui est le moins fait pour que je vous manquasse. Quel que soit le sort que vous me réservez, tant m'a effrayée votre réaction dans laquelle j'ai lu toute la tendresse que vous me vouez, soyez assuré que je ne me croirai jamais assez punie car, j'en conviens, il n'est rien de plus insupportablement odieux qu'une femme coquette sans raison. Venez, je vous en supplie, dès que vous pourrez, on ne peut s'élever au-dessus de ceux qui vous manquent qu'en leur pardonnant. Votre Julie aimante et fidèle.* » Cette voix lui parvenait par-delà le tombeau. Il aurait dû être ému mais, la préciosité du style le gênait comme une incongruité. Sans réfléchir, il tendit la lettre à Bourdeau. Celui-ci la parcourut, regarda l'adresse, la retourna dans tous les sens et médita un moment.

— En vérité, dit-il enfin, les questions les plus intrigantes se multiplient. Que de présomptions, mais que d'incertitudes ! Soyons clair et direct. Les physiques, tout d'abord, celles relevées – avec doute, d'ailleurs – par nos amis lors de l'ouverture du corps de Mme de Lastérieux. Sauf à prétendre que cette femme continuerait à mentir – ce que, ne l'oublions pas, elle n'a cessé de faire tout au long de votre vie commune, en vous dissimulant sa tâche secrète – cette lettre offre un éclairage différent sur la soirée du 6 janvier et son déroulement. Étrange, en effet, de l'avoir écrite et remise à Casimir en présence de Müvala. En outre, je m'interroge sur le destin de ce pli. Selon le serviteur, il a été mis à la boîte la nuit même ; la première chose à vérifier est de savoir où se trouve la plus proche.

Il ouvrit un tiroir du bureau et, après un tri rapide de papiers, il tira une petite affiche imprimée.

— Voyons... C'est un avis dont la publication avait été autorisée par M. de Sartine en date du 13 octobre 1761 afin d'informer le public des usages de la poste. Le bureau... Ah ! Voilà. Le bureau correspondant au domicile de Mme de Lastérieux intéresse tout le quartier du faubourg Saint-Germain, et sa boîte est située rue du Bac entre la rue de l'Université et la rue de Verneuil. Sur chaque lettre doivent apparaître trois timbres. Le premier est une lettre qui distingue les différents bureaux et les boîtes qui en dépendent.

Il montra du doigt une mention au-dessus de l'adresse.

— Voici la lettre F, qui correspond effectivement à celle du quartier. Le chiffre suivant indique le facteur qui a reçu la lettre et sert principalement au bureau pour les recherches que l'on est quelquefois obligé de faire car, comme vous le savez, on met souvent sur le compte de la poste des fautes qu'elle n'a pas commises. Combien ne voit-on pas passer dans ses bureaux de billets d'invitation qui n'y sont apportés qu'après l'heure où la cérémonie devait se faire ? Combien de personnes disent, pour s'éviter une tracasserie, qu'elles ont chargé la poste de lettres qu'elles n'ont même pas écrites ? Combien d'autres ont des raisons de nier d'en avoir reçu ?

Nicolas se pencha par-dessus l'épaule de Bourdeau.

— Et les autres indications ?

— On trouve le quantième du mois sur les lettres qui ne sont pas du quartier. Toutes celles levées dans un même cercle marquées par la même lettre sont remises au plus tard deux heures – et même souvent une demi-heure – après, à leurs destinataires. Les autres passent au triage, mais le délai de remise n'excède pas quatre heures. Or que voyons-nous ? F, quartier de la rue de Verneuil, 7, la date et 1 soit la première des neuf levées quotidiennes. Celle-ci est faite à six heures du matin. Par conséquent, la correspondance de Mme de Lastérieux aurait dû parvenir au plus tard à midi rue Montmartre. Pour quelles raisons n'a-t-elle pas atteint l'hôtel de Noblecourt ? Je remarque que votre amie a, sans doute machinalement, souligné la partie de l'adresse stipulant « *commissaire au Châtelet* ». L'œil du tri a été trop rapide et la lettre mal dirigée s'est retrouvée ici. Inutile d'épiloguer. Je pense que vous avez hâte de rendre compte à M. de Sartine. Je vous laisse. Rendez-vous à cinq heures. Sanson nous aura rejoints et nous accompagnera à Vaugirard. Une voiture vous attend en bas.

Nicolas fit un geste qu'arrêta Bourdeau.

— Non, vous y allez seul ; les secrets doivent demeurer secrets.

Nicolas, après avoir salué le Père Marie, trouva une voiture sous le porche. La neige commençait à tomber en nuées verticales transformant peu à peu la boue des rues en une fange clapotante où les passants s'éclaboussaient. Son équipage croisa la nuée noire des suppôts de justice s'acheminant vers le Châtelet et le Palais. Leur comique procession, mélange de rabats, de robes, de sacs à dossiers, patinait, toute troussée, sur le sol glissant, suivie de la foule des plaideurs dont la clameur montait jusqu'aux derniers étages des maisons. Çà et là des gagne-deniers portaient, juchées sur leurs épaules, des bourgeoises effrayées pour leur faire traverser d'immondes voies débordantes. Un ouvrier soutenant sur son dos un immense miroir ovale faillit tomber, il trébucha et pivota sur lui-même ; Nicolas vit l'image de sa voiture se refléter en oscillant sur la surface polie.

Il n'avait pas fallu beaucoup de temps pour que l'affaire le reprenne tout entier. Elle se compliquait à un point tel qu'il devenait impossible de traiter chaque élément en lui-même. Tous se reliaient en une trame tissée par le crime et la dissimulation. Que découvrirait-on dans la Seine, si on trouvait jamais quelque chose ? Que signifiait cette lettre au style excentrique de préciosité éculée ? Ses phrases contournées exprimaient-elles véritablement les sentiments – les derniers – de sa maîtresse à son égard, ou bien... Il n'osait formuler les folles hypothèses qui lui passaient dans la tête. Et cet inconnu donneur de conseils à Casimir, pourquoi celui-ci, pourtant éloquent sur d'autres points, en taisait-il si obstinément l'identité, au risque d'aggraver les présomptions qui pesaient sur lui et qui pourraient bien l'envoyer à l'échafaud ?

Rue Neuve-Saint-Augustin, il fut, comme à l'accoutumée, introduit sans délai dans le bureau du lieutenant général de police. M. de Sartine écrivait. Un feu d'enfer ronflait dans la cheminée, témoignant de la frilosité du magistrat. Tout à sa correspondance, celui-ci ne leva la tête qu'au bout de quelques minutes. Nicolas observa que la matinée, déjà bien entamée, avait chassé l'heure de la présentation des perruques. Il regretta que le temps lui ait manqué de rapporter à son chef quelque spécimen nouveau, un de ceux qu'il avait admirés dans cette splendide boutique visitée en un éclair lors de son séjour à Londres. Un regard se posa sur lui.

— Monsieur, dit Sartine, nous sommes satisfaits de vous, et encore davantage de vous retrouver sauf, car peut-être avez-vous mesuré combien il est difficile de se plonger dans les affaires secrètes. Vous avez l'air songeur ?

Le « *Monsieur* » n'était pas agressif, ni annonciateur de sarcasmes, mais plein d'une affection contenue.

— À vous dire la vérité, monseigneur, répondit Nicolas, je regrettais d'avoir traversé une boutique de perruquier à Londres et que les affaires du roi ne m'eussent pas laissé le loisir d'en choisir une pour votre collection.

L'œil du lieutenant général de police se plissa d'ironie.

— Serviteur, monsieur ! La seule pensée de votre délicatesse m'emplit de reconnaissance. Donnez-moi l'adresse et M. de Guines, notre ambassadeur, y pourvoira.

— Hélas, les affaires que vous évoquiez...

— Ne vous ont pas laissé le temps de la relever. Le chevalier d'Éon la retrouvera. Contez-moi plutôt par le menu vos aventures.

M. de Sartine manifestait une telle bonne humeur qu'elle encouragea Nicolas à se lancer dans un récit vivant, coloré, et ragoûtant [2] à plaisir. Il savait rendre compte avec les mots appropriés ; c'était là-dessus qu'il avait joué sa carrière, un jour de 1761, dans les petits appartements à Versailles devant le roi et Mme de Pompadour. Il y excellait toujours et la mémoire de ce premier jour fondait l'appréciation du souverain sur « le petit Ranreuil ». Devait-il ce talent aux veillées de son enfance en Bretagne, où un vieux diseur au coin du feu fascinait un auditoire gavé de crêpes et de cidre ? Sartine l'écouta, le menton dans un poing, attentif et patient.

— Mon seul regret, conclut Nicolas, c'est d'avoir échoué avec Morande.

— Ne vous plaignez pas, mon cher, vous avez échappé à la mort. Les dangers dans notre métier se ramassent avec plus de facilité que les succès flatteurs. Vous ignorez d'ailleurs le meilleur : Morande a finalement cédé.

— Comment cela ?

— Oui, un courrier parti de Londres à peu près en même temps que vous est arrivé hier, porteur d'un message m'informant que cette canaille, impressionnée par votre fermeté et par votre réticence à marchander – car vous ne lui avez rien proposé, n'est-ce pas ? – se disait prête à composer. Une escobarderie[3] eût tout gâché ! Vous êtes monté franc à l'assaut sans tergiverser, comme votre père.

Nicolas opina, ému par cette évocation.

— Notre homme s'en est trouvé si inquiet, si bourrelé d'imaginations funestes, si convaincu, en un mot, que votre détermination préfigurait d'épouvantables représailles, qu'il a aussitôt pris langue avec notre agent pour lui annoncer qu'il venait à résipiscence. Il acceptait de recevoir un nouvel émissaire, pourvu que celui-ci fût chargé de propositions financières, en particulier pour l'extinction de ses dettes et une éventuelle pension. Contre tout cela, il s'engagerait à brûler les éditions de son pamphlet avec toutes les garanties qui se doivent prendre lorsqu'on traite à bout de gaffe avec un tel brochet !

— Vous m'en voyez heureux.

— Sa Majesté, à qui j'ai parlé hier soir, chante vos louanges ainsi qu'une dame qui, hélas, crut aimable de vous rencontrer dans les bois de Chantilly. Enfin, Dieu merci, vous êtes là ! Ne comptez pas sur moi pour vous dévoiler les mains qui ont armé vos agresseurs. Tout cela est environné de nuées et je connais bien des gens qui voudraient que celles-ci s'épaississent encore davantage sur cette affaire. Le roi a fort peu goûté qu'on s'en prenne à vous, qui le représentiez. Il lancera des avertissements à la cantonade[4].

— Espérons que les coulisses entendront l'avertissement, soupira Nicolas. Le chevalier d'Éon m'a chargé d'un message pour Sa Majesté au sujet du sieur Flint et des affaires de Chine.

Une main nerveuse vérifia l'agencement de la perruque. Ce mouvement suggéra à Nicolas que son chef s'agaçait devant une question qu'il ignorait.

— Vous verrez le roi, dit-il. Il faut le distraire et vous y parvenez. Ceci étant, qu'en est-il de la triste affaire de la rue de Verneuil ?

Nicolas trouvait que son chef passait bien vite sur les attentats perpétrés contre lui, mais il savait que Sartine devait sauvegarder aussi sa propre situation, soumise aux aléas de la faveur et aux menaces de sournoises cabales. Il commenta les derniers événements sans entrer dans les détails, le lieutenant général de police n'appréciant guère « la cuisine » des enquêtes. Seuls les résultats importaient. Enfin il évoqua la lettre de Mme de Lastérieux, qu'il lui tendit et que celui-ci ignora.

— Inutile, j'ai déjà pris connaissance de sa teneur.

— L'inspecteur Bourdeau agit toujours avec la même promptitude ! fit Nicolas avec un rien d'aigreur.

Sartine sourit.

— Comme vous êtes injuste ! Il n'est pour rien

dans mon information ! Le serait-il, que ce serait son devoir de tout me révéler. Vous êtes payé pour savoir, monsieur, que là où je me tiens, je suis à même, et le seul dans ce cas, de connaître des correspondances particulières pour le bien de l'État et la sûreté de Sa Majesté. C'est un privilège bien lourd.

Il s'était levé et arpentait son bureau à grands pas, soudain irrité.

— Il se trouve que mes bureaux – ce qu'un vain peuple nomme *le cabinet noir* – m'ont soumis cette lettre doublement intrigante. D'une part, parce qu'elle émanait d'un agent stipendié de la haute police – Mme de Lastérieux, pour ne pas la nommer – d'autre part parce qu'elle constituait une pièce importante d'une procédure secrète en cours dans laquelle un homme qui bénéficie de ma confiance se trouve, qu'il le veuille ou non, impliqué au premier chef. Vous n'avez rien à me prouver. Il n'en était pas de même pour le lieutenant criminel dont vous avez déjà éprouvé la... disons... la prudence coutumière. Auriez-vous, par inadvertance ou volonté délibérée de dissimulation, oublié de signaler cette correspondance, que ni le roi ni moi-même n'aurions pu continuer à vous protéger. Or, nous avions raison et votre attitude justifie notre jugement. Et surtout, M. Testard du Lys, qui en faisait une affaire d'État compte tenu de votre position, donnera son *nihil obstat* à votre intervention dans l'enquête qui se poursuit. À moins, dit-il en riant, que ce ne soit que manœuvre machiavélique d'un coupable qui a pressenti ce qu'une feinte franchise lui apporterait. Ne faites pas cette tête, je plaisante.

— J'ai parlé sans trop réfléchir, soupira Nicolas.

— C'est ce qui fait votre charme ! Je peux

comprends que les deux dernières semaines aient pu éprouver la constance la plus affirmée. J'estime que vous vous êtes fort bien conduit et je jubile de clouer le bec au lieutenant criminel. Poursuivez vos investigations et rendez-moi compte.

En sortant du cabinet du lieutenant général de police, Nicolas croisa un homme qui montait quatre à quatre les degrés de l'escalier en sifflant un air d'opéra. Il reconnut M. Caron de Beaumarchais, homme à la mode, et factotum des filles du roi. Ils s'étaient déjà rencontrés chez Madame Adélaïde. Il lui fit promettre de venir lui demander à souper un soir à sa convenance. Un mouvement spontané de sympathie portait le commissaire vers cette figure ouverte et amusante. Il rejoignit sa voiture. Il ne dînerait pas, en prévision de la soirée chez Semacgus. Il décida de se faire conduire chez Me Vachon, son tailleur, rue Vieille-du-Temple. Les péripéties de son voyage n'avaient pas été sans conséquences sur l'état et la solidité de vêtements pourtant promis à un plus long avenir. Il s'attachait à ses habits et les abandonner était toujours pour lui un crève-cœur. Pour pallier cet inconvénient, il commanderait désormais ceux-ci par couples identiques.

Me Vachon apparut égal à lui-même, de plus en plus voûté et diaphane, mais toujours disert et manifestant encore cette autorité qui lui permettait de régner, mi-grondeur mi-paternel, sur une troupe d'apprentis moqueurs, mais prompts à tirer l'aiguille dans le bon sens au moindre coup d'œil sévère du maître. Tout en prenant les mesures de Nicolas, à qui il fit observer ironiquement qu'il prenait de l'ampleur, le tailleur se mit à jaser de menues anecdotes de la ville. Nicolas choisit ses tissus, un satin feuille morte à reflets mordorés pour l'habit et un lainage plus sombre pour le manteau. Les deux couleurs appariées produisaient le meilleur effet. Me Vachon l'entraîna un moment loin des apprentis, dans un recoin de sa boutique où on ne pouvait les entendre.

— Monsieur le commissaire, commença-t-il, je m'en laisse conter beaucoup par les temps qui courent. Le peuple gronde de plus en plus contre Sa Majesté. De mauvaises gens font courir sur lui des bruits désastreux. Oh ! je devine ce que vous supposez. Ce n'est pas cela : le peuple est accoutumé à la conduite privée du roi, elle ne scandalise plus vraiment. En revanche, on dit qu'il dispose d'un trésor particulier et que, pour dispenser ses largesses à la nouvelle sultane, il le grossit par le jeu des actions comme un négociant, mais avec moins de risques parce qu'informé de l'état des finances il peut prévoir la hausse et la baisse. On dit que ces spéculations portent sur le commerce des blés et que Sa Majesté se serait emparée d'un coupable monopole auquel on attribue la disette et le renchérissement des grains. Voilà ! Dites cela à M. de Sartine. Je me crois obligé de vous en faire rapport, en bon citoyen et fidèle sujet.

Nicolas remercia le tailleur qui l'accompagna à la porte, l'air accablé. Ces propos ne le surprenaient pas. Il constatait avec tristesse qu'ils recoupaient ce que les mouches et espions de la lieutenance générale de police répétaient depuis des mois sans parvenir à faire taire la rumeur ni à en déterminer l'origine. Il se rappelait ces bruits recueillis dans les lieux publics et les salons qui, chaque soir, classés avec soin, mis en ordre et rédigés dans l'arrière-cabinet de M. de Sartine, servaient à faire des extraits adressés ensuite aux ministres que ces ragots pouvaient intéresser.

Le réseau serré de ruelles situées entre le quartier du Marais et celui de la Halle, où passait avec difficulté une seule voiture, ralentissait son retour vers la rue Montmartre. Certaines voies étaient si étroites que Nicolas aurait pu toucher les maisons et lire, au gré des arrêts successifs, les innombrables affiches des murailles couvertes de mandements, d'annonces de charlatans, de décisions du Parlement, de sentences du Châtelet, de ventes après décisions de justice, de monitoires, de recherches de chiens et de chats perdus, d'avis de décès, de la réclame d'une représentation exceptionnelle d'un *Theatro di Puppi* sicilien avec au programme le *Roland Furieux* de l'Arioste, enfin l'adresse dix fois répandue d'un fabricant de bandages herniaires élastiques. Les services de M. de Sartine veillaient à ce que la plupart d'entre elles fussent arrachées dès le lendemain, pour laisser la place à d'autres et éviter qu'elles ne finissent par joncher la chaussée. Aussi, la main qui les appliquait défaisait-elle son travail quelques heures après en les déchirant. Parfois des cataractes de neige et d'eau tombaient sur le fiacre, effrayant un équipage qui s'écartait, trop heureux d'échapper aux fragments de tuiles, de plâtre, ou même de plomb, détachés des toits par la tourmente. En dépit du temps exécrable, Nicolas s'amusait de cette propension du Parisien à s'arrêter sur son chemin au moindre objet d'intérêt. Il suffisait qu'un passant levât le nez vers un point quelconque pour qu'aussitôt plusieurs autres en fissent autant, cherchant ce qui avait pu solliciter son attention. Ce peuple difficile et ombrageux, songeait-il, demeurait au fond de lui-même un peuple heureux qui se laissait facilement distraire.

Un moment, la tentation le saisit d'ordonner au cocher de rejoindre la rue du faubourg Saint-Honoré en vue d'une visite inopinée au *Dauphin*

Couronné. Il se voyait, assuré dans sa dignité d'homme meurtri par un mensonge, poser la question décisive à la Satin effarée. Si grande était sa capacité d'imagination qu'il vivait, avant même qu'elles aient eu lieu, les scènes prévisibles de sa vie. Il s'entendait parler et écouter les réponses de son amie. Cette représentation mentale revêtait parfois une telle complexité que son esprit tourmenté choisissait les variantes dont les éléments, soigneusement classés comme ceux d'un dossier de police, déclenchaient des changements de ton, des directions inattendues et des conclusions heureuses ou calamiteuses. Il se figurait ces fictions avec une telle intensité que, parfois, les scènes se mélangeaient au gré de son humeur ou de ses désirs inconscients. Inquiet de son exaltation grandissante, il finit par se convaincre de cesser un jeu cruel qui soufflait le chaud et le froid sur une blessure intime qu'il ne reconnaissait pas encore pour telle, mais dont il ressentait la souffrance. Une nouvelle fois, il ravala au fond de lui ce désir de savoir qui le taraudait depuis sa conversation avec la Présidente, dans une rue de Londres, repoussant à plus tard une démarche inévitable.

Rue Montmartre, Nicolas trouva M. de Noblecourt dans sa bibliothèque. Assis dans un grand fauteuil de tapisserie, il feuilletait un in-folio relié en veau, posé sur une table à jeu. En habit gris, coiffé et poudré, il paraissait rajeuni. Il sourit à la vue du commissaire.

— Que je m'en veux d'être né si tard ! soupira-t-il.

— Et qu'est-ce qui justifie une affirmation si étrange ? demanda Nicolas.

— Né cinquante ans plus tôt, j'aurais vu Molière jouer *Le Misanthrope* ! Combien fades sont pour moi les pièces d'aujourd'hui, hormis peut-être celles de Marivaux, si vrai dans la peinture délicate des passions, mais déjà d'un autre temps, celui de ma jeunesse. Et même pour lui, je nourris des réserves l'estimant trop enclin à agiter des idées afin de les faire se heurter en suscitant de vaines subtilités. Je suis d'accord avec M. Rousseau qui n'entend pas *alambiquer* la vie, car alors on ne trouve que des larmes.

— Vous auriez sans doute été déçu, observa Nicolas. Je me suis laissé dire que l'illustre Poquelin tirait son interprétation vers le comique, les grimaces et le bouffon, et qu'assez vite il a transmis le soin de représenter le personnage au jeune Baron.

— Allons, protesta Noblecourt, ne détruisez pas mes illusions ! Écoutez plutôt cette alliance si parfaite du fond et de la forme :

Ah ! rien n'est comparable à mon amour extrême,
Et, dans l'ardeur qu'il a de se montrer à tous,
Il va jusqu'à former des souhaits contre vous.

Ne sentez-vous pas que l'homme qui a écrit cela a vécu et souffert ? Tant de vérité ne peut conduire qu'à la perfection. Il y a dans ce morceau comme une musique morale. Mais, que vous arrive-t-il ? Vous êtes si pâle ! Asseyez-vous.

Nicolas avait sorti de sa poche la lettre de Mme de Lastérieux. À voix basse, il expliqua à son vieil ami tous les éléments nouveaux de l'affaire.

— Cette lettre, dit-il, m'intriguait par son peu de conformité avec ce que j'étais fondé à connaître de Julie et me semblait d'une préciosité éculée. Je viens d'en comprendre soudain la raison. Elle contient une phrase, « *Il va jusqu'à former des souhaits contre vous* », empruntée sans vergogne à Molière.

— Vous vous laissez abuser, répondit le magistrat. Les mots peuvent s'agencer et les coïncidences existent. L'idée est, certes, recherchée, mais votre amie si raffinée peut très bien l'avoir trouvée d'elle-même, ou bien elle sommeillait dans un des recoins de sa mémoire.

— Vous aurez beau faire, vous ne me convaincrez pas. Une femme, dans le mouvement de la passion, n'irait pas pêcher des citations pour écrire à son amant. En vérité, ou cette lettre respire la perfidie d'un cœur de pierre, ou c'est un faux et je penche pour cette dernière hypothèse. J'appréhende d'autres forfaitures.

Il évoqua le testament qui le faisait seul héritier de la victime.

— Cela signifierait donc, dit Noblecourt, que cet acte tout autant que cette lettre auraient été forgés de toutes pièces ?

— Il ne manque pas dans Paris de mains habiles à ce genre de travail. Le roi lui-même est entouré de secrétaires qui signent et écrivent à sa place. Bien malin qui découvrirait une différence avec l'original !

— Si je vous entends bien, fit Noblecourt pensif, vous attendez de moi que je facilite votre introduction auprès de Me Bellime, doyen de la Compagnie des notaires royaux, le fameux « homme aux chats ».

— L'homme aux chats ?

— Vous comprendrez en montant son escalier. C'est un original. Nous sommes de vieux complices, même s'il est sensiblement plus âgé que moi. Je vais, de ce pas, vous écrire un mot qui vous servira de sésame.

Réveillant au passage le pauvre Cyrus couché sur ses pieds, M. de Noblecourt se leva d'un pas alerte pour tirer une feuille de papier d'un secrétaire. Il la remplit de sa petite écriture rapide, sécha l'encre d'une poignée de sable, la plia en lettre, alluma une chandelle, en approcha un morceau de cire rouge, fit tomber quelques gouttes sur le papier et y apposa son cachet.

— Ne soyez pas surpris par son accueil. Il affecte une certaine incivilité sur laquelle il convient de passer. Quant à votre voyage mystérieux, dit-il en se rasseyant, ne craignez point ma curiosité qui, aussi vive et intéressée soit-elle, n'ira jamais contre le silence d'État. Bourdeau m'a averti.

Nicolas sourit à cette chaîne de mises en garde qui, de Sartine à Noblecourt en passant par Bourdeau, imposait à l'amitié la discrétion et la réserve.

— En revanche, reprit le vieux magistrat en frappant les accoudoirs de son fauteuil, je m'indigne de ce que mes amis – que dis-je, mes enfants – s'éloignent de moi et m'abandonnent solitaire rue Montmartre où je vais me morfondre de dépit et d'envie à imaginer leurs gorgiasques[5] agapes de ce soir !

— Vous êtes bien à plaindre, s'esclaffa Nicolas, entouré des égards de ceux qui ont souci de votre santé et qui, connaissant votre gourmandise naturelle, souhaitent vous éviter une tentation qui vous vaudrait une triple attaque de goutte, alors que vous voilà gaillard, alerte, dispos, frais, disert, de vingt ans rajeuni...

— Las ! Tout flatteur...

— Point du tout, je décris l'évidence. Outre cela, c'est surtout Sanson que nous ne voulons pas effaroucher. Il éprouve pour vous un tel respect que votre présence le paralyserait. Or, nous avons besoin de lui pour évoquer notre affaire.

— Je reçois mieux cet habile argument, tout barbouillé de jésuitisme qu'il soit, sourit Noblecourt. Mais je me vengerai en Carême en vous faisant servir à tous du poisson sentant la caque !

Nicolas s'enfuit en riant et remonta dans son appartement pour faire un brin de toilette. Il allait partir quand il songea soudain à ses clefs. Il fouilla sans les trouver les poches du manteau qu'il portait en Angleterre. L'inquiétude le saisit : son trousseau, qui comprenait les clefs de l'hôtel de Noblecourt et celles de l'appartement de Mme de Lastérieux, était noué d'un ruban bleu que lui avait offert sa maîtresse. Se pouvait-il qu'il eût glissé à son arrivée, lorsqu'il était tombé dans les bras des mitrons après sa chevauchée insensée ? Il descendit interroger Poitevin et Marion, puis les garçons de la boulangerie. Personne n'avait entendu parler du trousseau. Ainsi, sauf à ce que Catherine, déjà à Vaugirard chez Semacgus, possédât des lumières sur la question, l'objet paraissait bel et bien égaré. Cette constatation l'angoissa. Il se sentit glacé en revivant l'épisode d'Ailly-le-Haut-Clocher. Sur le coup, rien ne lui avait semblé avoir été dérobé. Il ne parvenait pas à se souvenir de la dernière fois qu'il avait tenu le trousseau en mains. Était-ce après son ultime incursion rue de Verneuil ? Il fit un effort de mémoire ; durant cette terrible nuit, il était revenu rue Montmartre, la porte étant ouverte, comme de coutume, lorsque M. de Noblecourt recevait à souper. Au fond, les clefs s'étaient peut-être égarées lors de son errance la nuit du crime, dont les détails lui échappaient toujours, ou encore lors de ses chutes sur le chemin de Calais à Paris ? Soudain, un détail lui revint. Durant la mise en scène organisée pour passer de son demi-fortune à sa berline de voyage dans la rue Neuve-des-Petits-Champs, il avait craint de perdre l'objet et sa main l'avait serré dans sa poche pour l'empêcher de glisser. Cela réduisait les hypothèses à son voyage en Angleterre. Il demanda à Poitevin de laisser la clef du petit escalier menant à sa chambre dans l'angle d'une fenêtre où personne ne songerait à la trouver. Il ne voulait pas, en effet, le réveiller quand il rentrerait fort tard de Vaugirard.

Sa voiture le ramena au Châtelet. Le mauvais temps connaissait une accalmie, alors que s'allumaient les lumières de la ville. Sanson en habit vert et Bourdeau en gris souris l'attendaient sous le porche, devisant avec Rabouine. Celui-ci avertit Nicolas qu'il poursuivait ses recherches concernant Müvala, dont rien n'indiquait qu'il avait franchi les limites du royaume. La voiture s'ébranla et emprunta l'itinéraire habituel que Nicolas parcourait plusieurs fois par mois depuis sa première rencontre avec Semacgus. Défilèrent le Pont-Royal, la masse imposante des Invalides et la barrière de Vaugirard. Quelques étoiles commençaient à scintiller dans les trouées du ciel. Les hauteurs de Meudon demeuraient comme murées par une accumulation de nuages bas, bleu sombre comme une encre. Ce ciel d'ardoise semblait s'étendre et gagner peu à peu les faubourgs de l'ouest. La neige ne tenait pas et les roues du fiacre éclaboussaient, en de longues giclées noires, les rares passants qui se hâtaient pour rentrer au logis.

La massive demeure de Semacgus surgit comme un havre de paix. L'extérieur était éclairé de lanternes. Au travers des vitrages, on devinait l'activité d'une maisonnée dans l'attente de visiteurs. La haute silhouette du chirurgien de marine s'encadra dans la porte de l'office. Les hennissements des chevaux lui avaient signalé leur arrivée. Il avait tombé l'habit et portait un tablier. Sanson fut chaudement accueilli et sortit aussitôt du mutisme qu'il avait observé tout au long du chemin.

— Je prêtais la main à Catherine et à Awa, dit Semacgus.

— Et pour quelle opération ? demanda le bourreau qui se penchait, curieux, sur les plats en préparation.

— Ah ! pour la délicate opération qui consiste à pocher des boudins de foie gras et de chapon ! Cela se doit combiner dans du lait, lequel ne doit pas bouillir, mais clapoter tout doucettement sans détruire l'harmonie des ingrédients et, surtout, sans crever le délicat boyau qui les contient.

— Voilà qui promet, dit Bourdeau, les narines largement ouvertes et la tête levée comme un chien à l'arrêt. Et que disposez-vous dans ces fragiles merveilles ?

— Un quarteron coupé bien menu de panne de porc, un hachis de foie gras et de chair de chapon en quantités égales, fines herbes, ciboule, sel, poivre, muscade, clous pilés, six jaunes d'œuf crus. Je mêle le tout et l'introduis dans des petits boyaux de porc.

Semacgus les entraîna dans son cabinet de travail, où la table était dressée. Ils prirent place autour du feu qui ronflait dans une grande cheminée de pierre blonde. La pièce était encombrée des curiosités glanées par leur hôte dans ses périples outre-mer. Il y avait là de multiples objets, animaux exotiques naturalisés, minéraux, tissus barbares, herbiers et autres vestiges. Nicolas se sentait toujours transporté bien loin dans cette pièce : elle offrait un dépaysement identique à celui procuré par la lecture des récits des voyageurs et des navigateurs et éveillait en lui la soif du grand large.

Catherine apporta une bouteille de ratafia qu'elle se mit en devoir de servir à chaque invité.

— Cela nous rappellera le bon vieux temps du *Dauphin Couronné*, dit Semacgus, quand la Paulet régalait ses pratiques avec les envois d'un de ses galants des Antilles.

Cette remarque raviva la hantise de Nicolas. Il se rappela avec un pincement au cœur que le chirurgien de marine avait été l'amant éphémère de la Satin, pensionnaire de la maison de plaisir. Il se calma en réfléchissant qu'alors l'enfant en question était né depuis longtemps.

— Messieurs, dit Bourdeau, nous voici réunis pour célébrer l'amitié et, ce faisant, pour aider Nicolas à élucider la triste affaire que vous connaissez. Quels sont les fruits de vos réflexions qui pourraient ouvrir de nouvelles voies ?

— Moi, dit Semacgus, j'ai fait une découverte dont vous me direz si, comme je le crois, elle est susceptible de nous intéresser. Vous savez que je suis engagé dans un vaste travail, un herbier général. Il me conduit à fréquenter le Jardin du roi et ses collections admirables. J'ai retrouvé, il y a peu, un homme que j'estime et qui est un maître en la matière. : M. Duhamel du Monceau [6], à la fois herboriste et le praticien le plus éminent de notre construction navale.

— À quelle occasion l'avez-vous rencontré ? demanda Nicolas.

— Il est l'auteur d'un ouvrage sur l'art de conserver la santé aux équipages des vaisseaux du roi. Il souhaitait alors bénéficier de l'expérience d'un chirurgien de marine ayant beaucoup navigué. Lors de nos retrouvailles, je lui ai parlé de nos fameuses graines. Il est formel ; s'il s'agit du piment bouc, celui-ci n'est pas capable de déterminer les effets toxiques constatés. Il m'a suggéré que le piment servait peut-être de masque à une autre substance inconnue et plus vénéneuse.

— Le témoignage de Casimir nous fait tourner en rond, observa Bourdeau. Il cuisine un poulet. Or, le poison n'est pas dans le poulet : on le retrouve dans le lait de poule destiné à Mme de Lastérieux. Casimir a vu Nicolas, qui le certifie lui-même ; or, il feint de ne point l'avoir croisé. Il nous dit que Müvala a passé la soirée rue de Verneuil et, dans le même temps, renâcle à envisager que sa maîtresse ait nourri le moindre faible pour ce godelureau. Que de contradictions !

— En vérité, dit Sanson, ma modeste expérience – je dirais plutôt mon intuition, moi qui l'ai questionné – m'incite à penser qu'il mentait.

— Mais pourquoi ce mensonge ? demanda Bourdeau. C'est à croire que quelqu'un le pousse ou le force à dissimuler la vérité.

— Résumons la chose, dit Semacgus. Il me semble que Bourdeau pose la bonne question. Qui, dans cette affaire, a intérêt à ce que les soupçons pèsent de telle manière qu'ils finiront par accabler un commissaire au Châtelet ? Un confrère jaloux, un rival ou un de ces criminels confondus naguère par l'intelligence de notre ami ?

Nicolas se mordait les lèvres d'impuissance, se trouvant dans l'impossibilité d'orienter ses amis en leur révélant la face cachée de l'affaire : le fait que Mme de Lastérieux était un instrument de la haute police. Elle-même subissait sans doute un chantage odieux ou des pressions. Et que dire des attentats contre Nicolas, dont le lien avec le crime de la rue de Verneuil n'était d'ailleurs pas prouvé ? Comment comprendre l'espèce de haine rageuse accumulant les fausses preuves comme si, non seulement désireux de le détruire, l'ennemi invisible entendait le déshonorer en le traînant à l'échafaud. Que serait-il devenu sans l'aide et la confiance de ses amis et du lieutenant général de police, pour ne pas parler de celles du roi ?

Un triple éclat de rire le tira de sa réflexion.

Catherine, toute drapée à l'africaine dans une masse ondulante de jaune et de rouge, annonçait le souper, sa large face camuse surmontée d'un superbe madras noué. Derrière elle, et se battant les flancs d'allégresse, Awa jouissait de la surprise des convives. Ils prirent place à une petite table dressée près de la fenêtre. Semacgus sortit un papier de sa poche.

— Messeigneurs, annonça-t-il, voici le menu. Une galantine d'oseille de haricots à la bretonne. En votre honneur, monsieur le commissaire. Ensuite, des oreilles de porc à la barbe Robert, que suivront des boudins de foie gras et de chapon. Enfin pour la bonne bouche, un grand poulpeton[7] de poissons préparé par Dame Catherine Gauss, ancienne cantinière des armées du roi. Un entremets de choux-fleurs au parmesan, un gâteau à la Bavière et une brioche fourrée à la gelée de gratte-cul.

Il y eut des cris d'enthousiasme.

— Et quels nectars arroseront tout cela ? s'inquiéta Bourdeau.

— Vins rouges claret de Bordeaux, en provenance de Fronsac, cadeau du maréchal de Richelieu à M. de Noblecourt qui m'en a fait tenir quelques bouteilles dans la délicate attention d'être malgré tout présent à ce souper. Elles seront bues à sa santé et...

Il sortit une bouteille allongée d'un rafraîchissoir.

— ... un vin de Rhin, un *eiswein*, plus communément appelé vin de glace. Imaginez le raisin forcé à une maturation extérieure par la brume automnale, ce qu'on appelle le *traubendrücker*, le presse-raisin. Une gelée subite et l'eau réduite à l'état de glace reste sur le pressoir, abandonnant à la cuve un extrait d'huiles sucrées et parfumées.

— Et où trouve-t-on cette merveille ?

— Dans le Rheingau allemand, près de Johannisberg.

— J'ignorais, dit Nicolas, votre connaissance de cette langue.

— Que n'ignorez-vous encore de moi..., répondit Semacgus, énigmatique.

Le souper se déroula comme une symphonie bien réglée. Sanson se révéla, après la réserve du début, un convive fort disert, bien davantage qu'en présence de sa femme. La suavité du vin de glace et l'alacrité du fronsac animaient les conversations. Awa virevoltait autour d'eux. Parfois sa main s'appuyait avec une tendresse non feinte sur l'épaule de Semacgus. Leur connivence nouvelle s'imposait à tous et l'incorrigible libertin semblait s'être acheté une conduite. Nicolas supposait qu'une alerte de santé avait ramené un peu de raison dans cette vie agitée et convaincu le chirurgien de marine des charmes de la vie d'un logis accueillant, où son tempérament trouvait licence dans les agréments d'une liaison ancillaire. Les conséquences de cette conversion se lisaient heureusement sur les traits d'un homme longtemps abonné aux nuits d'abandons ; son visage vermeil et reposé resplendissait d'une dignité nouvelle, sans les stigmates de naguère. Le sommet du souper fut atteint avec l'apparition du poulpeton de poissons. Catherine fut convoquée pour en débiter la recette.

— Alors, mezieux, il faut vaire un hachis d'anguilles et de carpes. Pour la carpe, Awa a tenu la grosse bête une semaine dans un baquet d'eau pour lui faire berdre toute odeur de vase. Enzuite, il faut assaizonner avec sel, poivre, muscade et, zou, le hachis dans une huguenote de terre [8] dont les flancs sont frottés de beurre fin. Les peaux de la carpe placées tout autour par le dedans, vous mettez la chair hachée de l'épaisseur d'un demi-pouce depuis le bas jusque le haut et remplissez dessus de truffes, morilles, foies de brochets, langue de carpe, le tout manié de beurre. Vous couvrez le tout avec de la farce comme un bâté. Vous fermez avec une assiette d'argent et faites cuire devant le feu en tournant. Enfin, il reste à renverzer sur un plat creux et arroser de jus de citron et de pistaches mondées.

Les applaudissements éclatèrent, empourprant de fierté le visage de Catherine.

— Ce qui est délicieux, dit Nicolas, toujours amateur des contrastes en cuisine, c'est le croustillant de la surface et la suavité des couches intérieures.

— Le délectable des langues et des foies de poissons qui densifient sans alourdir et l'arôme qui s'exalte de tout cela, renchérit Bourdeau.

— Arrosons ! Arrosons ! chantait Sanson qui avait tombé la veste de son bel habit vert et brandissait son verre. Voici le véritable népenthès[9] qui vous rend joyeux et vous délivre des sombres et noires pensées !

Ils continuèrent à évoquer les spectacles à la mode et les rumeurs de la ville. Semacgus rapporta même le bruit de policiers arrêtés à Londres pour avoir voulu assassiner Théveneau de Morande, auteur de pamphlets infâmes. Nicolas ne broncha pas. Plus tard, alors qu'ils devisaient en sirotant, suivant l'habitude de la maison, un vieux rhum de la collection de Semacgus, liqueur qui avait pour le moins fait deux fois le tour de la terre, la conversation revint sur l'affaire de la rue de Verneuil. Ce fut Bourdeau, qui sans y toucher, réorienta les propos qui divaguaient.

— Messieurs, il y a un détail que je souhaiterais voir précisé pour la clarté de l'enquête et la sécurité du commissaire Le Floch.

La solennité de l'exorde rétablit l'attention dissipée par les vapeurs de l'alcool et par l'assoupissement consécutif au festin.

— Mme de Lastérieux, poursuivit-il, a-t-elle eu commerce charnel le soir de sa mort ? Aucun d'entre vous ne m'a paru affirmer de façon certaine la réalité de ce fait lors de l'ouverture du corps.

Sanson et Semacgus, dégrisés, se regardaient sans qu'aucun se décidât à répondre.

— C'est que, dit enfin le chirurgien de marine, rien n'est assuré en l'occurrence.

— Enfin, dit Bourdeau, c'est oui ou c'est non ?

— Pour dire le vrai, les deux possibilités existent.

— L'état des organes n'infirmait aucune des deux hypothèses, ajouta Sanson.

— Soyez plus précis, de grâce.

— Enfin, se décida Semacgus, songez qu'il y a divers moyens pour faire croire que conjonction il y a eu, et cela en fonction de ce que l'on recueille sans pourtant qu'il se soit rien passé...

— J'insiste, dit Bourdeau. Cela est essentiel. Tout le mystère de cette soirée et de ce qui en découle encore aujourd'hui dépend pour une large part de ce que le maître de chapelle inconnu tente de faire accroire : à savoir que Nicolas a passé ce soir-là une partie de la nuit avec sa maîtresse.

— En conscience, conclut Semacgus approuvé par Sanson, il nous est impossible de nous prononcer. Une mise en scène est toujours possible...

Alors que tous se taisaient, pensifs, des bruits sourds et répétés se firent entendre. Awa reparut pour dire qu'un homme demandait l'inspecteur

Bourdeau. Il se leva et suivit la cuisinière. Il revint presque aussitôt.

— Messieurs, la danse macabre continue. L'esclave Casimir a été découvert mort, empoisonné, dans sa cellule du Châtelet.

VIII

CUL-DE-SAC

> Étranges accidents, ceux d'autrefois,
> ceux d'aujourd'hui
> D'heurs en malheurs nous font tour-
> noyer
> les remous du sort.
>
> *Euripide*

Mercredi 19 janvier 1774

Il était un peu plus de minuit. Ils décidèrent de rentrer aussitôt à Paris. Semacgus tint à les accompagner, il souhaitait examiner la victime avec Sanson. Tous étaient sous le coup de l'annonce de la mort de Casimir. En raison d'une température étrangement remontée, le brouillard se formait, enveloppant les jardins des faubourgs de nuées de plus en plus épaisses. En ville, où l'humidité se combinait avec les fumées de mille cheminées, le phénomène s'aggrava, rendant difficile la progression de la voiture. Les chevaux renâclaient à avancer dans cet inconnu mouvant. L'approche du fleuve multiplia les risques ; on ne distinguait plus rien, ni les lanternes ni les flambeaux que de rares noctambules portaient pour se diriger.

Un moment, le cocher en fut réduit à descendre de son siège pour conduire l'attelage en tâtant le sol et les obstacles du pied et de la main, pour relever le coin des rues. Nicolas, pour rompre un silence oppressant, rappela à ses compagnons que, quelques années plus tôt, les brouillards d'hiver avaient atteint une telle densité qu'on s'avisa de louer à l'heure des aveugles de l'hôpital des Quinze-Vingts. Ils guidaient piétons et voitures en plein midi dans tous les quartiers. On allait jusqu'à leur offrir cinq louis de récompense, si précise était leur connaissance de la topographie de Paris, supérieure même à celle des dessinateurs et graveurs des plans de la ville. Aucune remarque ne relança la conversation. À partir de la sortie du Pont-Royal il fut plus aisé de s'orienter. Le cocher regagna son siège et se contenta de suivre les quais jusqu'au Pont-au-Change, proche du Châtelet.

Des exempts, l'air grave, des gardes et des geôliers s'agitaient en tous sens dans la vieille prison royale. Nicolas et ses compagnons furent conduits au premier étage où le prévenu, maintenu au secret, bénéficiait d'une cellule plus grande, sans commune comparaison avec les cachots abjects, pourris d'humidité où l'air et la lumière ne pénétraient que par des soupiraux au ras du sol. Une odeur fétide les accueillit dès leur entrée et, à la lueur des torches, ils devinèrent une forme recroquevillée sur la paillasse. Couché sur le côté, les jambes pliées, les deux mains crispées à hauteur de l'estomac et la tête aux yeux ouverts et injectés rejetés en arrière, Casimir semblait vomir une purée sanglante. Pendant que Sanson et Semacgus s'affairaient autour du cadavre, les deux policiers examinaient avec soin la cellule. Nicolas détestait ces circonstances qu'il avait connues auparavant à plusieurs reprises ; il s'en voulait toujours de la mort d'un détenu, surtout en cas de suicide. L'image d'un vieux soldat jeté dans le crime par la misère resurgissait alors comme un remords[1]. Il repéra aussitôt sur un escabeau une assiette de faïence avec un reste de fricot composé de cervelas et de haricots. Il porta à son nez un cruchon de terre ayant contenu, à ce qu'il sentit, du vin d'assez bonne qualité. Tout cela était si éloigné de l'ordinaire de la prison qu'il en avisa Bourdeau, lui enjoignant de tout faire pour connaître la provenance de ces victuailles.

— Vous noterez la cuillère, dit Bourdeau. En argent, ma foi ! Cela est transparent !

— C'est bien ce que je pense : tout indique un traitement « à la pistole ». Dire qu'on place ce prévenu au secret pour éviter les incessantes collusions vérifiées chaque jour entre visiteurs et détenus, et voilà ce qui arrive ! Un témoin essentiel, le rare fil solide d'un nœud embrouillé, se rompt entre nos doigts.

Deux gardes apparurent, portant un brancard. Le corps y fut placé et aussitôt conduit à la basse-geôle escorté par le bourreau et le chirurgien. Nicolas et l'inspecteur consacrèrent près d'une heure à interroger les geôliers. Il s'avérait que, vers huit heures de relevée, un homme, ni vieux ni jeune, ni grand ni petit, dont aucun détail n'attirait l'attention et qu'aucun n'aurait pu reconnaître, s'était présenté, habillé en valet de cuisine, pour livrer une portion destinée à Casimir. Quelle que fût la surprise des gardes, aucun doute ne les avait effleurés. L'affaire pour laquelle l'esclave était emprisonné demeurait à leurs yeux mystérieuse et le traitement qu'on lui réservait inhabituel. Comment se faisait-il qu'il disposât d'une cellule confortable ? Le comble était que l'homme avait excipé du nom du commissaire Le Floch et que son affirmation avait levé toute réserve éventuelle. Peu après que le repas eut été remis au prisonnier, des gémissements se firent entendre. Le temps d'ouvrir la porte, le pauvre nègre agonisait déjà ; il était mort en quelques minutes.

Quelle maîtrise, pensait Nicolas, dans l'exécution du mal ! Quoi de plus simple, en effet, qu'un inconnu, sans doute grimé et usant d'un nom officiel, et qui livre, comme l'autorise l'usage, un plat acheté et confectionné à l'extérieur de la prison. Celui-ci est confié au gardien, on précise que son prix a été réglé, il n'est même pas besoin d'un contact direct avec la victime qui, sans soupçons et heureusement surprise de cette amélioration inattendue de son ordinaire, se jette sur cette pitance. Quelle lâcheté et quelle perfidie ! Nicolas frémit en songeant que de nouvelles accusations auraient pu s'ajouter à d'autres portées contre lui, sauf qu'en la circonstance rien dans son emploi du temps de la veille ne permettait de le faire : jamais il ne s'était trouvé seul. Il y avait fort à parier que le meurtrier inconnu ne le savait pas, ce qui tendait à prouver qu'il n'était plus sur la piste de Nicolas, pour le moment du moins.

L'ouverture du corps de Casimir eut lieu en début de matinée, aussitôt que les deux praticiens eurent récupéré les instruments nécessaires et quelques rats. L'opération fut rapide et concluante : le prisonnier avait été empoisonné par une substance inconnue contenue dans les aliments. Mais cette fois, ce poison ne dépendait plus de la présence d'épices particulières. Nicolas en tira une certitude : si des fragments de graines pilées avaient été retrouvés dans le lait de poule de Mme de Lastérieux, celles-ci, inoffensives, ne pouvaient y avoir été ajoutées que pour faire porter le soupçon sur Casimir et, par-delà celui-ci, sur Nicolas. Les mêmes effets produisant les mêmes causes, tout conduisait à envisager un coupable unique, répétant habilement son procédé. Dans ce dernier cas, cependant, le coupable n'avait pas cherché à dissimuler la nature du produit homicide. Quant à retrouver le prétendu garçon de cuisine parvenu jusqu'au cœur de la prison, autant, disait Bourdeau, rechercher une aiguille dans une botte de foin. Si, déjà, Müvala et les autres jeunes gens présents rue de Verneuil s'étaient dissipés dans l'atmosphère au point que l'on pouvait douter de leur existence, il serait sûrement impossible de déterminer l'identité de l'assassin de Casimir.

Nicolas demanda à Bourdeau d'interroger à nouveau Julia, la compagne du mort, prostrée et presque idiote depuis leur arrestation. Enfin il déclara la levée du ban et de l'arrière-ban de toutes les mouches et suppôts de police de la capitale avec une mention particulière pour Tirepot, dont l'habileté et la sagacité faisaient merveille. Rabouine coordonnerait l'opération et centraliserait les informations au bureau de permanence du Grand Châtelet. En même temps qu'il donnait ses ordres, le commissaire essaya de mettre au clair une pensée fugitive qui lui traversait l'esprit au sujet du piment bouc. Il lui semblait qu'un élément capital, oublié jusqu'à présent, tentait de remonter à la surface de sa conscience. Il ne se força pas, convaincu qu'elle réapparaîtrait au moment voulu, comme cela lui arrivait fréquemment.

Il sortit du Grand Châtelet pour se rendre chez le doyen des notaires royaux. Le vent s'était levé, s'engouffrant dans le lit du fleuve, repoussant nuages et brouillard. Des quartiers de ciel bleu se découpaient, formant une sorte de damier au-dessus de la ville. Me Bontemps, comme beaucoup de vieillards, devait se lever de bonne heure, mais le prendre au saut du lit eût par trop enfreint les règles de la bienséance et Nicolas devait s'efforcer de se concilier un original dont il attendait beaucoup. Il partit à pied, se félicitant d'avoir gardé ses bottes de cavalier quand il se vit patauger dans une boue presque liquide. Il dut se dépêtrer contre son envahissement sur les quais de Bourbon, de la Mégisserie et de l'École. Il obliqua à main gauche pour rejoindre la rue Saint-Honoré par la rue des Poulies. La rue Saint-Thomas du Louvre descendait vers les galeries du palais dont les hauts bâtiments se profilaient dans sa perspective. Me Bontemps logeait dans une maison cossue, située juste en face de l'hôtel de Longueville. Celuici, acquis par la ferme générale, abritait une annexe de sa direction centrale. M. de Sartine lui avait expliqué quelle puissance la Compagnie constituait dans l'État. Les bâtiments lui appartenant se multipliaient. M. de La Borde disait qu'on n'arrêterait pas les fermiers généraux, qu'ils préfiguraient l'avenir, que la direction générale comptait sept cents personnes, bien davantage que pour servir les ministres du roi. Trente mille employés dépendant directement ou indirectement de l'institution s'agitaient pour elle dans tout le royaume. Nicolas avait découvert avec surprise que les administrateurs étaient recrutés sur concours, recevaient une préparation à leurs fonctions, étaient notés tout au long de leur vie et touchaient une pension de retraite assurée par participation conjointe de la Compagnie et des employés à un fonds prévu pour cela[2]. Le peuple ne cessait de gronder contre cette puissance tenue pour responsable du poids des impôts et de la dureté des temps.

Le commissaire se présenta à l'étude, se félicitant d'avoir placé dans le revers de la manche de son habit la lettre de recommandation de M. de Noblecourt. La traversée des bureaux ranima les souvenirs de sa jeunesse à Rennes, avec ce remugle d'encre, de parchemins, de moisissures et de sueurs malsaines d'hommes jeunes confinés toute la journée à noircir les minutes, dans le grincement agaçant des plumes sur le papier. Les têtes adolescentes qui se levèrent timidement à son passage lui renvoyèrent sa propre image passée. Au fur et à mesure de sa montée dans l'escalier, une pénétrante odeur de pissat de chat lui pinçait les narines à un point tel qu'il dut user de sa tabatière à priser, habitude d'ordinaire réservée aux séances d'ouverture de la basse-geôle. Il fut accueilli au premier étage par un valet âgé, tout vêtu de noir et portant une fraise dont le blanc godronné, lavé et relavé, tirait sur le gris.

Le logis était vaste, sombre et poussiéreux. Il fut, à l'instant, environné et comme paralysé par des dizaines de chats qui surgissaient pour inspecter l'intrus. Les uns le caressaient, les autres, plus méfiants, se tenaient à distance et crachaient leur irritation de son intrusion. L'antichambre lui donna l'impression de pénétrer par effraction dans un tableau du début du siècle précédent. De hauts buffets de chêne noirci disposés contre des murailles recouvertes de cuir gaufré accentuaient la comparaison. On le fit entrer dans un cabinet-bibliothèque dont les murs étaient tapissés d'étagères remplies d'in-folio. Un gigantesque lampadaire de sanctuaire éclairait l'ensemble, tout dégoutant de cire.

Blottie dans des coussins sur une cathèdre au dossier raide, une petite forme tout enveloppée de fourrure ne laissait pointer qu'une tête chauve édentée dont les yeux, au travers de bésicles aux verres grossissants, le fixaient d'un regard étrange et sévère plein de fureur rentrée. De dessous les fourrures surgissaient, à divers étages, des têtes de chats qui considéraient le visiteur avant de disparaître dans le corps qui les abritait.

— Qu'est-ce qui me vaut le dérangement de votre visite ? fit une voix grinçante.

— Maître, dit Nicolas, votre ami, M. de Noblecourt, m'a prié de vous remettre ce pli.

Il fit un pas vers le notaire, mais un énorme chat noir se dressa et se mit à feuler, tout hérissé et la queue tordue de lents mouvements serpentins.

— La paix, Ajax, bonne bête !

Le chat se retira à pas lents, l'air offensé. Le notaire prit la lettre et la lut.

— Ce vieux brigand se rappelle que je suis encore en vie quand il a besoin de moi ! grommela-t-il. Je suis bien bon d'en passer par ses désirs. Que voulez-vous ? Prenez place.

Nicolas regarda autour de lui et aperçut un tabouret tapissé. Il allait s'y asseoir quand le vieux notaire se mit à hurler.

— Pas là, misérable ! C'est la niche de Friquette. Elle s'y clapit avec sa portée, elle va vous sauter aux yeux.

Ne sachant où s'installer, Nicolas préféra rester debout. La pièce semblait s'animer dans une odeur épouvantable. Des régiments de chats sautaient des bergères, apparaissaient sous les coussins, surgissaient de derrière les livres et descendaient en les griffant les rideaux de brocart. Une rixe éclata et les félins s'affrontèrent dans une mêlée confuse, jusqu'au moment où le maître de maison rétablit l'ordre en faisant claquer la mèche d'un petit fouet. Chaque bête regagna sa cachette en distribuant quelques ultimes coups de griffes. Nicolas put enfin s'expliquer.

— Une enquête criminelle, commença-t-il, me conduit à m'interroger sur la brillante et rapide carrière d'un de vos jeunes confrères, Me Tiphaine.

— Viroulet, vous êtes un misérable ! Allez faire votre ordure ailleurs que sur votre maître.

Le notaire sortit de son sein un chaton cueilli par le cou, les yeux clos, qu'il jeta un peu plus loin sur le tapis après l'avoir baisé sur le nez. Il s'essuya les mains en caressant les fourrures.

— Ce sont là, dit-il à l'attention de Nicolas, les peaux parfaitement tannées de leurs grands-parents. J'ai grand plaisir à les porter. Ils soignent mes douleurs et m'épargnent par leur chaleur des dépenses excessives de bois. Me Tiphaine ? Et qui vous dit que j'ai envie de vous en parler ? Que n'allez-vous quérir vos renseignements auprès de vos mouches, monsieur l'exempt ?

— Il m'apparaît légitime, dit humblement Nicolas, de m'adresser d'abord au doyen de la Compagnie. Je suis persuadé que celui-ci ne peut qu'approuver une démarche aussi louable, conforme et utile au service du roi.

— Mouais, monsieur le doucereux, on dirait Croquet quand il veut du mou. Doyen, doyen ! Je m'en passerais bien, croyez-moi. C'est une affaire de survie ; ils me guettent. Heureusement mes chats me prolongent... Je préférerais être vert comme à l'époque où, avec Noblecourt, nous courions la gueuse chaque soir...

Nicolas se promit de répéter cela à son vieil ami.

— Tiphaine... Hum ! Une petite mazette fort répandue qui n'a d'étoffe pour rien et surtout pas pour notre vénérable Compagnie. Il y a apparence que les règles n'aient pas été observées. Il n'a pas vingt-cinq ans. Il a dû obtenir une dispense royale, ce qui n'est pas aisé. Il n'a pas accompli ses cinq années comme clerc de notaire. Quant à l'enquête sur la vie et les mœurs de ce personnage, il aurait fallu faire le tour de tous les bordaux et maisons de jeux de la ville pour y interroger les mères, les maquereaux et les filles et autres greniers à chaude-pisse ! Et je ne parle pas des piliers de pharaon ! Ah ! le beau notaire tout rompu aux usages que voilà ! Au vrai, il ne fera rien d'autre que foutinnabuler[3].

Un gros chat gris des Chartreux, engoncé dans sa triple fourrure, égratignait d'une patte le bout de la botte de Nicolas excédé. Heureusement, la boue avait couvert le cuir d'une gangue protectrice.

— Certains confrères se sont confiés à moi, reprit Me Bontemps. Je me suis laissé dire...

La forme fourrée se pencha et fit approcher Nicolas.

— ... Je me suis laissé dire que l'argent nécessaire pour l'achat de cette charge venait tout droit d'un haut personnage qui souhaitait disposer d'un tabellion à sa main qui lui devrait son élévation. Le montant de la somme a surgi par miracle en écus bien sonnants dans des sacs scellés du contrôle général[4].

— Vous supposez donc qu'un...

— Rien, rien. Je n'ai rien dit, je ne m'étonne de rien. Les temps sont ainsi. Vous m'avez compris. Vous entendez bien chat sans qu'on puisse dire minou[5]. Oubliez-moi et partez, c'est l'heure du repas de mes enfants.

Le valet apparut, portant des plats chargés de viandes diverses. Ce fut un hourvari, des glapissements et de nouvelles mêlées. Nicolas salua et, sans demander son reste, se retira. Dans sa voiture, il constata que ce bref entretien confirmait tout ce que lui-même et Bourdeau appréhendaient. La charge de Me Tiphaine, acquise dans des conditions troubles en dehors des règles normales, constituait le gage d'une fidélité achetée et prête à toutes les compromissions. Dès lors, une descente et un nouvel interrogatoire au domicile de l'intéressé risquaient d'aller à l'encontre des buts recherchés. Il fallait soumettre le manuscrit du testament à un expert dans la comparaison des écritures qui établirait, sinon une certitude, au moins une présomption en cas de faux, et placer sous haute surveillance le jeune notaire pour mieux connaître ses entours et tenter de démasquer ses commanditaires. Alors seulement, on pourrait mettre à la gêne [6] le notaire et le pousser dans ses retranchements.

Nicolas regagna le Châtelet pour y retrouver l'inspecteur et le charger de ce travail. Celui-ci jugea Nicolas si fatigué et hagard qu'il le convainquit de regagner au plus tôt la rue Montmartre. L'exaltation du matin dissipée laissait la place à une grande lassitude et à un évident besoin de sommeil ; c'était encore le contrecoup de l'équipée anglaise.

À l'hôtel de Noblecourt, Nicolas inquiéta Catherine, revenue de Vaugirard, par son peu d'entrain. Il répondit d'un ton distrait aux interrogations pressantes du vieux procureur, curieux d'un compte rendu de son entrevue avec « l'homme aux chats », et se contenta d'assurer que sa lettre de recommandation avait atteint son but. Puis il monta se coucher ; quatre heures de relevée sonnaient à Saint-Eustache.

Jeudi 20 janvier 1774

Un énorme chat noir pelotait sa poitrine et l'empêchait peu à peu de respirer. La panique le gagnait d'autant plus que le matou lui parlait, ses yeux verts pailletés de jaune étincelant d'un lointain regard humain : son angoisse augmentait de ne rien comprendre aux sons rauques de la bête. Il tenta d'échapper à son étreinte. Soudain, le voile se déchira, il hoqueta, toussa et ouvrit les yeux pour découvrir le visage débonnaire de Bourdeau.

— Ah, enfin, monsieur le commissaire consent à s'éveiller ! Il y a un moment que je m'époumone.

— Je finissais ma nuit, bâilla Nicolas.

— Pardié, je m'en souhaite d'aussi belles ! De quatre du soir à neuf heures ce matin, dix-sept heures de tours de pendule ! Êtes-vous dispos, au moins ?

— À merveille, fit Nicolas en sautant du lit. Je vous avais pris pour un chat.

Sur cette phrase qui laissa son ami ébahi, il courut à sa toilette. Il ne fut pas long à rejoindre Bourdeau qui buvait un café au lait avec Marion. Nicolas, qui en tenait plutôt pour le chocolat, constatait que ce breuvage avait gagné toutes les couches de la société et que les harengères de la Halle en tâtaient tout aussi bien que les duchesses. Comme Bourdeau se brûlait, Marion lui conseilla d'emporter le bol dans la voiture afin de l'achever de le boire tout à son aise.

— Ce breuvage n'est bon que préparé à la maison, dit Bourdeau alors que leur voiture s'ébranlait.

— M. de Noblecourt, qui l'apprécie, me contait que dans sa jeunesse le premier café installé à la foire Saint-Germain était tenu par des

Arméniens. Ensuite, un Persan ouvrit un second établissement rue de Buci. Mais ce qui décida de la mode et de l'engouement actuels, ce fut la superbe installation d'un Vénitien, près de la Comédie-Française, rue des Fossés-Saint-Germain, nommé Francesco Procopio di Coltelli.

— D'où le nom de *Procope*, de ce haut-lieu des dégustateurs et des joueurs d'échecs.

— Où l'on parle tant que nous y entretenons, en permanence, une bonne demi-douzaine de mouches !

— En vérité, leur café n'est pas mauvais et ils le font livrer par des garçons munis de cabarets portatifs dans tout Paris.

— Je ne m'y suis pas mis, dit Nicolas. Quand je suis arrivé à Paris, la « bavaroise » était très demandée. Il y avait des porteurs également.

— Vous n'aviez pas oublié notre rendez-vous au Pont-Royal, je l'espère ? demanda Bourdeau. Si l'expérience est couronnée de succès, qu'allons-nous découvrir ?

— Nous verrons bien, dit Nicolas. En réalité, la saison ne se prête guère à ce type d'immersion. Et avec tout ce que la ville déverse dans le fleuve, il n'y a guère que quelques moments de l'été où l'eau paraît un peu plus claire qu'à l'accoutumée. En janvier, qu'attendre de la fange, de la boue et de la neige qui, sans compter le courant, troublent les eaux à un point extrême ?

— Je plains l'inventeur qui aura le plaisir de se plonger dans l'eau glacée et je crains qu'il ne se tire hors du pair[7], approuva Bourdeau. En tout état de cause, j'ai pris des dispositions pour lui porter secours et pour éviter la curiosité des passants, que tempérera la présence de nos gens.

Quand leur voiture traversa le Pont-Royal, le

soleil revenu éclairait par intermittences le quai des Tuileries. Sur l'autre rive, dans l'ombre, dansaient au gré des remous, des barges et des bateaux desquels des portefaix déchargeaient le bois et les matériaux de construction réclamés en abondance par les chantiers d'un Faubourg Saint-Germain en plein essor. Au-delà du pont, les hautes façades blondes des hôtels de Mailly et de Belle-Isle s'élevaient sur les quais d'Orsay et des Théatins. Une petite foule tenue à l'écart s'agitait à l'entrée de la rue de Beaune. Des voitures en files attendaient près d'un groupe d'officiels qui tapaient des pieds pour se réchauffer en haut de l'escalier descendant du pont vers le fleuve. Une chaîne de barques ancrées en demi-cercle déterminait un espace réduit réservé à l'expérimentation. Le guet les laissa passer. Un homme, jeune encore, en manteau de tournure militaire tendit à Nicolas une main chaleureuse.

— Il n'y a pas à s'y tromper, vous êtes le commissaire Le Floch. Je me présente, chevalier de Borda, lieutenant de vaisseau, membre des Académies royales des Sciences et de la Marine. Je suis ici avec mes confrères.

Il désigna un par un, et semblait-il en respectant un protocole d'âge et de fonctions, M. Leroy, de la Société royale de Londres et de la Société philosophique de Philadelphie, M. Petit, professeur d'anatomie et inspecteur des hôpitaux militaires, puis un abbé à la figure enfantine, frileusement emmitouflé dans une pelisse de loutre.

— M. l'abbé Bossut, examinateur des Ingénieurs. Nous constituons la commission spéciale de l'Académie des Sciences en vue de mesurer l'intérêt d'une nouvelle invention. M. de Sartine nous a priés de joindre l'utile à la science et de prêter notre concours aux recherches exigées par une enquête criminelle. Nous y déférons avec plaisir.

— Nous en savons gré à votre savante compagnie, dit Nicolas. Puis-je, à mon tour, vous présenter l'inspecteur Bourdeau, mon adjoint ? Une petite question, toutefois : vous paraissez me connaître. Nous sommes-nous rencontrés quelque part auparavant ?

— J'ai eu l'honneur, dit M. de Borda en portant la main à son tricorne, de servir avec M. le marquis de Ranreuil, votre père, durant la guerre de Sept Ans. Les marins se battent parfois à terre. Vous lui ressemblez fort, j'ai cru le revoir. C'était un soldat et un sage...

Nicolas frémit d'émotion à cette évocation. Que chacun connaisse son histoire personnelle le surprenait toujours, mais la Cour et la ville ne gardaient pas longtemps le moindre secret et tout s'apprenait, pourvu que l'objet de la curiosité générale occupe une situation dans la société et conduise ainsi chacun à s'interroger sur son cas. Pour combien de temps encore, songea-t-il, vous jugerait-on sur vos origines et sur votre naissance ?

Près du parapet, en chemise grossière et culotte de calemande, une peau de mouton sur les épaules, un homme au visage de paysan, qui rappela à Nicolas les rudes pêcheurs de sa Bretagne natale, attendait, la mine fermée et les yeux fureteurs, que les « messieurs » se décident. Un valet, tout aussi fruste que son maître, préparait un étrange accoutrement dont on ne devinait pour l'instant qu'un amas informe de cuir et de métal.

— Mes chers confrères, monsieur le commissaire, dit Borda, votre attention. Notre ami ici présent, qui n'est pas un orateur, m'a demandé de vous présenter son invention. Je vais donc le faire comme votre rapporteur. Il s'agit d'une nouvelle machine permettant de rester sous l'eau pendant au moins une heure sans aucune communication avec l'extérieur. Elle est composée d'une sorte de mannequin de cuir, un fourreau conformé exactement comme un homme. Celui qui tente l'immersion s'introduit dedans en chemise ou en camisole par une ouverture pratiquée au col. Ainsi affublé, il reçoit un casque de cuivre...

Le valet tendit une grosse boule de métal étincelant que les savants considérèrent avec curiosité.

— ... Qui lui emboîte toute la tête et, par un large collet du même métal, vient s'adapter sur le cuir gras auquel on le fixe par des écrous étroitement vissés. Vous pouvez observer qu'il existe des ouvertures en verre, deux pour les yeux et une troisième au front. Au sommet du casque sont deux tuyaux l'un sur l'autre, avec un conduit de cuir à chacun du diamètre d'une grosse bougie. Ces deux tuyaux, d'environ quatre pieds de long, vont aboutir à une boule de cuivre. Cette boule, m'a-t-on expliqué, possède un ressort destiné à être remonté au moyen d'une clef. L'air qui y est contenu est poussé par le canal intérieur jusqu'à la bouche du plongeur et celui raréfié se porte en haut par le conduit supérieur, où il s'épure dans la boule avant de revenir à la bouche.

— Mais mon cher, intervint M. Leroy, ces tuyaux en cuir se peuvent écraser ou, sous la pression, se coller. Qu'adviendra-t-il alors du malheureux enfermé dans cette armure ?

— La chose a été prévue, répondit Borda. Le cuir des tuyaux est soutenu à espaces réguliers par des anneaux de fer qui permettent d'éviter l'inconvénient que vous soulevez à juste titre, mon cher confrère.

— Mais au fait, demanda l'abbé Bossut en ajustant ses gants, que contient cette boule de cuivre, qui parvienne à épurer l'air carbonique vicié par la respiration ?

— Je ne saurais vous répondre. Notre ami prétend prouver l'efficacité de sa machine avant que de consentir à révéler le mystère de son invention.

Il y eut des murmures. L'homme releva la tête comme par défi et, un instant, Nicolas crut qu'il allait se retirer.

— Et à quoi servira cet appareil ? reprit M. Leroy. Apportera-t-il à notre siècle de raison un progrès méritoire et utile à l'espèce humaine, car c'est cela, et cela seulement, qui parviendra à ouvrir les portes et...

Borda parla à l'oreille de Nicolas.

— Dieu nous garde de ce philanthrope bavard ! C'est un brave homme, et heureusement il n'achève jamais son propos

Puis, se tournant vers l'assistance, il expliqua :

— Outre qu'il sera fort utile pour examiner sans cale sèche l'état de la coque de nos vaisseaux, il devrait permettre d'étudier le fond des mers, leur faune et leur flore. Ce ne sont là que quelques-uns des objets qui viennent à l'esprit dans les limites de notre imagination. Nul doute que d'autres perspectives s'offriront, auxquelles notre ami a, lui-même, songé.

L'homme se crut interpellé et se lança dans un discours d'une voix sourde et pressée.

— J'ai servi comme forgeron de marine durant vingt ans, déclara-t-il. J'avions dessiné et fabriqué la machine non pour aller godailler sous l'eau à des riens. Loin de moi l'idée de trigauder[8] des messieurs aussi foutrement savants que vous. Je vas vous dire. J'vivions sur une côte près de Cherbourg où les naufrages sont fréquents. Tant et tant de beaux navires qui s'y fracassent. Je me suis dit qu'étions bien bête de laisser perdre les cargaisons, que c'en était désolant de laisser toute cette richesse à l'eau. Ainsi, que si j'avions, par temps clair, moyen d'aller dans les débris pas très loin de la surface, j'récupérerions bien quelque chose. Les temps sont bien durs...

La canne de M. Leroy frappait le sol d'une main impatiente. Pressentant un éclat, le chevalier de Borda jugea utile d'abréger le discours du bonhomme.

— Je crois qu'il nous faut passer à l'œuvre, dit-il. Vous savez ce que la police attend de vous et qui, pour une part, justifiera de l'intérêt de votre invention.

L'homme retira ses souliers et ses culottes. La combinaison de cuir gisait, informe, sur le sol. Aidé par son valet, il enfila tout d'abord la partie contenant les jambes, puis, au prix de multiples contorsions, plongea, l'un après l'autre, ses bras dans les manches. Il ressemblait à présent à un chevalier en armure avant le combat. Le casque de cuivre et de verre lui fut posé doucement, comme un heaume, et soigneusement vissé sur le col. Nicolas éprouva un sentiment d'étouffement rien qu'à imaginer cet homme enfermé dans sa carapace. Il ne put s'empêcher d'interroger M. de Borda.

— Je m'égare peut-être, cependant le risque est grand de le voir basculer cul par-dessus tête dès qu'il sera dans l'eau.

— C'est en effet ce qui se passerait si, par précaution, les pieds de la combinaison n'étaient pas des chaussures lestées destinées à le tenir droit, le tout l'équilibrant comme la quille d'un navire.

Le valet se haussa et, avec une petite clef, remonta sans à-coups le ressort de la boule de cuivre. Son crépitement résonnait dans l'air froid et fit taire les conversations et les rires de la foule des quais, soudain attentive. Prêt pour l'expérience, l'homme s'achemina à pas lourds vers l'escalier qui, à pic d'une pile du Pont-Royal, descendait vers le fleuve dans lequel ses derniers degrés se perdaient. On lui attacha une corde autour de la taille. Elle servirait à le hisser en cas de péril ; il lui suffirait de tirer dessus pour qu'à l'autre extrémité son aide comprît la nécessité de le remonter au plus vite. Il tenait à la main un autre cordage, également relié à l'auxiliaire, avec une sorte de filet en mailles grossières, destiné à recueillir puis à sortir des flots tout objet qu'il pourrait découvrir dans le lit du fleuve. L'homme disparut lentement dans l'eau jaunâtre et chacun des assistants se pencha au bord du parapet. Les instants qui suivirent semblèrent très longs. Cinq minutes après l'immersion, l'un des cordages se tendit à plusieurs reprises. Le valet le hala. Nicolas descendit jusqu'au niveau de l'eau avec l'inspecteur. Une petite masse brunâtre dans sa gangue de boue apparut au fond du filet. Bourdeau la saisit et la tendit à Nicolas qui en nettoya grossièrement les flancs. Il s'agissait d'un petit coffret de métal ouvert et vide.

— Y a-t-il un intérêt à cette quincaillerie ? fit l'inspecteur. Que ne trouverait-on pas dans le fleuve, s'il était possible de le mettre à sec !

Nicolas mit l'objet sous les yeux de Bourdeau.

— On n'y trouverait peut-être pas tous les jours un coffret à bijoux en étain avec... les initiales gravées de Julie de Lastérieux.

M. Leroy, excédé de leurs murmures, tapota du pommeau de sa canne l'épaule de Nicolas, qui se tut. L'expérience se poursuivait dans un silence seulement troublé par le clapot des eaux. Près de dix minutes s'étaient écoulées depuis le début de l'expérience quand, brutalement, le cordage de secours se tendit et s'agita à un point tel que l'aide faillit choir dans le fleuve. Il demanda du renfort ; Nicolas et Bourdeau, ses plus proches voisins sur l'étroite plate-forme, se précipitèrent. Deux minutes furent nécessaires pour ramener un mannequin inerte. Le casque de cuivre dodelinait comme si l'être qu'il était censé protéger avait d'ores et déjà péri. On le remonta jusqu'au quai d'Orsay. Le casque fut dévissé en hâte. Sans chercher à ôter la combinaison, M. Leroy se précipita pour intervenir. L'homme avait perdu connaissance et son visage presque bleu ne donnait plus signe de vie. Le médecin sortit une petite fiole de sa poche et la passa plusieurs fois sous le nez de l'expérimentateur. L'effet des sels ranima l'homme sur-le-champ. Après quelques instants, il reprit un rythme de respiration normale et ouvrit les yeux.

— J'allions réussir, dit-il en hoquetant, si ce foutu ressort ne s'était pas brisé[9].

— C'est déjà beaucoup d'être resté dix minutes sous l'eau, dit le chevalier de Borda qui consultait sa montre. Il reste que l'expérience n'est pas vraiment concluante. Améliorez votre appareil et nous vous accorderons à nouveau toute l'attention qu'il mérite, n'est-ce pas, mes chers confrères ?

Les académiciens approuvèrent. L'homme secoua la tête en grommelant :

— Ben, assez concluante tout de même pour tirer de cette boue une boîte qui a tout l'air d'intéresser le commissaire.

Nicolas cueillit quelques louis dans son gousset et les lui tendit.

— Et le commissaire vous en est reconnaissant, dit-il. Que ce petit apport vous aide à perfectionner votre invention.

L'or fut empoché avec une espèce d'avidité.

Les deux policiers prirent congé de la commission et remontèrent dans leur fiacre. La foule amassée à l'entrée du Pont-Royal s'écarta en grondant sur leur passage. Une femme s'élança, monta sur le marchepied et s'accrocha ; sa figure grimaçante et édentée s'encadra derrière la glace.

— Affameurs ! cria-t-elle. Les trésors appartiennent au peuple !

Elle cracha et sauta, évitant avec adresse un coup de fouet du cocher.

— Quelle mouche l'a piquée ? s'exclama Nicolas.

— Le peuple voit toujours le mal où il n'est pas, répondit l'inspecteur. Ils nous ont vus récupérer quelque chose dans le fleuve. Les langues vont bon train.

— Il y a de la haine dans l'air, ces temps-ci.

— Oh ! dit Bourdeau avec ironie, le peuple est haineux depuis trop de siècles.

Il allait poursuivre quand il se ravisa. Ce n'était pas la première fois que Nicolas observait chez son adjoint ces bouffées d'amertume. Certes, l'humilité de ses origines, le destin tragique d'un père sacrifié aux plaisirs royaux (il avait été blessé à mort par un sanglier au cours d'une chasse) et l'existence d'un sentiment diffus, mélange mal défini de critiques, d'acrimonie et de sympathie avec les intérêts des plus pauvres, pouvaient expliquer l'attitude de Bourdeau. On sentait chez lui comme une violence retenue qui exploserait sans doute un jour.

— Existe-t-il une raison particulière de nous traiter d'affameurs ? demanda Nicolas.

— Vous n'ignorez pas les rumeurs selon lesquelles le roi arrondirait sa cassette en spéculant sur les grains ?

Nicolas se souvint des inquiétudes exprimées à ce propos par Me Vachon, son tailleur.

— Ne me dites pas que vous accordez crédit à de telles infamies ?

Bourdeau hocha la tête, comme s'il plaignait la candeur du commissaire.

— Je n'accorde rien, j'obéis et j'agis. Vous n'avez pas lu l'*Almanach Royal* pour 1774 ?

— Je ne les lis jamais, répondit Nicolas. Je les consulte pour chercher un nom, une fonction ou une adresse.

— D'autres le font pour vous. Et vous auriez eu la surprise de découvrir, page 553, la mention d'un certain Demirvalaud, *trésorier des grains au compte du roi*.

— Où est le mal ? fit Nicolas agacé. Ce doit être une charge de finances. Dieu sait si nous les avons multipliées !

— De finances ! Assurément. Vous mettez le doigt sur la plaie. Charge ou pas, chacun a lu la nouvelle à sa façon, et celle-ci a fusé comme une mèche en tous sens et à tous les étages de la société. Le royaume s'esclaffe. On en fait des gorges chaudes d'autant plus...

— D'autant plus ?

— ... qu'ordre a été donné de saisir les exemplaires encore en vente, de mettre l'imprimeur à l'amende et de fermer son atelier jusqu'à plus ample informé. Il reste, de ces maladresses accumulées, la certitude que la mention a été incorporée par malice, qu'elle visait à accuser, que le peuple s'en persuade et que l'Almanach 1774 devenu une pièce rare est désormais recherché par les collectionneurs qui se l'arrachent à un prix multiplié par cent depuis sa saisie. D'ailleurs, la chose se chante déjà :

Ce qu'on disait tout bas est aujourd'hui public
Des présents de Cérès le maître fait trafic
Et le bon roi loin qu'il s'en cache
Pour que tout le monde le sache
Par son grand Almanach en passant nous apprend
Et l'adresse et le nom de son heureux agent.

Voilà pourquoi, monsieur le commissaire, les gens du roi que nous sommes ont l'avantage et le privilège d'être ainsi traités par le bon peuple.

Pensif, Nicolas caressait le coffret d'étain, fort lourd en dépit de son petit format. Jeté du haut du pont, il avait dû choir comme une masse. Qu'avait-il heurté pour s'ouvrir et laisser échapper son contenu ? Sans doute une pierre du lit du fleuve. Comme souvent, Bourdeau suivait sa réflexion et parvenait en même temps que lui à la même conclusion ou à la même perplexité.

— Un coffre à bijoux, selon vous ? Mais où sont-ils ?

— Il me semble en avoir vu en vrac dans la chambre de Julie, lors de notre perquisition. Je vous les avais fait remarquer sur la commode.

— Cela me revient. Qu'en déduisez-vous ?

— Que ce coffret contenait autre chose. Que cette chose y avait été placée dans l'unique but de me compromettre une nouvelle fois, puisque je l'avais précipitée dans le fleuve. Que cette chose s'est perdue quand le coffret s'est ouvert et que tout laisse à penser qu'elle gît enfouie dans la vase, ou plus loin, entraînée par le courant.

Bourdeau se tourna vers Nicolas.

— Et rien ne vous vient à l'esprit quant à la nature de cette chose ?

— À quoi bon jouer aux devinettes ? Ce n'est pas mon affaire. Que l'auteur de ces vilenies s'en explique. Je vois bien qu'un ennemi caché me poursuit sourdement. Mais la calomnie et l'accusation sans preuves ne doivent pas nous abuser. En matière criminelle, c'est par les faits que l'on doit remonter aux intentions et non l'inverse. Cet ennemi use de trop de moyens redoublés pour qu'on ne soit tenté de lui dire : « Monsieur, vous abusez. »

Cette réponse alambiquée n'était ni très sincère, ni très habile ; elle frôlait même la dissimulation. Bourdeau parut pourtant s'en satisfaire. En fait, Nicolas ne cessait de poursuivre une idée qui lui taraudait l'esprit sans qu'il réussît à la fixer. Comme un oiseau affolé, elle voletait sans direction dans sa tête. Il la saisirait au moment opportun.

Au Châtelet, une surprise les attendait. Semacgus, arpentant les coursives de la vieille forteresse, devisait avec le Père Marie qui avait peine à suivre sa déambulation. Il poussa un soupir de soulagement en voyant ses amis et les entraîna au dehors, un doigt sur la bouche.

— Je suis bien aise de ne point vous manquer. J'ai de surprenantes nouvelles à vous confier.

Il consulta sa montre.

— L'heure de se sustenter approche et cette pendule-là me presse de répondre à son appel. Que diriez-vous d'une petite visite dans votre antre habituel, chez votre pays, mon cher Bourdeau ?

Ils pressèrent le pas à la fois curieux des informations du chirurgien de marine et alléchés par la perspective d'une pause autour d'un plat tavernier. Ils se dirigèrent vers la rue du Pied-de-Bœuf où se tenait ce lieu d'élection. L'hôte leur trouva une table dans un coin sans voisinage à laquelle ils s'installèrent gaiement.

— Cet endroit, dit Nicolas, me fait souvenir d'un excès de boisson condamnable où je fus entraîné par l'inspecteur de police que voici et par Tirepot.

— Plaignez-vous, on vous récupère à demi mort[10] et l'apozème[11] qui vous fut servi vous remit sur pied et vous rendit bavard comme une pie !

— Trêve de turlupinades, dit Semacgus, que mangerons-nous pour notre dîner ?

— Un cul de veau comme ma grand-mère le préparait à Montsoreau, dit l'aubergiste. Savoir, une casserole de couennes de lard frais avec trois grosses mains d'oignons et de carottes en rouelle. J'y couche mon quasi comme le poupon dans la crèche. Bien au chaud et renfermé, il va nous suer ses sucs, une demi-heure. Là-dessus, je l'arrose d'une fillette de vin blanc et de quelques louches de bouillon à hauteur. Je pousse de côté sur le potager, je vaque à mes occupations, je cause à mes pratiques, je vide cinq ou six verres et au bout de deux ou trois heures, le cul se rappelle à moi par son fumet délectable. Je vous le découperai sur une purée d'oignons. Et avec ça, quelques pots de chinon comme d'usage. Enfin pour faire glisser, un pâté aux prunes sèches pour lequel vous me chanterez Alléluia.

— Va pour tout cela, dit Semacgus rayonnant. Voilà de quoi éviter les engelures.

Il laissa l'hôte s'éloigner et, haussant la voix, s'adressa à ses amis sur le ton des marchandes de la Halle.

— *À six sous, à six sous, vez mon pourpier, vez mes laitues !*

— Qu'est-ce qui vous met en si plaisante humeur ? demanda Nicolas en servant le vin qui venait d'arriver sur la table.

Une pause fut respectée pour goûter la première gorgée. Elle les remplit d'une telle satisfaction qu'un deuxième service intervint aussitôt.

— Voilà, reprit Semacgus. Alors que je continuais notre enquête au Jardin du roi et que j'explorais ses collections...

— Quelle sorte de collections ? demanda Bourdeau.

— De grands meubles de bois à tiroirs qui contiennent herbiers et cartons avec des spécimens, des fleurs et des feuilles séchées et des graines doctement présentées et référencées. Ainsi, j'ouvrais, considérais, réfléchissais et refermais quand, après nombre de tiroirs, j'ai découvert un carton vide. Il tombait sous le sens qu'il ne l'avait pas toujours été. Cela m'intrigua d'autant plus que l'étiquette portait la mention, je vous laisse deviner...

— Piment bouc, souffla Nicolas.

— Ah ! ça ! Comment faites-vous ?

— Cela m'a paru assez naturel, fit modestement Nicolas.

— Je n'ai pas fini, reprit Semacgus avec un geste d'impatience. Apprenez que le conservateur des collections, M. Bichot, l'aide de M. de Jussieu démonstrateur du salon de botanique, est un homme très amoureux de ses trésors et un peu maniaque. Il note sur un registre aux pages numérotées et paraphées, comme des minutes de notaire, les noms des visiteurs du cabinet. Il a pris cette habitude à la suite de menus larcins de collectionneurs. Ainsi possède-t-il non seulement les noms, mais les adresses, des visiteurs et, encore mieux, leurs demandes précises de consultation des herbiers et des cartons. Outre cela, vous ignorez peut-être que le Jardin n'est ouvert au public que les mardis et les jeudis.

— Ma foi, voilà qui est torché ! dit Bourdeau en vidant d'enthousiasme un troisième verre.

— Or, poursuivit le chirurgien de marine, le

dernier amateur à visiter cette section l'a fait... le mardi 4 janvier 1774, soit deux jours précisément avant la soirée du 6 janvier au cours de laquelle Mme de Lastérieux est morte empoisonnée !

— Vous allez trop vite pour ma pauvre tête, gémit Bourdeau. Ou alors c'est le chinon qui m'embrume le cerveau. Que diable, nous savons qu'elle n'a pas été empoisonnée au piment bouc, qui n'a d'ailleurs pas cette propriété...

— Certes, intervint Nicolas, mais nous avons découvert – enfin, Semacgus a démontré – que dans le lait de poule des grains de piment bouc avaient été broyés pour dissimuler la présence d'un poison inconnu et violent.

— Pourquoi se donner le mal d'en voler ? insista l'inspecteur.

— Casimir ne possédait sans doute plus de cette épice, dont la réserve venue des Îles était épuisée, expliqua posément Nicolas. Il fallait qu'un lien incontestable reliât le poison dissimulé à un produit de la maison auquel un familier de celle-ci – moi, en l'occurrence – pouvait avoir accès. Le rôle de Casimir dans tout cela ? Nous l'ignorerons toujours ; un mort ne parle plus.

— Messieurs, messieurs, intervint Semacgus, que de conjectures ! Prêtez plutôt attention à la suite de mon récit. Donc, le mardi 4 janvier 1774, un dénommé Charles du Maine-Giraud a demandé à consulter les collections des Îles. Dans le souvenir de M. Bichot, c'était un jeune homme de qualité selon son habit, fort poli et sans signe distinctif. Après son départ, le conservateur a constaté le vol.

— Et son adresse ? dit Bourdeau.

— Voilà l'essentiel. Ce monsieur habite dans un meublé rue Saint-Julien-le-Pauvre.

— Nous voilà bons pour une visite rapide à cet oiseau-là, tonitrua Bourdeau.

— Surtout, ajouta Semacgus triomphant, qu'il loge – je tiens cela de Rabouine, qui a déjà humé pour moi l'air du quartier – dans un meublé appartenant à...

Tous le regardaient pendus à ses lèvres.

— À M. Balbastre, organiste de Notre-Dame et contempteur enragé de M. Nicolas Le Floch, commissaire de police au Châtelet.

L'hôte trouva à ses clients un air hébété alors qu'il posait devant eux un grand plat en terre juste tiré du feu. Il mit cela sur le compte de l'admiration et de la gourmandise. Le quasi de veau fumait et sa viande fondante se laissa doucement aller sur sa couche d'oignons.

IX

CHASSES

> Nous touchons tous vivants à la rive infernale.
>
> *Crébillon*

Le repas se transforma en conseil de guerre.

— Voilà, dit Nicolas, ce que nous allons faire... Bourdeau se rendra au domicile de ce jeune homme pour y enquêter sur place. Si l'oiseau est au nid, il nous le ramènera au Châtelet où nous procéderons sur-le-champ à un premier interrogatoire. Quant à moi, je dois examiner le testament de Julie. Je possède d'elle quelques écrits que j'entends placer sous les yeux d'un praticien. Je crois savoir qu'un commis des Affaires étrangères, habile à l'ouverture de plis détournés, achetés ou dérobés aux courriers des principales puissances, pourrait nous aider. Pour cela, je me rendrai à Versailles, où...

Il se retint à temps, juste avant de révéler le compte rendu qu'il devait faire au roi de sa mission à Londres.

— ... où M. de La Borde, comme à l'habitude, ne me ménagera pas son aide. De retour à Paris, muni, je l'espère, d'une certitude, j'irai selon le résultat, consulter Me Tiphaine et le pousser dans ses retranchements. En dernier recours, quelques menaces favoriseront sa sincérité. Quant à M. Balbastre, les investigations de l'inspecteur nourriront le questionnement auquel nous nous ferons un plaisir de soumettre ce quinteux personnage. Il a, d'ores et déjà, de nombreux éclaircissements à nous apporter, car l'enquête le croise par trop souvent à tous ses détours pour que cela soit un hasard !

— N'oublions pas, dit Bourdeau, que, sous sa superbe, Balbastre ne possède aucun alibi.

Tout en attaquant sa part de pâté de prunes sèches, Nicolas réfléchissait au lien qui pouvait exister entre l'organiste de Notre-Dame et sa propre vie. C'est chez lui qu'il avait rencontré Julie pour la première fois. Il connaissait ce mystérieux Müvala. On le soupçonnait d'appartenir à des cercles secrets. Pressé de questions, l'aveu lui avait échappé qu'une puissance le tenait et lui imposait sa conduite. On ne pouvait exclure qu'il fût de surcroît sous le charme de Mme de Lastérieux, encore qu'on ignorât tout de sa vie privée. Lors de l'entretien avec Balbastre devant le buffet du grand orgue de Notre-Dame, le commissaire avait été frappé par un détail sans parvenir à établir sa nature, mais celui-ci, comme dans les jeux de cartons découpés, devait pouvoir prendre sa place dans le tableau général du drame à un endroit précis.

Le repas s'acheva avec moins d'allégresse qu'il n'avait commencé. Il semblait qu'un poids supplémentaire pesât sur les réflexions des trois amis. Nicolas revint au Châtelet pour consulter l'*Almanach Royal* et retrouver le nom du commis des

Affaires étrangères qu'il souhaitait rencontrer à Versailles. Ne parvenant pas à ses fins, il décida de s'en remettre à M. de Séqueville, secrétaire ordinaire du roi à la conduite des ambassadeurs. Celui-ci demeurait rue Saint-Honoré, vis-à-vis la rue Saint-Florentin. Il décida de se dégourdir les jambes, la marche participant de son système de raisonnement. Le mouvement physique et l'espèce d'oubli qu'elle suscitait en lui favorisaient sa réflexion au plus haut point. Le déroulement du spectacle de la rue et son agitation, ainsi que la multiplicité des visages et des bruits, prenaient leur place dans cet exercice comme autant d'excitants nécessaires.

M. de Séqueville se trouvait au logis. Après les compliments d'usage, il écouta la requête du commissaire et, réflexion faite, déclara la chose possible mais en excluant tout recours à un commis des Affaires étrangères, par définition peu au fait des correspondances privées. Il baissa la voix avant d'avouer connaître cependant, au fin fond du faubourg Saint-Marcel, un écrivain public, calligraphe de qualité. Sa voix se fit presque inaudible pour préciser qu'*on* avait eu l'occasion de faire appel à ses services afin de vérifier certains papiers douteux et des signatures soupçonnées d'être contrefaites et qu'il se pouvait bien que ce M. Rodollet fût à même d'aider Nicolas. Toutefois, l'homme étant à juste titre méfiant, il serait hasardeux de l'entreprendre sans précaution liminaire. Nicolas devrait être muni d'un papier de recommandation que lui, Séqueville, s'engageait à lui rédiger sur-le-champ. En fait de lettre, Nicolas eut la surprise de recevoir un petit carré de papier où il devina un dessin à la plume sans aucune mention manuscrite ; le tout fut plié et aussitôt scellé. Le bon visage de M. de Séqueville, plissé par l'amusement, dissuada le commissaire de poser la moindre question. Il se fit préciser l'adresse, qu'on lui donna avec un petit rire aigrelet.

En dépit de son impatience de régler au plus vite ce point capital, Nicolas se laissa porter par un mouvement où sa volonté n'avait que peu de part et qui le conduisit jusqu'au *Dauphin Couronné*. Le prétexte était de saluer la Satin, désormais maîtresse des lieux. Arrivé devant la maison qui lui rappelait tant de souvenirs tragiques ou aimables, il tira le marteau. Au bout d'un instant, une jeune servante bien mise et souriante ouvrit et lui demanda ce qu'il voulait, indiquant que l'établissement accueillait ses pratiques au début de la soirée. Elle était néanmoins à sa disposition pour toute information qu'il souhaiterait, ajouta-t-elle, avec une révérence gracieuse. Nicolas s'enquit de la maîtresse de maison. En course chez des fournisseurs, elle serait absente jusqu'au soir. Il allait se retirer quand des pas pressés se firent entendre et une main impatiente écarta la servante. Un jeune homme, presque un enfant encore, le tricorne à la main, en habit noir et cravate blanche, pria qu'on l'excusât et demanda le passage pour sortir. Nicolas demeura pétrifié. Dans le visage et l'allure du garçon, il crut se revoir, comme dans un miroir, vingt ans auparavant. Son émotion fut telle qu'il se laissa doucement pousser de côté alors qu'il obstruait le passage. Le jeune homme lui jeta un regard curieux, mais Nicolas était à contre-jour et il ne dut pas voir son visage. Cette apparition disparut presque en courant. Reprenant ses esprits, Nicolas ne put s'empêcher d'interroger la servante sur cette fugitive vision.

— C'est Louis, le fils de madame, répondit-elle

en rougissant. Il est encore au collège où ses succès sont flatteurs. Il est très rare qu'il vienne ici...

Elle devint écarlate.

— Madame ne serait pas contente de savoir qu'il est passé. Vu sa conduite, son zèle et son travail, elle ambitionne pour lui une position, une position...

Elle s'interrompit, au bord des larmes.

Voilà, soupira Nicolas ému à son tour, un gredin qui traînera les cœurs après lui ; sa figure promet en sa faveur. Il donna un louis à la fille éblouie et fit quelques pas dans la rue, comme étourdi. Le doute, s'il avait jamais habité son esprit, n'était plus permis. Son émotion était telle qu'il semblait ne point voir les passants venant en sens contraire et qui le bousculaient en grondant. Une sorte de bonheur le disputait en lui à l'angoisse. Dans un monde où la naissance primait toujours, quel serait le destin de cet enfant ? Lui-même n'avait que trop souffert d'une bâtardise dont pourtant les bénéfices s'étaient fait sentir au fil des années. Qu'adviendrait-il de l'enfant naturel d'un policier et d'une prostituée ? Son esprit tourmenté lui présenta qu'au moment où cet enfant avait été conçu, elle n'était pas encore entrée dans cette carrière-là. Que devait-il faire ? Une nouvelle fois, il remit à plus tard de trancher dans un débat aussi grave, conscient que cette découverte allait le transformer et que rien, après cela, n'irait plus de soi.

Il arrêta un fiacre au vol et rejoignit le Châtelet où il récupéra le testament de Mme de Lastérieux saisi chez le notaire, ainsi que le message à lui adressé, puis il passa rue Montmartre, où chacun remarqua sa gravité inhabituelle, se munit des lettres de Julie et ordonna à son cocher de se diriger vers le faubourg Saint-Marcel. Passé les limites de la ville, sa voiture s'engagea dans la rue Mouffetard jusqu'à la rue du Fer-à-Moulin, passa près de la maison de Scipion pour trouver à main droite la petite rue du même nom donnant sur les dépendances du cloître Saint-Marcel.

Ce quartier, le plus pauvre de la capitale, abritait, outre des couvents et des hôpitaux, toute une population éloignée du mouvement central de la ville. Là, se cachaient quelques sages studieux et misanthropes, dans des retraites isolées. Ce faubourg était réputé méchant, querelleur et inflammable, plus disposé qu'aucun autre aux émotions populaires. M. de Sartine conseillait toujours la modération dans les traitements qu'on lui réservait, disant que les séditions se compriment mais ne s'étouffent pas. Sa police craignait de provoquer cette population et la ménageait, de crainte de la voir riposter et se porter aux plus grands excès. Nicolas et Bourdeau fréquentaient dans leurs enquêtes les tabagies fameuses du faubourg installées dans des estaminets immondes où l'ouvrier en chômage coulait sa journée, la fumée et l'eau-de-vie de contrebande lui tenant lieu de nourriture. Là se rassemblaient aussi des soldats déserteurs, des portefaix et gadouards [1] harcelés par les boucaneuses de la plus basse prostitution. Il ne put s'empêcher de s'interroger sur le fait de savoir quelle différence existait entre ces pauvres créatures vautrées dans la fange et la Satin dans ses dentelles et ses velours. Il se garda d'y répondre, conscient de l'injustice qu'il commettait en pensée. Il regardait ces pauvres maisons de torchis, ces visages hâves et tous ces enfants transis, les pieds nus dans la boue glacée. C'était le lieu de toutes les déchéances, où dominaient le pain de paille, l'huile empoisonnée, le vin aigre et la fièvre pourpreuse. Cette réputation faisait oublier la présence tranquille et discrète d'artisans modestes ayant pignon sur rue et qui se consacraient aux arts de l'ameublement, du textile et, surtout, de l'impression et de la reliure.

Rue Scipion, la petite maison de M. Rodollet, à la façade couverte de lierre, jouxtait un atelier d'imprimeur. Au-dessus de la porte-fenêtre, une mention discrète, élégamment ornée, indiquait l'activité de l'occupant. Il fut reçu dans une sorte d'atelier-bureau dans lequel pendaient, attachés par des pinces à des fils qui traversaient l'espace, des parchemins enluminés ou des modèles de calligraphie. Des casiers contenaient d'innombrables qualités de papiers, des plumes en quantité. Des réserves d'encre en bouteille et des carrés vernissés à dissoudre s'accumulaient dans les moindres recoins. Un gros homme entre deux âges, coiffé d'un bonnet gris qui retenait mal des mèches jaunies, le regardait avec circonspection en se frottant lentement les mains. Nicolas lui donnait une cinquantaine d'années. Il portait une sorte de chasuble qui rentrait en bouffant dans une culotte noire, les pieds à l'aise dans des mules de cuir. L'homme surprit son regard.

— Je me chausse ainsi, dit-il, afin de pouvoir, par ces temps si froids, poser les pieds sur ma chaufferette. Que puis-je faire pour votre service, monsieur ?

— Un travail très particulier et qui demande discrétion. Je suis commissaire de police au Châtelet et enquête sur une affaire de faux. M. de Séqueville m'a orienté vers vous, m'assurant que vous étiez l'homme le plus habile sur la place pour lever les doutes sérieux qui pèsent sur un testament.

L'homme ne pipait mot, mais ses yeux s'étaient étrécis et il observait Nicolas.

— Notre ami commun, reprit le commissaire, m'a remis ceci à votre attention.

Il tendit le petit carré de papier. Un coup d'œil suffit à Rodollet, ce qui confirma l'impression de Nicolas sur la nature de la recommandation. Le sésame fut aussitôt porté à la flamme d'une bougie et brûlé, comme s'il s'était agi de n'en laisser subsister aucune parcelle. Le petit cachet grésilla, répandit une fumée noire ; une odeur de résine emplit l'officine. Rodollet se tourna vers lui.

— Ceci posé, monsieur le commissaire, quel est votre problème ?

Nicolas sortit les lettres de Julie et le testament. Rodollet s'en saisit et s'abîma un long moment dans leur contemplation en s'aidant d'une lentille grossissante. À la fin, il disposa plusieurs bougeoirs en ligne, superposa le testament à une lettre, réitéra l'opération avec l'ensemble de la correspondance puis, réexamina les documents. Nicolas se rongeait les lèvres d'impatience et d'agacement, humilié de voir sa vie la plus intime traversée par un étranger. Il se calma en songeant que c'était là le prix à payer pour découvrir l'assassin de sa maîtresse.

— Bouh ! Hon..., grogna Rodollet en enlevant son bonnet, ce qui fit apparaître une calvitie entourée d'un fin entrelacs de cheveux blancs. Certes, je peux me tromper, mais voici, monsieur le commissaire, mes conclusions. L'écriture, même la moins formée par nos écoles, est chose instructive. De tous les mouvements du corps, il n'en est point d'aussi varié et divers que ceux de la main et des doigts. Imaginez, monsieur, un tableau de maître copié à l'identique par cent peintres. Toutes ces redites ressembleraient à l'original, et pourtant elles n'en auraient pas moins, au regard de l'amateur éclairé, un caractère particulier, une teinte ou une touche qui les feraient distinguer.

— Ainsi, pour vous...

— Pour moi, chacun de nous possède une écriture propre, individuelle et inimitable, ou qui, du moins, ne saurait être contrefaite que très difficilement et imparfaitement. Les exemples sont trop rares pour détruire cette règle. Autre chose : l'écriture d'une même personne peut changer, car les dispositions d'esprit influent sur sa conformation. Avec la même plume, on façonne autrement s'il s'agit d'une lettre d'amour ou d'un acte grave comme un testament. En écriture comme ailleurs il y a une physionomie des émotions.

— Et dans le cas que je vous soumets ?

Rodollet considérait Nicolas avec une sorte de commisération apitoyée.

— Je crois devoir vous dire que je ne comprends pas comment des lettres brûlantes, je vous prie de m'excuser, des feux de la passion et d'une écriture relâchée où la pensée court plus vite que la plume peuvent ressembler autant à un texte engageant son auteur comme ce testament. Bref, je crois que le testament est un faux, forgé à partir de modèles de la vraie écriture.

— Et la signature ?

— Forgée elle aussi, j'en ai la conviction. Il y a plusieurs signatures sur la minute, or elles sont identiques et superposables. Cela ne tient pas la route. Voilà, monsieur le commissaire, ce que je puis vous dire.

Nicolas avait gardé pour la fin le billet qui lui avait été adressé par la poste. Rodollet le regarda à peine et confirma, là aussi, la contrefaçon.

— Si j'ai bien compris le fond de cette affaire, dit-il, mes conclusions vous enlèvent une épine de pied. Soupçonnez-vous quelqu'un dans ce travail de faussaire ?

— Pour le moment, dit Nicolas, les pistes sont ouvertes.

— Si cela peut vous aider... Oh ! ce n'est qu'une impression un peu vague, mais je m'en voudrais de vous la celer. Il m'est revenu d'une expérience précédente et d'observations passées sur la manière d'attaquer une ligne... Cela n'a peut-être aucun sens et j'ai scrupule à troubler votre réflexion...

— Dites toujours.

— Eh bien, la personne qui a fabriqué ce faux pourrait, je dis bien *pourrait*, être un musicien, et plus précisément quelqu'un qui compose ou copie de la musique. Lorsqu'on place des notes sur une portée, on finit par acquérir une habitude qui transparaît dans sa propre écriture. Présentez mes respects à M. de Séqueville.

L'homme s'inclina et refusa poliment l'argent que Nicolas s'apprêtait à lui remettre pour sa consultation.

— Mille grâces, monsieur le commissaire. M. de Séqueville et moi sommes en compte.

Seul dans sa voiture, Nicolas réfléchissait avec une telle intensité que le sang lui martelait les tempes. Ainsi, le testament comme le billet de Julie s'avéraient faux. Cela confirmait qu'une force mauvaise attachée à ses pas s'évertuait, par tous les moyens possibles, à semer la suspicion et la calomnie. Une autre idée, plus insidieuse, lui traversa l'esprit. Les dernières remarques de M. Rodollet signifiaient que le probable faussaire avait quelque chose à voir avec la musique. Il songea tout de suite à Balbastre, dont la musique était l'occupation quotidienne et à ce Müvala qui touchait si galamment le piano-forte et dont la disparition autorisait à son égard les présomptions les plus diverses. Un froid le saisit en pensant à M. de La Borde, esprit éclectique et, à l'occasion, compositeur d'opéras. Il se remémora l'indulgence avec laquelle Mme de Lastérieux traitait le premier valet de chambre du roi. Lui seul, parmi ses amis bénéficiait de cette coquette attention. Il avait longtemps expliqué cette attitude par le souci de son amie de se faire un jour une place à la Cour. Mais il doutait maintenant qu'elle ait jamais pu nourrir une telle ambition, étant réduite au rôle déshonorant d'instrument gracieux de la haute police. Se pouvait-il qu'il y eût autre chose entre son ami, dont le libertinage était notoire, et la jolie veuve venue des Îles ? Et M. de La Borde n'était-il pas le mieux en mesure de connaître le détail des occupations de Nicolas et le secret de ses missions ? Il refusait cette idée, et d'ailleurs M. de La Borde n'était-il pas, lors de la soirée fatidique, présent chez M. de Noblecourt ? Tout était terriblement confus, et Nicolas se sentait pris dans les rets d'une machination contre sa vie et son honneur qu'il ne pouvait imaginer que mise en branle par une organisation aux multiples ramifications.

Quand il arriva rue Montmartre, le soir tombait. Il trouva le maître de maison lisant Ovide assis dans un grand fauteuil raide, le livre bien à plat sur la tablette d'un secrétaire. M. de Noblecourt prétendait ne pouvoir lire d'une autre manière, comme si la rigidité de cette habitude traduisait tout le respect qu'il vouait aux livres en même temps que la douceur amoureuse du traitement qu'il leur réservait.

— Vous voilà bien songeur, fit-il, fixant derrière ses bésicles le visage fermé du commissaire.

Il entendit le récit de la visite à M. Rodollet sans manifester la moindre émotion. La chandelle grésilla puis, après un dernier éclat, s'éteignit en fumant. M. de Noblecourt referma précautionneusement son livre, et dit, après un silence :

— Ne vous êtes-vous jamais demandé, mon cher enfant, ce qui vous avait conduit à devenir policier du roi ?

— Une série de hasards et une recommandation du marquis de Ranreuil à M. de Sartine.

— Que non pas ! Écoutez un vieux sceptique et étonnez-vous de ses propos. C'est la providence qui a souhaité jeter dans les jambes du crime un honnête homme à qui elle faisait confiance pour exécuter ses arrêts.

— Cela est fort aimable, dit Nicolas se déridant, mais ne me procure pas le nom de celui qui donne le « la » au concert qu'on me joue.

— Rappelez-vous que les éléments finissent toujours par s'assembler pour frayer la voie à la vérité. Et cela, par des menées impénétrables.

— Est-ce le crépuscule qui vous rend si sanctifiant, ou bien votre lecture...

Il se pencha sur le livre et lut avec difficulté le titre.

— ... d'Ovide. Ah ! je sais, la nostalgie des amours...

M. de Noblecourt secoua la tête.

— Voyez comme vous visez juste. Au moment même où vous êtes entré, je songeais à ma femme, ce cœur si noble et si fidèle. Combien la vie me pèserait sans elle que j'ai tant aimée, sans mes amis, sans vous-même, je puis bien vous le dire, qui avez pris la place qu'un enfant, longtemps espéré, avait laissée vacante, comme un bénéfice en déshérence.

C'était là une déclaration inouïe. Jamais le vieux magistrat ne s'était ouvert à ce point. Nicolas la devait-elle à l'obscurité qui les environnait ? Cette confidence donna le dernier coup à la souffrance longtemps amassée par Nicolas. La voix assourdie par l'émotion – assez maître de lui, toutefois, pour taire l'épisode de Londres – il dévida à son vieil ami la litanie de ses amours avec la Satin, et la présomption de paternité qui pesait désormais sur lui. Il exprima ses craintes et son indécision au sujet de cet enfant tombé du ciel et qui, depuis quatorze ans, ignorait ses origines.

— Calmez cette salutaire émotion, dit doucement M. de Noblecourt. Vous êtes le mieux à même de discerner le chemin, vous qui avez découvert votre père après sa mort. Le mal réside plus dans le manque de confiance que dans la spontanéité d'un élan qui, je le sens, vous pousse vers ce fils inconnu. Réfléchissez, prenez votre temps, et lorsque votre résolution sera prise, donnez à ce fils un père et à vous-même un enfant. Offrez-lui, lorsqu'il est encore temps, l'amour et l'appui qu'il est en droit d'attendre de vous. Rejetez les préjugés de naissance comme vous l'avez fait pour vous-même. Je vois venir un jour où ils ne seront plus rien. Rendez à cet enfant ce que le chanoine Le Floch, le marquis de Ranreuil et, je puis dire moi-même, vous avons offert. Agissez hardiment. Mais je m'émeus... Nous en reparlerons.

Il se leva et, à tâtons, fourragea dans le secrétaire.

— Une lettre de la Cour est arrivée à votre nom, cet après-midi.

Nicolas reçut le pli carré frappé du sceau aux armes de France. Il l'ouvrit après avoir rallumé la chandelle.

— Le secrétaire des commandements de Sa Majesté me transmet une invitation pour le tiré du roi, demain matin aux étangs de Satory. Je vais devoir aller préparer mon habit vert, le seul admis pour la chasse au fusil. Les grands froids entraînent le passage des sauvagines sur les pièces d'eau.

— Vous possédez là, dit M. de Noblecourt,

une science qui dénote chez vous le gentilhomme de naissance, une belle tradition à se transmettre de père en fils.

Nicolas songea qu'il serait grand temps d'initier son fils. La conversation avec son vieil ami prit un cours apaisé, on parla des différents modèles de flûte, instrument dont touchait à l'occasion le maître des lieux. Nicolas regagna tôt ses quartiers soucieux de prendre quelque repos avant un départ bien avant l'aube pour être au rendez-vous de la chasse du roi à Versailles.

Vendredi 21 janvier 1774

Le soleil se levait quand sa voiture déboucha de l'avenue de Paris sur la place d'Armes. Une lumière froide et claire promettait un jour serein. Tout était figé de givre et de glace. Des lancettes transparentes tombaient en stalactites des grilles dorées du Louvre[2]. Sous les bottes de Nicolas, le pavé glissait et craquait. Il rejoignit le parc où, devant l'aile des Princes, s'alignait une longue théorie de carrosses attendant les invités. Ils conduiraient le roi et les chasseurs du côté de Satory, vers des champs inondés où passaient les oiseaux migrateurs. Nicolas fit les cent pas pour se réchauffer, échangeant des saluts et des propos aimables avec des courtisans de sa connaissance. Il jeta un œil indulgent sur quelques nouveaux venus, raides et gourmés dans leurs tenues de débutants, aux visages juvéniles rouges de froid et d'émotion. Un page de la petite écurie le tira par la manche, pour lui indiquer d'avoir à se trouver dès à présent à la portière du carrosse du roi, lequel achevait d'entendre sa messe quotidienne. Il sentit les regards intrigués peser sur lui et un bruissement de paroles qui commentait cet ordre, transmis suffisamment fort pour que chacun l'entendît. Il salua les officiers des gardes du corps qui constitueraient l'escorte et attendit.

Un bruit de gravier l'avertit de l'arrivée du souverain. Celui-ci, en tenue de chasse, portait un manteau du même ton au col bordé de fourrure. Il s'appuyait sur un grand garçon dégingandé qui le dominait d'une bonne tête, et en qui Nicolas reconnut le dauphin. M. de La Borde lui fit un signe amical. Le roi sourit, monta et s'assit lourdement. Le dauphin allait le suivre quand il lui intima de laisser la place à Nicolas.

— Berry, prenez votre voiture, j'ai à parler au petit Ranreuil.

L'interpellé rougit et salua Nicolas avant de rejoindre son carrosse en se dandinant. Nicolas prit place en face du roi. Le convoi s'organisa pour sortir vers le grand parc. Le roi demeurait silencieux, le menton dans la main et regardait défiler le paysage. Les yeux mi-clos, Nicolas le considérait. Il vieillissait de plus en plus, les grands arcs des sourcils blanchissaient, le nez se resserrait et des bajoues de plus en plus visibles détruisaient l'équilibre d'un ensemble demeuré longtemps harmonieux. Les yeux noirs emplis d'une infinie mélancolie avaient perdu leur éclat et des poches bleuâtres semblaient élargir les orbites.

— Froid et vif, dit enfin le roi. Le passage des sauvagines sera net. Tiriez-vous ce gibier avec le marquis, à Ranreuil ?

— Oui, sire. Dans les marais, en Brière.

— Ranreuil usait de quels chiens ?

— De chiens couchants, sire. Des barbets rustiques, propres à la nage et résistants au froid.

— Bon choix. On me dit que les passages de

sauvagines sont nombreux sur la Somme. L'avez-vous observé sur le chemin de Londres ?

— J'essayais de ne pas être le gibier, sire.

Le roi rit.

— Allez, contez-moi cela pour me distraire.

Nicolas orna son récit de détails incongrus ou baroques. Il décrivit comme un épisode de conte de fées l'apparition de la comtesse du Barry à Chantilly. Le roi s'esclaffa. Tout fut exprimé avec légèreté et sans excès. Il sut user de tout son art de conteur sans être pesant. Il n'hésita pas à se moquer de lui-même et, connaissant l'irritation du roi contre une anglomanie montante, il décrivit l'Angleterre et les Anglais avec un peu d'injustice et ne manifesta nulle admiration en évoquant Londres et ses bâtiments. Il mesura, ce faisant, quelle carrière de courtisan aurait pu s'offrir à lui dans un destin différent. Il n'hésita pas à se caricaturer, conduisant son récit par petites scènes si vivantes et pleines de sel qu'il dérida le roi jusqu'à des éclats de rires qui le rajeunissaient. Le cortège approchait des étangs de Satory. Enfin, la caravane s'immobilisa au centre d'une clairière de bruyère entourée de bouleaux et de peupliers, à proximité de pièces d'eau à demi gelées. Le roi abaissa sa glace et appela l'un des officiers.

— Je n'en ai pas fini avec le petit Ranreuil. Prévenez M. le dauphin de commencer sans moi.

Il fixa à nouveau Nicolas.

— Je m'en veux, monsieur, de vous avoir jeté dans autant d'ornières si fâcheuses qu'elles auraient pu m'ôter le dévouement d'un bon serviteur.

— Votre Majesté sait qu'il s'agissait de me sauver d'un autre péril.

— Est-il écarté, désormais ?

— On ne saurait l'affirmer. Mais Votre

Majesté doit savoir que tout est si bien fomenté pour m'en faire porter la faute que cet excès d'ignominie ne peut que confirmer mon innocence.

Le roi réfléchissait. Il murmura, sans que Nicolas puisse être certain qu'il s'agissait d'une question.

— De bien troublantes coïncidences, en effet, que cette convergence de malignités contre vous. Y aurait-il un lien entre votre affaire et la mission que je vous avais confiée ?

Nicolas hocha la tête, estimant que la question apportait d'elle-même la réponse. Des coups de feu commençaient à éclater de toutes parts.

— Les sauvagines sont au rendez-vous, dit le roi de sa voix rauque. Il faudra que je remercie Mesnard de la justesse de ses prévisions. Il n'a plus d'âge. Le duc de Penthièvre enfant le connaissait déjà ! Quelle science des oiseaux ! Presque aussi parfaite que Louis le treizième, le père de mon aïeul... Et sur le chevalier, donnez-moi votre sentiment.

— Le chevalier d'Éon s'est montré parfaitement courtois avec votre envoyé. Et si j'osais, je dirais à Votre Majesté qu'elle ne peut compter serviteur plus affectionné et plus fidèle.

Le roi ricana un peu.

— Plus affectionné, je le sais bien ! Plus fidèle... Si la désobéissance à mes ordres est la marque de cette vertu, alors oui. Cependant, avec tous ses défauts, je le crois assez volontiers soucieux de mon service et serais charmé si, par le moyen de ses connaissances, il pouvait nous être encore utile. C'est d'ailleurs le cas dans l'affaire que vous avez si heureusement traitée, puisque vous avez réussi à convaincre ce Morande de se soumettre à nos conditions. Nous vous en sommes reconnaissant, Ranreuil.

Nicolas eut le sentiment que ce *nous* de majesté faisait apparaître l'ombre charmante de la favorite.

— Vous avez montré encore une fois que rien n'était trop délicat et aventureux pour votre talent. Sartine est heureux de vous avoir !

— Sire, le chevalier d'Éon m'a demandé de vous entretenir de l'affaire du sieur Flint.

Le roi ne répondit pas tout de suite. Nicolas mesurait à chacune de ses rencontres combien les ressorts de cet homme étaient compliqués. Souverain ne se fiant à personne ou à quelques-uns triés sur le volet, tourmenté de scrupules, traitant avec sang-froid cent affaires différentes sans jamais montrer humeur ni impatience et de la plus grande ouverture dès qu'il était en terrain de connivence. Pourquoi son peuple le méconnaissait-il à ce point, et pourquoi les apparences plaidaient-elles contre lui depuis tant d'années ?

— Quel fond, à votre avis, peut-on faire sur cet Anglais ? demanda le roi.

Nicolas répondit avec cette spontanéité qui devait toujours surprendre un homme habitué aux prudences courtisanes et aux cautèles de Cour.

— Quelle confiance peut-on accorder à un homme qui trahit son roi et sa nation ? Je pense qu'il ne faut pas se mettre dans ses mains sans garantie et recouper ses informations, ou feindre de pouvoir le faire.

— Voilà qui est sagesse, ma foi ! J'aviserai.

Le roi baissa sa glace.

— Que l'on donne mes fusils au petit Ranreuil. Appelez La Borde. Et vous, Ranreuil, allez chasser et parlez du sieur Flint au dauphin. Je veux qu'il vous aime. Un jour, il aura besoin de vous.

Il tendit sa main à Nicolas qui s'inclina et la baisa avant de sortir à reculons de la voiture sous le regard rasséréné du roi. Un page l'accompagna à l'endroit où le dauphin tirait. Les passages s'étaient espacés et le prince parut à peine gêné de l'arrivée de Nicolas.

— Le temps est beau, monsieur.

Nicolas se tourmentait pour entrer en matière.

— Sa Majesté souhaite que je vous rende rapport d'une affaire que j'ai traitée secrètement à Londres.

Le jeune homme ne put réprimer un mouvement d'intérêt joyeux qui n'échappa point à Nicolas.

Le dauphin tendit son fusil à un page et s'adossa à un bouleau. Ses yeux gris-bleu un peu brouillés fixaient Nicolas avec bienveillance. Celui-ci simplifia les préliminaires et insista, connaissant les goûts cartographiques du prince, sur les avantages pour notre marine de posséder des connaissances nouvelles sur une partie des côtes du grand empire chinois, tant du point de vue militaire que pour les mouillages de nos bâtiments de commerce. Le dauphin s'agenouilla, dessinant de mémoire avec une brindille les côtes de l'Asie sur le sol. Il s'animait et développait des arguments si fondés et si bien pensés qu'ils surprirent Nicolas. Il restait que la décision revenait au roi et il espéra qu'il y associerait son héritier.

— Monsieur, dit le dauphin, je suis heureux de vous avoir revu sur un sujet si prépondérant pour les intérêts du roi. J'imagine vous satisfaire en vous donnant, à mon tour, des nouvelles de Naganda[3], ce chef mic-mac que vous m'aviez présenté il y a quelques années. Sachez que ses rapports sont d'un intérêt soutenu. Les tribus avec lesquelles il a pris langue le regardent comme un homme venu pour les aider contre les Anglais. Vous connaissez l'agitation des colons américains contre leur métropole... Ses liaisons vont bon train ; il a touché ainsi les Tuscaroras, les Onondagas, les Senekas, les Mohawks, les Oneidas et les Cayudas. C'est un trésor, que ce fidèle-là ! Nous vous en remercions.

Nicolas s'émerveillait de la mémoire et des connaissances du prince, quand les pages les tirèrent par la manche. De nouveaux vols se profilaient. Pendant un long moment, les deux hommes furent tout au plaisir de la chasse, qui consistait à affronter des bandes qui volaient à grande vitesse pour les voir ensuite se disperser et se reformer encore. Ce n'était pas comme pour la vénerie le combat avec des animaux nobles, ou le risque couru face à la bête noire, mais un divertissement accru par l'abondance du gibier et la rapidité de ses envols. Le dauphin, bonhomme, nota avec un air complimenteur, que Nicolas tirait avec les fusils du roi et suggéra qu'il s'agissait d'un geste exceptionnel réservé à ceux que Sa Majesté souhaitait distinguer. Les oiseaux tombaient les uns après les autres, si vite que les barbets essoufflés ne parvenaient plus à les récupérer. Des Suisses chargeaient les fusils, les passaient aux pages qui les tendaient aux chasseurs. Le gibier ramassé serait comptabilisé sur des tablettes par le premier page de la petite écurie qui se rendrait ensuite dans le cabinet du roi pour recueillir les ordres concernant sa distribution. La plus grande part revenait aux pages, avec les douze traditionnelles bouteilles de champagne. Le roi était demeuré dans sa voiture. On lui avait porté sa chaufferette et il s'entretenait avec La Borde. Le tiré s'achevait et le dauphin invita gracieusement Nicolas dans son carrosse. Leur conversation, désormais aisée, se poursuivit sur la chasse, sujet sur lequel le prince était intarissable et le commissaire un puits de science.

Nicolas assista comme il convenait au débotté du roi, qui le gratifia d'un sourire heureux. M. de La Borde qui revenait à Paris lui proposa de le ramener. À peine était-il dans la voiture de Cour qu'en dépit du froid, il abaissa la glace de sa fenêtre.

— Seriez-vous quelque peu échauffé ? demanda Nicolas.

— Mon cher, peste soit du maréchal de Richelieu ! Je me trouvais près de lui dans le cabinet du roi. Ce vieux gandin mesure sa jeunesse à la puissance de l'odeur de bouc qu'il exhale. De tout temps, il s'est inondé de musc pur, si bien qu'il transporte avec lui à la fois les mâles odeurs du blaireau, du cerf et du sanglier en rut ou en brame et que l'on chantonne à Paris :

On doit quand Richelieu paraît dans une chambre
Bien défendre son cœur et bien boucher son nez.

Il se fait tailler des culottes de peau d'Espagne trempées dans le même parfum. Au théâtre, son fumet est si puissant que les loges voisines de la sienne se dégarnissent à l'entracte. Comment avez-vous trouvé le roi ?

Nicolas observa que, depuis quelques années, les plus proches et attentionnés serviteurs du souverain posaient invariablement cette question angoissée.

— Pour vous dire le vrai, encore un peu vieilli...

Le visage du premier valet de chambre se crispa et un soupir sortit de sa poitrine, comme s'il souhaitait se débarrasser d'une crainte qui lui serrait le cœur.

— Cependant, il retrouve meilleur air dès qu'il parle et s'anime.

— Que ne le voyez-vous plus souvent ! s'exclama La Borde. Il suffit d'avancer votre nom pour que son visage s'éclaire. Je ne sais d'où vient ce don qui vous permet de le distraire ; beaucoup s'y efforcent sans y parvenir. Mais vous, un tête-à-tête avec Sa Majesté et la voici rajeunie ! Quelle tristesse de le voir clapi frileusement dans sa voiture, lui qui aimait tant la chasse.

Il se tut un moment comme s'il réfléchissait et soupira à nouveau.

— Du temps de Mme de Pompadour, la chasse était suivie de petits dîners délicieux où l'on s'amusait. Maintenant c'est autre chose... La belle *tempéramenteuse* nous cause bien du souci et préoccupe les médecins du roi. Il se doit de répondre à ses ardeurs... Le vieux galantin musqué lui fournit des adjuvants redoutables dont il use et abuse sur ses conseils. Au vrai, la vieillesse qui monte lui fait peur. Il faut qu'il vérifie sans cesse qu'il n'est pas diminué. Corne de cerf en poudre et pastilles emplies de cantharides[4] sont constamment appelées à la rescousse.

— Semacgus m'a toujours mis en garde contre ces produits.

— Avec raison. Hélas, il est un temps où la vieille machine s'essouffle, ses ressorts se tendent par de trop fréquentes sollicitations et rien ne saurait y remédier. Le pire c'est que les faiblesses constatées, au lieu de conduire à la sagesse, incitent à multiplier les expériences.

— Mais, dit Nicolas, Sa Majesté a bien vendu le Parc aux cerfs à M. Sevin, l'huissier de la chambre de Madame Victoire ?

— Oui, mais les tentations subsistent. Certains trouvent intérêt à les multiplier ; dans le harem du grand Turc, les filles les plus désirables sont celles qui n'y figurent pas encore.

Nicolas se demandait si son ami, fort libertin et voué aux plaisirs, s'appliquerait à lui-même, l'âge venant, les mêmes conseils de prudence et de modération. Chacun menait sa vie comme il l'entendait et la sagesse finissait quelquefois par l'emporter. Il suffisait de constater la nouvelle conduite de Semacgus pour s'en convaincre.

— Hélas, mon ami, comme le répète à satiété le président de Saujac, « on ne change pas ses habitudes, ce sont les habitudes qui vous changent ».

Nicolas décida d'attaquer de front.

— Quels sentiments vous inspiraient Mme de Lastérieux ?

L'utilisation du mot *Madame* lui paraissait l'impliquer de manière moins directe dans la question posée. La Borde regarda Nicolas dans les yeux avec une gravité un peu triste qui fit soudain ressortir la différence d'âge qui les séparait, comme si toute une expérience de vie amoureuse resurgissait.

— Ne m'en veuillez pas, répondit-il, je la croyais coquette et tout à l'opposé de ce qui vous aurait convenu. Il est dommage de constater que sa mort vous a, en quelque sorte, libéré et, sans doute, évité bien des déboires. Qu'elle ait nourri pour vous un penchant, je n'en disconviens pas. Le tout serait de discerner ce qui fondait son attachement : l'amabilité de l'homme qu'elle prétendait aimer ou la volonté de parvenir. J'inclinerais pour la seconde hypothèse. De nos jours, on ne se contente plus de paraître vermeil, on veut devenir incarnat. Était-ce une impression ? Elle semblait me réserver un traitement particulier et dulcifiait sa superbe en ma présence. Ses minauderies servaient d'appât et rehaussaient ses charmes.

— Et vous estimez...

— Que c'est l'homme de Cour qu'elle favorisait en moi. Elle était si désireuse de s'y pousser et d'y faire son chemin...

Face à cette sincérité, les quelques soupçons qui avaient effleuré Nicolas disparurent à l'instant, même si une partie de son esprit policier lui insinuait que le sentiment n'avait rien à faire dans une enquête bien ordonnée. Un long silence s'installa entre eux, que rompit soudain le premier valet de chambre.

— C'est moi qui vous ai fait inviter au tiré du roi. Sa Majesté a fait observer que vous n'aviez pas besoin d'être convié, autorisé à y paraître de fondation. Il a ajouté qu'il regrettait de ne vous y voir point aussi souvent qu'il le souhaiterait. De grâce, faites-vous moins rare à la chasse, pour lui et pour moi !

M. de La Borde déposa Nicolas au Grand Châtelet. Le Père Marie, très agité, l'informa qu'un événement grave s'était produit et que l'inspecteur Bourdeau avait gagné la rue Saint-Julien-le-Pauvre. L'inspecteur avait insisté pour que le commissaire le rejoignît aussi vite que possible à son retour de Versailles. Un fiacre de la police l'attendait pour le mener de l'autre côté de la Seine. Le trajet n'était pas très long, mais les encombrements de la fin d'après-midi bloquèrent la voiture du commissaire rue du Marché-Palu, au sortir de la Cité. Il dut l'abandonner, enjoignant au cocher d'avoir à le retrouver dès qu'il serait dégagé. Il prit la rue du Petit-Pont, puis la rue de la Boucherie, avant de pénétrer dans l'étroite rue Saint-Julien-le-Pauvre.

Une foule animée et jacassante entourait une charrette de la police. Des gardes-françaises tenaient le peuple à distance de la porte d'une vieille demeure dont la façade était inclinée par les ans. Nicolas se fraya un passage et se fit reconnaître. Par une des fenêtres, Bourdeau le héla. Dans le vestibule, il dut encore écarter quelques commères qui lui décochèrent des injures. Sur le palier du quatrième étage, il trouva l'inspecteur et un exempt. Son adjoint l'arrêta, le prit à part et le mit aussitôt au fait de la situation.

— Rabouine faisait le guet depuis hier devant cette maison. Il n'avait rien observé d'extraordinaire, sauf que, ce matin, sur le coup de midi, Balbastre est arrivé. Il est monté chez M. du Maine-Giraud. Il n'est demeuré que quelques instants, puis s'est éloigné l'air égaré. Rabouine n'a pas hésité sur ce qu'il devait faire. Il m'a dépêché un « vas-y-dire » pour me signaler les faits et a pris l'organiste en filature. Je n'ai pas de nouvelles de lui. Dès qu'on a pu me joindre – j'étais sur une affaire de contrebande de vins à Montmartre –, je suis accouru ici. Cette chambre n'était pas fermée ; le loquet retombe lorsqu'on tire la porte. Le jeune monsieur a été trouvé mort, transpercé sur une épée coincée par les barreaux du dossier d'une chaise. Tout indique un suicide. J'ai évité de rien toucher, souhaitant que vous soyez le premier à examiner le corps, sa disposition et tout ce qu'on pourra trouver ici.

Sans un mot, Nicolas poussa la porte. D'un coup d'œil, le spectacle du drame s'imposa à lui. La chambre paraissait vide, tant son meuble était pauvre et rare. Une armoire en bois blanc, une couchette avec une paillasse recouverte d'une courtepointe en damas usé, une table bancale avec un escabeau de paille crevé et un paravent en papier huilé à demi replié sur une coiffeuse à cuvette. La fenêtre, ouverte sans doute par Bourdeau, faisait face à la porte. À sa droite, un peu en diagonale de l'entrée, et comme vautré, basculé sur une chaise coincée dans l'angle de la chambre, un corps en chemise, la chevelure naturelle rabattue sur le visage, frappait par son immobilité. Le bout de la lame d'une épée brillait un peu à gauche, sous l'omoplate.

Nicolas s'approcha avec précaution de la victime, comme un chien à l'arrêt. Il examinait le sol souillé de sang, enregistrant chaque détail. Il se redressa, lut les titres des livres posés sur une tablette. Quelques rares vêtements étaient pendus à des clous et recouvraient une paire de bottes. Se penchant à nouveau vers le parquet, il remarqua une série d'égratignures. Des estafilades coupant le papier à fleurettes attirèrent également son attention, si fraîches que la poussière de plâtre jonchait encore le sol. Il fit un pas pour observer le corps. Il tira sur un bras encore souple. D'évidence, le décès ne remontait pas à très longtemps, quelques heures au plus. Il calcula que cela coïncidait à peu près avec le passage de Balbastre. Il appela Bourdeau et l'exempt. Ensemble, ils dégagèrent le corps qui fut allongé sur le côté, Nicolas souhaitant laisser l'arme maintenue en place en vue d'un examen attentif lors de l'ouverture à la basse-geôle. Il fut frappé, comme ses aides, par l'expression de terreur imprimée sur le visage encore presque enfantin de la victime. Il reconnut pourtant dans ses traits déformés l'un des joueurs de cartes entrevus au cours de la soirée chez Mme de Lastérieux. Le cadavre fut ensuite emmené sur un brancard, tandis que Nicolas relevait par estampage les écorchures du parquet. Avant de quitter la pièce et de poser les scellés, l'inspecteur et lui fouillèrent partout. Leur tâche fut facilitée par l'indigence du logis. Ce fut Bourdeau qui, dégageant les habits, lui signala la paire de bottes précédemment aperçue et qui se révéla appartenir à Nicolas ; il s'agissait bien de celles qui avaient disparu rue de Verneuil. De fait, l'une des semelles portait une semence qui dépassait. Il fit le lien avec les égratignures relevées sur le sol, comparables à celles observées dans la chambre de Julie.

C'est sur cette constatation remarquable qu'ils quittèrent la rue Saint-Julien-le-Pauvre. Au Châtelet, Nicolas donna des instructions pour que l'ouverture du corps se fasse au plus tôt. Il éprouvait quelques scrupules à recourir une nouvelle fois à Sanson et à Semacgus, mais ne parvenait pas à se résoudre à abandonner cette opération si lourde de conséquences à la médiocrité des médecins de la prison. Il se rendit à l'étude de Me Tiphaine, notaire de Mme de Lastérieux, située rue de la Harpe. Il y trouva des clercs effarés et une jeune épouse éplorée qui lui apprit que son mari venait, à la suite de la visite d'une personne qu'elle ne connaissait pas, de jeter quelques effets dans un portemanteau et de se précipiter dans sa voiture. Il lui avait juste indiqué d'écrire poste restante chez son banquier, à La Haye, en Hollande. Il passerait régulièrement à cette adresse récupérer son courrier. Déçu et accablé par ce nouveau coup du sort, le commissaire, de retour au bureau de permanence, retrouva Rabouine qui faisait son rapport à Bourdeau. Rien n'avait attiré son attention au cours de sa surveillance de la maison de M. du Maine-Giraud. Seules quelques femmes du peuple étaient entrées et sorties, puis un moine qu'il n'avait pas revu.

— De quel ordre ? demanda Nicolas.

— Un capucin, dit Rabouine. Le capuchon rabattu.

— Ne cherchez pas plus loin ! ricana Bourdeau. Un malin comme toi, Rabouine, tu t'es fait avoir !

La mouche baissa la tête.

— Plus tard, reprit-il, un jeune homme est sorti, un drap plié sous son bras ; je l'ai pris pour un garçon blanchisseur. Enfin, une heure s'étant écoulée, M. Balbastre, que je connais, est arrivé. Il paraissait très nerveux, regardant à droite et à gauche comme s'il craignait d'être suivi.

— T'a-t-il vu ?

— Impossible, monsieur Nicolas. Il est ressorti cinq à six minutes après.

— Portait-il quelque chose ?

— Un paquet enveloppé.

— Et alors ?

— Ben, j'ai cru devoir le suivre. Il a pris un fiacre pour retourner chez lui, près de Saint-Gervais. Il n'y est pas resté longtemps, repartant à grands pas en lisant une lettre qu'il a déchirée et jetée au vent.

— As-tu pu en ramasser des morceaux ?

— Hé ! le moyen de courir et de recueillir en même temps !

Il n'y avait rien à faire, songeait Nicolas, quand la malchance vous joue de ces tours successifs. Il faut subir l'enchaînement imbécile d'une mauvaise série.

— Enfin, l'as-tu suivi jusqu'à sa destination, au moins ? Tu ne l'as pas perdu, j'espère ?

Rabouine redressa son profil aigu.

— Bien au contraire, monsieur Nicolas, nous sommes arrivés ensemble là où il devait aller.

— Et alors ?

— Alors, sa voiture a rejoint la rue de l'Université, s'est arrêtée près du Palais Bourbon. Balbastre en est descendu et s'est engouffré sous le portail de l'hôtel de monseigneur le duc d'Aiguillon.

— Nous voilà bons ! s'exclama Bourdeau.

— Et tu n'es pas resté en faction ?

Rabouine cligna de l'œil.

— Il apparaît aujourd'hui que l'on doute ici de mes capacités. J'ai mes correspondants dans toutes les bonnes maisons, à votre service. Et pour faire aboutir une affaire, il n'est que de connaître la nature humaine et d'en saisir les moyens.

Il fit le geste de compter des écus.

— Bien, s'impatienta Nicolas, on ne doute pas de tes capacités, mais le temps presse.

— Bref, dit Rabouine, j'ai interrogé mon correspondant quelque temps après. Il m'a indiqué que notre homme s'était entretenu avec un proche du ministre, que celui-ci avait donné des ordres de faire préparer un petit logement dans les combles de l'hôtel et d'y conduire l'organiste. À cette heure, il y dort, en proie, semble-t-il, à une forte fièvre accompagnée de tremblements.

— Bravo, bravissimo ! s'écria Bourdeau. Rabouine, tu es le meilleur et tu rachètes par ce dernier coup ta négligence précédente !

Restés seuls, Nicolas et Bourdeau firent le point. Ils se trouvaient en présence d'une nouvelle mort reliée de façon flagrante au meurtre de Mme de Lastérieux. Il convenait au plus vite de déterminer exactement les conditions du suicide de M. du Maine-Giraud. S'ajoutaient à cela un mystérieux moine, et la visite de Balbastre ressortant de la maison du mort avec un paquet. Le même, d'évidence terrorisé, court chercher refuge chez le duc d'Aiguillon, principal ministre, où il est reçu comme un commensal. Pourquoi, enfin, Me Tiphaine était-il parti précipitamment pour l'étranger ?

Les deux policiers se partagèrent à nouveau les tâches. Nicolas présiderait à l'ouverture du corps qui se ferait, si possible, la nuit même, tandis que son adjoint irait perquisitionner le logement de Balbastre près de l'église Saint-Gervais. Après quoi, pour obtenir l'autorisation d'investigations plus poussées, il faudrait se faire entendre du lieutenant général de police qui, le samedi, gagnait habituellement Versailles en vue de son audience hebdomadaire avec le roi.

Samedi 22 janvier 1774

L'entretien avec M. de Sartine s'était ouvert dans les conditions les plus favorables. Tout à sa marotte, celui-ci informa d'abord Nicolas que, renseignements pris à Londres, une pleine malle de perruques voguait vers la France et qu'il mourait d'impatience de la recevoir. Pourtant, le commissaire ne se sentait pas assuré que cet exorde ne dissimulât pas autre chose, et sa connaissance du caractère de son chef lui fit comprendre assez vite que l'apparente suavité du ton dissimulait une grandissante irritation.

Nicolas fit donc son rapport sur un ton volontairement neutre, veillant à ce qu'aucun excès n'ouvre les vannes à un torrent de reproches. Vain espoir : la mort de Casimir, les découvertes de Semacgus au Jardin du roi, et l'enquête sur les écrits présumés de Julie, si elles ne déclenchèrent aucun éclat, n'entraînèrent pas moins quelques translations d'objets marques de l'impatience du magistrat. L'information sur la mort de M. du Maine-Giraud et sur l'implication probable de Balbastre fut reçue de la même façon. En revanche, l'annonce de la fuite de l'organiste à l'hôtel d'Aiguillon et, surtout, les dernières nouvelles de la nuit firent sursauter M. de Sartine. La fouille chez Balbastre avait en effet conduit à découvrir des souliers maculés de sang et, dissimulée au fond d'une armoire, la robe du capucin tout aussi souillée. Outre cela, l'ouverture pratiquée à la basse-geôle par Semacgus et Sanson conduisait à exclure la mort par suicide. M. du Maine-Giraud avait bel et bien été assassiné. Le sondage de la plaie avait révélé qu'une première blessure lésant le foie avait provoqué un afflux hémorragique mortel de l'organe noble, et qu'on avait ensuite procédé à une mise en scène. Le corps avait été embroché sur l'épée coincée par les barreaux de la chaise, la pointe de lame enfoncée dans la première blessure. Cette seconde pénétration avait suivi une voie différente de la première. Aucun doute n'était permis, et d'ailleurs, le sang répandu dans la chambre, les éraflures du parquet causées par les bottes dont les semelles avaient été nettoyées avant d'être rangées, prouvaient une attaque violente. La victime menacée pouvait s'être débattue ou avoir tenté de parer le coup fatal. En conclusion, Nicolas sollicitait du lieutenant général de police l'autorisation d'arrêter Balbastre, qui n'était peut-être pas l'assassin mais qui possédait certainement des informations essentielles au déroulement de l'enquête. Cette conclusion, pourtant logique, déclencha la fureur de Sartine qui se mit à vitupérer en parcourant à grandes enjambées son bureau.

— Le bon déroulement de l'enquête ! Quelles billevesées allez-vous encore m'assener, monsieur le commissaire ? Où sont le désordre et l'impuissance, si ce n'est dans une affaire incertaine où vous nous avez entraînés par une liaison irraisonnée ?

Nicolas, outré de la mauvaise foi de son chef, essaya de protester.

— M'y serais-je abandonné, si vous-même, monsieur qui saviez tout, m'en aviez dissuadé ?

M. de Sartine asséna un vigoureux coup de pincette sur une pyramide de bûches qui s'écroula à grands fracas dans la cheminée.

— Taisez-vous ! Et comme c'est votre fâcheuse habitude, voilà que vous semez les morts derrière vous ! Non seulement votre maîtresse est assassinée, mais son serviteur, un jeune homme inconnu et qui d'autre encore ? Vous instaurez le désordre dans la cité et je m'interroge sur le bien-fondé de la protection dont vous avez jusqu'à présent bénéficié.

Il reprit souffle.

— Car enfin, qu'imaginez-vous ? Vous êtes bien placé, monsieur, ce me semble pour connaître ce à quoi vous avez échappé : dans ce royaume, qu'on le déplore ou non, et je fus, ne l'oubliez pas, lieutenant criminel à une époque où vous polissonniez encore chez les jésuites de Vannes, semant sans doute le désordre dans ce lieu d'étude. Que disais-je ? Oui, il se trouve que notre procédure a pour but d'assurer le succès d'une accusation, vraie ou fausse. Et bien qu'on y remarque un soin méticuleux dans l'établissement des moindres pièces, un souci constant de la règle et la préoccupation de réunir le plus grand nombre de preuves, on sait que le juge intervient d'emblée avec l'idée que la personne conduite devant lui est coupable et que le travail de l'instruction vise surtout à livrer une proie à sa vindicte et à fournir au peuple un exemple de terreur salutaire. Quelles que soient l'intégrité, la sensibilité et l'intelligence des magistrats, la pente qui les entraîne est celle-là. Comprenez-vous, comprenez-vous ?

— Mais qu'ai-je à voir, monsieur...

— Il est idiot, ma foi ! s'exclama Sartine. Supposons, monsieur qui faites la bête, qu'un citoyen possède un ennemi dangereux, désireux de le perdre en l'accusant d'un crime capital, sentez-vous dans quelle gêne affreuse ce pauvre innocent va se trouver confronté ? Selon notre ordonnance de 1670, il est sous le coup de la procédure criminelle dite *à l'extraordinaire*, relative aux crimes les plus graves. Imaginez quelles difficultés extrêmes il éprouvera pour se justifier ? D'abord, son ennemi le dénonce *sous le secret*. Il ne peut connaître son dénonciateur. Le lieutenant criminel ne manque pas de produire des témoins et évidemment, monsieur l'esprit fort, uniquement ceux que le dénonciateur lui présente. Les témoins ainsi rassemblés sont entendus dans le plus grand secret par un seul juge, sans crainte d'être contredits. Il se peut de surcroît, je n'y veux croire, mais enfin... il se peut que ce juge soit prévenu ou corrompu. Hein, heu ! Pauvre innocent ! L'information suit son cours ; notre malheureux innocent est conduit en prison avec scandale, ou ce qui est pire en secret, mis aux fers et quelques fois jeté dans un cachot affreux où il est nourri au pain et à l'eau, couché sur la paille, sans même pouvoir communiquer.

— Mais...

— Il n'y a pas de mais. Il est tiré de sa geôle pour subir les interrogatoires. Il lui est expressément défendu de se faire assister d'un conseil. Le juge presse l'accusé, d'accord avec la loi qui le présume coupable. Il cherche par tous les moyens – je dis bien *tous* les moyens – à lui arracher l'aveu du crime qu'on lui impute, de sorte que plus le danger est grand et moins la loi donne à l'inculpé les facultés pour se justifier. En outre, lors des confrontations, l'accusé ne peut interpeller directement les témoins. Telle est, monsieur, la procédure qui a déjà excité bien des réclamations en faveur de l'humanité, qui a plus d'une fois occasionné des méprises fatales et souvent compromis les intérêts de l'équité. Telle est celle, monsieur, à laquelle la confiance que l'on met en vous et la puissance qui vous protège vous ont permis d'échapper. Mesurez votre chance et dites-moi s'il faut vraiment que vous provoquiez le sort en vous acharnant.

— Monsieur, protesta Nicolas, je m'acharne à rechercher la vérité comme vous me l'avez enseigné.

— Ah ! le bon apôtre ! Mais comprendrez-vous, tête de Breton, que la justice ne s'exerce qu'autant qu'une autre force, dans la main dans laquelle elle se trouve, le lui autorise ?

— Sa Majesté s'oppose à ce que...

— Ne mêlez pas le roi à tout cela ! Je veux dire, puisque vous faites mine de ne rien saisir, que j'ai été ce matin dûment convoqué par M. le duc d'Aiguillon en son hôtel pour me faire signifier, sur le ton que vous lui connaissez, que M. Balbastre demeurerait sous sa protection, que sa volonté était qu'on le laisse tranquille, que passer outre à ses recommandations serait s'opposer à lui-même et que jamais il ne tolérerait que le lieutenant général de police protège, je le cite, *un petit bâtard de commissaire dont le roi s'est entiché*. Tels furent ses propos, j'ai le regret de vous les répéter. Aussi bien, il me faut vous ordonner d'abandonner cette affaire.

Nicolas n'en croyait pas ses oreilles. Il resta un moment silencieux avant de risquer :

— Cependant, monsieur, sans le témoignage de Balbastre et la compréhension de ses actions, notre enquête est dans un cul-de-sac, et je pense que M. de Saint-Florentin...

— Ne pensez pas, surtout ne pensez pas ! Avez-vous un escoffion [5] sur les yeux pour ne pas entendre et vous remémorer que M. de Saint-Florentin, que je vous somme, à la fin des fins, de nommer duc de la Vrillière, est l'oncle de l'épouse du duc d'Aiguillon. À cela, monsieur l'esprit fort, j'ajouterais que votre M. Balbastre, autour duquel vous éparpillez les cadavres, non seulement est un musicien réputé, un compositeur de talent, l'organiste de Notre-Dame, celui de la chapelle royale de Versailles, mais se trouve être, de surcroît, maître de clavecin de notre dauphine. Je vous conseille de poursuivre. Oui, vraiment, poursuivez ! Allons, soyons sérieux, vaquez à vos occupations de commissaire au Châtelet et félicitez-vous de la tournure que cette affaire n'a pas prise.

Sans un mot, Nicolas salua son chef qui regagnait lentement son fauteuil. Une phrase presque hurlée l'atteignit sur le seuil de la porte.

— Ce n'est pas à votre encontre que j'en ai, Nicolas. En vérité, je ne suis pas fier de moi...

Le commissaire referma la porte, mi-joyeux mi-effaré de ce qu'il venait d'apprendre. Descendant les degrés de l'hôtel de police les leçons premières de son chef lui revinrent en mémoire, en particulier la définition souvent ressassée que Colbert donnait à l'éminente fonction de lieutenant général de police : « Il faut que celui-ci soit un homme de simarre et d'épée, et si la savante hermine du docteur doit flotter sur ses épaules, il faut aussi qu'à son pied résonne le fort éperon du chevalier, qu'il soit impassible comme magistrat et comme soldat intrépide, qu'il ne pâlisse devant les inondations du fleuve et la peste des hôpitaux, non plus que devant les rumeurs populaires et les menaces des courtisans. »

Nicolas songeait avec mélancolie que les temps avaient changé et que la puissance royale ne soutenait pas autant que par le passé la main du magistrat.

X

LE ROI

Ci gît ce bien aimé Bourbon
Monarque d'assez bonne mine
Et qui paye sur le charbon
Ce qu'il gagne sur la farine

Anonyme

Jeudi 28 avril 1774

Deux mois s'étaient écoulés dans la routine des tâches quotidiennes. M. de Sartine, revenu à sa sérénité habituelle, entourait Nicolas de prévenances particulières, comme s'il souhaitait se faire pardonner l'obligation où il s'était trouvé d'interrompre l'enquête sur le meurtre de la rue de Verneuil. Nicolas feignait d'en prendre son parti espérant sourdement qu'un jour d'autres circonstances plus favorables conduiraient la justice à reprendre son cours normal. Une chose le rassérénait et lui faisait oublier cet échec : le roi le conviait de plus en plus souvent à Versailles. Outre sa présence aux chasses, sa participation répétée à de petites réunions manifestait une faveur qu'assurait encore davantage la bienveillance aimable de

Mme du Barry. Elle écoutait volontiers La Borde, lequel lui avait insinué que le petit Ranreuil savait mieux que personne distraire le roi et que sa présence garantissait quelques sourires.

Il est vrai que la chose paraissait de plus en plus nécessaire. Le roi venait d'atteindre sa soixante-troisième année. Il avait grossi et supportait de plus en plus mal les excès de toutes sortes. Ses absences se multipliaient, ressemblant aux effets de l'ivresse et qui nourrissaient les rumeurs des Cours étrangères. Comme dans les derniers temps de son aïeul, on commençait à parier à Londres sur la durée du règne. Il tombait souvent de cheval mais ne « dételait » pas en dépit des objurgations répétées de son médecin. Toujours amateur de femmes et de bonne chère il avait fini pourtant par se soumettre à un régime, à boire de l'eau de Vichy et à supprimer presque complètement les soupers. Une succession de disparitions subites dans son entourage l'assombrissait, lui que la mort avait toujours hanté. On rapportait ses moindres paroles en commentant ses velléités de retour à la pratique religieuse. On notait ses visites de plus en plus fréquentes à Madame Louise, sa fille, carmélite à Saint-Denis.

L'abbé de Beauvais, évêque de Senez, avait prêché le jeudi saint à Versailles. Nicolas se souvenait encore de ce moment effrayant qui avait frappé tous les assistants. L'orateur avait choisi la mort comme thème de son homélie. Il commença par détruire l'illusion que le siècle connaissait une longévité des hommes plus grande que dans les précédents. Il peignit avec éloquence les misères du peuple dont l'amour envers le souverain s'affaiblissait. Il s'attaqua ensuite à l'existence du roi qu'il décrivit sous le masque transparent de Salomon. Nicolas se souvenait de ses paroles : « *Enfin, ce monarque rassasié de volupté, las d'avoir épuisé, pour réveiller ses sens flétris, tous les genres de plaisirs qui entourent le trône, finit par en chercher d'une nouvelle espèce dans les vils restes de la licence publique.* » La dernière apostrophe du prélat avait fait pâlir le roi et atterré les courtisans : « *Encore quarante jours et Ninive sera détruite.* » Quant à la favorite, frappée au cœur et animée de sombres pressentiments, elle ne dissimulait pas son angoisse et souhaitait voir passer « ce vilain mois d'avril » depuis que l'*Almanach de Liège*, colporté sous le manteau, avait prédit la chute prochaine « d'une grande dame jouant un rôle dans une Cour étrangère ».

Nicolas était arrivé la veille, appelé à Versailles par un message de M. de La Borde. Il avait été intrigué de la mention d'une surprise, sans autres précisions. Au cours de la chasse, La Borde était demeuré muet. Le roi n'avait pas quitté sa voiture, se plaignant d'avoir froid en dépit de la douceur du temps. Il avait mauvais visage et souffrait de l'état de ses gencives, que son dentiste venait d'examiner quelques jours auparavant. Nicolas avait dormi dans l'appartement du premier valet de chambre. Le lendemain, de retour vers trois heures de relevée au Petit Trianon, il apprit que le roi s'était trouvé souffrant, avait pris quelques remèdes anodins sans ressentir de soulagement et, après avoir fait sa partie, s'était couché, comptant sur le sommeil pour dissiper son malaise.

En attendant les nouvelles, La Borde et Nicolas se promenaient dans le petit jardin à la française qui prolongeait les serres chaudes dans lesquelles le roi tentait d'acclimater le caféier, le figuier et l'ananas. Ils approchaient du petit pavillon de Gabriel où le roi s'arrêtait souvent pour classer ses herbiers ou pour prendre une collation de laitage et de fraises. Soudain, le commissaire s'immobilisa à la vue d'une silhouette en haut des degrés du pavillon. Il n'en croyait pas ses yeux. Naganda[1] était là qui le considérait en souriant.

M. de La Borde les abandonna à l'émotion des retrouvailles. Ils ne s'étaient pas revus depuis l'été 1770, quand Nicolas avait accompagné le jeune chef mic-mac à Nantes, où il s'était embarqué pour le Canada. Ils évoquèrent leurs souvenirs communs et l'Indien prit des nouvelles de Bourdeau et de Semacgus. Il conta dans quelles condi tions il avait recueilli l'héritage de son père à la tête des siens. Il expliqua ensuite que l'abondance des renseignements recueillis dans les tribus, mais également auprès des colons américains, avaient conduit les bureaux de Versailles à souhaiter qu'il vînt tout expliquer de vive voix, et, notamment les esquisses cartographiques et les relevés stratégiques qu'il avait pu dresser. Un bateau de pêche, trompant la croisière anglaise, l'avait secrètement récupéré sur les bords du Saint-Laurent et mené à Saint-Pierre-et-Miquelon, où un vaisseau du roi l'attendait. Il montra avec fierté à Nicolas l'uniforme d'officier dont il était revêtu. Il compléta enfin le tableau de la situation américaine que celui-ci connaissait déjà par sa conversation récente avec le dauphin. Son séjour serait bref. Il devait être reçu par le roi et le ministre de la Marine, et reprendrait aussitôt la mer muni de nouvelles instructions. Il logeait à Versailles, à l'hôtel de la Belle Image, place Dauphine. Nicolas lui suggéra de l'accompagner à Paris, M. de Noblecourt ayant toujours regretté de n'avoir point rencontré « l'homme du Nouveau Monde ». Leur conversation fut interrompue par un officier qui venait rechercher le chef indien, et par La Borde, qui, une fois Naganda éloigné, s'ouvrit à Nicolas de ce qu'il venait d'apprendre.

— Le roi a passé une très mauvaise nuit, dit-il. Douleurs de tête avec complications de maux de reins. M. Le Monnier, premier médecin ordinaire, a été réveillé. Il a trouvé de la fièvre. Sur l'ordre du roi, on a fait quérir Mme du Barry. Le Monnier, habitué aux pusillanimités de son patient, ne prête guère attention aux symptômes et suppose une indigestion. Les gentilshommes de service ont, eux aussi, traité à la légère cette indisposition.

— Et la comtesse ? s'enquit Nicolas.

— Elle craint que la peur du diable qui se réveille chez le roi au moindre prétexte ne lui fasse demander son confesseur. Du coup, elle opine dans le même sens que les autres. Elle souhaite rester la seule à veiller sur le roi et a obtenu qu'on ne prévienne personne au Palais.

— Mais tout se sait à la Cour...

— Justement, cher Nicolas, vous imaginez bien que la famille de Sa Majesté s'est aussitôt inquiétée. N'osant paraître, elle a dépêché La Martinière, son premier chirurgien. Il vient d'arriver. Pressons le pas et retournons au Château neuf.

La Borde avait pris Nicolas par le bras pour l'entraîner. Sur les marches de l'escalier qui conduisait à l'étage noble, où se trouvaient les pièces de réception, les serviteurs attendaient. Dans l'antichambre, appuyé sur l'un des deux poêles en faïence, Gaspard, le garçon bleu, les salua. Plusieurs courtisans attendaient là aussi, parmi lesquels Nicolas reconnut M. de Boisgelin, chez qui, jeune encore, il avait accompagné son père, le marquis de Ranreuil, à la chasse dans la forêt de la Bretesche, près de Guérande. L'appartement du roi était situé à l'étage d'attique. Un petit escalier au pied duquel il avait coutume de prendre son café lui permettait de gagner directement sa chambre. Les deux fenêtres pouvaient être obturées le soir par un ingénieux système de glaces mouvantes montant du rez-de-chaussée. Une horloge sonna cinq heures dans une pièce voisine. Le prince de Condé apparut, descendant de l'appartement du roi.

— Monsieur, dit-il à La Borde, le chirurgien ayant déclaré au roi qu'il ne peut demeurer à Trianon et que c'est à Versailles qu'il faut être malade, le duc d'Aiguillon a pressé Sa Majesté qui vient de donner ses ordres. Qu'on demande de suite les voitures !

Chacun se mit à courir en tous sens. La Borde se précipita pour rejoindre l'attique. Bientôt, le fracas des chevaux et des carrosses retentit sur le pavage extérieur, mettant fin au silence pesant qui régnait depuis que les premiers ordres avaient été lancés. Tous se précipitaient. Au pied de l'escalier, Nicolas vit descendre vers lui le principal ministre, qui lui jeta un regard aigu, suivi d'un homme en tenue bourgeoise noire qu'il supposa être La Martinière. Presque aussitôt le roi parut, appuyé sur La Borde. Vêtu d'une robe de chambre, il portait pardessus un manteau de chasse jeté à la va-vite sur ses épaules. Son visage était rouge et bouffi. Parvenu en bas, il considéra Nicolas. Il y avait tant d'appel dans ce regard que celui-ci, sans réfléchir, lui tendit le bras. La main du roi s'appuya sur son poignet, y communiquant la brûlure d'une fièvre intense. Le roi avança, soutenu par La Borde et Nicolas, jusqu'à sa voiture. S'engageant dans la caisse, il s'écria d'une voix cassée : « À toutes jambes ! » Il n'avait pas lâché le bras de Nicolas et celui-ci se vit engager à le suivre, ainsi que La Borde. La voiture s'ébranla dans un grand ébrouement de cris, de coups de fouet et de grincements de roues. Le roi resserra le manteau ; il tremblait. Un instant, il fixa Nicolas comme s'il ne l'avait jamais vu. Sa tête dodelinait aux à-coups du chemin. En trois minutes et à un train d'enfer, ils furent au château.

La voiture s'arrêta sous la voûte de l'appartement de Madame Adélaïde. Les deux amis soutinrent le roi jusqu'au seuil du salon de sa fille où il s'assit le temps qu'on prépare son lit, son retour du Petit Trianon n'étant pas prévu ce soir-là. Le bruit se répandit aussitôt que le roi était malade. Les princes et les grands officiers accoururent. Dès que le roi fut couché, la famille royale fut introduite, mais elle ne resta qu'un instant. Seuls la comtesse du Barry et le duc d'Aiguillon obtinrent le privilège de demeurer pour le veiller. La favorite s'obstinait à proclamer à haute voix qu'il ne s'agissait que d'une indigestion. À neuf heures et demie, le roi reçut les entrées du cabinet, le comte de Lusace, les ambassadeurs de Naples et d'Espagne et donna le mot d'ordre comme de coutume. La Borde alla aux nouvelles et rapporta que la fièvre déjà forte avait augmenté et que les douleurs de tête devenaient plus violentes.

Nicolas attendit longtemps sur une banquette de la grande galerie. Vers dix heures, le premier valet de chambre vint le chercher. Il s'agissait d'assurer la sûreté et la tranquillité du malade. Le lit du roi installé dans sa chambre réelle [2], il faudrait refouler les entrées et tous ceux qui avaient accès à sa personne. Ils prirent toutes les dispositions avec les garçons bleus et les gardes du corps pour barrer l'antichambre de l'œil-de-bœuf et reculer d'une pièce toutes celles réservées aux honneurs, la chambre à coucher de parade remplaçant ainsi celle du conseil. La Borde informa Nicolas que le roi, dans un moment d'apaisement, avait souhaité que le « petit Ranreuil » demeurât près de lui pour seconder le premier valet de chambre. Le duc d'Aiguillon avait tenté de soulever quelques objections, que le roi avait repoussées avec irritation. La comtesse, au contraire, s'y était montrée favorable, s'interrogeant sur l'hostilité manifestée par le ministre à l'égard d'un aussi fidèle serviteur. Nicolas somnola une partie de la nuit sur une banquette de la chambre du conseil.

Vendredi 29 avril 1774

Au petit matin, La Borde l'éveilla. La nuit avait été très mauvaise, accompagnée d'agitations extrêmes. Ni les mouches sur les tempes avec de l'opium, ni aucun autre remède n'étaient parvenus à calmer le roi. La matinée s'écoula dans une attente anxieuse. Vers neuf heures, Le Monnier, d'accord avec le premier chirurgien, décida de le faire saigner. L'opération se fit en public et chacun put observer sur une console les trois palettes tirées. Nicolas, adossé dans l'ombre de la cheminée, put constater avec les autres assistants que le malade n'en paraissait pas soulagé. Les deux médecins se retirèrent dans la chambre de conseil pour discuter de la marche à suivre. Le Monnier, la veille encore si optimiste, envisageait maintenant de faire appel aux lumières de ses confrères. Nicolas, qui les avait suivis, surprit une longue dispute pour savoir qui aurait l'honneur de la consultation. Lorry, médecin du duc d'Aiguillon, et Bordeu, celui de la favorite, furent désignés. Ce dernier, réputé bon praticien, paraissait, selon un propos échappé à la comtesse, propre à se laisser conduire dans le cas où l'indisposition deviendrait maladie. Lassone, médecin de la dauphine, fut adjoint également à ce conseil, puis d'autres encore. Gaspard, le garçon bleu, vint tirer Nicolas par la manche ; on le réclamait dans la chambre du roi.

Il s'agissait de faire évacuer la pièce. Trop de monde s'y pressait, elle était trop confinée et l'air manquait. Le roi, couvert de sueur, gisait sur un petit lit de camp au milieu de la chambre. Il tenait des propos sans suite, d'une voix rauque, appelant souvent La Borde qu'il finit par envoyer chez Mme du Barry, réclamant que le petit Ranreuil reste là « surtout, surtout ». Il répéta ce mot plusieurs fois, cherchant Nicolas des yeux. À midi, les médecins de Paris faisaient leur entrée, figés de componction.

Ils examinèrent longtemps le roi, l'interrogeant sur ses souffrances. La face congestionnée, il se plaignait de maux de tête. Il ne fut à aucun moment question de déterminer la nature de sa maladie et la Faculté disserta longuement de l'éventualité d'une fièvre catarrhale. Le roi continuait à s'agiter et, après bien des hésitations, les médecins ordonnèrent une seconde et peut-être une troisième saignée. Tout Versailles bruit aussitôt de la nouvelle et la famille royale accourut derechef. Les conciliabules et les intrigues reprirent de plus belle.

— Une troisième saignée ! dit le roi. Une troisième saignée ! C'est donc une maladie. Elle me mettra bien bas, je vous le dis.

Il s'accrochait à cette idée, interrogeant l'assistance du regard.

— Je voudrais bien qu'on ne me la fît pas. Pourquoi cette troisième ?

Dans les pièces précédant la chambre du malade, Nicolas fut alors le témoin atterré du développement des conciliabules. Cette saignée devenait une affaire d'État. Les médecins, attaqués de toutes parts et attirés alternativement par les deux camps en présence, vacillaient. L'enjeu de cette agitation crevait les yeux. Selon leurs dispositions favorables ou contraires aux intérêts de la favorite, les uns et les autres craignaient ou espéraient le verdict. Les uns décrivaient le roi frappé de cette proposition, et combien alors il se persuaderait d'être malade et quel serait le danger de cette peur pour un homme de sa faiblesse. On dévidait, pour être plus clair, les suites de cette troisième saignée, qui ne pouvaient manquer d'être le recours aux sacrements et le renvoi de Mme du Barry. On balançait, devant des esprits incertains, les risques de se faire de la favorite et du ministre en place des ennemis irréconciliables. M. de La Borde prêtait la main au clan de la comtesse, tant par amitié sincère pour elle que par souci de l'inquiétude de son maître. Les autres, arguant de la nécessité pour le roi de se mettre en paix avec sa conscience dans le risque où il paraissait être, voilaient, sous des impératifs religieux, leur volonté de revanche sur la favorite et le duc d'Aiguillon. Nicolas ne savait que penser. Au bout du compte, on se contenta d'une deuxième saignée vers le soir. Le roi faillit se trouver mal et demanda du vinaigre. Il se faisait tâter le pouls à chaque instant et montrait son inquiétude.

— Vous me répétez que je ne suis pas mal et que je serai bientôt guéri. Vous n'en pensez pas un mot. Vous devez me le dire !

À cinq heures, ses filles, appelées par La Borde qui pensait ainsi faire pendant à la venue de la favorite, visitèrent leur père. Nicolas regrettait de voir tant de monde affluer dans la chambre. Outre les princes, les gentilshommes de la chambre, le service, les médecins, les chirurgiens et les apothicaires, une foule de curieux ne cessait de circuler en dépit des consignes. L'air à nouveau se raréfiait. Vers dix heures, le roi montrait sa langue au médecin quand La Martinière, en lui donnant à boire, crut discerner des rougeurs suspectes sur son visage. Sans manifester de surprise, il demanda au service d'avancer de la lumière, prétextant que le malade ne voyait pas son verre. Chacun des médicastres observa le phénomène avec étonnement qui était un aveu d'ignorance. Pourtant, ils ne laissèrent rien paraître et passèrent dans la pièce voisine pour entrer en consultation. Nicolas, comme une ombre, les suivit.

Chacun hésitait à s'expliquer avec franchise et usait de circonvolutions en nommant le mal soupçonné sous des appellations contournées. Certains n'y voyaient qu'une éruption cutanée et les autres une petite vérole volante, sans avancer le vrai mot La Martinière prit la parole.

— Nous constatons, messieurs, une fièvre aiguë, des maux de tête violents, des douleurs dans les lombes, la sécheresse de la peau et une éruption au visage. Que devons-nous en conclure ?

De nouveaux propos insignifiants se firent entendre. Le premier chirurgien réagit aussitôt.

— Hé ! quoi, messieurs, fit-il sur un ton impatienté, est-ce que la science serait en défaut chez vous tous ? Je vous le dis : le roi a une petite vérole avec des complications plus fâcheuses encore et, pour ma part, je l'estime perdu.

Un profond silence suivit cet éclat.

— Vous tenez là un propos bien imprudent, dit M. de Duras, premier gentilhomme de la chambre qui assistait au débat.

— Monsieur, répondit La Martinière, mon devoir n'est pas de flatter Sa Majesté, mais de dire le vrai sur sa santé, et ce que j'avance ne saurait être démenti par aucun de ces messieurs. Tous pensent comme moi, mais je suis seul à le dire parce que je crois qu'il est de mon honneur de présenter les choses dans leur vérité entière.

Des murmures s'élevèrent dans l'assemblée.

— Le roi est donc perdu ? dit le duc de Duras. Que reste-t-il à faire ?

— Le soigner et prolonger sa vie autant qu'il sera humainement possible, car il n'y a plus de ressources ; il a voulu forcer la nature et celle-ci ne l'a pas écouté.

— Cependant, est-on assuré qu'il s'agisse bien de cela ? intervint Le Monnier. J'ai toujours entendu dire que le roi avait déjà souffert, en 1728, d'une éruption de petite vérole. Et puis, à son âge !

— L'âge de Sa Majesté ne fait rien à l'affaire, soupira Lorry. En janvier dernier, M. Doublet, chancelier de la reine d'Espagne, oncle de la marquise de Montesquieu et de la comtesse de Voisenon, en est mort à soixante-dix-huit ans.

— Quelles raisons vous font conclure à une telle gravité de l'accès ? demanda Lassone, le médecin de la dauphine.

— Hélas, dit La Martinière, les symptômes révèlent l'espèce la plus dangereuse. C'est une confluente. Avez-vous observé les pustules, non pas séparées mais confondues ? Tout le corps, et surtout la tête, va enfler avec force salivation. Cette forme de la maladie est ordinairement compliquée avec le pourpre et le charbon et elle emporte généralement le malade le onzième jour après ses commencements.

Un silence effrayant suivit cette déclaration.

— Je suis sûr que l'on peut remédier, dit Le Monnier.

— On peut essayer, repartit La Martinière, mais si quelqu'un échappe par la méthode ordinaire, c'est à la nature qu'il en est redevable plus qu'aux efforts de celui qui le traite !

— On discute beaucoup du traitement, reprit Lassone, tant les sentiments sont partagés sur cette matière. Les Allemands saignent peu, en revanche Alsaharavius prescrit la saignée jusqu'à la défaillance.

— On dit, susurra un apothicaire que les médecins foudroyèrent aussitôt du regard pour cette incursion dans leur domaine, que la fiente de cheval est un excellent médicament, en ce qu'il provoque la sueur et garantit la gorge.

— Foin de tout cela ! dit La Martinière. Il faut poser des vésicatoires et faciliter les évacuations en suscitant des matières louables par une succession de lavements. Il faut à tout prix déclencher la suppuration puis le dessèchement. Il faut tout faire pour éviter le reflux de la matière purulente au-dedans. Il faut accabler le malade de tisanes détersives, balsamiques et fortifiantes avec des onctions d'onguent rosat sur les pustules. À tout le moins, il faut de suite aider l'éruption par des décoctions de scorzonnaires, de lentilles et de dompte-venins. Il convient également de multiplier les boissons délayantes et humectantes et, en matière de soutien, du bouillon clair et pauvre qui évitera de nourrir la fièvre.

Aussitôt la consultation achevée, Nicolas alla glisser à l'oreille de La Borde, qui pâlit, l'arrêt de la Faculté. La famille royale fut prévenue par les médecins de ne plus entrer chez le souverain. Bien qu'ils n'aient pas manqué, en annonçant officiellement sa maladie, d'ajouter « qu'il était préparé à merveille et que tout irait bien », la peur surgit immédiatement en raison de la contagion possible. La famille royale, seule des maisons souveraines de l'Europe, n'avait pas adopté l'inoculation et aucun de ses membres n'avait encore souffert de la maladie. Le premier soin fut de contraindre le dauphin à quitter l'appartement ; ce fut sa femme qui l'entraîna. Tous les princes se retirèrent, sauf le duc d'Orléans, le comte de La Marche, le duc de Penthièvre et le prince de Condé qui, ayant eu la maladie, déclarèrent vouloir continuer à voir le roi. Enfin, Mesdames Adélaïde, Victoire et Sophie décidèrent de se constituer gardes-malades de leur père et s'installèrent dans son cabinet particulier ainsi que dans le salon de la pendule.

Parmi les serviteurs, c'était à celui qui s'échapperait le premier. La Borde, avec un pauvre sourire, pressa Nicolas de se retirer ; la prudence l'exigeait. Celui-ci lui déclara avoir été inoculé quelques années auparavant, à l'amicale instigation de Semacgus, lequel – l'épidémie revenant périodiquement – avait entraîné dans cette opération préventive toute la maisonnée de la rue Montmartre, y compris M. de Noblecourt. Le commissaire s'était laissé convaincre, ayant encore dans l'oreille les remarques du marquis de Ranreuil, fervent adepte des nouveautés du siècle et que l'officier anglais prisonnier à Guérande avait convaincu de l'efficacité de la vaccine. Il pouvait donc demeurer, à la grande joie de son ami. Il en fut de même de Gaspard, le garçon bleu, qui affirma avoir subi la maladie dans son jeune âge. La comtesse du Barry parut. Elle fut saluée, sans aucune morgue et dans un étrange rapprochement, par les filles du roi. Au petit matin, Nicolas remonta dans les appartements du premier valet de chambre pour y faire toilette et pour écrire deux billets prévenant M. de Sartine et M. de Noblecourt de l'événement et des motifs qui le retenaient à Versailles.

Samedi 30 avril, dimanche 1er et lundi 2 mai 1774

La maladie suivait son cours et les factions en présence s'observaient. La journée s'écoula sans aggravation notable. Le jour, les filles du roi ne quittaient pas la place, qu'elles cédaient le soir à la favorite dans des bruissements de saluts courtois. La nuit venue, la fièvre fit de sensibles progrès et le roi commença à souffrir beaucoup. Le lendemain dimanche, le débat au sujet des sacrements reprit de plus belle. Mesdames de France faisaient cause commune avec le parti d'Aiguillon, par tendresse pour leur père et pour lui éviter une secousse trop violente dont elles appréhendaient les suites. Pourtant, le scandale augmentait et la fermentation des esprits fut bientôt telle que le cardinal de la Roche-Aymon, grand aumônier de France, ordonna d'aller quérir Christophe de Beaumont, archevêque de Paris à qui seul incombait le soin d'avertir le roi.

Au cours de leur longue veille, M. de La Borde avait fait connaître à Nicolas tous les aspects du problème. L'archevêque accourait à Versailles avec les sacrements. Cela impliquerait l'expulsion éclatante de la favorite. Mais il y avait secrètement entre le prélat et sa conscience la prise en compte et la reconnaissance de services que Mme du Barry avait rendus au parti dévot, par le renversement de Choiseul, l'élévation d'Aiguillon et l'anéantissement des parlements. Les alliés de l'archevêque et les amis de la comtesse en tenaient ouvertement contre les sacrements. De l'autre côté, les « Choiseuls » poussaient de toutes leurs forces à l'administration du roi. Celle-ci éliminerait de Versailles « la Bécu » qui avait renversé leur grand homme. Ainsi, dans ces agiotages autour de la conscience du monarque, il arrivait, chose étrange, que le parti du ministre en place et celui des dévots se liguassent pour empêcher la communion de Louis XV, tandis que le parti Choiseul, celui des philosophes et des incrédules se coalisaient pour imposer les sacrements. Lui, La Borde, ne souhaitait qu'une chose : se consacrer entièrement au service du roi, nullement enclin à se mêler aux intrigues – sauf à ne point abandonner la nef en péril de la comtesse.

Nicolas, désespéré, errait dans les grands appartements. Il regardait sans les voir les splendeurs qui l'entouraient quand il entendit derrière lui quelqu'un qui pleurait. Se retournant, il se retrouva face à Madame Adélaïde, le visage gonflé, les yeux rouges, qui se tamponnait la bouche comme si cet exercice constituait la seule panacée pour calmer son chagrin. Il la salua en s'inclinant. Ce n'était plus l'altière et belle jeune femme croisée quatorze ans auparavant un jour de chasse dans le grand parc, mais une femme vieillie dont la figure chiffonnée s'éclaira à sa vue.

— Ah ! le petit Ranreuil, comme dit notre père.

Elle éclata de nouveau en sanglots. Nicolas ne savait que faire ; elle lui saisit les mains comme on se raccroche à une branche

— Monsieur, je vous le demande, implora-t-elle, que devons-nous faire ? Vous qui êtes un fidèle et loyal serviteur de Sa Majesté, que devons-nous faire ?

— À quel propos, Madame ?

Il aurait proféré une injure qu'elle ne l'aurait pas fixé avec plus de scandale.

— N'est-il pas temps, monsieur le marquis, de conduire l'esprit du roi vers l'idée des sacrements ? Le duc d'Orléans me presse de m'y résoudre. Il estime qu'il faut consulter les médecins.

Nicolas, qui venait de lire le dernier bulletin

de l'état de santé du roi, l'avait jugé rien moins que rassurant.

— Et que vous ont-ils répondu, Madame ?

— Qu'ils avaient, dès les premiers moments de la maladie, proposé aux grands officiers les sacrements, mais que ceux-ci n'avaient pas pris sur eux de les ordonner. Enfin...

Un sanglot lui coupa la parole.

— ... ils craignent de déplaire au duc d'Aiguillon qui les surveille. Ils estiment également que, dans l'état de suppuration dans lequel se trouve le roi, il pourrait se produire une révolution funeste en cas de trop forte émotion.

— Donc, Madame, il ne faut pas agir avec précipitation.

— Oui, je le crois. On risque de faire courir un péril à notre père. Je tiens à ce que l'archevêque soit surveillé. Il ne faut point le quitter lorsqu'il sera dans la chambre et l'empêcher de rien dire au roi qui le pût effrayer.

— Madame, je crois qu'il faut s'en remettre à Dieu et je suis assuré que Sa Majesté saura le moment venu ce qu'il convient de faire.

Elle le remercia d'un pauvre sourire et trottina vers une pièce voisine où l'attendaient ses sœurs. Nicolas remarqua avec attendrissement que le talon d'une de ses mules se détachait et qu'elle boitait en marchant.

Le lendemain, l'archevêque de Paris arriva en grand arroi. La rumeur rapportait qu'il souffrait de la gravelle et avait rendu la veille deux grosses pierres. En prévision d'une nouvelle crise, il s'était fait suivre de sa baignoire. Lanterné un bon moment dans la salle des gardes à son grand déplaisir, vu ses douleurs, il fut accueilli par le maréchal de Richelieu, qui le retint à force de propos oiseux dans l'antichambre de l'œil-de-bœuf. Coincé dans l'angle de la pièce sous le vent des parfums du duc, il dut subir une attaque en règle cherchant à le détourner de son devoir. Le ton haut du premier gentilhomme de la chambre attira du monde et les regards de tous ceux qui voulaient se convaincre par leurs yeux de l'indécence de cette comédie.

— Monsieur l'archevêque, disait le maréchal, si vous avez tant envie de confesser, venez dans ce coin et je vous jure que vous en apprendrez de belles, surtout si vous êtes curieux d'entendre mes jolis péchés ! Ne proposez rien à Sa Majesté, vous la tueriez aussi proprement qu'avec un coup de pistolet et vous prépareriez sans raison le triomphe de quelqu'un qui nuirait grandement à votre Église.

Effaré de ce qu'il découvrait, Christophe de Beaumont finit par se dégager. Il entrevit à peine Mesdames, mais, entrant chez le roi, il eut le temps d'apercevoir une femme penchée sur le lit. À sa vue, Mme du Barry poussa un cri et s'enfuit épouvantée vers la grande alcôve, où elle disparut par une porte dissimulée dans la boiserie. En présence du duc d'Orléans, le roi demanda au prélat des nouvelles de ses coliques, puis se retourna du côté opposé. Christophe de Beaumont se retira. En traversant le cabinet du roi, il se prit les pieds dans un tapis et trébucha. Nicolas se précipita pour le soutenir. L'archevêque le regarda de ses yeux rougis. Il avait beaucoup vieilli depuis leur dernière rencontre. Le visage était gris et les grands plis d'amertume s'étaient encore creusés autour de la bouche affaissée.

— Monsieur le commissaire, dit-il en reconnaissant Nicolas, le diable n'est jamais très loin lorsque vous paraissez. Le Seigneur veut pourtant que vous soyez le rempart et le soutien...

Jusqu'à son carrosse, il continua à parler sans que Nicolas distinguât si ce discours s'adressait à lui ou participait d'un monologue intérieur dévidé à mi-voix. Le prélat ne répondait à aucun salut, vaticinant sans fin.

— Il ne cesse de nous entourer et c'est surtout à la mort, à ce passage, qu'il redouble de vigilance et qu'il déploie toute l'étendue de sa malice. Celui qui ne prend pas soin de sa propre maison, comment veut-il prendre soin de l'Église de Dieu ?

Il fut salué par le maréchal de Richelieu qui riait sous cape. Le prélat retiré, il se retourna vers Nicolas en pouffant.

— Voilà bien de ces grands matamores de la foi ! Il repart tête basse avec sa baignoire. Il pisse le sang à Paris et l'eau claire à Versailles !

Mardi 3 et mercredi 4 mai 1774

L'antienne des bulletins publiés par les médecins se poursuivait, monotone. Il n'était question que de symptômes rassurants, de vésicatoires efficients, de fièvre modérée, de sommeil plus paisible, d'évacuations louables et d'éruptions tout à fait franches. Nicolas, bien placé pour constater la vérité, voyait le roi s'affaiblir. Dans son lit de camp, appuyé à la balustrade, il paraissait tranquille, mais effrayait ceux qui l'approchaient par le gonflement de sa tête, grosse et rouge comme un boisseau. Aiguillon et Richelieu continuaient, sous les regards abattus de Mesdames, à tirer les ficelles et à dissimuler à leur maître la gravité de son état. Celui-ci s'interrogeait parfois, remarquant que, s'il n'avait eu la certitude d'une petite vérole à dix-huit ans, il croirait en souffrir aujourd'hui. Il faisait manier ses boutons par Madame Adélaïde et frotter son front par la favorite pour calmer ses démangeaisons. Tout l'entourage, sans cesse aux aguets, veillait afin de parer à tout et à n'importe quoi.

Le lendemain, l'archevêque surgit à nouveau en dépit de ses souffrances et, comme précédemment, le duc de Richelieu s'empara de son esprit pour le détourner de son devoir. Le duc menaçait même le curé de Versailles de le faire jeter par la fenêtre s'il osait parler de confession au roi. Au début de l'après-midi, devant le duc de Noailles, La Borde et Nicolas, le roi regarda avec attention les boutons de ses mains.

— C'est la petite vérole, dit-il d'un ton d'évidence.

Il se retourna.

— Voilà qui est étonnant !

Des médecins essayèrent sans succès de lui tirer cette idée de la tête, mais rien n'y fit. Le soir, le roi parut comme à l'accoutumée. La chambre aux fenêtres ouvertes était bien aérée et les odeurs printanières du parc chassaient les miasmes de la maladie. Le malade, très légèrement couvert, ne cessait de sortir les mains de sous le drap, alors que les médecins souhaitaient les y maintenir. Il tint sa conversation d'un ton de voix égal et évoqua, comme à l'accoutumée, des sujets macabres. À l'entendre si disert, Nicolas reprit espoir. Soudain, le roi s'adressa au duc de Liancourt, grand chambellan.

— Avez-vous vu cette année, aux fêtes de Noël, le moine jouant du violon au milieu de la rivière ?

— Oui, sire, répondit le duc.

Chacun se regardait, inquiet de cet échange qui faisait craindre un égarement de l'esprit du roi.

Le duc, s'apercevant de la stupeur du service, sourit.

— Sa Majesté a très bonne mémoire. Mes aïeux avaient offert de grandes possessions aux moines sous l'expresse condition que tous les ans, à Noël, l'un d'eux se mettrait dans une barque au milieu de la rivière et jouerait un air de flûte ou de violon. Le seigneur propriétaire rentrerait dans sa donation si les bénéficiaires manquaient à cette tradition.

Le roi s'assoupit un moment, puis il s'agita de nouveau et parla longuement à La Borde. Celui-ci s'approcha du duc de Liancourt, qui indiqua que le roi voulait reposer et qu'on se retirât. Les grands officiers et le service sortirent et La Borde fit un signe à Nicolas de demeurer. Le roi jeta un regard circulaire et, comprenant que tout le monde était sorti, invita les deux amis à s'approcher de son lit.

— Comment est la lune ? demanda-t-il.

— Dernier quartier aujourd'hui et nouvelle lune le 11, Votre Majesté.

— Lune noire dans l'*Almanach* ?

— Oui, sire, dit La Borde.

Malgré le désordre de sa maladie, le roi ne perdait pas son habitude de ne rien aborder de front. Il soupira.

— On essaye de me faire accroire que ce n'est pas la petite vérole ; on cherche à m'en persuader. De vous deux, je veux tenir la vérité. Je le veux, je l'ordonne.

La parole qui sortait de la grosse tête rouge était celle d'un monarque en majesté concluant un lit de justice. Nicolas regardait La Borde qui baissait la tête, les traits crispés et au bord des larmes.

— Sire, dit-il, enfin, elle est bien sortie et vous êtes sur la voie de dessèchement.

Le roi retomba sur ses oreillers.

— Merci, La Borde. Ranreuil, êtes-vous prêt à rendre un dernier service à votre roi ? Approchez.

Il le regarda un long moment et sortit de sous son drap une petite boîte de marqueterie. Maladroitement, il fit jouer un ressort actionné par l'un des coins de bronze. Le couvercle se souleva, découvrant une bourse de velours et un pli scellé.

— Cette boîte contient des pierres d'un grand prix et une pièce d'une valeur bien plus considérable encore pour qui la possédera. Si je meurs...

— Sire !

— Si je meurs, reprit le roi d'une voix ferme en refermant la boîte, vous porterez ceci au péril de votre vie à Mme la comtesse du Barry. C'est son passeport pour l'autre règne et son garant contre de possibles vengeances. Si Dieu me permet d'échapper à cette crise, vous me rendrez la boîte. Vérifiez que personne n'est demeuré aux portes.

Quand Nicolas revint, après avoir visité la porte de la salle du conseil et celle du salon de la pendule, le roi lui tendit le dépôt.

— En attendant, mettez cela en sûreté...

La parole s'embarrassait et les propos devenaient incompréhensibles. La fièvre reprenait le roi, les yeux étaient fixes dans la bouffissure des chairs. Des oppressions soulevaient la poitrine, entrouvrant la chemise et découvrant le torse constellé de boutons.

— *Votre roi dans des plaines de sang / Voit la mort devant lui / Volant de rang en rang...*, chantonna-t-il soudain. Ah ! ce Voltaire... Oui, monsieur le maréchal, c'est vous ici qui commandez et je suis le premier à en donner l'exemple.

Il se redressa en criant.

— La maison du roi va donner... Aux sabres !

Ranreuil au premier rang... Nous étions heureux, heureux. Te souviens-tu, Ranreuil ?

La Borde souffla à Nicolas de répondre, que le roi délirait et le prenait pour son père.

— Oui, sire. Fontenoy fut une belle journée.

— Oui, oui, la plus belle !

Il se tut et parut s'endormir. Deux heures s'écoulèrent avant qu'il ne s'éveille. Il était à nouveau tout à fait conscient, et sa parole était claire.

— La Borde, à présent que je suis au fait de mon état, il ne faut pas recommencer le scandale de Metz [3]. Je me dois à Dieu et à mon peuple. Faites appeler Mme du Barry. Elle doit quitter Versailles.

Jeudi 5 mai 1774

Gaspard, le garçon bleu, s'entremit, sur les instructions de La Borde, afin que Nicolas pût disposer en pleine nuit d'une monture des grandes écuries. Il souhaitait en effet mettre à l'abri le précieux dépôt confié par le roi. Tout au long du chemin, il veilla à n'être point suivi, usant des stratagèmes habituels pour déconcerter une éventuelle filature. L'aube pointait lorsqu'il déboucha au grand galop rue Montmartre. Sa jument encensait, respirant à larges traits l'air frais du matin, dans une allégresse frénétique. Sous le regard admiratif des mitrons de la boulangerie auxquels il jeta les rênes, Nicolas fit son entrée à l'hôtel de Noblecourt. Il monta d'un bond à son appartement et, décalant deux livres de sa bibliothèque, glissa derrière la petite boîte. Rien ne paraissait à l'extérieur. Qui viendrait la chercher là ? Elle y resterait tant que l'inquiétude perdurerait sur l'issue de la maladie du roi. Après une toilette à grande eau dans la cour, il se rasa, se coiffa et changea de vêtements. Il finissait ses apprêts quand Catherine gratta à sa porte pour lui dire que M. de Noblecourt, réveillé et ayant appris son retour, souhaitait le voir dès que possible. Il suivit la cuisinière, accompagné des jappements de Cyrus. Le vieux magistrat trônait dans son lit en robe de chambre de perse, le chef dissimulé par un madras noué. Il sourit à la vue du commissaire.

— Alors ? Quelles nouvelles ? Vous voilà enfin de retour ! La maison est bien triste, en votre absence.

— Hélas, dit Nicolas, le roi est bien malade et je dois retourner à Versailles sur-le-champ.

— Ah ! diantre, cela nous ne le savons que trop ! Et que disent les médecins ?

Nicolas, détenteur d'un trop lourd secret, répugnait à tromper M. de Noblecourt.

— Ils sont incertains.

— Comment cela, incertains ! La petite vérole n'a rien d'incertain, surtout pour un homme de cet âge. Il la faut traiter vigoureusement.

Nicolas prit conscience avec stupeur que tout le pays se trouvait au fait de l'état du roi, alors que lui, dans le resserrement de sérail du château, en était encore à croire que seuls les proches et la famille du roi en étaient informés. Les bulletins de santé publiés n'avaient à aucun moment évoqué la maladie fatale, tout en décrivant clairement les symptômes.

— Remettez-vous, dit Noblecourt. Ignoreriez-vous la nature de la maladie du roi ?

— Certes non, mais qu'elle fût aussi publique me surprend.

— La rue ne parle que de cela, et le scandale est grand. L'archevêque a ordonné dans tous les diocèses les prières des quarante jours, l'exposition du Saint-Sacrement et l'oraison *pro infirmo*. Pourtant...

— Pourtant ?

— Le public que l'on somme de prier comprend mal les tergiversations concernant la confession. Aussi bien, le trouble des esprits est-il à son comble. Les bulletins rassurants des médecins ne trouvent plus créance. Ainsi, hier, une dame s'étant avisée d'en critiquer le contenu a été arrêtée et emprisonnée aussitôt. Tout Paris est empli de vos gens du Châtelet ou de leurs séides qui écoutent les discours plus ou moins charitables des chalands et les forcent d'user de plus de circonspection.

— Ils font leur travail, monsieur le procureur, répliqua Nicolas avec un pauvre sourire.

— Je ne dis pas, mais cela ajoute au malaise de l'esprit public. Et je ne vous conte pas ce que l'on rapporte sur l'origine de cette maladie. Une affreuse anecdote qu'en vérité ma bouche refuse de répéter[4]. Cependant, elle est crue, oui, elle est crue comme parole d'évangile... En tout cas, je remercie le ciel d'avoir placé sur notre route Guillaume Semacgus, dont la sagacité vous sauve sans doute. La vaccine nous protège et vous, surtout, qui êtes jeune. Courez à votre devoir et revenez-nous vite !

Nicolas prit congé en promettant de donner des nouvelles et, après avoir pillé quelques brioches à l'office, retrouva sa jument que Poitevin avait gâtée, mêlant un peu de vieux vin à son picotin. Il repartit à petit trot, ne voulant pas épuiser sa monture. Ce lent retour favorisait une réflexion que la gravité des moments vécus depuis quelques jours avait empêchée. Il ressentait comme un cauchemar le déroulement de cette attente interminable où tout vacillait et où les fondements les plus stables de son existence tremblaient sur leur base.

Il éprouvait une vraie douleur à l'idée de la fin prochaine du roi, comme si les liens tissés avec lui depuis tant d'années, si éloigné que fût un simple sujet de la majesté du trône, ne pouvaient être rompus sans briser quelque part sa propre vie. Un monde nouveau se profilait déjà, dans lequel tout serait à reconstruire avant de retrouver le calme, le soulagement et la tranquillité des choses habituelles et des jours ordinaires.

La circulation paraissait inhabituelle sur la route de Versailles. Le pont de Sèvres était encombré de toutes sortes de voitures qui s'échelonnaient ensuite comme un troupeau jusqu'à l'entrée de la ville royale. Peu après trois heures, il atteignit le château. Il confia sa jument à un palefrenier. Lorsqu'il se présenta sous l'arcade, un carrosse à deux chevaux avec un laquais gris le frôla, à l'intérieur il reconnut la comtesse du Barry, l'air éploré, accompagnée de ses deux belles-sœurs et de la duchesse d'Aiguillon. La menace de la contagion avait vidé les appartements, et les remugles de l'infection parvenaient jusqu'au salon de l'œil-de-bœuf. La Borde le serra dans ses bras.

— La comtesse vient de partir pour la maison du duc d'Aiguillon à Rueil.

— J'ai croisé sa voiture sous l'arcade. Comment se porte le roi ?

— Silencieux, ne parlant que pour demander ce dont il a besoin. Il s'interroge pour savoir si la dame est partie. Je lui ai dit que cela s'était déroulé ce matin, pour ne le point troubler. « Quoi, déjà ? » m'a-t-il répondu. Deux larmes lui sont sorties et il s'est retourné pour ne plus parler. Il a reçu l'archevêque.

Et la longue attente reprit. Le soir, le roi, se sentant mieux, voulut se lever. Les médecins y consentirent. On lui mit des pantalons. Quand il voulut marcher jusqu'à son fauteuil, la douleur des boutons à la plante des pieds et des vésicatoires le poigna tant qu'il se trouva mal. On le reporta à sa couche.

Du vendredi 6 au mardi 10 mai 1774

La nuit fut agitée avec un peu de délire. Madame Adélaïde, sur un fauteuil, accomplissait les soins dont se chargeait auparavant la comtesse du Barry. La Borde et Nicolas se relayaient à ses côtés, lui tendant des linges humectés. Dans la journée, le roi revit le cardinal de la Roche-Aymon et l'archevêque de Paris. Il refusa de leur parler, prétextant ne pouvoir rassembler deux idées. Le soir, son visage paraissait plus noir et la voix se ressentait des grains qui gênaient le nez et la gorge. Dès qu'on parlait de confession, il répétait qu'il craignait que le pus de ses boutons ne se mêlât à la sainte hostie ; c'était chez lui comme une obsession qui désespérait ses filles. Le samedi se déroula sans évolution notable.

Au petit matin du 7, le roi demanda au duc de Duras d'aller chercher l'abbé Maudoux, son confesseur, qui attendait prosterné dans la chapelle. Il le reçut plus d'un quart d'heure. Comme s'il avait tout calculé à l'avance, il retrouva une présence d'esprit qui stupéfia ses entours. Il s'entretint avec M. d'Aiguillon, puis fit entrer Mesdames, les priant d'éveiller ses petits-enfants tout en prescrivant exactement jusqu'où ils devaient avancer. De fait, il donna tous les ordres nécessaires avant de parler à nouveau à son confesseur. À sept heures, la dauphine et la comtesse d'Artois se tinrent dans la chambre du conseil, Mesdames à la porte de la chambre, le dauphin étant demeuré en bas de l'escalier. Le service seul, ainsi que La Borde et Nicolas, entouraient le clergé en cercle autour du lit du roi qui reçut le saint viatique.

— Messieurs, dit l'évêque de Senlis, premier aumônier, le roi me charge de vous dire qu'il demande pardon à Dieu de l'avoir offensé et du scandale donné à son peuple, que si Dieu lui rend la santé, il s'occupera de faire pénitence, de soutenir la religion et de soulager ses peuples.

De la couche, sortit une voix éraillée.

— J'aurais voulu avoir la force de le dire moi-même.

Le dimanche 8, il y eut redoublement, puis le pouls et la fièvre augmentèrent et le visage devint effrayant. Nicolas comprit que l'issue était proche. À onze heures, on fit entrer les Sutton, célèbres inoculateurs anglais. Ils possédaient une poudre miraculeuse, spécifique efficient contre la petite vérole. Refusant d'en donner la composition, ils furent rejetés par la Faculté, qui ne voulait pas s'en remettre à l'inconnu, et chassés comme des charlatans.

Le lundi 9 mai, le roi ne donnait que peu de signes de vie. La Borde, épuisé, ne le quittait plus, et Nicolas s'efforçait de lui apporter le nécessaire pour qu'il ne tombe pas d'inanition. On fit prendre au roi une potion des plus fortes qui ne fit point d'effet. Vers dix heures, il fut décidé de l'administrer. Les entrées furent admises, les portes ouvertes et une foule, où Nicolas remarqua avec indignation que les curieux dominaient et que l'étiquette justifiait davantage certaines présences que le sentiment. Le corps du roi se détachait en lambeaux et il se dégageait de la chambre une odeur repoussante, malgré les fenêtres constamment ouvertes. Il était entouré de cierges éclairant son masque de bronze, un énorme visage de More aux traits non pas déformés mais grossis, les yeux couverts de croûtes et la bouche ouverte. Toute la nuit, le premier aumônier et le confesseur récitèrent les prières des agonisants. De temps à autre, le roi répondait aux prières et prononçait quelques paroles sans suite. La fièvre se soutint très forte jusqu'au petit matin du 10. La violence des convulsions faisait parfois porter son corps tantôt en travers, tantôt en long du lit qui avait été poussé vers les croisées. Les médecins continuaient à s'acharner, ne cessant de lui faire avaler des remèdes. Vers midi, l'agonie commença. Un peu après trois heures de relevée, au moment où le cardinal de la Roche-Aymont venait de prononcer les mots *Profisiscere anima christiana*, Louis XV expira dans les bras de M. de La Borde. On éteignit la bougie de la fenêtre sur la cour de marbre. À la porte de l'œil-de-bœuf, le duc de Bouillon annonça solennellement la mort du roi. On entendit alors dans le lointain une grande rumeur, comme un régiment qui chargeait, semblable à un roulement de tonnerre : c'était la foule des courtisans qui, désertant les appartements, courait pour aller saluer le nouveau souverain.

Nicolas descendit dans le parc. Un vent léger et plein de parfums de fleurs agitait les grands arbres. Une foule populaire occupait les allées. Au fur et à mesure que la nouvelle atteignait les promeneurs, le ton des propos et des rires se haussait. Il entendit deux ouvriers, dont l'un disait à l'autre : « Qu'est-ce que cela me fait ? Nous ne saurions être pis que nous sommes. » Il avait la gorge serrée comme si la peine éprouvée ne parvenait pas à sortir, encore accrue par l'indifférence générale. Il s'aperçut qu'il avait les poings si fermés que les ongles entraient dans la chair de ses paumes. Quand il revint au château, vers cinq heures, ce fut pour assister au départ de la famille royale, le roi et la reine pour Choisy et Mesdames pour la Muette, dans seize carrosses à huit chevaux. Un peuple innombrable et déjà oublieux garnissait la place et l'avenue, éclatant en acclamations au passage des voitures.

Dans les appartements désertés, le duc de La Vrillière dressait l'inventaire des objets trouvés dans la chambre et le bureau du roi. Le duc de Villequier, premier gentilhomme, avait donné ordre à M. Andouillé de procéder à l'ouverture et à l'embaumement du corps. Nicolas entendit le chirurgien ricaner.

— J'y suis prêt, monsieur le duc. Vous tiendrez la tête pendant que j'opérerai, ainsi que votre charge l'exige et, dans quarante-huit heures, nous serons morts tous les deux.

Personne n'insista. Pour Nicolas, les deux jours qui suivirent ressemblèrent à une montée au calvaire. On se contenta d'entourer le corps du roi de grands linges aromatisés avant de le coucher dans un cercueil de plomb enduit d'un mastic composé de chaux, de vinaigre et d'eau-de-vie camphrée. On souda le tout, qui fut placé dans un double cercueil de chêne. Des prêtres, des missionnaires, des Récollets et des Feuillants demeurèrent en prière dans la chapelle ardente jusqu'au moment du transport à Saint-Denis.

Jeudi 12 mai 1774

Le cortège funèbre devait partir vers la demie de sept heures, à la chute du jour. Naganda avait demandé à Nicolas la permission de l'accompagner pour rendre ses derniers devoirs à son souverain. Ils montèrent tous les deux dans la voiture de M. de La Borde. Celui-ci semblait avoir vieilli de plusieurs années. Tous trois demeuraient silencieux. Le cercueil fut mis dans un grand carrosse couvert de velours noir. Deux autres devaient mener les gentilshommes de la chambre, l'aumônier et le curé de Notre-Dame de Versailles. Ces voitures étaient celles dont le roi défunt se servait pour aller à la chasse. Les gardes-françaises et les suisses battaient au champ. Un groupe de pages qui, le mouchoir sous le nez, se tenaient éloignés du cercueil le plus possible, polissonnaient avec leurs flambeaux. Sur tout le parcours, ce convoi fut en butte aux plaisanteries des curieux. Tantôt le peuple criait « Taïaut ! Taïaut ! » comme avait coutume de le faire Louis XV à la chasse ; tantôt on chantait « Voilà le plaisir des dames, voilà le plaisir ! » Prévoyant, le roi avait fait construire la route de la Révolte qui permettait de joindre Versailles à Saint-Denis par la porte Maillot sans traverser Paris. La vieille basilique fut atteinte vers onze heures. Après quelques bénédictions, le cercueil fut descendu dans le caveau des Bourbons et on éleva aussitôt autour de lui un petit sarcophage de briques.

Bientôt, seuls quelques moines restèrent à prier au pied de l'autel, dans la lumière déclinante des cierges. Près d'un pilier, La Borde, Nicolas et Naganda, statue farouche, méditaient en silence. Ils entendirent près d'eux quelqu'un qui pleurait. C'était M. de Séqueville, surgi de nulle part. À genoux, l'homme du cérémonial psalmodiait à mi-voix et décrivait, au milieu de sanglots, le protocole d'une pompe funèbre imaginaire.

— Hélas, mon maître, comme on vous traite ! La messe dite, on devrait procéder aux derniers actes de la sépulture. Douze gardes du corps enlèvent le cercueil et le descendent dans le caveau. Le roi d'armes se dépouille de sa cotte d'armes et de sa toque, les jette sur le cercueil, ainsi que son caducée, puis, reculant de trois pas, il s'écrie : « Hérauts d'armes de France, venez remplir vos charges ! » Les officiers s'approchent de l'ouverture du caveau et jettent à leur tour leur caducée, leur cotte d'armes et leur toque. Le roi d'armes reprend la parole et ordonne aux valets de descendre les ornements royaux, les honneurs du défunt, la couronne, le sceptre, la main de justice, le pennon, les éperons, l'écu, la cotte d'armes, le heaume et les gantelets. Le grand chambellan, obéissant à l'appel du roi d'armes, approche du caveau la bannière de France. Puis en tant que grand maître de la maison royale, s'écrie « Le roi est mort, le roi est mort, le roi est mort », puis il ajoute « Prions tous Dieu pour le repos de son âme ». Chacun s'incline en priant silencieusement. Le grand chambellan relève son bâton qu'il a abaissé vers le caveau et crie « Vive le roi ! » trois fois et ajoute, hélas... hélas...

À cet instant M. de Séqueville se dressa, levant les mains vers la voûte obscure. Son cri hurlé réveilla les échos de la nécropole : quelques pigeons enfermés s'envolèrent, affolés.

— « Vive le roi Louis, seizième du nom, par la grâce de Dieu, roi de France et de Navarre, très chrétien, très auguste, très puissant, notre très honoré seigneur et bon maître, que Dieu lui donne très longue, très heureuse vie. »

Alors, dans la vieille église, on entendit une plainte, presque celle d'un enfant ; un Algonquin orphelin de la France pleurait, auprès d'un Breton fidèle, son roi disparu.

XI

LUEURS

> Nous sommes pour eux comme un vase cassé qu'on jette et dont on ne fait nul usage.
>
> *Saint Bernard*

Vendredi 13 mai 1774

Cette nuit d'affliction s'acheva par un retour silencieux à Versailles. La Borde, dont les fonctions avaient cessé aussitôt la mort du roi, convia Nicolas et Naganda à se restaurer dans ses appartements, qu'il devrait bientôt quitter. Tous trois, accompagnés de Gaspard éploré, reprirent la route de Paris. Le château déserté paraissait un grand vaisseau abandonné aux frotteurs et aux nettoyeurs qui, dès à présent, devaient remettre les appartements en état en vue du retour du nouveau roi et de la Cour, à l'issue de la quarantaine. La Borde leur rapporta que Mme du Barry avait été conduite la veille à l'abbaye de Pont-aux-Dames, en Brie champenoise à dix lieues de Paris. Entre autres précisions, il indiqua, en regardant Nicolas, qu'elle était au secret et n'avait point, pour le moment, l'autorisation de recevoir des visites.

— Vous-même, qu'allez-vous faire ? demanda Nicolas.

— Je rentre à Paris. Il y a trop longtemps que j'ai abandonné mes études, mes travaux et le souci de mes affaires. Cela m'aidera à oublier et à supporter ce qui va venir. Je vais m'étourdir de musique, d'écriture et de femmes. Voyez à quoi tout se résume... Il faut se faire une raison. Vous verrez, nous allons devenir « vieille Cour » ! Notre dévouement et notre fidélité ne seront comptés pour rien. Les regards seront transparents à notre approche, les saluts se feront rares et les dos tournés seront tout notre horizon !

— Je vous trouve bien sombre et amer.

— Vous êtes encore jeune, je le suis un peu moins...

— Jadis chez moi, expliqua Naganda, quand le chef mourait, on tuait tous ses guerriers. Ils devaient le servir dans l'outre-tombe.

— Remercions Dieu de n'être point mic-macs, répliqua La Borde avec un pauvre sourire. Encore que...

— Notre fidélité au roi, déclara Nicolas, sera de servir son petit-fils.

— Certes. Cependant, le proche avenir sera difficile. Accabler les vrais serviteurs, assouvir des rancunes, se ruer vers les honneurs et les places, et provoquer des exils et des départs, voilà ce que sera l'occupation des gens de bien. Déjà, on me dit que Choiseul est rentré à Paris, ses lettres de cachet ayant été levées. Il a fait un bond de sa pagode de Chanteloup à Paris et envisage d'aller faire sa cour au roi au château de la Muette.

— Ainsi, remarqua Nicolas sibyllin, certain voyage s'imposera dans des délais les plus rapides.

— Je doute que Choiseul reçoive jamais le moindre témoignage d'intérêt du nouveau roi encore qu'il faille compter avec la dauphine, je veux dire la reine, qui lui doit son mariage. Aussi, il ne faut jurer de rien. Et vous, monsieur, quels sont vos projets ?

— Je rejoins Brest demain, répondit Naganda, pour regagner les Amériques. J'ai appris avant-hier par des courriers que les événements que j'avais annoncés prenaient forme. Une cargaison de thé a été jetée à la mer à Boston le 28 février dernier. Les Anglais ont décidé d'appliquer un blocus et les colons entendent se défendre par les armes. On dit que des régiments embarqueraient déjà de plusieurs ports de Grande-Bretagne.

— J'espère, dit La Borde, que cela ne favorisera pas les desseins de Choiseul, grand adversaire de l'Angleterre, et qui voudrait prendre sa revanche de nos défaites passées.

La voiture de La Borde déposa Nicolas et Naganda rue Montmartre. La maisonnée était en révolution. Deux jours auparavant, Catherine, qui dormait peu et veillait souvent en somnolant près du potager, avait été tirée de sa torpeur par Cyrus, anormalement agité. Elle suivit le chien qui gémissait en grondant jusqu'aux appartements de Nicolas, où elle surprit un inconnu masqué qui fouillait son lit et son linge. Elle n'avait pas oublié d'avoir été cantinière dans les armées du roi et d'avoir fait, à l'occasion, le travail d'un soldat. Munie d'une poêle de fonte, elle parvint à faire prendre la fuite au malfaiteur surpris et qui reçut nombre de coups violents sur la tête. Elle fut aidée dans cette réplique par un Cyrus furieux qui arracha un morceau de l'habit de l'inconnu. Le malfaisant dévala l'escalier dérobé qui donnait dans la cour et s'échappa. Apprenant ces faits, Nicolas sentit une chape de glace le saisir tout entier. Il se précipita dans sa chambre et la main tremblante dévasta sans égards la rangée de livres de sa bibliothèque. La boîte était toujours là. Il en fit jouer le mécanisme et se laissa tomber, soulagé, sur son lit : elle contenait toujours la bourse et le pli. Il décida de ne plus se séparer du dépôt et le plaça dans la poche intérieure de son habit, puis retrouva Naganda et Catherine, que sa disparition subite avait laissés pantois.

— Alors, dit la cuisinière, a-t-il dérobé quelque chose ? Bour moi, il n'en a bas eu le temps. Et je te bromets que sa tête doit encore résonner des coups que je lui ai assénés !

Naganda fut présenté à M. de Noblecourt, qu'il charma par ses manières, son érudition, et l'élégance de ses propos. Le vieux magistrat l'interrogea sur son peuple et ses coutumes avec l'enthousiasme d'un écolier. Le jeune chef mic-mac devait malheureusement rejoindre Versailles. Il prit congé au milieu d'un concert de paroles aimables. M. de Noblecourt souhaita lui offrir *L'Esprit des Lois* de Montesquieu, geste si inhabituel pour cet amoureux avare de ses livres, que Nicolas souligna la générosité du geste à l'oreille de son ami. À son tour, Naganda remit à M. de Noblecourt un sachet de viande d'ours séchée, réputée souveraine en bouillon contre les rhumatismes et deux crocs du même animal, du plus bel ivoire, que le bénéficiaire déposa tout aussitôt au milieu des autres trésors de son cabinet de curiosités. Poitevin appela une voiture et Naganda, entouré de toute la maisonnée et guetté par la curiosité des petits mitrons de la boulangerie, fit ses adieux et quitta la rue Montmartre dans un concert unanime de souhaits et de vœux.

— Cet homme honore ceux qui se reconnaissent ses amis, dit M. de Noblecourt. Que serait donc devenue la Nouvelle France avec de tels talents !

Il voulut que Nicolas lui raconte la fin du roi. Le récit fut circonstancié mais amputé des détails les plus insoutenables. Le commissaire insista sur l'apaisement final du roi, sur la dignité vraiment royale de son maintien jusqu'aux derniers instants. L'auditeur écouta, pensif, ne manifestant aucune réaction au point que Nicolas craignit de l'avoir assombri. Était-il sage d'évoquer de telles matières devant le vieil homme ?

— Je dois vous confier quelque chose, ajouta-t-il. Si ma chambre a été visitée, cela n'est pas dû au seul hasard. Je suis détenteur d'un secret...

M. de Noblecourt leva la main en signe de dénégation.

— Qui vous appartient et que je ne veux pas connaître...

— D'un secret, reprit Nicolas, et d'un objet qui peuvent attirer sur moi bien des périls. Mes clefs ont été perdues, sans doute dérobées au cours d'une récente mission. J'ai toutes raisons de suspecter une précise machination derrière tout cela. Je vais donner toutes instructions pour que les serrures soient changées, à la porte cochère et à celle de mon escalier. La prudence l'exige, d'autant que je ne souhaite pas mettre en danger les habitants de cette maison et vous-même.

— Il en sera fait comme vous le souhaitez. Restez-vous un peu avec nous ?

— Pas encore. Une dernière tâche m'incombe : tenir une promesse faite au roi.

Il monta s'apprêter. Il s'interrogea sur les consignes qui entouraient l'exil de l'ancienne favorite à l'abbaye de Pont-aux-Dames. Serait-il même reçu ? Il prit ses résolutions ; la fin justifierait les moyens. Même s'il devait mentir ou travestir la vérité, rien ne l'arrêterait. Songeant qu'il faudrait peut-être en imposer, il emporta sa robe de commissaire et la verge d'ivoire, symbole de son autorité. Il les utilisait rarement, uniquement lors des cérémonies au Châtelet ou au Parlement. Sur les onze heures, il quitta la rue Montmartre après avoir avalé deux oreilles de cochon grillées à la moutarde que lui avaient apprêtées Catherine et Marion en pleine préparation d'une hure de porc en terrine pour un souper que M. de Noblecourt offrait chaque année en tant que marguillier au conseil de la fabrique de la paroisse Saint-Eustache. Une fois les instructions données à Poitevin concernant le recours immédiat à un serrurier, il s'engagea dans l'impasse qui menait à l'église où il demeura un bon quart d'heure, revint sur ses pas pour s'enfoncer, en face de l'hôtel Noblecourt, dans le passage obscur de la reine de Hongrie, qui le mena rue Montorgueil où il trouva une voiture. Il ne se faisait guère d'illusions sur ces précautions, encore que l'habitude des filatures lui permît de parier sur des failles ou des inattentions toujours possibles de ceux qui le suivraient. Il se fit tout d'abord conduire à l'hôtel de police, voulant prévenir de son absence sans pour autant détailler ses raisons. M. de Sartine venait de quitter la rue Neuve-Saint-Augustin pour le château de la Muette, appelé par le nouveau roi. Nicolas changea de voiture, gagna Vincennes et s'engagea sur la route de Lagny qui devait le mener à Meaux.

Alors qu'il traversait une forêt et qu'il était à moitié assoupi, un claquement sec le mit en éveil. La voiture fit une embardée et s'arrêta. Il sortit et s'aperçut que le cocher avait la tête sur les genoux. Le bougre s'était-il endormi, pris de boisson ? Au moment où il tentait de le secouer, un coup de feu éclata et il entendit le sifflement de la balle près de son oreille gauche. Il n'y avait pas à balancer ; il feignit d'être touché et se laissa tomber à terre. Son tricorne était demeuré dans la voiture avec, dans son aile droite, le pistolet de poche, cadeau de Bourdeau qui ne le quittait jamais. Un cavalier s'approchait derrière la voiture. Nicolas se trouvait dans l'impossibilité de tirer son épée. Couché près du fossé, dans les jambes des chevaux, il banda tous ses muscles prêt à rouler dans l'herbe pour une tentative désespérée. Il ferma à moitié les yeux, percevant ce qui l'entourait dans une sorte de brouillard flou. Tout dépendait des intentions de l'ennemi. Il ne donnait pas cher de sa vie dans le cas où un second coup de feu lui serait destiné. Si, en revanche, on procédait à l'épée, une chance minime subsistait de retourner la situation. Il entendait la monture qui avançait au pas, avec prudence. Il y eut un court instant de silence, ponctué seulement par les battements de son cœur. Nicolas craignit que l'adversaire ne les entendît aussi. Le cheval s'ébroua, tapa du sabot avec impatience. L'attelage répondit à ces manifestations par des hennissements. De nouveau le silence pesa, puis le gravier du chemin crissa ; le cavalier avait dû mettre pied à terre. D'évidence, il prenait la mesure de la situation avec méfiance. Nicolas entendit les pas se rapprocher lentement. Un second coup de feu éclata, tout proche. Pourtant, Nicolas ne sentit rien mais perçut un cri étouffé suivi du bruit de la chute d'un corps. Quelqu'un s'approchait en courant.

— Nicolas, Nicolas !

C'était la voix de Bourdeau. Il se redressa. La silhouette massive de l'inspecteur surgit. Nicolas se leva et ils s'étreignirent.

— C'est la seconde fois, Pierre, que vous me sauvez la vie. Je demeure votre débiteur.

Ils considérèrent le désastre : le cocher était mort et l'inconnu, près de son cheval, gisait sur le ventre. Il avait un trou rouge dans la nuque d'où s'échappait un mince filet de sang.

— Compliments, Bourdeau. Quel coup !

— Je me suis appliqué et il y avait urgence, dit l'inspecteur avec modestie.

— Procédons dans l'ordre, reprit Nicolas. Par Dieu, comment puis-je vous retrouver ici ?

— Bah, dit Bourdeau goguenard, c'est une longue histoire. Il n'aurait plus manqué que l'on tuât M. Le Floch ! J'en aurais rendu compte à M. de Sartine qui, jaune et glacé, m'en eût demandé raison tout en torturant une perruque. Ah ! Je vois la scène d'ici. Au bref, tout a commencé quand M. de Noblecourt m'a fait chercher pour la tentative de vol dans votre appartement. Ni lui ni moi n'avons cru au hasard. Trop d'événements connus ou supposés se déploient autour de vous. La rue Montmartre a été mise sous surveillance avec la bénédiction de M. de Sartine. Outre cela, M. de La Borde m'a alerté ce matin d'avoir à vous suivre, que vous étiez chargé d'une mission plus que périlleuse... Vous m'en avez donné du fil à retordre : méandres, ruses, et tout l'arsenal habituel !

— J'ai été à bonne école avec vous, dit Nicolas en souriant.

— Serviteur ! Bon, jusqu'à Vincennes impossible de rien observer, la circulation était trop embarrassée. Après, sur le chemin, j'ai fini par repérer un cavalier dont l'attitude m'a alerté. Le difficile était de me maintenir à distance afin qu'il ne décelât point ma présence ; assez loin pour n'être pas repéré et assez proche pour vous protéger. Ce pauvre cocher a été la première victime. À ce moment-là, votre serviteur a piqué des deux, pressentant le dénouement. J'ai pris un chemin de traverse parallèle par le couvert des arbres et suis arrivé juste à temps pour abattre ce malfaisant au bon moment. Je n'avais plus un poil de sec, vous supposant blessé ou pire. Mais voyons notre homme de plus près.

Ils examinèrent le cadavre. L'homme, très corpulent, avait dans la cinquantaine et portait une moustache grisonnante. Bourdeau se pencha, l'air intéressé.

— Ma foi, je jurerais que je connais l'animal. Je suis presque certain qu'il s'agit de Cadilhac.

— Cadilhac ?

— Oui, un gibier de potence toujours soupçonné et jamais pris. Il dépouillait jadis les joueurs en veine à la sortie des tripots. On disait qu'il bénéficiait d'une protection. Je crois bien que c'était une créature du commissaire Camusot, votre confrère chargé de la police des jeux dont vous dénonçâtes les agissements il y a quatorze ans. Ce Cadilhac faisait la paire avec Mauval, l'autre damné que vous expédiâtes si proprement au *Dauphin Couronné*.

— Voyez la coïncidence ! dit Nicolas. Et il n'y a pas que celle-là : il porte des meurtrissures sur le crâne.

Il fit glisser la perruque de laine blanche. La tête chauve du mort était toute bosselée de traces verdâtres. L'idée lui traversa l'esprit que ces blessures étaient à mettre en rapport avec un événement récent.

— Ces bosses sont édifiantes, Bourdeau. Ne seraient-ce pas là, si j'en juge par leur couleur, les vestiges des coups de poêle assenés par la brave Catherine à mon intempestif visiteur de l'autre nuit ?

Bourdeau grognait en tirant sur les vêtements

du cadavre. Il désigna le bas de l'habit marron où manquait comme un triangle de serge, d'évidence arraché.

— Et cela, c'est la marque de Cyrus ! Il a de bonnes dents pour un vieux chien.

Ils continuèrent à examiner le corps et fouillèrent les poches de l'habit. Ils trouvèrent une dague, un mouchoir à carreaux, un morceau de tabac à chiquer, une poire à poudre et quelques balles. Le pistolet avait roulé à terre. Nicolas, qui usait souvent du revers de ses manches pour y placer son carnet noir, eut l'idée de fouiller ceux de Cadilhac. Il découvrit un petit papier plié en quatre avec une adresse : « Rue des Douze-Portes, face au parcheminier, quatrième étage. »

— Voilà qui m'intéresse, dit Nicolas. Enfin un indice !

— Soit, mais qu'allons-nous faire ? rétorqua Bourdeau avec un grand geste qui embrassait tous les éléments du champ de bataille.

— Je suis en mission, vous vous en doutez. Je n'ai d'ailleurs rien à vous celer : je dois me rendre au plus vite au lieu d'exil d'une certaine dame.

Il réfléchit un instant.

— Le plus simple, mon cher Pierre, consiste à ce que vous jouiez les cochers pour ramener les deux corps à Paris. Nous allons les placer dans la voiture. Je prends le cheval de Cadilhac, le vôtre vous suivra. Faites au mieux pour le pauvre cocher et sa famille. Pour l'autre, à la basse-geôle et secret absolu. Je veux que ceux qui ont animé cette créature pensent qu'il a disparu ou, mieux encore, qu'il les a trompés, qu'ayant réussi son dessein à mon égard, il a souhaité garder pour lui-même le fruit de son agression. Faites courir le bruit par nos mouches, pour plus de vraisemblance et de ragoût, qu'attaqué par un bandit, j'ai été dépouillé. Ce bruit reviendra à qui de droit et recoupera les hypothèses sur la disparition de Cadilhac. Mon pauvre Pierre, je regrette de vous confier une tâche si peu agréable.

— J'aime mieux ramener ces deux-là qu'un commissaire en quenouille ! fit Bourdeau. Je déduis de vos propos que vous êtes porteur de quelque chose de bien précieux.

— On ne peut rien cacher à votre sagacité, dit Nicolas, le doigt sur les lèvres.

Ils portèrent les corps dans la voiture et les rideaux furent soigneusement ajustés. Le cheval de Bourdeau fut attaché par un licol au châssis. Ils se séparèrent, et tandis que Bourdeau dégageait la caisse du bas-côté, Nicolas prit possession du cheval de Cadilhac. C'était un beau hongre blanc, lourd et un peu cagnard, mais curieux et bien disposé. Il lui parla un moment à l'oreille en lui caressant la peau douce des naseaux. Les oreilles de l'animal pointaient en avant, d'intérêt et de compréhension. Tout se passerait bien. Il bondit en selle et prit la route de Meaux dans un galop enlevé, heureux comme sa monture d'être le nez au vent dans l'odeur de la campagne, au milieu de nuages de graines de pissenlits qu'un souffle soulevait des champs avoisinants. Il s'efforçait de ne point penser à ce nouvel épisode d'une longue suite d'attentats au cours de laquelle sa vie n'avait tenu qu'au hasard. Bourdeau serait-il arrivé quelques instants trop tard, c'est lui, Nicolas, qu'on ramènerait à cette heure à Paris. La résurgence d'un passé oublié le troublait comme une anomalie incompréhensible, lourde de menaces nouvelles et d'angoissants questionnements. Que trouverait-on à l'adresse récupérée sur l'agresseur ? À quelle découverte l'enquête conduirait-elle ?

Il évita Meaux, soucieux de ne pas se faire

remarquer dans le cas où d'autres sicaires postés sur son chemin l'attendraient au détour d'une rue. Une question le taraudait : il était impossible que toutes ces coïncidences fussent le résultat des seules filatures. Quelqu'un, informé de la mission que lui avait confiée le feu roi, agissait dans l'ombre, ou bien, la trahison jouant son rôle obscur, les forces qui s'agitaient comme des nœuds de reptile autour du trône l'avaient désigné pour gibier d'une traque commencée depuis des mois et dont le signal avait été donné par le crime de la rue de Verneuil.

Le but de son voyage se trouvait dans une petite vallée près d'un lieu-dit, passage obligé des dames de la famille royale, lorsqu'en longue caravane elles gagnaient Reims pour le sacre. Les bâtiments parurent bientôt, massifs et grisâtres. Il fit halte dans un petit bois et enfila sa robe de magistrat. Il avait emporté avec lui, à tout hasard, le passeport signé par le roi le constituant son plénipotentiaire lors de son voyage en Angleterre. Cela ne valait guère, le roi étant mort, mais à qui les regarderait d'un peu loin, la signature et le sceau royal pouvaient encore en imposer. Il remonta sur son cheval et franchit au pas le portail ouvert du couvent. Il pénétra dans une vaste cour intérieure entourée de bâtisses noires où se montraient des granges, des bûchers, des pressoirs et des écuries. Le sol était constitué de gros pavés disjoints sur lesquels son cheval glissait. Il mesura d'un regard la détresse et la saleté du lieu et imagina l'impression de la comtesse après les splendeurs de Versailles et de Louveciennes. D'évidence, l'abbaye manquait d'entretien et son aspect de prison l'emportait sur sa destination religieuse.

Après avoir attaché le hongre à un anneau, il souleva le lourd marteau de la porte de la clôture.

Rien ne répondit à son sourd écho. Il remarqua une poignée qui sortait de la muraille et qui correspondait sans doute à une cloche intérieure ; il la tira. Dans le lointain, il entendit le tintement espéré. Peu après, le guichet s'ouvrit et une ombre derrière l'entrelacs de bois lui demanda ce qu'il voulait.

— Ma sœur, répondit-il, j'ai un message urgent à transmettre à Mme de la Roche-Fontenilles, votre mère supérieure.

La Borde, lors de leur retour à Versailles, lui avait communiqué les informations nécessaires.

— De la part de qui, monsieur ?

— Nicolas Le Floch, secrétaire du roi en ses conseils, commissaire de police au Châtelet et magistrat en mission.

Il n'avait pas lésiné sur ses titres.

— Qui vous envoie ?

— M. Gabriel de Sartine, au nom du roi.

Cette précision n'était pas inutile dans un lieu comme cette abbaye qui n'était pas seulement un couvent, mais bel et bien une prison d'État ressortissant de la lieutenance générale de police et où l'on envoyait les femmes sous le coup de lettres de cachet.

— Je vais aviser, fit la sœur tourière.

Le guichet se referma dans un claquement sec. Il attendit un moment, puis la lourde porte s'ouvrit. Sans un mot, la religieuse en robe blanche de guimpe, voile noir et scapulaire, l'invita à la suivre. L'intérieur du monastère offrait une apparence encore plus lugubre que l'extérieur. Des vieilles voûtes gothiques, l'eau dégouttait, retombant sur le sol et transpirant des murailles couvertes de moisissures verdâtres. Nicolas frémit, se remémorant sa première visite à la Bastille. La religieuse poussa une autre porte et s'effaça pour le laisser entrer. L'immense pièce était nue ; seul un crucifix de bois noir de grande taille dominait une table rectangulaire de chêne derrière laquelle se tenait la longue silhouette dressée de la mère supérieure. Il s'approcha et salua. On ne lui répondit pas.

— Puis-je savoir, monsieur le commissaire, ce qui vous conduit dans ces murs ?

— Je suis chargé, ma révérende mère, d'une mission par M. le lieutenant général de police. Je dois sur-le-champ m'entretenir avec Mme la comtesse du Barry.

Le visage émacié de la religieuse eut comme un haut-le-cœur.

— Savez-vous, monsieur, que j'ai des ordres très précis et éloquents de la faire tenir au secret ? Ils viennent de haut et chacun doit en comprendre la rigueur. De surcroît, j'estime qu'il ne faut plus troubler le repos et la sérénité de cette pauvre jeune femme.

Nicolas mesura aussitôt que la supérieure avait déjà subi le charme de la comtesse.

— Madame, j'exécute un ordre du roi et ne peux m'y soustraire.

Il sortit dans un grand geste de théâtre sa lettre de plénipotentiaire. Il la présenta à bout de bras à son interlocutrice. Soit qu'elle ne pût s'imaginer possible qu'il ne dît pas la vérité, soit – il le soupçonna fortement – qu'elle eût besoin de bésicles mais que, toute sainte qu'elle fût, elle ne voulût pas en faire usage, soit enfin que l'autorité du geste la confondît, elle céda.

— Monsieur, je ne saurais m'opposer aux ordres du roi. Plaise seulement à vous d'autoriser à ce que cet entretien se déroule en ma présence.

Il acquiesça, trop heureux de s'en tirer à si bon compte. Elle frappa dans ses mains. La porte s'ouvrit et la sœur tourière fut priée d'aller chercher la comtesse. Quelques instants après, celle-ci parut. Elle était en grand deuil de dentelles noires avec une mantille sur la tête. Nicolas lui fut reconnaissant de n'avoir point choisi le blanc, couleur du deuil des reines de France. Les yeux semblaient agrandis et rougis, mais le visage sans fards et marqué d'une évidente douleur lui parut comme rajeuni. Elle avait repris cette fraîcheur et cette jeunesse qui avaient tant séduit le roi. Elle rendit son salut à Nicolas et, au premier regard, il comprit qu'elle avait saisi la situation et qu'elle s'y prêterait avec cette rouerie admirable d'une femme experte aux intrigues de Cour.

— Madame, la révérende mère m'autorise à vous entretenir.

Il l'entraîna loin de la table, sans que Mme de La Roche-Fontenilles fît un geste pour s'y opposer et entendre ce qu'il avait à dire à la prisonnière.

— Je n'ai guère de temps. Le roi m'a chargé, madame la comtesse, d'un dépôt à votre attention.

Il s'était placé de telle manière que l'ampleur de sa robe de magistrat dissimulât la vue de ce qu'il faisait. Il lui donna le coffret qu'elle ouvrit sans difficultés, preuve qu'elle en connaissait le maniement. Elle le lui rendit après l'avoir vidé. Ses mains tremblaient en brisant le sceau du document. Elle le lut et l'expression de son visage changea. Elle chiffonna le papier puis déversa le contenu de la bourse sur sa paume ; cinq cailloux grisâtres. Elle serra le poing avec colère et il crut qu'elle allait lui jeter les pierres au visage.

— Monsieur, dit-elle à voix basse, c'est indigne ! Un papier blanc et des cailloux ! Vous vous moquez d'une femme en disgrâce et ajoutez encore la trahison à son malheur.

— Madame, je vous supplie de m'entendre. Comment pouvez-vous imaginer qu'ayant forfait à l'honneur comme vous le croyez, j'en viendrais à venir me confondre devant vous. Sachez que je suis parvenu ici au péril de ma vie, pour tenir la promesse faite à mon roi mourant. J'ai menti, parjuré et trompé Mme de La Roche-Fontenilles pour vous atteindre et accomplir mon devoir. Comment pouvez-vous imaginer cela ? Vous ai-je jamais donné le droit de douter de ma fidélité et de ma loyauté ? Je préférerais me passer l'épée au travers du corps que de vous laisser croire une pareille infamie.

Il avait haussé le ton et la supérieure dodelinait de la tête essayant de comprendre l'étrange manège du commissaire et de la comtesse.

— Monsieur, reprit Mme du Barry d'un ton plus calme, je suis disposée à vous croire. Votre ton est celui de la sincérité et votre passé au service du roi plaide en votre faveur. Comprenez cependant mon émoi...

— Je vous promets, madame, d'éclaircir cette affaire et de retrouver le contenu de cette boîte. Sachez seulement que le roi y avait placé des diamants et un document qui, disait-il, « serait pour celui qui le posséderait son passeport pour l'autre règne ».

— Soit, monsieur. J'attendrai en priant au milieu de ces saintes filles que votre quête soit couronnée de succès.

Elle hésita un moment avant de lui tendre la main qu'il baisa.

— Je veux croire en vous, murmura-t-elle.

Elle se retira comme une ombre. Nicolas remercia Mme de La Roche-Fontenilles, qui semblait ne savoir que penser de la séance dont elle avait été le témoin approximatif. Le visiteur ne s'attarda guère. Il rejoignit Meaux où il dut réquisitionner une monture au relais de poste : le hongre blanc, en dépit de sa bonne volonté, n'en pouvait plus et ne l'aurait pas ramené à Paris.

La nuit était tombée depuis longtemps lorsqu'il franchit les barrières. Tout au long de sa route, l'esprit engagé dans une fiévreuse réflexion, il chercha à comprendre ce qui avait pu se passer et voyait surtout l'ombre que cet événement faisait planer sur son honneur. Il savait qu'il ne se pardonnerait jamais de ne pas pouvoir se justifier aux yeux de la comtesse. Le plus urgent était d'interroger M. de La Borde, le seul témoin des recommandations du feu roi et, qui détenait peut-être des lumières sur les dessous de sa mission.

Le premier valet de chambre possédait un pied à terre en entresol, rue de la Feuillade, près de la place des Victoires. Nicolas consulta sa montre à répétition, qui sonna onze heures. Ce ne fut pas sans peine qu'il se fit ouvrir le logis où son ami l'accueillit en tenue de nuit. Il lui conta ses aventures sur la route de Meaux et les affres par lesquelles il passait depuis la disparition du contenu du coffret. La Borde lui assura ne rien savoir de plus. Le roi ne lui avait rien confié et il n'en savait pas plus long que Nicolas. Alors qu'ils se perdaient en conjectures sur le détournement des pierres et du document, un domestique vint prévenir le maître de maison qu'un prêtre le demandait. La Borde pria son ami de l'excuser et se retira dans son antichambre. Il revint un long moment après ; l'accablement se lisait sur ses traits fatigués.

— Nicolas, dit-il, en se laissant tomber dans une bergère, préparez-vous au pire. Que pensez-vous de Gaspard ?

— Le drôle est dévoué, habile, serviable et plaisant, mais, ma foi, beaucoup trop sensible au gain pour qu'on lui fasse toute confiance.

— Vous ne voyez que trop clair, et votre lucidité m'accable moi qui le pensais tout dévoué et qui l'avais recommandé au roi, me fiant à sa discrétion.

— Qu'a-t-il fait pour que vous vous interrogiez de la sorte ?

— Il n'a cessé de nous trahir, et depuis longtemps. Le prêtre qui m'a demandé vient de le confesser. Il est dans un réduit en haut de la maison où logent mes domestiques. Depuis son retour de Versailles, il est malade Le médecin consulté a décelé une petite vérole surgissante de la plus mauvaise espèce.

— Il me semble me rappeler l'avoir entendu dire, lorsqu'on a fait sortir le service de la chambre du roi, qu'il ne craignait rien, l'ayant déjà eue.

— Il nous a menti. Violemment remué par le spectacle de la mort de Sa Majesté, il se croit perdu et a voulu décharger sa conscience. Il a demandé au confesseur de m'aller chercher, ayant des confidences à me faire. J'en viens. Le finaud espionnait le roi et rapportait tout ce qui se passait autour de lui. Il mangeait à tous les râteliers, étant rapace par nature ainsi que vous l'aviez remarqué. Les gens de Choiseul et d'Aiguillon le stipendiaient en même temps, et d'autres peut-être. Pourvu qu'on le payât, il dégoisait. Malheureusement pour lui, il reçut l'ordre formel de ses maîtres cachés de demeurer dans les appartements du roi, au péril de la contagion.

Nicolas revit en un éclair certaine audience dans la salle du conseil où le roi, en présence de Sartine, lui avait détaillé ses recommandations avant son départ pour l'Angleterre. Dans son souvenir, le garçon bleu n'était pas loin, c'est lui qui était venu le chercher après la messe. Voilà qui expliquait sans doute les événements qui avaient ponctué les étapes de la route de Londres.

— Sans aucun doute, reprit La Borde, il se trouvait là quand le roi vous a remis la boîte, dissimulé dans l'alcôve derrière les rideaux. Il en est sorti une fois le roi endormi. Souvenez-vous, nous avons marché dans le salon de la pendule avant que le roi ne s'éveille et me demande d'aller chercher Mme du Barry.

— Tout cela est bel et bon, dit Nicolas. Pourtant, je n'y découvre aucune explication à la substitution du contenu de la boîte. De plus, si celle-ci était intervenue à un moment ou un autre, pourquoi m'aurait-on si sauvagement poursuivi sur la route de Meaux ?

— Peut-être simplement parce qu'il y avait plusieurs complots parallèles et que les commanditaires de l'un n'étaient pas forcément avisés des menées de l'autre. En tout cas, il requiert votre pardon car, dit-il, il regrette de vous avoir porté tort à vous qui avez toujours été si bon avec lui.

— J'espère qu'il en réchappera. Qu'il se rassure : ne lui ayant jamais donné ma confiance, je ne lui en veux point. Cependant, une faveur : faites en sorte qu'on le présume mort. Ce sera une sécurité pour lui et pour vous, d'autant plus que nous ignorons ce que l'avenir nous réserve et l'usage que nous pourrions avoir à faire de ses révélations.

— Il en sera fait comme vous le souhaitez. Qu'allez-vous faire maintenant ?

— Vous laissez reposer, vous en avez bien besoin ! Demain matin, je compte tout rapporter à M. de Sartine et lui demander conseil. Selon vous, puis-je l'initier au secret qui nous lie ?

— Le roi est mort. Cela ne nous délie pas de notre fidélité, mais nous autorise à révéler l'essentiel en vue de l'exécution de ses dernières volontés.

D'ailleurs, le lieutenant général de police, dans la pleine confidence de son maître, connaissait tous ses secrets. Sauf celui-ci, peut-être.

Quand Nicolas rentra rue Montmartre, Catherine veillait et lui ouvrit les portes. Elle lui remit aussitôt les clefs des nouvelles serrures posées dans la journée même. Elle pâtissait, en l'attendant, des tartes aux premières griottes d'un arbre du petit jardin de l'hôtel de Noblecourt, qui donnait très tôt force fruits petits, fermes et parfumés. Il s'affala sur une chaise de l'office et, le voyant si épuisé, elle entreprit de lui préparer quelques douceurs. Elle tailla dans les chutes de pâte des triangles inégaux qui, plongés soudain dans l'huile chaude, se tordaient puis s'enflaient comme animés par un souffle intérieur. L'écumoire les récupérait juste avant qu'ils ne brunissent, les posait sur une grille pour les égoutter avant qu'on ne les saupoudre de sucre. Nicolas, soit énervement, soit faim réelle, en engloutit une bonne douzaine qu'il arrosa à son habitude d'une bouteille de cidre. Remonté dans son logis, il s'écroula épuisé sur sa couche.

Samedi 14 mai 1774

De bon matin, Nicolas se présenta à l'hôtel de Gramont, rue Neuve-Saint-Augustin. En entrant, il croisa M. Durfort de Cheverny, ancien introducteur des ambassadeurs et, pour lors, gouverneur du Blésois ; c'était un ami de Sartine. Il appréciait Nicolas, qu'il avait rencontré dans les petits dîners du roi et qui avait su un jour démêler une délicate histoire de fausses lettres de change.

— Monsieur le commissaire, dit le comte, j'espère que votre présence égaiera notre ami. Au préalable, permettez-moi de vous dire que votre dévouement auprès de Sa Majesté jusqu'à ses derniers instants a été pour tous ses proches un réconfort. Voilà notre maître disparu, et c'est là matière à chanter et à rire pour un peuple insensible. Quand un règne finit et qu'un autre commence, on sait bien qui l'on perd, mais pas encore qui l'on prend. Vous allez trouver M. de Sartine bien amer.

— Il s'est donc passé une chose bien grave à la Muette, où il devait voir le roi ?

— On peut dire les choses ainsi. Lui si composé, je crains qu'il n'ait manqué de présence d'esprit. Le dauphin – enfin, le nouveau roi – est le meilleur des hommes. Il y a de quoi être effrayé du poids de la couronne. Il ne sait d'évidence à qui se fier, n'ayant confiance en aucun des gens en place. Son premier soin a été de demander son lieutenant général de police.

— Ce mouvement était le bon.

— Certes, mais Sa Majesté a embarrassé notre ami en lui avançant un fauteuil et en le forçant à s'asseoir. Il lui a fait diverses questions relatives à sa place, puis a débondé son cœur, voulant qu'il lui indiquât des personnes capables de diriger les affaires. Or...

— Or ?

— Or, M. de Sartine n'a pas saisi la balle au bond. Si, au lieu de dire qu'il rendrait réponse le surlendemain, il était venu avec des connaissances toutes prêtes sur les différents objets les plus en souffrance du gouvernement, il y a fort à parier qu'à l'instant même le jeune roi lui aurait donné toute sa confiance. Il serait devenu principal ministre au lieu que Sa Majesté, n'ayant point trouvé chez lui l'appui espéré, va porter ses regards ailleurs.

Nicolas était prévenu : l'accueil de son chef serait celui des mauvais jours. Il répondit en effet en marmonnant au salut du commissaire, l'air absent, sans intérêt même pour des paniers d'osier couverts d'étiquettes de sceaux et de ficelles, nouveautés perruquières qui venaient sans doute d'arriver des meilleurs faiseurs des quatre coins de l'Europe. Il considérait ses mains, sans lever les yeux. Nicolas n'attendit pas les questions. Il rendit compte de sa présence auprès du feu roi avec M. de La Borde, expliqua sans détours la mission dont il avait été chargé, les événements de la rue Montmartre, ceux de la route de Meaux, jusqu'à sa rencontre avec la favorite en disgrâce et la trahison du garçon bleu.

Au fur et à mesure que son récit se développait, il constatait que l'intérêt de M. de Sartine s'éveillait peu à peu, sans qu'il manifestât pour autant aucune réaction. Il finit par se lever et déambuler autour de la pièce. Enfin, il se rassit, prit une feuille de papier, y porta quelques mots, la plia et la scella.

— Merci Nicolas, dit-il, d'avoir été là où je n'ai pu être, retenu par mes tâches et la fermentation des esprits à Paris. Pour le reste, j'apprécie votre loyauté. Il faut désormais s'en remettre au nouveau roi. Il me fait l'honneur de m'écouter... ou du moins...

Il s'interrompit sans achever avec un sourire un peu amer.

— Et d'ailleurs, il vous connaît, je crois. Voilà un pli qui vous permettra de l'approcher sans encombre. Ne perdez pas une minute. N'hésitez pas, à votre retour, à venir me faire rapport, même s'il faut pour cela me réveiller. J'ai toutes raisons de penser qu'il y va de l'intérêt du royaume. Nous en reparlerons. L'intrigue pâture dans le champ des lys comme jamais !

Nicolas dévala les degrés de l'hôtel, se fit donner une voiture et ordonna qu'on le conduisît sur-le-champ au château de la Muette, situé en bordure du bois de Boulogne. Tout au long du chemin, il revécut le moment passé avec M. de Sartine. Une fois seulement, au cours de leur long travail commun, il avait éprouvé comme aujourd'hui combien l'événement pouvait bouleverser la précise mécanique de pensée et de sentiment du lieutenant général de police. Il ne parvenait pas à démêler s'il s'agissait de la peine suscitée par la rupture des liens si étroits que Sartine avait noués au fil des entretiens hebdomadaires avec son souverain, ou de la hantise d'un homme de pouvoir dont l'influence, jusqu'ici sans conteste, risquait, avec le nouveau règne, de diminuer et même de disparaître. Nicolas songea qu'il en serait ainsi pour tous les serviteurs proches de Louis XV, La Borde exprimant la même crainte sous une autre forme.

Aux approches du château de la Muette, il fut surpris de l'atmosphère d'allégresse qui animait une foule désœuvrée sous les frondaisons du bois de Boulogne. Des guinguettes improvisées avaient surgi avec des marchands d'oublies et des vendeurs de coco. Il observa un de ces marchands avec sa fontaine en fer-blanc sur le dos, coiffé d'un bonnet garni de plaques de cuivre et de plumes de héron. Il avait la taille entourée d'un tablier blanc et deux gobelets d'argent apparaissaient enchaînés à sa ceinture. La voiture s'étant un moment arrêtée dans les flots ralentis, il entendit le cri traditionnel : « À la fraîche, à la fraîche, qui veut boire ? » Un quidam qui se désaltérait eut soudain la surprise de voir son gobelet jaillir de ses mains et s'envoler, arrosant d'eau de réglisse toute l'assemblée environnante. Quelqu'un avait marché sur la chaîne qui, s'étant tendue, avait produit cette catastrophe. Plus loin, des badauds se pressaient en foule autour d'une lanterne magique. Son heureux détenteur promettait pour attirer le chaland d'y montrer « ce que partout ailleurs jamais on ne verra, le pucelage d'une fille de l'Opéra ». Il s'était associé avec une grosse femme qui profitait de l'attroupement pour écouler une boîte de croquets odorants pendue à son cou par une bretelle. Nicolas, en dépit de sa peine, n'était pas insensible à la joie de ce peuple aimable qui s'assemblait aux abords de la résidence royale dans l'espoir, souvent déçu, d'en apercevoir les occupants et de clamer son espérance pour les temps nouveaux.

La Muette – ou la Meute, comme disaient encore les vieux Parisiens du temps où elle abritait le capitaine des chasses royales – avait vu la mort de la duchesse de Berry, la fille trop aimée du régent d'Orléans. En 1747, le feu roi l'avait rebâtie pour la transformer en maison de plaisance et en rendez-vous de chasse. Louis XVI et Marie-Antoinette y résidaient avec un appareil de cour réduit. Nicolas ne rencontra aucune difficulté à pénétrer dans les lieux. Le capitaine des gardes du corps le mit entre les mains de M. Thierry, jusqu'ici premier valet de chambre du dauphin, et qui recueillait, avec l'avènement de son maître, la succession de M. de La Borde. Cet homme discret et courtois reçut le pli de M. de Sartine, se retira, puis revint chercher le visiteur pour l'introduire dans un salon. Deux personnes s'y trouvaient déjà. Dans l'une, en tenue violette de deuil barrée du Saint-Esprit, il reconnut celui qu'il nommait encore, dans son for intérieur, le dauphin et, dans l'autre, M. de La Ferté, intendant des Menus-Plaisirs.

— Qui êtes-vous ? demandait le roi, qui regardait ce dernier, sous le nez en clignant des yeux à droite et à gauche.

— Sire, je m'appelle La Ferté et viens prendre vos ordres.

— Comment ! Pourquoi ?

Nicolas nota le ton un peu trop brusque. M. de La Ferté recula, déconcerté.

— C'est que... Sire, je suis intendant des Menus.

— Qu'est-ce donc que les Menus ?

— Sire, ce sont les Menus Plaisirs de Votre Majesté.

— Nos menus plaisirs sont de nous promener à pied dans le parc. Nous n'avons pas besoin de vous [1].

Il lui tourna le dos et, dans ce mouvement, il aperçut Nicolas. Il ne le reconnut pas tout de suite. Ses yeux clairs, pleins de douceur et d'incertitude, dénotaient une myopie qui, sans bésicles, le plaçait dans un monde flou et ôtait toute assurance à son regard. Nicolas revit les yeux noirs si expressifs du feu roi. Il fut frappé à nouveau par la taille de son souverain qui le dominait d'une bonne tête. Mais l'ensemble manquait d'harmonie, la jambe était trop forte, la figure un peu molle avec des dents fort mal rangées. Déjà irrité par M. de La Ferté, le roi avança sur Nicolas pour le toiser, puis son visage s'éclaira d'un sourire aimable mais peu gracieux.

— Ah ! monsieur, savez-vous que nous avons eu une bonne conversation avec votre ami algonquin ? Bien intéressante, en vérité.

Il sortit de son habit la lettre de Sartine, toute froissée.

— M. de Sartine, en qui j'ai toute confiance, me presse de vous entendre.

Il jeta un œil en arrière. Comprenant qu'il était de trop, M. de La Ferté s'éclipsa à reculons

— Nous l'aurions fait sans cela, reprit le roi. Notre grand-père vous tenait en singulière estime, ce qui vaut pleinement accès à notre personne. Nous vous écoutons, monsieur.

Tout cela fut dit sans hésitation et avec une réelle majesté, qu'accentuait encore l'usage de la première personne du pluriel qui créait une distance un peu artificielle. Il s'assit et invita Nicolas à en faire autant ; celui-ci hésita, mais dut s'y résigner après un second geste d'invite plus péremptoire. Il alla droit au but, un peu abruptement, expliquant avec concision et clarté ce que le feu roi lui avait ordonné, ainsi que les conditions exactes dans lesquelles la boîte lui avait été remise en présence de M. de La Borde. Puis il aborda la confession de Gaspard. Le roi ne l'interrompit pas ; il sortait de temps en temps une montre ouvragée, davantage pour observer, d'une manière machinale, son mécanisme que pour marquer une quelconque impatience. Nicolas évoqua aussi, d'une manière succincte, la possibilité que cet épisode pût faire suite à une affaire qui le touchait de près et pour laquelle le feu roi l'avait envoyé en Angleterre. Louis XVI ne prononça pas un mot. Il se leva et tira un cordon de tapisserie. Presque aussitôt, M. Thierry apparut, à qui il fut intimé d'aller chercher le duc de La Vrillière, toujours ministre de la maison du roi. Le petit homme sans allure se présenta, s'inclina devant le roi et jeta un regard inattentif sur Nicolas. Celui-ci était accoutumé à la politesse rapide du ministre.

— Monsieur le duc, dit le roi, le commissaire Le Floch vient de tout me révéler. Cela ne vous étonne pas, n'est-ce pas ?

— Bon, bon. C'est un homme à nous, d'honneur, d'honneur. Il ne pouvait en être autrement.

Nicolas n'entendait goutte à cet échange. Le roi se mit à rire, tout secoué d'une grosse joie. Elle choqua le commissaire qui portait en son cœur, comme une blessure encore ouverte, le deuil de son vieux maître. Il se souvint que le dauphin n'avait que vingt ans.

— Monsieur, reprit le roi, notre aïeul vous appréciait. Il affectionnait aussi une forme d'action qui a le secret comme valeur suprême, lequel l'emporte sur la considération que l'on doit aux instruments humains que l'on utilise, et même au droit des gens. Continuez, monsieur le duc.

— Soit, soit, dit La Vrillière en considérant le plafond, c'est le roi qui a fait placer d'inoffensifs cailloux et du papier blanc dans la boîte à vous confiée. Habile, habile astuce pour jeter à vos basques ceux qui avaient intérêt à s'emparer de ce dépôt. Il y avait là moyen de les déconcerter.

— Mais, monsieur le duc, fit Nicolas ahuri, comment Sa Majesté pouvait-elle prévoir ce qui m'est ensuite arrivé ?

— Comment, comment ? Ne vous imaginez point, monsieur, être au centre des intrigues et l'unique victime des menées. Nous avions constaté à plusieurs reprises l'évasion incompréhensible d'informations dont seuls le roi et quelques-uns des siens étaient dépositaires. Depuis longtemps, nous suspections quelqu'un du service, ceux qui demeurent toujours autour du roi et qu'on ne remarque plus, tant ils font partie des meubles. Qui est ce traître, nous l'ignorerons sans doute à jamais.

— Erreur, dit le roi. M. de Ranreuil vient de nous dévoiler le coupable. Un garçon bleu, un certain Gaspard.

— Bien, bien, dit La Vrillière, voilà alors le chapitre clos. Le commissaire Le Floch reste à votre service, sire, je vous le recommande. Cette affaire nous prouve encore, s'il en était besoin, sa loyauté.

Nicolas eut l'impression que tout allait se terminer ainsi, mais il ne pouvait y consentir. Et son honneur ? Et la parole donnée à une femme tombée de retrouver le dépôt confié par le roi ? Allait-il, lui, rester dans un silence qui le condamnerait à coup sûr à subir le soupçon et le mépris de la comtesse du Barry ? Il n'hésita plus.

— Monsieur, dit-il au ministre, je puis comprendre la précaution du roi, mais enfin, avec votre permission, sire, j'aimerais savoir ce qu'il devait advenir de la boîte réelle ?

— Hon, hon, fit La Vrillière, je devais la faire remettre à la dame après la mort du roi.

— Et...

— Et, monsieur le curieux, je ne le fis pas, considérant que mon maître étant mort, mon service cessait aussitôt et que ses ordres n'avaient plus lieu d'être. Son successeur aurait à trancher, les révoquer ou les renouveler.

— Cependant, s'emporta Nicolas, j'ai donné ma parole à une femme dans le malheur. Que dois-je désormais lui dire ?

— Tout beau, tout beau ! Il n'y a rien à lui dire, répondit sèchement La Vrillière. Qu'elle s'estime heureuse de la mansuétude du roi.

L'indignation saisit Nicolas comme un vertige. Le roi le regardait avec intensité et son visage se fermait. Était-ce lui ou le ministre qui suscitait ce nuage ? L'avenir du duc était-il déjà arrêté ? Fallait-il se fier aux allures débonnaires de ce géant maladroit dont Nicolas avait pu mesurer les connaissances et le bon sens ?

— M. Le Floch a raison, dit enfin Louis XVI. Bon sang ne saurait mentir. Tenez, monsieur.

Le roi sortit la petite bourse de velours rouge scellée censée contenir les diamants et la lui tendit en souriant.

— Vérifiez le contenu, monsieur.

— Votre Majesté se moque. Elle sait que j'obéis toujours au roi, les yeux fermés.

— C'est bien, monsieur. Voici une lettre pour l'abbesse. Nous vous faisons telle confiance que nous avions anticipé votre venue. Quant à la dame en question, dites-lui de ma part – et ma parole vaut bien un chiffon de papier – que le respect que nous portons à la mémoire de notre grand-père exclut toutes mauvaises manières à son égard. Qu'elle se rassure, qu'elle soit patiente et qu'elle ne fasse point parler d'elle. Cette malheureuse est plus à plaindre que beaucoup de ceux qui l'abandonnent.

Il jeta un regard de côté sur La Vrillière.

— En tout cas, qu'elle soit convaincue que jamais – nous disons : jamais – Choiseul, dont je n'ignore point qu'elle craint la vengeance, ne reviendra aux affaires. Voilà, monsieur, courez laver votre honneur ; il m'est cher.

Nicolas s'agenouilla devant le roi, qui le releva sous le regard sans expression du ministre.

Sur le chemin du retour, Nicolas s'efforçait de ne point penser et de fixer son attention sur le spectacle de la rue. Sa première réaction avait été d'accepter et de comprendre l'ultime précaution du roi. Il se disait cependant qu'un procédé plus sincère eût été tout aussi efficace et lui aurait permis de mesurer les risques inhérents à cette mission. Il aurait alors de grand cœur accepté qu'on le prît pour appât. Au reste, dans toute cette affaire, sa vie ne pesait pour rien. La balle qui le visait l'avait manqué de peu et, sans l'intervention de Bourdeau, son cadavre pourrirait dans quelque taillis ombreux de la Brie. En vérité, il ne savait plus que penser. Il se souvint des propos de La Borde au cours des terribles journées de l'agonie du roi. Leur maître, au gré de son état, poursuivait sans relâche un plan longtemps médité. L'ordre, la fermeté et la suite qu'il mettait dans tout cela étonnaient même son premier valet de chambre. Il calculait tout et arrangeait tout sans rien dire et avec beaucoup de cohérence. Il ne réclama les sacrements que lorsqu'il fut persuadé de n'avoir plus de recours.

D'autres propos plus amers, comme ceux de Bourdeau, lui revenaient à l'esprit. L'inspecteur, toujours dévoué à sa tâche, ne nourrissait plus aucune illusion sur la reconnaissance et la considération des puissants. La première n'était, selon lui, que la seule richesse des pauvres et la seconde une illusion de ceux qui croyaient en bénéficier. « Ainsi sont les grands... », ajoutait-il en levant les yeux au ciel. Il n'en poursuivait pas moins son service sans états d'âme superflus. Nicolas se promit de suivre son exemple. Les années apportaient d'inévitables désillusions. Les leçons s'accumulaient sans qu'on en tire les conséquences. Le dévouement et la loyauté s'apparentaient-ils, en ce temps de dissipation et de dévoiement, à de la naïveté ? En dépit de tout, il ne pouvait s'en convaincre. Il y avait plus d'honneur à s'en tenir à ses propres règles qu'à s'abandonner aux travers du siècle. Ce fut sur cette réflexion qu'il fit son entrée à l'hôtel de Gramont.

M. de Sartine achevait de dîner, tardivement car des urgences avaient retenu longtemps son attention [2]. Il accourut, la serviette à la main. Nicolas lui rapporta mot pour mot son audience avec le roi. On l'écouta sans l'interrompre, le visage glacé. Un long silence suivit.

— Ainsi, fit-il, le duc de La Vrillière connaissait la mission que le roi vous avait confiée, et cela, dès le début ?

Un nouveau silence s'établit, puis Sartine parut se parler à lui-même et Nicolas percevait à peine ses paroles.

— Je ne le comprends que trop bien... Ma sottise a été de l'avoir méconnu en m'attachant à lui... Vanité, de mêler le sentiment aux affaires... Combien nous sommes loin du compte ! Pendant vingt ans, mon orgueil s'est gorgé de bassesse et je devrais, aujourd'hui, être surpris qu'il en résulte quelque écœurement ! Ce moment est décisif... Renonçons à l'élégance, et que la clarté nous tienne lieu de raison.

Il leva les yeux comme s'il découvrait soudain qu'il n'était pas seul. Son visage retrouva son impassibilité habituelle.

— Puisqu'il en est ainsi, reprit-il, il me revient d'informer le roi. Voici mes instructions : que le commissaire Le Floch – vous, Nicolas – après s'être rendu à l'abbaye de Pont-aux-Dames, revienne promptement à Paris. Qu'il ouvre derechef, aidé et secondé par l'inspecteur Bourdeau et par tout l'appareil de notre police, le dossier du meurtre de Mme de Lastérieux. Qu'il replace sous le contrôle de la force les témoins épars jusqu'ici protégés par une puissance en place. Qu'on les saisisse et que, dûment interrogés, ils témoignent enfin. Les éléments de la première enquête colligés et recoupés devront nourrir une instruction formelle et – je l'exigerai au besoin de Sa Majesté – secrète. Pour cela, une commission que je présiderai avec le lieutenant criminel et une personne de qualité, que le roi désignera, se réunira, vous entendra et décidera des suites de l'affaire. J'entends que la clarté tout entière soit faite sur cette succession d'événements liés sans aucun doute à des menées souterraines et politiques. Monsieur, votre devoir est clair. Allez.

M. de Sartine, le visage animé d'un sang nouveau, quitta son salon, battant ses mollets de sa serviette comme s'il s'était agi d'une cravache fustigeant des bottes de chasse.

Dimanche 15 mai 1774

Après Meaux, le soleil levant inonda la route et la campagne environnante. Par les vitres baissées, un vent léger apportait par bouffées des parfums d'herbe mouillée, de fleurs, au milieu du gazouillis ininterrompu des oiseaux. Le ciel, sans un nuage, ajoutait encore à la sérénité de ce nouveau voyage dans lequel Nicolas s'était précipité, heureux d'achever sa mission et impatient de l'action à venir qui, il l'escomptait, lui permettrait de reprendre en main un destin depuis trop longtemps contraire.

Il arriva à l'abbaye de Pont-aux-Dames peu avant la messe dominicale. Il éprouva la différence de l'accueil qui lui fut réservé. Sans doute prévenue, la mère supérieure se prodigua en attentions. Il dut accepter d'assister à l'office. Mme du Barry en grand deuil, le visage incliné sur son livre d'heures, ressemblait à une apparition céleste descendue de quelque vitrail. En dépit de leur retenue, les sœurs les plus jeunes l'observaient en cachette sous le regard sévère des plus âgées. Au reste, Mme de La Roche-Fontenilles n'avait pas tari d'éloges sur « la pauvre jeune femme », vantant sa douceur, son charme, le son cristallin de sa voix, la vivacité de ses manières et même son ardente piété. La comtesse le suivit ensuite dans le cloître. L'air printanier chassait les miasmes humides des voûtes. L'abbesse, en retrait, les observait discrètement avec un sourire bienveillant. Il rapporta les propos du roi et remit la bourse de velours, dont elle ne vérifia pas le contenu, mais qu'elle serra sur son cœur en soupirant.

— Comment, monsieur le marquis, puis-je vous exprimer ma reconnaissance ?

Il se souvint d'une autre favorite, elle aussi en péril, qui le nommait ainsi.

— En me gardant dans votre souvenir, madame, comme un fidèle et loyal serviteur du roi, répondit-il.

— Je prie le ciel, monsieur, de pouvoir un jour avoir recours de nouveau à votre aide.

— Elle vous est acquise.

Elle lui demanda de l'attendre un moment. Quand elle revint, elle lui tendit une petite tabatière d'or guilloché, dont le couvercle était orné d'un portrait en miniature de Louis XV.

— Voilà tout ce qu'une pauvre femme peut faire pour manifester sa reconnaissance.

Il s'inclina. Son émotion n'était pas suffisante pour empêcher un sourire intérieur, en entendant la comtesse dont la fortune était immense, et à laquelle il venait d'ajouter en lui apportant cinq diamants, dernier témoignage d'un vieil amant, évoquer sa pauvreté.

— Madame, je vous prie de croire que ce souvenir ne me quittera plus.

Il salua les deux femmes et reprit la route de Paris, toujours débordant d'ardeur. Le crime et la trahison tissant leurs rets autour de lui trouveraient à qui parler. Il terrasserait l'hydre dans les griffes de laquelle il s'était enserré depuis la mort de Julie. Comme le soleil dissipe les ombres, les lumières et la justice démasqueraient les coupables. Des rayons inondaient la caisse de la voiture, revêtant de moirures le vieux velours râpé des banquettes. Dans ces jours où tout chancelait, son bonheur s'enflait d'une volonté nouvelle, libérée des tristesses et des effrois.

XII

LES THERMES DE JULIEN

Dans les choses tout est affaires mêlées...
Rien n'est un, rien n'est pur.

Chamfort

Dimanche 15 mai 1774

Une nuit sans rêves laissa Nicolas reposé et l'esprit clair. Il accompagna Marion et Poitevin à la première messe de Saint-Eustache. Il s'abandonna à l'apaisement des prières et des chants dans l'atmosphère de l'encens répandu, tout autant pour honorer le Seigneur que pour dissiper, par ce temps orageux, les insidieuses odeurs montant de la crypte dans laquelle les habitants de la paroisse continuaient à être ensevelis. C'était dans ce même sanctuaire qu'il avait assisté aux funérailles de Rameau et eut une pensée pour Mme de Pompadour qui y avait reçu le baptême. Puis il s'accusa de distraction, comme autrefois au collège, et s'abîma dans une simple méditation priant le Ciel de l'aider pour qu'enfin justice se fasse. Un mandement de l'archevêque de Paris, relatant la mort du roi, fut lu en chaire. Le morceau, éloquent et plein d'onction, s'acheva sur le récit d'un geste du dauphin faisant distribuer des aumônes aux pauvres pour les inviter à demander au Ciel la conservation des jours de son grand-père. Un murmure de ferveur monta de la foule des fidèles.

De retour rue Montmartre, les chauds effluves boulangers du matin réveillèrent son appétit, lui rappelant qu'il n'avait pas soupé la veille. Catherine, esprit fort et qui se gaussait habituellement des messes et des manigances des prêtres, les accueillit, moqueuse, les mains sur les hanches. Cette attitude désolait la vieille Marion, qui tentait sans succès de convertir l'ancienne cantinière qu'elle aimait comme une fille qui lui serait venue sur le tard. Nicolas s'attabla devant une montagne de brioches et un pot de chocolat fumant.

Il décida, en dépit du caractère sacré du dimanche, de se rendre au Châtelet afin d'examiner ses notes et son carnet noir et de rassembler tous les éléments épars d'un ensemble d'événements nécessairement reliés par un fil conducteur. Il s'y rendit à pied, par un temps de plus en plus lourd et humide. Il se félicita d'avoir revêtu un habit blanc de coutil léger, détestant se sentir moite. Le Père Marie l'accueillit sans surprise, habitué depuis longtemps aux horaires fantaisistes de ses chefs. Dans le bureau de permanence, Nicolas eut le plaisir de découvrir Bourdeau qui suait sang et eau sur un rapport.

— Bon, dit ce dernier, votre présence va nous priver d'une belle page d'écriture. J'ignorais que vous fussiez rentré de Meaux. Je m'évertuais pour vous.

Nicolas lui conta brièvement les derniers événements : l'audience de M. de Sartine, sa rencontre avec le nouveau roi et, pour finir, révéla les instructions imprévues qui les replaçaient sur les brisées d'un adversaire mystérieux.

— Voilà qui a le mérite d'être clair, approuva Bourdeau. Nos arrière-pensées sont désormais en accord avec la volonté de lieutenant général. Plus d'états d'âme ! J'ai ramené les deux corps à Paris, celui du cocher, dignement apprêté, a été rendu à sa famille avec une somme honnête qui étanchera leur soif légitime d'explications. L'autre corps a été examiné à la basse-geôle. Les bosses et meurtrissures proviennent bien des poêlons de Catherine. En voilà une qui n'a pas perdu la main depuis Fontenoy ! Pour ne pas affoler la rue Montmartre, j'ai requis dans le jardin, grâce à l'offre d'un bout de biscuit, le témoignage de Cyrus. La brave bête, mise en présence des habits de Cadilhac, s'est hérissée, se gonflant et bavant de fureur. Je ne l'avais jamais vue dans une telle rage.

— Donc, Cadilhac était bien le visiteur de ma chambre ?

— Sans le moindre doute. Enfin, j'ai dépêché toute une nuée de mouches sous la direction de Rabouine rue des Douze-Portes. Les souricières sont en place et j'attendais Tirepot qui nous sert de vas-y-dire et dont l'éloquent attirail est si visible qu'il n'appelle plus l'attention.

— Tout cela est bel et bon, fit Nicolas. Mais pour parer au plus pressé, il faut me mettre sous clefs au Châtelet, et dans le secret le plus absolu, Balbastre et Me Tiphaine, le notaire de Mme de Lastérieux. J'ai songé aussi à une autre mesure, il faudra en parler à Semacgus : Awa ne pourrait-elle s'entretenir avec Julia, la compagne de l'esclave Casimir ? Peut-être saura-t-elle mieux que nous tirer les vers à cette pauvre fille ?

— Sans doute. Cette idée me plaît, dit Bourdeau. Elle nous permettra d'expliciter certaines attitudes de l'esclave qui ne cadrent guère avec l'ensemble des constatations. Vous avez raison de tout vouloir reprendre au commencement. Un regard neuf et clair nous fera peut-être découvrir le vrai fil de l'histoire.

Nicolas étala une liasse de papiers enfermée dans une armoire. Il ouvrit son petit carnet noir et se plongea dans son étude. De son côté, Bourdeau semblait établir une liste dont il rayait parfois une ligne, le front crispé par l'attention. Tirepot les surprit dans cette studieuse occupation. Il entra, poursuivi par l'indignation horrifiée du Père Marie qui ne comprenait pas que l'outrecuidant ait eu l'audace d'introduire dans ce haut lieu de justice les instruments préjugés puants de son négoce quotidien, ces deux seaux reliés par un châssis et protégés par une toile cirée sous laquelle le tout-venant s'asseyait pour se soulager moyennant quelques liards. Pour le provoquer, Tirepot chantonnait sur un ton graillonnant son sempiternel « Chacun sait ce qu'il a à faire ».

— Paix, mes agneaux ! gronda Bourdeau au bord du fou rire. Qu'as-tu fait au Père Marie, canaille, pour le congestionner de la sorte ?

— Peuh ! monsieur Pierre, il prétendait m'empêcher d'entrer avec mon fourniment, le jugeant dégoûtant. Ma foi, c'est mon gagne-pain et je me casse la gorge à lui dire que, trop conscient de l'honneur qui m'échoit, j'ai vidé mes seaux et rincé le tout à grande eau au bord du fleuve. Le tout est si propre qu'on y mangerait sa soupe. Et d'ailleurs, j'ai laissé mon chalet de nécessité en bas de l'escalier. C'est dimanche, il ne gênera personne.

— Allons, dit Nicolas, faites la paix. Père Marie, apportez quatre verres de votre cordial que nous la scellions, en toute amitié et en Bretons que nous sommes.

L'huissier tira une bouffée de son brûle-gueule et parut réfléchir un instant.

— C'est bien parce que Tirepot est breton, et de Pontivy...

Il alla chercher les verres.

— Quelles sont les nouvelles ? demanda enfin le commissaire en se tournant vers Tireport.

— Il y en a tant que Rabouine s'est inquiété que j'en oublie certaines, répondit celui-ci. Il m'a fait promettre de n'omettre aucun détail. Je te livre le tout, encore chaud. Je me le suis répété au long du chemin.

— Je t'écoute.

— Rue des Douze-Portes, face au parcheminier, il y a une maison, ni pauvre, ni riche. Au quatrième vit un homme seul, avec une servante plutôt vieillotte, qui arrive chaque matin et repart vers une heure de relevée. Les habitudes de l'homme ne sont pas régulières. Depuis que nous l'observons, il va et vient à n'importe quelle heure du jour et de la nuit, prend souvent ses repas dans une petite taverne voisine où il chopine sans adresser la parole à quiconque. Il use en toute occasion de chemins détournés comme s'il craignait d'avoir les pousse-culs [1] au train. Il est plus difficile à filer qu'une anguille dans le gazon. Mais, en vérité, toutes ses caravanes le mènent régulièrement à l'hôtel d'Aiguillon.

— Bon, tout cela ! dit Bourdeau.

— Certes, dit Nicolas qui bouillait d'impatience et avala d'un trait le verre que lui tendait le Père Marie. Mais tu oublies de nous dire l'essentiel. Quel est ce personnage ? Avez-vous, à la fin, découvert son identité ?

— Vous le connaissez comme moi, répondit Tirepot et je n'y... C'est Camusot, l'ancien commissaire chargé de la police des jeux. Celui qui connivait avec la Paulet, un trigaud avec qui tu as eu déjà maille à partir, Nicolas, il a bien failli t'avoir avec son Mauval[2], ce résidu de mauvaiseté que tu as dépêché proprement, jadis, au *Dauphin Couronné*.

— Il fut convaincu de forfaiture et soupçonné de beaucoup plus, compléta Nicolas. C'était lui l'esprit qui armait la main de Mauval et la seule sanction qu'il encourut fut de se voir retirer la haute main sur la police des jeux. Je croyais qu'il s'était retiré à la campagne.

— Point du tout, dit Tirepot. Rabouine m'a chargé de vous dire que le principal ministre l'utilise pour ses basses œuvres et, qu'en outre, il avait ouvert une officine prête à toutes les compromissions, pourvu qu'elles fussent grassement rétribuées.

— Avec Camusot tout est possible, dit Bourdeau. Il connaît mieux que nous nos ruses et nos habitudes.

— Rabouine pense comme vous, reprit Tirepot. Il a modifié en conséquence son dispositif. Les distances de prudence ont été allongées, des relais établis avec des pivots innocents, vieillards ou enfants. La rue des Douze-Portes, qui se poursuit en angle droit par la rue Saint-Pierre, est dûment cadenassée. Les débouchés sur la rue Saint-Louis et la rue Neuve-Saint-Gilles sont sous le regard attentif d'hommes à nous, installés dans les étages des immeubles. Un valet stipendié de l'hôtel d'Aiguillon nous renseigne. La bête est déjà dans le piège tout en se croyant libre. Il suffit de resserrer le nœud coulant.

— Bien, dit Nicolas. Jean, je suis content de toi.

— Que ne ferait-on pas pour un « pays » si généreux !

Il cligna de l'œil et tira la langue. Le commissaire comprit la mimique, fouilla ses basques et en tira quelques louis qu'il glissa dans une main déjà tendue.

— Va parfaire ta paix avec le Père Marie et attends un message pour Rabouine, dit-il. Il faut surtout ne pas me gâcher la tâche ; dis-lui de ma part de bien veiller à mes instructions. Bourdeau et moi allons établir notre plan de campagne.

Tirepot, ravi, sortit du bureau. Nicolas et Bourdeau restèrent un moment silencieux. Ce fut l'inspecteur qui parla le premier.

— Je crois, dit-il, qu'il faut tenter de relier l'homme de la route de Meaux à Camusot. Ce Cadilhac travaillait déjà avec l'ancien commissaire, il y a quinze ans. Il tente de vous tuer et on découvre sur lui l'adresse de Camusot. Lequel, du moins nous l'espérons, ignore encore que son sicaire est mort.

— Essayons de nous mettre à la place de Camusot, répondit Nicolas. Sans doute informé par Gaspard de ma mission pour le feu roi, il me fait suivre. Il s'est déroulé plusieurs heures entre le dépôt de la boîte et mon départ pour Paris. Je suis filé et, tout naturellement, une tentative de vol suit. Catherine, si j'ose dire, sauve les meubles. Mais une surveillance s'exerce sur moi. Nous connaissons la suite : route de Meaux, attaque, échec et mort. Camusot en est là. Il n'a plus de nouvelles de Cadilhac. Que peut-il échafauder comme hypothèses ? Si le secret exigé a été respecté, il n'a aucune raison de suspecter la mort de son tueur. Le reste va de soi. Il suppose, angoissé, que son complice a été acheté à plus haut prix ou que, conscient de la valeur de sa trouvaille, il s'est enfui pour profiter de son butin. Camusot est assez bien renseigné pour avoir recueilli le bruit, répandu par nos soins, que j'avais été dépouillé sur la route de Meaux.

— Cadilhac était loin d'être sot, approuva Bourdeau, initié qu'il était depuis tant d'années aux filouteries de Camusot. Celui-ci peut supposer qu'il s'est emparé des diamants destinés à Mme du Barry, et...

— Et, poursuivit Nicolas, il pense aussi que l'homme est tombé sur un document qui lui paraît valoir bien plus encore négocié auprès de certains hauts personnages. Voyez où je veux en venir. Imaginons que Camusot, étroitement surveillé et que rien ne rattache apparemment à l'affaire, si ce n'est son adresse trouvée dans l'habit de Cadilhac, soit appâté d'une manière ou d'une autre, réponde à cette invite et soit peu à peu ferré, avec un peu de chance nous tenons la possibilité de remonter la chaîne de ce complot.

— Bon, fit Bourdeau songeur. Mais de quelle nature, ce piège ? Ce n'est pas du petit fretin. Il sera d'autant plus méfiant qu'il vous sait dans les parages.

Nicolas ne répondit pas ; il réfléchissait, les yeux mi-clos. Il sortit un instant faire quelques pas, puis, revint s'asseoir en face de l'inspecteur.

— Il reste, dit-il, à nous mettre dans la peau de ce barbet[3] de Cadilhac s'il s'était trouvé dans la situation où nous voulons le placer. Bien sûr, il pourrait se contenter des diamants. Mais il ne le fait pas, conscient qu'il est en possession de la chance de sa vie, du gros coup tant attendu. Cependant, il doit le jouer finement. Il pourrait, par exemple, mettre une annonce dans le *Mercure* ou dans la *Gazette* du style : « Objet perdu sur la route de Meaux rendu contre récompense. » Objection immédiate ; c'est se dévoiler et risquer d'être repéré en déposant le texte de l'annonce.

— De plus, dit Bourdeau, rien n'assure que cette proposition sera lue.

— Alors… alors, murmura fiévreusement Nicolas, supposons que Cadilhac envoie un vas-y-dire chez Camusot au moment où notre homme est en ville, qu'un pli soit remis à la vieille servante et que l'émissaire disparaisse aussitôt. Reste une missive en bonne et due forme, par laquelle Casumot est informé que sa créature se rebelle, qu'elle entend négocier d'abord avec lui, eu égard à leur passé commun, mais que, dans le cas contraire, elle ira frapper à la porte d'une certaine pagode dont le maître est d'ailleurs depuis peu de retour en son hôtel parisien. M. de Choiseul serait sans doute ravi de récupérer un document qui ne peut que le mettre gravement en cause.

— Voilà qui est mieux, dit Bourdeau. Voyons la suite. Pour parfaire notre coup et assurer la sécurité de notre faux Cadilhac, il conviendrait de préciser que la première rencontre, de pure convention, sera consacrée à des préliminaires quant aux conditions. Il suffit d'ajouter que l'original des documents est en lieu sûr avec une lettre de dénonciation adressée à qui de droit dans le cas où Cadilhac ne serait pas, à heure dite, venu recouvrer ses papiers.

— Objection, dit Nicolas. Celui qui viendra au rendez-vous doit être reconnu de Camusot. S'il ne le voit pas, il soupçonnera une équivoque et voilà l'affaire à l'eau.

— Nous l'arrêterons sur-le-champ, ce qui résout la question.

— C'est cela, dit Nicolas, je vois les choses ainsi : Cadilhac ne veut pas traiter directement, il envoie donc un de ses amis parlementer. Le tout pourrait se dérouler dans l'ombre propice d'une église.

— Camusot ne traitera pas avec une doublure.

— De grâce, laissez-moi achever mon propos.

Il traitera avec une doublure si l'original est là, à quelques pas, inabordable mais présent. Sur une tribune d'orgue, par exemple, se faisant voir. Je l'imagine assez agitant la main d'une manière moqueuse.

— Et vous ressuscitez un mort ?

— Que non ! Mais je vous connais assez, mon cher Pierre, pour savoir que vous avez soigneusement conservé la défroque de Cadilhac. La plus banale de nos mouches, ou vous, ou moi, peut jouer le rôle de Cadilhac, dans l'ombre et à distance.

Bourdeau se frottait les mains d'enthousiasme.

— Votre impromptu me semble au point, fit-il. Reste le texte et le lieu.

— Il faut trouver quelque chose d'intrigant, dans le genre « Pierre taillée ne rapporte guère. La demande croît sur le papier ; il échoira au plus offrant. Pour en savoir plus long, trouvez-vous mardi 17 mai, à sept heures de relevée... »

Nicolas réfléchit un long moment.

— ... « dans la grande salle du palais des Thermes de l'abbaye de Cluny, seul et sans armes. Sachez qu'on sera sur ses gardes. »

Bourdeau hochait la tête sans conviction.

— Le fond est juste, la forme beaucoup moins. C'est un propos de commissaire au Châtelet, pas le style de Cadilhac. Il faut recomposer cela.

Il prit une feuille et une plume, puis se mit à écrire avec quelques repentirs.

— Voilà. Que le diable veuille que cela vous convienne : « Je vous le dis tout net, pierres de Meaux morcelées ne feront pas bouillir mon lait longtemps. Il y a hausse sur la demande de papier. Je le céderai au plus offrant, car il y a du chaland fort mêlé et du plus haut goût, genre pagode. Trouvez-vous ce mardi, dix-septième de mai, à sept heures de relevée, dans la grande salle du palais de Julien. On sera sur ses gardes. »

— Ah ! s'exclama Nicolas béat, voilà qui est du dernier bien ! Reste à me trouver le papier en accord et la main malhabile.

— Et l'orthographe incertaine, dit Bourdeau. Le Père Marie fera l'affaire.

— Vous n'y pensez pas ! Camusot a travaillé ici ; il reconnaîtrait l'écriture.

— Juste. On trouvera. On pourrait envoyer le poulet par la poste.

— Il y aurait un risque qu'il soit ouvert, ou qu'il n'arrive point. Il faut être sûr qu'il parvienne à bon port dans le délai voulu. Il faut mettre au point notre souricière. Lors de cette rencontre, il ne s'agit pas d'appréhender mais de tenter de remonter la chaîne jusqu'au maillon principal. Nous devons reconnaître les lieux, en soirée, à la même heure que celle prévue pour le rendez-vous. Ce sera un théâtre de pantins dont nous devons jouer avec art.

— Qui tiendra le rôle de Cadilhac ?

— Je m'en chargerai, dit Nicolas.

— C'est une très mauvaise idée et je ne vous laisserai pas vous y fourvoyer. Imaginez que, même éloigné, notre interlocuteur vous mitraille, hein ? Je serais beau d'aller expliquer cela à M. de Sartine. En outre, vous êtes le seul à avoir dans votre tête l'entièreté de cette affaire. Enfin, vous n'avez pas la silhouette de Cadilhac, ce dernier argument me paraît péremptoire et décisif.

— Je note dans votre propos une critique contenue. Rassurez-vous, vous saurez tout... quand je serai sûr de mon fait. Quant à votre argument, je l'accepte mais de mauvaise grâce. À qui s'adresser, alors ? Nos gens ne seront pas à la hauteur. Rabouine, peut-être ?

— Non, dit Bourdeau, il est également connu de Camusot. Il ne faut négliger aucun détail. L'animal était dans la cinquantaine, assez fort avec une moustache grise. Considérons qu'avec un postiche, je ferais assez bien l'affaire. Rassurez-vous, je porterai une cuirasse sous le pourpoint, ce qui accentuera d'ailleurs mon embonpoint et complétera la ressemblance.

Nicolas réfléchit un moment.

— Tout cela ne me plaît guère, dit-il enfin. Il paraît pourtant que je devrai m'y résoudre. Dans le détail, la plus grande prudence s'impose. Nous visiterons les lieux, de préférence grimés. Notre réserve à déguisements nous fournira quelques guenilles bien défigurantes. Je crois enfin, qu'à part vous et moi, personne ne devra paraître sur les lieux. En revanche, un carcan des plus étroits entourera une zone circonscrite par la rue Saint-Jacques, celles du Foin, de la Harpe et des Mathurins. Rien, ni personne, ne devra la franchir, y entrer ou en sortir, sans être aussitôt signalé et éventuellement suivi avec les plus grandes précautions pour ceux qui s'échapperaient de l'abbaye. Je vais écrire un mot à Pelven, ancien matelot et, actuellement, concierge à la Comédie italienne. C'est un vieux complice. Il vous y introduira, afin qu'un des membres de la troupe aide à vous maquiller et à trouver la silhouette exacte de Cadilhac.

— Hé ! dit Bourdeau, les théâtres sont fermés pour un mois en raison de la mort du roi.

— Il trouvera une solution, comptez sur lui. Portez-lui une carotte de tabac et une bouteille d'eau-de-vie de ma part.

— N'oublions pas, fit pensivement Bourdeau,

que les précautions que nous prenons seront sans doute aussi observées par nos adversaires. Ainsi, je puis, moi-même, être suivi après l'entrevue. Il faudra prendre garde à cela.

— Votre voiture s'engagera rue des Deux-Portes pour rejoindre la rue Hautefeuille. Une charrette de foin opportunément renversée après votre passage fera l'affaire.

— Et vous-même ?

— Je serai là pour vous porter secours, présent depuis plusieurs heures afin de ne point donner l'éveil. Mon autre souci sera d'observer si un second larron assiste à tout cela, dans le cas où Camusot ne paraîtrait pas. Il peut ne vouloir entrer en négociation que s'il est assuré que Cadilhac est bien Cadilhac. Soit il s'engage lui-même, soit il dépêche quelqu'un qui connaît Cadilhac pour s'assurer de l'identité du maître chanteur.

— Vous devrez veiller à ne pas arriver sur les lieux trop peu de temps avant la rencontre ; vous risqueriez de croiser celui que vous voulez démasquer.

— C'est peu probable. En fait, dit Nicolas, j'y dormirai la nuit de lundi à mardi.

Bourdeau semblait perplexe.

— Le délai n'est-il pas trop court ?

— Il faut les affoler. La seule chose qui peut advenir, c'est que le messager ne touche pas Camusot, alors ce sera partie remise. Cependant, je l'imagine sur les charbons ardents, dans l'attente de nouvelles. Il passera forcément chez lui. On va lui dépêcher un vas-y-dire, malin et inconnu au Châtelet, à qui il faudra recommander de se terrer quelques jours. En cas de difficultés, qu'il prétende avoir été abordé par un quidam à moustache grise qui l'a grassement payé pour la course à faire. Je pense n'avoir rien oublié. Si nous allions dîner ?

Ils rejoignirent leur habituel lieu d'agapes, rue du Pied-de-Bœuf à quelques pas du Grand Châtelet, devisant des nouvelles du jour, dont la principale demeurait la publication d'une lettre du nouveau roi à M. de Maurepas. Bourdeau, toujours acrimonieux, se moquait du ton, qu'il qualifiait de candide, de la missive. À quoi rimait, pour un souverain, de reconnaître « *n'avoir pas toutes les connaissances qui sont nécessaires à son état* ». Nicolas trouvait cette modestie émouvante ; ils en débattirent longuement. Il moqua son adjoint qui, d'ordinaire, censurait le pouvoir absolu de la monarchie, mais qui, pour le coup et pris à contre-pied, s'en voulait de ne pouvoir développer contre le jeune roi ses idées habituelles.

Le plat de ris de veau que leur servit le tavernier les réunit dans l'éloge. Ils réclamèrent des éclaircissements prétendant, comme à l'accoutumée, que le récit doublait leur jouissance. Ils savaient ainsi faire plaisir à leur hôte. Il s'agissait, dit celui-ci en s'asseyant à leur table et en acceptant un verre d'un blanc bien rafraîchi, de faire dégorger les ris, de les piquer de lard fin, roulé au préalable dans un mélange de fines herbes, d'envelopper le tout de bardes fraîches, de faire blondir doucement, puis de mouiller moitié vin blanc, moitié bouillon double avec du sel, du poivre, un bouquet garni, quelques tranches de limon dont on avait ôté la pulpe et les pépins et enfin d'un mélange de groseilles à maquereau écrasées dans un filet de vinaigre. Pour parachever le tout, un petit caramel léger n'était pas à dédaigner. L'ensemble devait cuire à tout petit feu, au plus trois quarts d'heure. Les ris retirés, il fallait passer la cuisson et faire réduire la sauce au point où il n'en reste presque plus, quand elle nappait le poêlon d'une couche brillante. Alors, et alors seulement, on y roulait le ris de veau pour le glacer et on servait sur un lit d'oseille cuite juste fondue dans le récipient de cuisson. Leur festin se termina par quelques verres d'une sorte de ratafia que l'hôte confectionnait à partir d'eau-de-vie, de safran, de cannelle, d'amandes amères, de clous de girofle, de fleurs d'oranger et de sucre. Il en vanta les qualités digestives.

Ils se quittèrent devant l'Apport-Paris. Bourdeau se chargeait du billet à Camusot et de son déguisement, pour lequel il devrait récupérer les habits de Cadilhac à la basse-geôle. Ils se retrouveraient à quatre heures pour se déguiser avant d'aller reconnaître la grande salle des thermes de Cluny.

Lundi 16 mai 1774

Tout s'était déroulé comme l'avait voulu Nicolas. Un gamin transmit le billet à la vieille servante de Camusot, qui assura pouvoir le remettre le jour même à son maître. Le concierge de la Comédie italienne, ravi que Nicolas ait pensé à lui, avait pu faire en sorte qu'on transformât Bourdeau en un très acceptable Cadilhac. Tirepot, ayant communiqué les ordres du commissaire à Rabouine, le dispositif de surveillance élargi était en place. Nicolas et Bourdeau, méconnaissables, avaient repéré les lieux le dimanche soir et peaufinaient leurs préparatifs. Le logis de la rue des Douze-Portes et l'hôtel d'Aiguillon demeuraient sous le regard incisif de mouches innombrables parmi lesquelles, des prêtres, des commères réjouies et une bonne vingtaine de faux aveugles, d'estropiés et autres gagne-deniers.

Nicolas persista dans son projet de se porter

sur les lieux bien avant l'heure du rendez-vous prévu. Il s'était grimé de telle sorte que Rabouine, venu aux ordres, le prît pour quelque échappé de Charenton ou de Bicêtre et l'eût jeté à la porte sans l'intervention de Bourdeau, mort de rire devant sa méprise. Nicolas passerait la nuit dans le palais des Thermes, de manière à pouvoir déceler toute présence hostile et d'intervenir à temps si la vie de l'inspecteur était menacée.

Ainsi, sur le coup de sept heures, un étrange personnage avançait, clopin-clopant, dans la rue de la Harpe, voie sombre et étroite, où deux charrettes suffisaient à bloquer le passage. Le piéton intrépide qui s'y engageait devait choisir entre d'humides murailles et les roues menaçantes des voitures. Après avoir considéré si son manège faisait l'objet de curiosité, le mendiant poussa la grille de fer du palais des Thermes et pénétra dans la grande salle. Mal famée, elle se présentait comme un lieu d'abandons divers et de promenades subreptices. Un jardin suspendu, à l'image de ceux de Babylone, installé au-dessus des solides voûtes romaines, couronnait encore la salle ; un autre s'était effondré en 1737 avec la voûte qui le supportait. Nicolas mesura encore une fois l'extraordinaire impression ressentie devant cette salle immense et majestueuse qui surgissait d'un passé si lointain.

En dépit de son aspect dépouillé, la hauteur des voûtes, les voussures hardiment projetées retombaient sur des consoles en forme de proue de navire. Le regard était retenu par la finesse des archivoltes, des arcades et des niches. Il se sentit plongé dans un monde que l'imagination peinait à reconstituer. Des bâtiments fragiles de torchis figuraient des corps de fermes, des hangars et des cabanes. Une plate-forme était plaquée contre la muraille accessible par une échelle de meunier. Une sorte de fenil croulait sous des amas de foin moisi et de fagots abandonnés. Il lui parut que cet endroit constituerait un observatoire privilégié. Il en gravit l'échelle. Il y avait là de la paille à profusion, des caisses éventrées et toutes sortes de caques. Il dominait la salle dans son ensemble, avec vue sur l'entrée extérieure et vers les bâtiments de l'abbaye. Certes, toute issue lui était coupée, mais la position, facilement défendable, permettait, le cas échéant, de soutenir une attaque. Bourdeau avait ordonné à Rabouine d'attendre quelques minutes après son propre départ en voiture. Si Nicolas n'apparaissait pas, le dispositif policier envahirait la grande salle pour lui porter aide et assistance.

Après avoir vérifié qu'il était seul, le commissaire entreprit d'édifier une sorte d'abri composé d'éléments disparates ; l'édifice ainsi monté lui rappela les mottes où se faisait le charbon de bois. Il le bâtit de telle sorte qu'il permettait d'offrir une entrée et une sortie. Une planche pivotante créait un semblant de meurtrière pareille à celle dont usait jadis le marquis de Ranreuil lorsqu'il tirait les passages de colverts depuis une canardière installée sur un étang proche du château. Enfin il disposa sur cette meule figurée force branchages et foin. Catherine l'avait pourvu d'un solide pâté en croûte et d'une bouteille de cidre. Il s'était muni de la lanterne sourde miniature, présent de Bourdeau, du pistolet de même nature et de son épée. Pour passer le temps, son choix s'était porté sur un livre de réflexions morales de Marivaux intitulé *Le Spectateur français*. Il en appréciait le style, la pénétration peu commune des sentiments et des mouvements du cœur. Cela s'apparentait à une philosophie agréable dont on pouvait déguster les morceaux au hasard. L'auteur savait offrir à la vertu cet air d'agrément qui la fait aimer et au vice les couleurs qui effarouchent la probité. Il s'installa donc confortablement sur un sac de jute.

Neuf heures sonnaient à l'abbaye. Nicolas lisait tranquillement quand il entendit des pas lourds qui arpentaient la grande salle. Un homme du peuple, coiffé d'un bonnet de laine noire et d'une veste de calemande, se dirigeait vers la grille de sortie, un trousseau de clefs à la main. Peu après, Nicolas perçut dans le lointain le grincement des grilles refermées et le bruit d'une serrure. Ainsi, la nuit, tout était clos ; il pouvait espérer une soirée paisible. C'était sans compter avec d'insidieuses colonnes de fourmis, dont il fallut se débarrasser par des hécatombes répétées et par l'abandon de débris de victuailles. C'était le prix à payer d'une ville où la campagne était encore très présente. Attirées par l'odeur de ces mêmes vestiges, parurent ensuite des souris, bientôt suivies par des rats dont l'agressivité inquiéta Nicolas jusqu'au moment où une petite chatte noir et blanc surgit, la patte quémandeuse, geste qu'elle accompagnait de doux miaulements timides. Il finit par la séduire grâce à la viande du pâté et s'en fit une alliée contre la gent rongeuse et mordante.

Il entendit à nouveau des pas. Le gardien réapparut avec une lanterne, escortant un couple qu'il laissa seul avec la lumière après s'être fait payer. Les Thermes de Julien servaient donc de cadre à des activités clandestines profitables au cicérone chargé de les garder. Nicolas dut subir les minauderies, les serments, les supplications, la résistance de la belle, puis enfin l'aboutissement final dans un bruyant remue-ménage. Cela se répéta plusieurs fois jusqu'à une heure avancée de la nuit. Un couple trouva plus confortable de grimper jusqu'à ce foin tentateur et l'ardeur de ses ébats faillit disloquer la belle architecture de Nicolas que le rire gagnait tandis que la petite chatte, apeurée, se réfugiait au plus profond de ses vieilles hardes. L'épisode conclu, il finit par s'endormir.

Ce furent les oiseaux qui l'éveillèrent avec les sifflements des merles, les morceaux de ténor d'un rossignol, puis les roucoulements de pigeons énamourés que la voûte répercutait. La journée s'écoula sans alertes. Sa monotonie ne fut rompue que par le passage de visiteurs, d'amoureux moins hardis et d'un paysan venu avec une charrette tirée par une vieille haridelle pour recueillir des brassées de fagots. L'attente commençait à lui peser. Il se mit à faire des anagrammes avec les noms de ses proches, Bourdeau, Sartine, Noblecourt, La Borde, Semacgus puis d'autres avec Balbastre, Camusot, Müvala et Cadilhac. Ses efforts s'avérèrent peu satisfaisants. Pourtant, avec un des noms dont il mélangeait les lettres, il éprouva une profonde stupeur. Le hasard venait-il de lui offrir un début d'explication d'une partie des avanies subies depuis le début de l'année ? Il ne pouvait en croire ses yeux et recommença l'opération à plusieurs reprises. Il réfléchit longuement sur sa découverte, trop incroyable encore pour qu'il s'en ouvre à quiconque. Si sa supposition était la bonne, le chaînon manquant à toute l'affaire surgissait avec éclat au hasard d'un effort de distraction mentale, comme un signe. Il tenta de rassembler d'autres éléments ; les uns comme les autres s'ajustaient dans cette construction comme les pièces disparates d'un carton découpé. Beaucoup d'épisodes s'éclairaient soudain, dans le cas où...

Il se reprit, se raisonna et estima que cette trop longue attente le conduisait à des réflexions insensées. Il fallait raison garder, attendre et espérer que d'autres éléments s'imposeraient pour confirmer ou infirmer cette folle hypothèse. Peut-être son esprit battait-il la campagne et, comme on le disait en Bretagne, « il cherchait des prunelles dans les ronces ». S'efforçant de ne plus penser, il retourna à sa surveillance.

La journée s'étira à la grande impatience du guetteur. Des maraîchers vinrent chercher des instruments. Des gamins jouant à cligne-musette faillirent bien le découvrir ; ce fut la petite chatte, décidément précieuse, sortant de leur refuge commun, le dos arqué, le poil dressé, essayant de se faire plus grosse qu'elle n'était, feulant et crachant, qui le sauva. Les gamins s'enfuirent épouvantés. Nicolas était de plus en plus las d'être ainsi claquemuré. Il finit ses provisions, les partageant avec sa compagne. Quelques visiteurs suivirent, de nouveau des amoureux qui, compte tenu de l'heure, ne poussèrent guère leurs tentatives.

Vers six heures, il tressaillit. Bourdeau, dans les dépouilles de Cadilhac, paraissait plus vrai que l'original. L'inspecteur se plaça bien en vue sur un appentis, face à celui où se tenait Nicolas. À sept heures, un homme apparut, tout de noir vêtu. Nicolas ne parvenait à apercevoir que son profil. Soudain, l'homme se tourna et il reconnut un des jeunes gens qui fréquentaient chez Mme de Lastérieux et qui jouaient la partie de cartes lors de la soirée fatale du 6 janvier. Bourdeau s'avança au bord du garde-fou. L'inconnu le vit aussitôt et fit un pas en avant ; c'est alors que surgit la mouche qui devait traiter. Quelques paroles furent échangées. Nicolas devinait les mots en lisant sur le mouvement des lèvres : des chiffres pour la rançon de la boîte détournée, des conseils de prudence et un nouveau rendez-vous fixé. Suivit une longue explication de l'émissaire de la police, indiquant que si, par extraordinaire, Cadilhac, ou son représentant, n'étaient pas à même, dans les heures qui suivraient la rencontre, de se rendre dans un lieu précis, tout serait révélé à qui de droit. L'action se précipita. L'homme salua et se retira après un dernier regard appuyé à la silhouette énigmatique de Bourdeau. La mouche s'enfuit du côté du cloître de l'abbaye où il était prévu qu'il attendrait dans une pièce reculée, disparaissant ainsi aux yeux de ceux qui forcément devaient l'attendre. Nicolas sourit en pensant à la foule disparate des agents du Châtelet et des sicaires de l'autre partie ; heureusement que les mouches se connaissaient entre elles. Certaines avaient pour seule tâche d'entraver toute manœuvre adverse.

Bourdeau-Cadilhac quitta en hâte son observatoire et se précipita à l'extérieur pour reprendre sa voiture. Tout était prévu pour que celle-ci semât d'éventuels poursuivants. Quant à Nicolas, mendiant parmi les mendiants, il s'enfoncerait dans la populace. Le plus dur fut de se séparer de la petite chatte qu'une nuit commune avait déjà persuadée d'avoir trouvé un maître. Elle déploya toutes ses grâces pour le convaincre. Ce fut en pure perte, en dépit de son envie ; Cyrus n'aurait sans doute pas apprécié la jeune personne. Il se promit d'y réfléchir et, en abandonnant les derniers reliefs de son pâté, il profita de l'inattention de la gourmande pour se retirer en silence. Mais quand il parvint à la grille des Thermes, elle était là, l'air interrogatif, qui le considérait avec une perplexité mutine. Il ne résista plus, la saisit prestement par la peau du cou et la plaça dans sa besace où, satisfaite, elle se tint coite.

Nicolas se glissa dehors, puis s'affala un moment au coin d'un porche, dans un remugle de pissat si entêtant que « Mouchette », comme il avait choisi de la nommer, sortit sa petite tête et huma, par petits coups dégoûtés, l'odeur environnante. Il prit le chemin opposé au Châtelet, puis regagna par les ruelles le quai des Grands-Augustins. Il y trouva une barque qui le mena jusqu'à l'Apport-Paris, dans la vase boueuse et puante des bords du fleuve. Il retrouva avec plaisir les embarras habituels autour de la prison royale ; les vendeuses de quatre-saisons repliaient leurs parasols et rangeaient leurs étals. En dépit de sa saleté, l'animation et l'allégresse d'un lieu si proche du théâtre sinistre de la justice dissipaient les horreurs du bloc empesté qui s'ouvrait à la descente du Pont-au-Change.

Il se fondit dans la foule pour aborder le porche gothique et se glissa à l'intérieur de la vieille forteresse. Le bureau de permanence vide lui offrit la discrétion nécessaire à un changement de tenue, Mouchette inspecta soigneusement les lieux, à petits bonds prudents et l'air dégoûté ; elle finit par sauter sur la table, s'étira longuement, se roula en boule et s'endormit, paisible. Nicolas attendit de longues heures que ses gens se manifestassent.

Soudain, une idée lui traversa l'esprit. Il fut même surpris qu'elle eût mis autant de temps à lui venir. Le feu de l'action et l'attention consacrée à sa longue surveillance avaient-ils à ce point annihilé le mécanisme habituel des analyses ? Cela s'imposait pourtant avec une clarté aveuglante : la présence d'un des jeunes gens conviés à la soirée de Julie, comme envoyé de Camusot au palais des thermes, prouvait, pour la première fois et sans conteste, le lien entre le crime de la rue de Verneuil et les menées politiques autour du feu roi et de la comtesse du Barry. Il replaça aussitôt cette information essentielle dans le canevas récent de ses raisonnements. Elle cadrait exactement avec une hypothèse naissante dont il n'osait encore formuler les conséquences.

Un remue-ménage le tira de sa méditation. Bourdeau, toujours en tenue de Cadilhac, mais les moustaches ôtées, surgit, très animé. Une foule d'exempts et d'hommes du guet encombrait les galeries avec trois prisonniers.

— De gros poissons de la dernière marée ! lança l'inspecteur avec jovialité.

— Contez-moi cela par le menu, dit Nicolas.

Bourdeau s'assit lourdement.

— Imaginez qu'après la petite conversation aux Thermes, au demeurant plus que brève, par laquelle notre émissaire a proposé un prix, marqué les conditions et mis en garde contre toutes tentatives hasardées, j'ai quitté les lieux. Ma voiture a été immédiatement suivie par un cabriolet qui s'est engagé rue des Deux-Portes. Heureusement que la charrette de foin a fait merveille, me permettant de prendre la poudre d'escampette et de préserver mon incognito.

— Et votre interlocuteur de l'abbaye ?

— Paix ! Vous courez la poste trop vite pour moi ! Il a été suivi en bonne et due forme. Quant à moi, je suis allé prendre position près de la fontaine de la Samaritaine, endroit central et passant entre tous. Des messagers, qui se relayaient, m'informaient avec une étonnante célérité des mouvements de l'ennemi. De la sorte, nous avons pu, peu à peu, resserrer la partie de la ville intéressante. Notre homme est entré à Notre-Dame peu de temps avant qu'on ferme les portes. Il s'y est laissé enfermer. Les nôtres s'étaient introduits discrètement à sa suite et, dissimulés à l'intérieur, observaient ses faits et gestes. Par une galerie, des messages nous étaient adressés. Le sanctuaire fut bientôt environné...

— Nous partîmes cinq cents et, par un prompt renfort...

— Moquez-vous ! Au bout d'une demi-heure, trois hommes sont sortis par une porte latérale. L'un d'eux était Camusot. J'ai donné ordre qu'on le suive, voulant connaître sa destination et que, renseigné sur ce point, on l'arrête. Ce qui fut fait à quelques toises de l'hôtel d'Aiguillon. Quant aux deux autres, ils ont pris un fiacre après avoir refermé la porte donnant sur le cloître et la rue des Chanoinesses. « Refermé la porte à clef », je vous demande de noter ce détail.

— Balbastre ?

— C'est possible, et même probable qu'il leur ait procuré la chose. Qui, mieux que l'organiste de Notre-Dame, pouvait disposer des clefs de la cathédrale ? Pour revenir à nos oiseaux, ils ont gagné la rue du Paon...

Nicolas éclata de rire. Bourdeau ne comprenait pas.

— Cela n'a rien de drôle, fit-il d'un air piqué.

— Les oiseaux, rue du Paon, dit Nicolas s'étouffant.

— Bon, je vois que l'humeur est à la gaîté ! Bref, ils ont pénétré dans une maison. Arrivé peu après sur les lieux, j'ai sur-le-champ fait couper par les exempts les deux extrémités de la rue donnant, pour l'une, rue Saint-Victor et, pour l'autre, sur la rue Traversine. Il n'y avait ainsi aucun risque qu'ils s'échappassent. Au bout d'un moment, nous avons fait irruption dans un galetas sous les toits. La résistance a été brève et les poucettes [4] vite passées.

— Qui sont-ils ? demanda Nicolas redevenu sérieux.

— Ah ! Des oiseaux de nuit.

— Mais encore ?

— Un jeune homme inconnu et un autre que vous connaissez.

— Müvala ?

Bourdeau émit une sorte de hoquet de surprise.

— Nicolas, vous m'étonnerez toujours !

— Avez-vous saisi quelques pièces intéressantes ?

— Moins que rien. Ils devaient se déplacer de cache en cache. Juste des pistolets, des épées et un anneau avec un ruban.

Bourdeau le lui tendit. Nicolas le prit et l'examina avec attention avant de le fourrer dans sa poche.

Il sortit pour examiner les prisonniers. Camusot, vieilli et l'air provocant, le toisa. L'inconnu des Thermes baissait la tête. Müvala, impassible, fermait les yeux et ne les ouvrit même pas à l'approche de Nicolas, qui le considéra longuement. Il était trop tard pour commencer les interrogatoires. Ordre fut donné d'enfermer les trois hommes au secret. Nicolas intima fermement au geôlier les recommandations d'usage. Il était obsédé par les morts mystérieuses dans les prisons, dont les causes n'étaient pas toujours le suicide. L'empoisonnement de Casimir l'avait encore montré récemment. Il convenait donc de retirer tous les objets qui pouvaient permettre de s'ôter la vie et de n'autoriser strictement aucun contact avec l'extérieur. Nicolas rejoignit la rue Montmartre. Dans sa chambre il déposa sur un carreau Mouchette endormie, puis sombra lui-même dans un profond sommeil.

Mardi 17 mai 1774

La présentation de la chatte se déroula sans que Nicolas eût à intervenir. Cyrus, venu retrouver son vieil ami au petit matin, tomba sur Mouchette qui s'éveillait. Nicolas admira la science séductrice de la finaude. Nullement effrayée, elle sut déployer des grâces serpentines et fit, avec de doux miaulements, patte de velours sur la truffe de Cyrus intrigué. Finalement, le vieux chien, conscient de ses responsabilités à l'égard de cette jeunesse, la prit délicatement par le cou ; elle se laissa faire, pantelante et ronronnante. Ils disparurent tous les deux.

Sa toilette terminée, Nicolas les retrouva à l'office, où Cyrus regardait avec attention la chattemite lapant le lait que Marion et Catherine lui avaient versé. Pressé de questions, il expliqua la présence de l'animal. Les cuisinières ravies souhaitaient depuis longtemps l'appui de la gent féline à leur combat quotidien contre les rats et les souris. M. de Noblecourt, averti par Nicolas, fit contre mauvaise fortune bon cœur et admit l'intruse dans son logis à la condition expresse qu'elle ne pénétrerait pas dans ses appartements, moyennant quoi la coquine conquit, de haute lutte, dans les heures qui suivirent, une place privilégiée sur les genoux du vieux magistrat. Quant à Cyrus, il paraissait rajeuni de cette nouvelle présence auprès de lui.

Les jours qui suivirent furent consacrés aux travaux de l'enquête réouverte. Camusot menaça Nicolas des foudres d'une puissance qu'il ne nommait pas. L'inconnu refusa de parler tout autant que Müvala duquel on ne put tirer même un soupir. Nicolas répugnait à avoir recours à la question et entendait bien confondre les coupables moins par la force que par les subtilités du raisonnement.

Balbastre, effondré, avait été écroué. Me Tiphaine, averti par une voix mystérieuse, fut appréhendé aux portes de Paris alors qu'il s'enfuyait vers une destination inconnue. Il s'en tint, dans ses déclarations, au strict minimum, reconnaissant uniquement avoir reçu un testament sans en vérifier d'une manière trop régulière la rédaction et les signatures. De l'organiste de Notre-Dame terrorisé, on ne put rien tirer. La date de la comparution des prisonniers devant la commission présidée par M. de Sartine fut fixée au 31 mai.

Mardi 24 mai 1774

Dans la voiture qui le ramenait de Vaugirard à Paris, Nicolas songeait à la longue conversation qu'il venait d'avoir, au souper, avec Semacgus, sous un grand tilleul dont les effluves parfumaient la nuit. Il réfléchissait à la prochaine tenue de la commission d'enquête qui s'ouvrirait le lendemain. Trois magistrats y présideraient : M. de Sartine, M. Testard du Lys et M. Le Noir, conseiller d'État dont on parlait pour l'intendance du Limousin afin de remplacer M. Turgot, appelé par Maurepas au gouvernement. Sa participation à la commission extraordinaire avait été décidée par le roi. Sartine se disait son ami de longue date. Il avait confié à Nicolas que le magistrat bénéficiait de la confiance du feu roi, ayant été chargé d'un dossier intéressant les affaires de Bretagne et des lettres du monarque volées à une dame inconnue. C'était un habitué des affaires secrètes. Cela ne rassurait guère Nicolas, persuadé que Le Noir était lié étroitement à M. de Maurepas, puissance montante, lui-même cousin du duc d'Aiguillon et à M. de Saint-Florentin, duc de la Vrillière.

Il faudrait jouer serrer, dire et ne pas dire, asséner en suggérant, ne pas citer de noms illustres et concilier les inconciliables. Tout cela entêtait Nicolas , la partie serait rude. Il estimait cependant être de taille à se mesurer à cet aréopage parmi lequel il comptait un appui et allié en la personne de son chef. M. Testard du Lys, lui, l'appréciait, tout en ayant coutume d'arrêter sa position sur celle de la majorité. Cependant, en cas d'échec de sa démonstration et si la séance n'aboutissait pas à l'inculpation de certains prévenus, l'affaire risquait d'être classée, et il ne se débarrasserait jamais du soupçon qui pesait sur lui. Ceux qui évoqueraient le meurtre de la rue de Verneuil et ses suites ne manqueraient pas d'en répandre le bruit et la rumeur infamante gagnerait la Cour et la ville.

Certes, il lui restait quelques atouts. Ce que lui avait appris Semacgus de l'entretien d'Awa, sa cuisinière africaine, avec Julia, l'esclave de Mme de Lastérieux, ouvrait de riches perspectives. Encore faudrait-il qu'elle acceptât de répéter ses confidences et ses aveux devant la cour. À cela, s'ajoutait ce que le chirurgien de marine, questionné sur un point précis de médecine qui intriguait le commissaire, lui avait révélé. Après une silencieuse réflexion, son ami, bouleversant sa bibliothèque, avait retrouvé un de ses carnets de campagne, enveloppés de toile cirée afin de les préserver des attaques de l'eau de mer, dans lesquels il notait ses opérations, ses escales et ses remarques sur la faune et la flore des pays traversés. C'est ainsi qu'à Madras, en 1755, il s'était entretenu toute une nuit avec des guérisseurs hindous, des talapoins [5] et un médecin arabe. La question de Nicolas réveilla ses souvenirs et recoupa ce qu'il avait appris de plus étonnant au cours de cette consultation. Il expliqua en détails la chose à Nicolas qui en tira sur-le-champ les conséquences, mais n'était pas certain de parvenir à utiliser cette information à bon escient.

XIII

LE SCEAU DU SECRET

> Oh ! César, ces choses dépassent l'ordinaire
> Et vraiment elles me font peur.
>
> *Shakespeare*

Mardi 31 mai 1774

La séance de la commission étant fixée à dix heures du matin, Nicolas se dirigea à pied vers le Grand Châtelet Cet exercice lui était nécessaire avant l'épreuve de la comparution. À son arrivée, le lieutenant général de police le présenta à M. Le Noir. C'était un homme de taille moyenne, corpulent sans excès mais dont la silhouette contrastait avec la minceur et la sécheresse de M. de Sartine. La face remplie et colorée, au nez busqué et aux lèvres gourmandes, paraissait éclairée par des yeux bruns fort doux. À bien y regarder, une asymétrie curieuse offrait, suivant le profil considéré, soit un visage bienveillant, soit une apparence plus sévère. L'œil gauche, enfoncé et immobile, semblait transpercer ses interlocuteurs. Des cheveux naturels coiffés dégageaient le front et retombaient de chaque côté en trois rangs de boucles. La parole était douce et contenue.

Les comparutions se tenaient dans la salle d'audience hebdomadaire du lieutenant général. M. Testard du Lys, lieutenant criminel, se glissa dans la salle en longeant la muraille, salua ses confrères et lança un coup d'œil aimable à Nicolas qu'il pratiquait depuis longtemps. Sa gêne était patente et sa timidité naturelle éclatait sans doute de se retrouver entre deux de ses prédécesseurs dans la charge essentielle qu'il occupait. M. de Sartine ordonna que les portes fussent closes avant que de prendre la parole.

— Je déclare ouverts les travaux de cette commission royale extraordinaire chargée de faire la lumière sur le meurtre de dame Julie de Lastérieux, de Casimir, esclave des Antilles, de M. du Maine-Giraud et sur les agressions diverses commises ou tentées contre la personne de sieur Nicolas Le Floch, commissaire au Châtelet, secrétaire du roi en ses conseils, chargé auprès de nous des affaires retenues. Les actes, informations, témoignages et autres constatations faits par nos commissaires, inspecteurs et exempts demeurent et demeureront sous le sceau du secret le plus absolu, compte tenu des intérêts de la couronne. Monsieur le commissaire, vous avez la parole et chacun vous écoute.

Nicolas s'inclina et prit son souffle. En un éclair, il revécut tous les mois passés dans l'angoisse et les interrogations. Il prit conscience de ce que, pour la première fois, il n'agissait pas seulement en tant qu'enquêteur et qu'accusateur. Il devait tenter d'élucider cette affaire et venger la mémoire d'une femme longtemps aimée, mais aussi de défendre son honneur propre et son innocence. Les cris et les bruits de la ville entrant par la croisée ouverte le rappelèrent à la réalité.

— Messieurs, commença-t-il, il peut vous paraître étonnant qu'un homme engagé de si près dans une intrigue dont les suites furent dramatiques et qui fut, dès l'abord, soupçonné d'y avoir joué un rôle déterminant, soit à même, d'ordre du roi, de prouver et de requérir devant vous. Je n'ai pas revendiqué ce redoutable honneur qui m'échoit par la confiance de Sa Majesté et celle de M. le lieutenant général de police. Ceci dit, j'en viens aux faits, que j'entends vous relater dans leurs complets déroulements.

M. de Sartine défrisait les rouleaux de sa perruque, M. Le Noir écrivait et M. Testard du Lys fixait l'orateur avec attention.

— Le jeudi 6 janvier 1774, reprit Nicolas, après des mots échangés avec Mme de Lastérieux, mon amie, je quittais la rue de Verneuil vers six heures trente de relevée. Étaient présents Julie, ses deux serviteurs noirs, Casimir et Julia, M. Balbastre, organiste de Notre-Dame, M. von Müvala, originaire des cantons suisses, et quatre jeunes gens inconnus. Je me rends alors au Théâtre-Français ; le commissaire Chorrey peut témoigner m'y avoir rencontré. Puis, calmé, je prends un fiacre vers dix heures pour retourner rue de Verneuil. Je donne au cocher un pourboire si généreux qu'il doit s'en souvenir. Disposant d'une clef, je monte et je pénètre dans l'appartement de Julie. À ce moment, il faut préciser les choses. La fête bat son plein et humilié d'être compté pour rien, je décide de me retirer à nouveau mais souhaite récupérer une bouteille de vin à l'office. J'y suis reconnu par M. von Müvala et, en sortant, par Casimir que je bouscule. Je quitte la rue de Verneuil pour n'y plus revenir et rentre à l'hôtel de Noblecourt où, malade, je m'évanouis vers minuit. Le lendemain, 7 janvier, à deux heures de relevée, je m'éveille et apprends la mort de Mme de Lastérieux. De fait, entre dix heures quinze et minuit le 6, je suis dans l'impossibilité de savoir ce que j'ai fait et où je suis allé dans mon errance.

— Ainsi vous reconnaissez ne disposer d'aucun élément ? Cela me passe, dit Le Noir.

— Monsieur, je suis rentré crotté et le vêtement puant l'eau-de-vie. Le lendemain, M. de Sartine m'a demandé de me cacher à Versailles chez M. de La Borde, avec la complicité de Gaspard, garçon bleu. Un sosie a pris ma place et moi-même, grimé, j'ai accompagné l'inspecteur Bourdeau au cours de son enquête.

— J'imagine, dit le lieutenant criminel, que cela ne signifie pas que le lieutenant général de police a toléré, chez l'un des siens impliqué dans un meurtre, qu'il participe à ce carnaval. Je ne saurais le comprendre.

— Il le faudra pourtant mon cher, intervint Sartine. Pénétrez-vous de l'idée que c'était là le seul moyen de vérifier la véracité et la sincérité des assertions de notre commissaire. Son attitude devait être pourpensée[1] par Bourdeau et témoigner des présomptions de sa culpabilité ou de son innocence.

— Vous m'en direz tant ! s'exclama Testard du Lys en levant les mains au ciel.

— Ce subterfuge, reprit Nicolas, permit de m'associer à une visite préliminaire rue de Verneuil, où le théâtre du crime, laissé en l'état, attendait de plus amples investigations. Le cadavre offrait l'image d'une mort atroce...

Il dut s'interrompre un moment à cette évocation.

— Nous découvrîmes Julie en tenue de nuit sur son lit. Contrairement aux habitudes, les fenêtres étaient closes. Bourdeau et moi avons trouvé une assiette de poulet en sauce à la mode des Îles et un verre à moitié bu d'un liquide blanchâtre. Des bâtons de cire verte et des empreintes boueuses constituèrent nos autres trouvailles. Bourdeau remarqua que ces empreintes correspondaient exactement à celles des bottes que je portais.

— Est-ce à dire, monsieur, que ces dites empreintes provenaient de ces mêmes bottes ? s'exclama vivement M. Le Noir.

— Non, monsieur. J'en possédais deux paires, dont une restait à demeure rue de Verneuil où je maintenais en permanence quelque linge.

— Et cette paire, où se trouvait-elle ? s'enquit Sartine.

— Elle avait disparu du placard où elle était habituellement serrée. Quelqu'un souhaitait visiblement faire accroire que j'étais revenu voir Julie le soir même. Je rappelle que le temps était à la neige et que le sol était boueux. Or, seuls Julie et les deux serviteurs connaissaient l'existence de cette paire de bottes. L'ouverture du corps de la victime prouva l'empoisonnement, tout en faisant apparaître des faits intrigants : elle n'avait rien mangé de solide, ce qui correspondait à ses habitudes. Alors, pour qui cette aile de poulet ? D'évidence, celle-ci tendait à prouver une nouvelle fois ma présence, ce plat étant mon préféré de ceux préparés par Julia et Casimir. Les praticiens conclurent en suspectant le liquide. Les examens complémentaires confirmèrent cette supposition. Si la volaille n'était pas empoisonnée, le liquide en revanche l'était. Là aussi, je me trouvais en première ligne. J'avais coutume de préparer le lait de poule de Julie. C'est à son sujet que, le soir même, et en public un différend nous avait opposés.

— Savez-vous la nature de ce poison ? demanda le lieutenant criminel.

— Hélas, nous l'ignorons ! On a recueilli des fragments pilés de graines qui laissent supposer l'usage d'un poison végétal. Toutefois, une autre hypothèse s'est fait jour : ces fragments pourraient être un leurre destiné à masquer l'existence d'un poison violent difficilement discernable.

— Et le but de cette manœuvre ? questionna M. Le Noir.

— Faire porter l'accusation sur un familier de la maison au courant de la présence d'épices apportées des Îles par les deux esclaves et en usage dans leur cuisine. Et cela montrait également que moi-même pouvais avoir eu accès à ces produits. Les présomptions, ainsi, s'accumulaient encore aggravées par une lettre de dénonciation du sieur Balbastre qui évoquait mon passage dans la cuisine le soir du drame. Qui lui avait indiqué ce fait qu'il ne pouvait connaître, sinon Friedrich von Müvala ? M. de Sartine me révéla alors le rôle très particulier de Mme de Lastérieux, créature de la haute police, dont l'appartement servait d'officine de renseignements et, à l'occasion, permettait de vérifier la loyauté des bons serviteurs du roi.

Personne ne broncha à cette révélation, sauf Sartine dont les lèvres fines se serrèrent.

— Balbastre, interrogé et quelque peu pressé par Bourdeau dans ses retranchements, confirma la chose et avoua avoir été chargé de me mettre en présence de Julie, tout en manifestant la crainte d'une influence dont il taisait le nom.

Nicolas renonça, par prudence, à évoquer l'hypothétique appartenance de Balbastre à quelque mystérieuse loge maçonnique.

— Serait-ce vous, mon cher, qui auriez incité Balbastre à cette démarche ? demanda Le Noir à Sartine.

— En aucune façon, répondit sèchement celui-ci. Il s'agit d'une initiative d'origine inconnue.

— Dans le même temps, poursuivit Nicolas, M. von Müvala s'évanouissait dans la ville, mais avant de le faire, il trouvait encore le temps d'adresser une lettre de dénonciation contre moi au lieutenant criminel.

— Certes, dit M. Testard du Lys, il eût été préférable à tous égards qu'elle demeurât inconnue du principal suspect. Celui-ci, pris de corps, conduit dans une enceinte de justice et dûment interrogé, aurait dû être jugé et...

— Et condamné, puis pendu ! Heureusement, mon cher, dit Sartine, que le feu roi en a jugé autrement, sinon vous auriez aujourd'hui sur la conscience, que je sais sourcilleuse, une erreur judiciaire et la mort d'un innocent. J'ai empêché cela pour le grand renom de la justice et le bien de l'État.

Le lieutenant criminel grommela quelque chose et soupira.

— J'ajoute, dit Nicolas, que ce nouveau dénonciateur restait pour nous bien mystérieux. Aucune trace de son entrée dans le royaume, ni de sa sortie. Juste une remarque de Balbastre, le disant intéressé par la botanique, et ma propre constatation qu'il jouait assez bien du clavecin. Je vous prie, messieurs, de retenir ces points. Ce personnage a, depuis lors, disparu sans que nos efforts permettent de le retrouver. À ce moment de notre enquête, un vieil ami de bon conseil me fit remarquer que « le meurtre de Julie dissimulait autre chose qui n'était sans doute pas unique ». Il y avait beaucoup de vérité dans cette observation.

M. de Sartine leva la main et reprit la parole.

— Messieurs, le commissaire Le Floch va maintenant entrer dans le détail d'événements si particuliers et qui touchent au plus près les intérêts du trône et ceux du souverain défunt qu'il me paraît nécessaire de vous engager à ne jamais vous départir de la plus entière discrétion touchant ce que vous allez entendre. Nous vous écoutons, monsieur Le Floch.

Nicolas s'éclaircit la voix et reprit :

— Prié de prendre du champ par rapport au théâtre de ce drame, je suis chargé par le feu roi d'une démarche secrète à Londres. Mme du Barry, informée par une voie inconnue, me croise à Chantilly. Il s'ensuit plusieurs attentats contre ma vie et des tentatives pour me dérober mes papiers de plénipotentiaire. J'échappe par miracle à ces guets-apens. De retour à Paris, j'apprends que le testament de Mme de Lastérieux m'institue son unique héritier. En outre, une lettre de Julie postée par Casimir, son serviteur, dans la nuit du 6 ou du 7 janvier, suggère qu'une réconciliation était possible entre nous.

— J'observe, dit Sartine, que cette lettre ne laisse pas d'être étrange, car, si nous supposons un complot contre vous et la volonté de faire croire à votre jalousie, ce papier vous innocente et semble écarter toutes raisons de violence.

— Encore aurait-il fallu que je le reçusse à temps ! Certes, monsieur, l'argument est recevable et j'y ai moi-même longuement réfléchi. Cependant, le doute pèse sur l'authenticité de ce document. Un maître dans la science de discerner les faux le confirmerait devant cette cour. Or, si cette lettre est fausse, celui ou ceux qui me poursuivent de leur vindicte pouvaient espérer qu'elle serait agitée à mon détriment. Qui mieux que moi, en effet, connaissait l'écriture de Julie de Lastérieux ? Qui disposait autant que moi de nombreux exemplaires de son écriture ? Jusqu'à une expression de

Molière, insérée si artificiellement qu'elle ne pouvait qu'attirer l'attention. Si nous ajoutons à ces constatations que le testament, lui aussi, est contrefait et dressé en dehors des règles, alors les deux papiers pouvaient se retourner d'autant plus facilement contre moi et m'écraser de leur fausseté.

— Vous signifiez par là, demanda Le Noir, que le message de Mme de Lastérieux et son testament constituent autant de faux destinés à vous accuser ?

— C'est exactement cela, monsieur. Il appert aussi des recherches du docteur Semacgus au Jardin du roi qu'un tiroir contenant une épice des Îles appelée *piment bouc* avait été vidé de son contenu par un visiteur peu avant le meurtre de Julie de Lastérieux. Or, celui-ci, M. du Maine-Giraud, habitait rue Saint-Julien-le-Pauvre un meuble appartenant à M. Balbastre, l'une des parties du drame en question. Nos découvertes furent sans doute elles-mêmes découvertes et ce jeune homme a été assassiné dans une simulation atroce de suicide. Deux suspects semblent impliqués dans ce crime. L'un, déguisé en capucin, a quitté le logis sous la forme d'un jeune homme, l'autre, dans lequel fut reconnu Balbastre, se présenta dans le meublé et en ressortit quelque temps après pour se réfugier à l'hôtel de...

Sartine lui jeta un coup d'œil impérieux qui lui fit mourir le nom attendu dans sa bouche.

— ... d'un puissant en place. Sachez encore, messieurs, qu'on découvrit chez l'organiste de Notre-Dame des souliers et une robe de capucin maculés de sang. Enfin, les fameuses bottes m'appartenant dont on avait perdu la trace rue de Verneuil réapparurent, elles, par miracle, dans la chambrette de la rue Saint-Julien-le-Pauvre.

Les trois magistrats se regardèrent. Ils paraissaient consternés par la tournure que prenait la présentation des faits par Nicolas.

— Le triste honneur m'échut d'être parmi ceux qui entourèrent Sa Majesté le feu roi dans sa dernière maladie, poursuivit celui-ci. Peu avant sa mort, il me confia une nouvelle mission. Je fus envoyé porter une boîte contenant des pierres et un document à Mme du Barry à l'abbaye de Pont-aux-Dames. Cet objet, tout d'abord conservé rue Montmartre à l'hôtel de Noblecourt, on tenta, messieurs, de me le dérober et je compris pourquoi, lors de mon voyage en Angleterre, mes clefs m'avaient été volées. D'une part, cela expliquait le message étrange qui nous conduisit à faire draguer la Seine au Pont-Royal pour y retrouver une boîte à bijoux vide et, d'autre part, qu'un étranger ait pu pénétrer jusqu'à mes appartements rue Montmartre. Dans le premier cas, on souhaitait d'une part faire accroire que je m'étais débarrassé des clefs du logis de Mme de Lastérieux et, de l'autre, on tentait de divertir le dépôt sacré de notre maître mourant.

— Cela devient un conte dont la crédibilité s'effiloche au fil de vos propos, monsieur, dit le lieutenant criminel en hochant la tête.

— Vous serez encore bien plus surpris, monsieur, de la suite des choses, répondit Nicolas. Attaqué sur la route de Meaux, je ne dois la vie qu'aux précautions de l'inspecteur Bourdeau, qui tue mon agresseur. Il s'agit de Cadilhac, escroc de basse tenue et homme de main de l'ex-commissaire Camusot. Il détient un papier avec l'adresse de ce dernier dans le revers de son habit. Je vous passe la surprise de la comtesse du Barry devant le coffret vide rempli de cailloux et de la *Gazette de France*. C'est le roi lui-même, messieurs, notre nouveau roi qui me révèle la précaution prise par son aïeul. Je fus en quelque sorte le lièvre courant devant les lévriers. Sa Majesté était en possession des diamants et du document.

— Et comment tout cela va-t-il finir ? dit M. Le Noir.

— Un piège a été tendu pour faire croire à la puissance qui souhaitait récupérer l'envoi du roi qu'elle avait été trompée par son émissaire Cadilhac. Un faux chantage monté et une embûche organisée au palais des Thermes ont permis d'arrêter trois suspects : le commissaire Camusot, Friedrich von Müvala et un jeune homme inconnu qui jusqu'ici refuse obstinément de donner son identité.

— Des preuves, monsieur, des preuves ! cria Sartine penché vers le commissaire.

— Je vais m'efforcer de vous donner satisfaction. Au préalable il vous faudra entendre des témoins dont les propos recouperont mon raisonnement sur cette affaire. Ensuite, j'interrogerai les suspects et, avec l'aide de Dieu, je tenterai de vous convaincre de leur culpabilité et de leur faire reconnaître leurs fautes et leur crime.

Successivement, Me Tiphaine, notaire de Julie, Me Bontemps, doyen de la Compagnie, M. Rodollet, écrivain public puis les hommes du Châtelet, Bourdeau, Rabouine et Tirepot, et enfin le docteur Semacgus furent introduits et interrogés par Nicolas et par les trois magistrats. Rien dans ces auditions ne contredit ce qu'avait exposé le commissaire. Me Tiphaine s'en tint à des excuses accablées ; il demeura coi sur les raisons de son voyage en Hollande et sur son second départ avorté. Me Bontemps, enveloppé dans une tunique de peau de chat en dépit de la chaleur, exécuta en quelques mots griffants la réputation de son confrère. M. Rodollet exposa ses constatations sur les documents à lui soumis avec un tel soin du détail qu'il ne manqua pas d'ajouter à la perplexité de la commission. Bourdeau relata son enquête. Rabouine et Tirepot les péripéties des filatures et de la suite du piège du palais des Thermes. Enfin vint le tour de Julia, la compagne de Casimir, petite forme sombre tout enveloppée de châles. Nicolas s'approcha d'elle et lui parla doucement.

— Julia, pourriez-vous nous répéter...

M. Testard du Lys intervint.

— Il me paraît déplacé d'entendre dans notre commission un esclave noir. Il y a là un motif impérieux, presque un vice de forme, dont je ne peux me faire le complice.

Les trois magistrats se lancèrent dans un échange qui parut à Nicolas assez vif, et dans lequel il vit M. de Sartine accompagner ses arguments en martelant de son poing le bois de la table où siégeait la commission.

— Veuillez continuer, dit-il enfin à Nicolas. La majorité souhaite entendre le témoin.

— Julia, demanda de nouveau Nicolas, je souhaiterais que vous répétiez ce que vous aviez confié à Awa, il y a un mois.

La jeune femme commença sur un ton monocorde et dans un français à l'accent un peu chantant.

— Casimir était très fâché contre Mme Julia, dit-il. Elle ne tenait pas sa promesse de nous libérer en France. Elle ne voulut plus. Il ne savait à quel saint se vouer. Il a failli le dire à M. Nicolas, qui était si gentil avec nous. Bien plus que Madame, si dure parfois.

— Et pourquoi ne l'a-t-il pas fait ? s'enquit Le Noir.

— Il disait comme ça, que les deux tourtereaux étaient si liés que ça ne marcherait pas. Quand l'autre, le jeune homme, a commencé à fréquenter la maison...

— M. von Müvala ?

— Oui. Casimir lui en a parlé. De fil en aiguille, ce monsieur lui a proposé un marché. Il était amoureux de Madame. Il voulait qu'on lui donne un philtre pour faciliter... enfin, vous comprenez. Il promettait une très grosse somme en or, très grosse, suffisante pour s'échapper. Casimir a longtemps hésité, puis a pensé qu'il n'y avait pas de mal à cela. La nuit de la mort de Madame, il a préparé un lait de poule avec une poudre fournie par M. von Müvala. Celui-ci a demandé aussi une assiette de poulet, puis a exigé de Casimir de soutenir toujours qu'il avait posté une lettre de Madame dans la nuit, sans chercher à comprendre. Un autre homme est venu dans la nuit pour lui ordonner en le menaçant de toujours affirmer qu'il avait vu M. Le Floch dans la cuisine. Nous ne comprenions rien. Ce n'est qu'après avoir découvert Madame morte que la peur nous a pris. Casimir m'a fait promettre de ne rien dire et que lui-même n'avouerait jamais avoir rencontré M. Nicolas. Je crois bien qu'il ne l'a pas fait.

— Un homme ? dit Nicolas. Un autre homme ?

— Oui, en grand manteau de pluie et en bottes.

— Vous le reconnaîtriez ?

— Non, je ne l'ai pas vu. J'ai juste entendu sa voix, celle d'un homme âgé.

— M. Balbastre ?

— Non, la sienne est très aiguë.

— Avez-vous quelque chose à ajouter ?

— On pourra retrouver l'argent caché dans notre soupente sous la tapisserie.

— Plaise à la commission, déclara Nicolas, d'apprendre que des rouleaux de louis ont été découverts encore enveloppés des bandes de papier du contrôle général.

Il fit un geste ; deux exempts surgirent de l'angle de la pièce, s'approchèrent de la table des magistrats et y déposèrent quatre lourds rouleaux d'or. M. Testard du Lys, dont la réflexion, selon M. de Sartine, suivait toujours la parole au lieu de la précéder, s'exclama en considérant cet amas :

— Que signifie, selon vous, le fait que ces louis soient encore enveloppés des bandes de papier du contrôle général ?

Sartine fixait Nicolas.

— Monsieur, je m'en suis enquis auprès des caissiers dudit contrôle. L'or ainsi présenté correspond à ce qui est usuellement fourni aux grands départements ministériels.

— Et qu'en déduisez-vous ?

— Je me contente de le constater. L'argent remis par cet inconnu à Casimir, sauf à sortir du contrôle lui-même, provenait d'un département ministériel, ni plus ni moins.

On fit sortir Julia et M. Balbastre fut appelé. Nicolas le trouva méconnaissable. Il n'y avait plus aucune trace du petit homme poudré et pomponné. Sans perruque, en tenue négligée, mal rasé et le teint grisâtre, l'organiste offrait l'image du plus grand accablement, comme quelqu'un soudain jeté hors du cours ordinaire de la vie.

— Monsieur Balbastre, êtes-vous disposé à nous révéler en toute sincérité tout ce que vous savez sur le meurtre de Mme de Lastérieux, ses suites et l'assassinat de M. du Maine-Giraud qui se trouvait être votre locataire ? commença Nicolas. J'appelle votre attention sur le fait que vos déclarations seront reçues par trois magistrats appelés par le roi à trancher de cette affaire.

Balbastre leva vers la cour un visage égaré.

— J'ignore, dit-il en balbutiant, ce qui me conduit devant vous. Permettez de m'étonner que ce soit le suspect d'un crime odieux qui soit chargé de me questionner devant vous. Je proteste... Je suis l'organiste de Notre-Dame, un compositeur et un virtuose connu et le maître de clavecin de...

Sartine leva la main.

— Je vous somme, monsieur, d'éviter d'évoquer des noms illustres qui n'ont pas à retentir devant cette commission. M. Le Floch a été mis hors de cause et innocenté de toute charge par décision de Sa Majesté. Il instruit ce cas et je vous saurais gré de répondre avec la plus grande ouverture aux questions qui vont vous être posées.

— Qu'avez-vous fait, reprit Nicolas, après avoir quitté la rue de Verneuil le 6 janvier dernier ?

Balbastre demeura prostré et refusa de répondre à aucune question, y compris à celle concernant sa présence rue Saint-Julien-le-Pauvre, lors du suicide simulé de M. du Maine-Giraud. Une fois de plus, Nicolas pressentit que le musicien vivait dans l'obsession d'une menace qui ne l'abandonnait jamais. Pourrait-on jamais savoir ce qui fondait la terreur de Balbastre ?

— Je demande qu'on mette le suspect à l'écart, dit-il, car je n'en ai pas encore totalement achevé avec lui. Une dernière formalité s'imposera. Qu'on fasse entrer le commissaire Camusot.

L'homme qui apparut n'avait plus aucun rapport avec celui que Nicolas avait croisé au début de sa carrière à la lieutenance de police. Jamais ils ne s'étaient affrontés directement. Cependant, il savait que Camusot avait cherché à plusieurs reprises à le faire tuer par Mauval, son homme de main. L'homme, de haute taille, s'était voûté, des cheveux épars et jaunâtres laissaient apparente la calotte chauve du crâne. Le visage ravagé de rides profondes demeurait impassible. Pour Nicolas, la partie paraissait difficile. Aucune charge directe ne pesait sur l'ancien commissaire. Une adresse dans la poche d'un tueur, une rencontre à Notre-Dame et sa présence constante à l'hôtel d'Aiguillon ne constituaient pas des crimes. Il serait impossible de confondre Camusot par le seul jeu des questions et des réponses. Il fallait user d'un autre stratagème auquel il avait longuement songé.

— Monsieur, dit Nicolas, je vous connais trop bien, et depuis trop longtemps, pour être effleuré, un seul instant, par l'idée que vous puissiez me dire la vérité ; je n'y compte pas le moins du monde.

Camusot redressa la tête.

— Il serait, ma foi, bien difficile pour un innocent de répondre à cet insolent exorde, répliqua-t-il. Il reste que je suis assez bon prophète pour vous prédire que vous-même et ceux qui vous animent se mordront assez vite les doigts de mon arrestation et de ma détention injuste et sans motifs.

— Monsieur, dit Sartine, mesurez vos paroles. Le scandale c'est qu'un ancien commissaire comme vous en vienne à outrager les magistrats du roi.

— Que faisiez-vous à Notre-Dame, reprit Nicolas, avec M. von Müvala et un jeune homme qui se disait votre envoyé ? Pourquoi a-t-on trouvé votre adresse dans le revers de la manche de Cadilhac après qu'il eut tenté de me tuer ?

— Je priais dans la cathédrale, figurez-vous, et n'ai pas eu conscience que l'heure de la fermeture avait sonné. C'est la profondeur de mon oraison qui en est responsable. Quant à ce Cadilhac, je ne le connais point et demande d'être confronté avec lui, on verra bien qui ment.

Nicolas se mordit les lèvres. Nul doute que Camusot, pourtant au secret depuis plus d'un mois, avait eu vent de la mort de son tueur. La suite de l'interrogatoire s'englua sans résultats comme une marche dans les sables mouvants ; chaque avancée ajoutait encore à l'incertitude.

— Je pourrais produire des dizaines de témoignages prouvant que Cadilhac fréquentait le logis du commissaire, mais à quoi bon ? dit Nicolas. Messieurs, daignez accepter que je procède à une petite expérience.

Bourdeau, assis quelques toises derrière, se leva et lui apporta une paire de bottes.

— Voici des bottes, dit Nicolas. Une belle paire de bottes d'un excellent faiseur. Elles m'appartiennent ou m'appartenaient. Ces bottes, messieurs, on les rencontre à tout moment dans notre drame. Elles disparaissent rue de Verneuil, de l'endroit où j'avais l'habitude de les déposer, dès la mort de Mme de Lastérieux. Elles ne manquent pourtant pas de laisser sur le parquet de fraîches et très nettes empreintes de boue, et de neige mouillée. On n'en parle plus, me direz-vous ? Que si ! Par miracle, on les retrouve dans le meublé de M. Balbastre où elles paraissent jouer leur rôle dans la lutte terrible qui oppose M. du Maine-Giraud à son agresseur. Une semence dépassait depuis longtemps, le parquet là aussi en témoigne. Il est rayé et égratigné par les mouvements de l'assassin. On pourrait supposer qu'à ce moment-là elles demeurent attachées à leur détenteur. Point du tout ! Les voilà sagement rangées dans un placard où nous les retrouvons avec Bourdeau, proprement nettoyées. M. Camusot, faites-nous la grâce d'essayer ces bottes.

— Je m'y refuse, cela n'a aucun sens.

— Gardes ! fit Nicolas. Qu'on saisisse le prévenu et qu'on lui passe ces bottes de force.

— Je ne tolérerai pas ! hurla Camusot.

Tout se déroula très vite, dans un grand mouvement de résistance et de forcement, avec des soupirs et des cris de rage. Deux gardes saisirent Camusot par-derrière et le couchèrent sur un banc ; deux autres lui maintinrent les jambes. Les bottes enfilées, Nicolas s'approcha.

— Il apparaît, monsieur, qu'elles vous vont à ravir. Nous avons la même pointure. Nous pourrons faire des échanges, désormais. Qu'on les lui enlève, et qu'on le reconduise.

Un long silence pesa sur la cour que M. Le Noir interrompit.

— Monsieur le commissaire, votre obligeance irait-elle jusqu'à nous dire, à nous autres pauvres ignorants, à quoi tend cette scène désagréable ? Vous paraissez naviguer à l'estime dans des méandres connus de vous seul.

— Monsieur, répondit Nicolas, l'intérêt n'est pas tant que les bottes lui chaussent parfaitement ; c'est le contraire qui est intéressant.

— Il faudra vous y faire, mon cher, dit Sartine à Le Noir. M. Le Floch a le secret de ces phrases sibyllines. Il approche toujours la vérité en cercles concentriques et il n'est jamais plus près du centre que lorsqu'il en paraît le plus éloigné.

M. Le Noir hocha la tête, l'air peu convaincu.

— Qu'on fasse entrer M. von Müvala, dit Nicolas.

Un jeune homme de haute taille, en habit gris, entra à grands pas et salua poliment à la ronde.

— Monsieur, fit Nicolas, veuillez décliner votre identité.

— Friedrich von Müvala.

— On vous dit originaire des cantons suisses.

— C'est exact ; je suis né à Frauenfeld, en Thurgovie.

— Comment se fait-il que vous parliez si bien le français, et sans accent ?

— J'ai pu bénéficier de l'enseignement d'un précepteur de cette nation.

— Vos parents ?

— Morts avant ma naissance.

— La raison de votre présence dans le royaume ?

— Voyages d'études et d'agrément. Connaître et admirer Paris.

— Il nous est revenu que vous vous intéressiez à la botanique.

— Entre autres. Mais c'est surtout la musique vers laquelle penchent mes intérêts. Et le clavecin, comme vous le savez.

Il parlait avec aisance et se tournait à chaque réponse vers Nicolas, le regardant avec une sorte de condescendance ironique.

— Êtes-vous prêt à répondre aux questions que cette commission souhaiterait vous poser par ma voix ?

— J'aurais pu souhaiter un autre interlocuteur que vous, monsieur. Pourtant, je répondrai avec tout le respect que je dois aux autorités de ce pays.

— Bien. Quelle était votre situation chez Mme de Lastérieux ?

— Un goût commun pour l'art musical nous avait rapprochés. J'osais me flatter qu'elle ne se trouvait pas insensible aux hommages discrets que je rendais à son intelligence et à sa beauté. Nos rencontres multipliées l'avaient mise en confiance et elle avait pris l'habitude de me confier ses peines et ses tourments.

Comme tout cela était habile, songeait Nicolas. Voilà qui allait conduire insensiblement, il le pressentait, à des perfidies et à des insinuations propres à le mettre en cause, lui, l'accusateur. La parole suave, pleine d'une apparente candeur, poursuivait sa petite musique insidieuse et redoutable.

— Elle n'était pas heureuse. Son amant du jour – vous, monsieur, je crois...

Le ton et la formule étaient si insolents pour Julie et pour lui-même que Nicolas serra les poings.

— Poursuivez, je vous prie.

— Son amant, disais-je, l'entêtait de ses reproches incessants. Sa jalousie croissait et se manifestait par une infinité de violents reproches et des gestes qu'elle n'osait décrire, mais dont je devinais les attentats qu'ils constituaient. Bref, elle le craignait.

— Insinuez-vous, demanda M. Le Noir, qu'elle appréhendait des réactions violentes de son amant ?

Sartine, dont la perruque dodelinait dangereusement, ne semblait guère apprécier cette intempestive intervention.

— Il est malaisé de l'affirmer, répondit Müvala. Mais elle en donnait parfois l'impression.

— Monsieur, déclara Nicolas, nous souhaiterions entendre votre version de la soirée du 6 janvier 1774.

— J'y fus convié avec quatre de mes amis.

— Des amis ?

— Des connaissances. Il s'agissait d'une soirée telle que savait si bien les ménager Mme de Lastérieux. Concevez un mélange de liberté, d'insouciance, de conversations légères, de musique et de jeux. Une de ces réjouissances rares et privilégiées qui déplaisaient tant à ce monsieur

Il désigna d'un coup de menton Nicolas, impavide.

— Quatre de nos amis jouaient aux cartes. M. Balbastre, l'illustre compositeur, devisait, dévidant les anecdotes et les nouvelles à la main. Je jouais du clavecin, Julie tournait les pages, détendue et apaisée par la douceur du moment. Ce monsieur est arrivé et a troublé cette paisible réunion par un ton acariâtre, des paroles et des gestes de plus en plus violents. Il a quitté les lieux en proie à une fureur de dément et chacun s'est félicité d'en être débarrassé et de se retrouver entre gens de bonne compagnie.

Nicolas ressentait ces propos venimeux comme autant de coups de poignard.

— Et après le départ de ce perturbateur ? fit-il froidement.

— Julie était attristée, mais sa mélancolie l'a bien vite abandonnée tant fut déchaînée la gaieté de ses hôtes au cours du souper. Comme j'ai eu l'occasion de le faire déjà observer, j'ai croisé ce monsieur...

Il désigna encore une fois Nicolas d'un coup de menton.

— ... qui rôdait avec une expression qui me frappa, et d'où émanait une telle rage concentrée que j'en frémis encore.

— Et que faisait ce « monsieur » ?

— Il fouillait l'office, y cherchant sans doute quelque chose. J'étais allé quérir une bouteille pour soulager le service débordé. Je me souviens parfaitement de son mouvement d'effroi quand il m'a découvert. J'ignore ce qu'il a alors dissimulé dans son manteau. Ensuite, il a bousculé le serviteur noir de Mme de Lastérieux.

— Voilà qui est très circonstancié !

M. Le Noir voulut intervenir, mais Sartine lui posa la main sur le bras, le réduisant au silence.

— Monsieur, reprit Nicolas, veuillez poursuivre le récit de cette soirée.

— Elle s'est achevée assez tard.

— Tard, ce qui signifie ?

— Oh ! vers onze heures. J'ai alors accompagné Mme de Lastérieux dans son boudoir. Elle voulait me présenter un nouveau parfum. Nous avons échangé quelques riens et je me suis retiré, dix minutes après.

— Voilà qui est très précis. Vous êtes un remarquable témoin et je ne doute pas que votre attention vous permettra de répondre à la suite de mes questions.

— Je souhaite, monsieur, courir toujours au-devant de tout ce qui doit vous être agréable.

Il esquissa un pas de révérence dansé, que Nicolas jugea déplacé et provocant.

— Vous m'en offrirez l'occasion en m'indiquant quelle était la nature de ce parfum.

— Un parfum à la mode.

— J'entends bien. Si je vous le demande, c'est que je connais la réponse. Julie était entichée de *l'Eau de la Reine de Hongrie*. Il s'agit de cela sans doute ?

— Oui, elle m'en a chanté les qualités.

— Le flacon est d'une rare élégance.

— C'est le goût parisien le plus exquis.

— Avec une étiquette très colorée.

— Très plaisante.

— Je suppose, poursuivit Nicolas, qu'à son

habitude elle s'en est aspergée. Je lui reprochais parfois d'en user avec trop de libéralité au point d'inonder son entourage d'effluves qui portaient à la tête.

— Vous dites vrai, monsieur. Elle en a jeté à foison sur toute la dentelle de sa chemise de nuit.

Il y eut un silence.

— Chemise de nuit ? Vous voulez dire, sans doute, robe ? L'erreur est concevable, et l'heure vous égare ou... autre chose.

Pour la première fois de son audition, la superbe de Müvala s'effaça. Il ne parvenait pas à maîtriser une émotion dont la nature était difficile à apprécier. Nicolas allait pousser sa pointe. La première escarmouche avait atteint l'objectif : casser l'assurance du prévenu et le placer en position difficile face à trois magistrats attentifs.

— Si je vous comprends bien, poursuivit Nicolas d'un ton disert et aimable, après avoir parlé parfum quelques minutes, et alors que Mme de Lastérieux était vêtue de sa chemise de nuit – non : de sa robe, veuillez m'excuser, de sa robe – vous avez quitté la rue de Verneuil. Oh ! un détail, toutefois, pour votre gouverne. Julie détestait les parfums composés. Elle usait d'essences particulières, bergamote ou cédrat, dissoutes dans l'alcool. M. Gervais, apothicaire à *La Cloche d'Argent*, rue Saint-Martin, bénéficiait de sa clientèle et pourra en témoigner. Elle n'en mettait que le matin, jamais sur le col et à peine sur les bras. Enfin, dernier détail destiné à éclairer la cour, ce parfum était contenu dans un flacon d'argent damasquiné fermé par un bouchon de cristal surmonté d'un cygne en cristal. On pourra le retrouver sur sa coiffeuse.

— C'est vous qui prétendez tout cela, rétorqua Müvala. Vous sur qui pèsent tant de soupçons et qui avez été en situation de disposer des choses et des témoignages à votre convenance.

— Les magistrats apprécieront, monsieur, vos petites invraisemblances. Vous avez quitté la rue de Verneuil. Où êtes-vous allé ?

— À mon hôtel, dans le Marais.

— Lequel ? La police n'a trouvé nulle trace de vos passages. Pas plus, d'ailleurs, de votre entrée dans le royaume.

— J'ai oublié. J'en changeais souvent, descendant sous des noms d'emprunt.

— Et la raison de ces mystères ?

— L'étranger constituant dans cette ville un gibier privilégié de toutes sortes d'escrocs et chevaliers d'industrie, il vaut mieux, pour sa tranquillité, préserver son incognito.

— Et après, vous disparaissez ?

— Que non. Je voyage dans votre beau pays, visitant ses monuments et herborisant.

— En Picardie, sans doute ? La belle église d'Ailly-le-Haut-Clocher a sans doute retenu votre attention ?

— Non. J'ai traversé la Bourgogne, Clamecy, Montbard et d'autres lieux.

— Là non plus, nous ne trouverons pas de traces de vos séjours dans les hôtels ?

— Étant d'un caractère fort liant, je fus toujours invité par des particuliers et dînais à des tables d'hôtes.

— Je laisse encore une fois la cour en juger. Que faisiez-vous à Notre-Dame ?

— Je priais et me suis laissé enfermer après l'heure.

— Il me semble avoir déjà entendu cela quelque part, dans une autre bouche. Je poursuis : la raison de votre présence dans un galetas immonde rue du Paon ?

— J'y logeais avec un ami partageant mon impécuniosité. J'avais dévoré mon argent au pharaon[2] et attendais une lettre de change de mon banquier.

— Et comme de juste, cet ami priait avec vous à Notre-Dame. Pour que la chance tourne au jeu, peut-être ? Quelle dévotion !

Müvala ne répondit pas.

— Encore un détail. Comment se fait-il que, lors de votre arrestation dans un galetas de la rue du Paon, l'inspecteur Bourdeau ait retrouvé ceci ?

Nicolas montra au prévenu et à la cour un anneau accroché à un ruban de satin bleu.

— J'ignore à quoi cet objet peut correspondre, répondit Müvala.

— Je vais éclairer votre lanterne. Cet anneau et ce ruban m'ont été offerts par Mme de Lastérieux pour y accrocher mes clefs, celles de la rue Montmartre, où j'habite, et celles de la rue de Verneuil où je passais fort souvent. Cet anneau, ce ruban et ces clefs m'ont été dérobés au cours d'une agression nocturne dans l'auberge d'Ailly-le-Haut-Clocher. Or, nous retrouvons cette pièce en votre possession. Une explication ?

— Tour d'escamoteur. On se croirait ici à la foire Saint-Victor !

— Je prie le prévenu de mesurer ses paroles, dit Sartine. Je constate en outre qu'il est bien au fait de nos habitudes, pour un étranger. Il n'y a que les vieux Parisiens qui connaissent la foire Saint-Victor et ses attractions populaires.

— Vous oubliez, répliqua Müvala, les guides à usage des voyageurs étrangers et autres almanachs où sont décrites à loisir les réjouissances de cette ville.

Décidément, songea Nicolas, l'homme avait de

la ressource. Il fit un geste et on rapporta la paire de bottes.

— Une dernière formalité, dit-il. Je souhaite, monsieur, que vous consentiez à essayer ces bottes

Müvala jeta un regard sans expression à Nicolas, ôta ses souliers et tenta de chausser son pied droit.

— D'évidence, elles ne sont point à ma taille, observa-t-il. J'ai le cou de pied trop fort.

Bourdeau s'approcha pour vérifier ; il confirma le fait.

— C'est bon, fit Nicolas, qu'on reconduise monsieur. Nous n'en avons pourtant pas fini avec lui et nous reprendrons l'interrogatoire.

— On se croirait vraiment, remarqua aigrement le lieutenant criminel, chez un marchand bottier ! Ces exercices répétés sont-ils bien en harmonie avec la dignité de cette cour et la majesté de la justice ?

— Plus qu'il n'y paraît, monsieur. Vous le constaterez vous-même bien vite.

Sartine se leva.

— Je dois maintenant intervenir avant que de laisser le commissaire Le Floch poursuivre sa démonstration. Nous avons tous ce dossier et ses divers éléments en tête. Le jeune homme, arrêté avec M. von Müvala, le même qui se trouvait au palais des Thermes pour servir de truchement entre Cadilhac et le commissaire Camusot, possède un nom illustre.

Il soupira.

— On m'a tympanisé de recommandations pressantes afin d'épargner l'honneur d'une famille. Vous connaissez nos usages à cet égard. Je n'ai pu me soustraire à l'influence de ces interventions. L'homme a donc déposé devant moi et, à cette heure, il est sur la route de Lorient, où il doit embarquer sur un navire à destination de nos comptoirs du Sénégal. On ose espérer qu'il s'amendera et qu'il s'y établira honnêtement. Le commissaire va vous résumer la substance de sa déposition sur laquelle j'attire tout particulièrement votre attention.

— Messieurs, commença Nicolas après une profonde inspiration, ce jeune homme, dont je déplore que son nom et l'influence de sa famille nous privent de sa comparution...

Sartine s'agita sur son siège.

— ... ce jeune homme, disais-je, nous a confié que le soir du 6 janvier il fut chargé par M. von Müvala de me suivre. Sa connaissance, meilleure que la mienne, de l'emploi du temps de ma soirée et de mon itinéraire, permettait de m'accuser sans craindre d'être démenti. Je rappelle à la cour que cette partie de ma nuit demeurait jusqu'alors dans le brouillard d'un moment d'égarement et de désespoir.

— Notez messieurs, observa Sartine, que ce témoignage innocente totalement M. Le Floch au cas où l'un d'entre vous en eût jamais douté.

— Nous aurions préféré entendre l'original, dit Testard du Lys.

— Cela signifie-t-il que vous mettiez en doute un témoignage reçu par moi-même, monsieur ? fit Sartine en se redressant, les pommettes soudain envahies d'une rougeur que Nicolas n'avait jamais observée chez son chef.

— Nullement, nullement ! N'en parlons plus, balbutia le lieutenant criminel battant en retraite.

— La suite est tout aussi éclairante, reprit Nicolas. Il nous a rapporté que la disparition de Müvala correspondait à la période au cours de laquelle j'avais quitté Paris pour Londres. Enfin, il nous a offert une vision tout à fait nouvelle de l'assassinat de M. du Maine-Giraud. Une perfide mise en scène a trompé nos propres mouches. Ce jeune homme inconnu est bien venu dans la maison habillé en capucin, puis en est ressorti sans cette robe. Or, il y avait quelqu'un d'autre dans les lieux. Nous avons découvert, grâce à son témoignage, que M. Balbastre possédait plusieurs meublés dans l'immeuble. Lorsque Bourdeau trouve le corps supplicié de la victime, l'assassin n'a pas quitté la maison. Il se terre dans une autre chambre, attendant que le désordre consécutif à la découverte du corps se calme. Il faut croire que c'est un personnage prévoyant et qui connaît bien les habitudes et usages de la police. Il se doute que la rue est sous surveillance. Il sait qu'il ne doit, d'aucune manière, paraître. Il comprend que si le suicide simulé ne convainc pas les enquêteurs, les soupçons se porteront aussitôt sur le jeune homme inconnu, sur le capucin ou sur les deux à la fois. Il abandonne donc une paire de bottes portées en commettant son forfait. Il ignore où je me trouve, mais il fait le pari que, sans alibi, ces bottes m'accuseront d'un nouveau crime. Le hasard faisant quelquefois bien les choses, cela confirmera les constatations du crime de la rue de Verneuil. Admirez le luxe de détails ! Quelle diabolique intelligence !

— Et qui désignez-vous par cette accumulation de compliments ? demanda M. Le Noir.

— Il est encore trop tôt pour le dévoiler ; une dernière vérification s'impose. Je vous promets toutefois que vous ne sortirez pas de cette salle sans le savoir. J'ajoute que l'envoi de M. Balbastre dans cette maison ajoutait encore à la perfidie de la mise en scène. L'évident chantage qui pesait sur lui se trouvait encore renforcé par sa présence sur les lieux d'un crime dont il pouvait être, le cas échéant, lui aussi accusé.

— Et ces mystérieux jeunes gens ?

— Vous voulez désigner ainsi ceux qui étaient présents rue de Verneuil et qui n'ont point été retrouvés ?

— C'est cela, dit M. Le Noir.

— La correspondance de M. du Maine-Giraud avec sa sœur, que nous avons saisie, nous éclaire et nous incite à supposer qu'ils étaient jetés aux fauves par le jeu, les dettes, les emprunts, la débauche et la crapule, tout cela mêlé. Un chantage, là aussi, les livrait poings et mains liés à ceux qui les animaient comme des pantins. La ville est un gouffre où beaucoup de jeunes innocences ne résistent pas aux tentations. Je demande que M. Balbastre comparaisse à nouveau.

Bourdeau apporta une petite table et une chaise au centre de la salle. Il y déposa une plume, un encrier, cinq bâtons de cire verte et un de cire rouge, une feuille de papier et un bougeoir allumé. Enfin, la paire de bottes fit sa réapparition. Balbastre paraissait toujours aussi pitoyable.

— Monsieur, déclara Nicolas, veuillez essayer cette paire de bottes.

Le musicien s'exécuta en tremblant. Elles étaient beaucoup trop grandes et ne lui permettaient de marcher qu'en trébuchant.

— Bien, fit Nicolas. Prenez place à cette table. Vous avez devant vous du papier à musique. Ayez l'obligeance de remplir la première portée d'un air de votre convenance, puis vous inscrirez ces mots : « Dernières volontés de Jean-Philippe Rameau. » Ensuite, vous plierez le papier et le scellerez d'un cachet de cire rouge.

M. Balbastre obéit, il écrivit une ligne de

musique et procéda comme il lui était demandé. Nicolas se fit apporter le papier et fit signe de faire sortir le prévenu.

— On parlait de la foire Saint-Victor et d'escamotage ; que signifie tout cela ? demanda Testard du Lys.

— Je souhaiterais, monsieur, que cela vous édifiât. J'appelle à nouveau à comparaître M. von Müvala.

Avant que celui-ci n'entre, Bourdeau retira le bâton de cire rouge. Le jeune homme avait retrouvé toute son arrogance. Nicolas lui fit les mêmes demandes qu'à Balbastre, précisant d'avoir à sceller le papier d'un cachet de cire rouge. En un tournemain, la ligne de musique fut écrite et la mention apposée. Aussi vite, Müvala saisit un bâton de cire verte, le fit chauffer et fit couler la pâte visqueuse sur le pli.

— Mais, ne voit-on pas..., commença le lieutenant criminel aussitôt interrompu par Nicolas.

— Monsieur, je vous en prie !

Il remercia Müvala et le fit reconduire. On appela ensuite M. Rodellet à comparaître. Il s'assit derrière Nicolas.

— Messieurs, reprit celui-ci, il me revient d'éclairer une série de faits marqués par trois assassinats, plusieurs tentatives sur ma personne et la volonté de traverser des secrets d'État. Voici comment j'envisage les choses. Mme de Lastérieux, instrument de la haute police politique, était sous l'œil des factions qui s'agitent alors que chacun pressent, le feu roi vieillissant, que le jour de sa succession approche. Le commissaire Camusot, homme de main de l'un des chefs de ces factions, donne l'ordre à Balbastre d'organiser ma rencontre avec Julie. On soupçonne les missions extraordinaires qui m'échoient. Balbastre subit d'évidence un chantage portant sur quelques fautes qui pèsent sur lui, au point que sa terreur est totale et son obéissance absolue. Non seulement il me présente à Mme de Lastérieux, mais il introduira chez elle M. von Müvala. Hélas pour elle ! Il faut se souvenir que Camusot me hait depuis qu'il a compromis sa carrière par des forfaitures que j'ai démasquées. Il entend mettre en place un guet-apens dont je ne devrais point me relever. Mme de Lastérieux n'est rien pour eux. Lui et son affidé vont se servir d'elle et l'assassiner froidement. Ils prennent de multiples précautions, d'où l'intervention de l'esclave Casimir conduit à devenir l'outil innocent de leur machiavélisme. Ils multiplient tant les précautions que certaines d'entre elles iront à l'opposé de ce qu'ils souhaitaient.

Nicolas arpentait la pièce, les yeux fermés et les mains jointes.

— Le malheur pour eux était de ne point connaître les véritables habitudes de Julie. Erreur que la présence d'une assiette de nourriture dans sa chambre, ce qu'elle ne tolérait en aucun cas. Erreur, la fenêtre ouverte. Et il y en a d'autres. Passons aux présomptions, les multiples essayages de bottes qui ont intrigué le lieutenant criminel prouvent qu'en dehors de moi, à qui elles appartiennent, seul le commissaire Camusot a pu les utiliser et laisser des empreintes rue de Verneuil dans la soirée du 6 janvier. Cela prouve que M. von Müvala n'était pas seul dans le logis ce soir-là. Que dire alors – elle ne vous aura pas échappé – de cette étonnante remarque de l'intéressé sur la tenue portée par Julie. Je persiste à croire qu'aucun lien, sinon la coquetterie d'une femme qui entendait rendre jaloux son amant, n'existait entre elle et son assassin. Oui, son assassin. Il l'a vue morte en chemise de nuit. Comment connaîtrait-il sa tenue autrement. Elle ne l'aurait pas reçu en déshabillé. Voilà un premier point d'acquis.

— Et le second ? interrogea Sartine.

— Müvala s'enferre et tombe dans le piège tendu au sujet de l'eau de senteur de Julie. Troisième point, nous savons aussi qu'il a fait voler par M. du Maine-Giraud des graines de piment bouc au Jardin du roi destinées à masquer l'usage d'un poison violent dont la nature nous échappe encore. Quatrième point, mon agresseur en Picardie me dérobe des clefs destinées à me confondre. Le coffret jeté dans la Seine, si facilement récupérable en draguant le fleuve, contenait sans doute la clef de la rue de Verneuil. Les clefs de mon domicile rue Montmartre seront utilisées pour s'introduire à l'hôtel de Noblecourt et fouiller mes affaires à la recherche d'un dépôt confié par le feu roi.

— Il se murmure, dit M. Le Noir, que d'autres attentats furent commis contre vous lors de votre voyage à Londres ?

— Ma tête était mise à prix, selon nos amis anglais de Whitehall. Deux factions me poursuivaient, monsieur. J'ai longtemps cru à une indiscrétion de Mme du Barry jetant cette meute à mes trousses. En fait, nous savons aujourd'hui que le jour où le roi, en présence de M. de Sartine, m'a chargé de la mission anglaise, un homme de son entour domestique écoutait, tapi dans l'ancien cabinet des perruques. C'est le même qui a surpris le dépôt confié à moi par le roi et destiné à la favorite. Il était caché dans un cabinet donnant sur l'alcôve de la chambre du roi. Il a été démasqué. C'est un garçon bleu qui, mangeant à tous les râteliers, fournissait des informations aux deux factions rivales, lesquelles étaient, pour des raisons opposées, toutes deux intéressées au résultat de ma mission à Londres, tout autant qu'au document que le feu roi souhaitait voir conservé par Mme du Barry. Ainsi se lient entre elles les affaires secrètes de la politique et le meurtre initial. Ainsi l'une des factions tente-t-elle de me tuer sur la route de Meaux afin d'obtenir le moyen d'éviter le retour aux affaires de M. de Choiseul. Ainsi, cette même faction, par l'intermédiaire de Camusot et de Müvala, risque l'impossible pour récupérer le papier prétendument détourné par Cadilhac, alors mort et enterré.

— Monsieur le commissaire, dit Le Noir, nous vous suivons avec attention. Qu'en est-il de cette accumulation d'accusations contre vous au-delà de toute raison ?

— J'allais y venir, répondit Nicolas. La haine que j'inspire à ces deux coupables est telle que tout sera bon pour me charger et m'accuser. De là ces jeux extravagants, cette mystification d'accusations, de lettres forgées, de testament rédigé à mon profit et jusqu'à ce coffret jeté dans la Seine. Tout cela ne peut être que la conséquence d'une haine si puissante qu'elle trouve son origine bien loin en arrière, dans un passé que l'on pourrait avoir oublié.

— Tout cela est bel et bon, mais je ne vois là que présomptions, certes graves et concordantes, ne constituant pas pour autant les preuves éclatantes qui peuvent compromettre l'honneur et l'innocence d'un jeune homme et d'un ancien commissaire. Ce sont là vos propos contre les leurs, parole contre parole.

— Un peu de patience, monsieur. Puis-je vous rappeler que cette affaire dure depuis huit mois et que tout fut mené pour la compliquer à l'excès. Je vais consulter M. Rodellet.

L'écrivain public se leva, l'air assez peu impressionné d'un aussi redoutable auditoire.

— Monsieur Rodellet, dit Nicolas, vous nous avez confirmé ce matin la fausseté d'un certain nombre de documents. Voici deux écrits avec de la musique en portée et une mention manuscrite. Vous m'aviez naguère indiqué que le faussaire présumé pouvait être un musicien ou quelqu'un habitué à copier de la musique. Lequel de ces exemplaires peut provenir de la main du coupable ? Je vous confie à nouveau les originaux de l'écriture de Julie pour faciliter votre jugement.

Il lui tendit les papiers écrits et scellés par Balbastre et Müvala.

M. Rodellet s'approcha de la croisée et appliqua en transparence les deux écrits et les originaux contre la vitre. L'attente fut telle que M. de Sartine dérangeait sa perruque d'une main nerveuse tandis que M. Le Noir dessinait de petits pendus à la mine de plomb, qu'il alignait par rangée de cinq. Enfin, l'écrivain public revenant vers Nicolas lui tendit la lettre dont le sceau de couleur verte était rompu.

— Voici, monsieur le commissaire. Celui qui a écrit ceci est, sans conteste, l'auteur des faux. Les particularités et les mouvements relevés sont éloquents.

— Je vous remercie, monsieur, répliqua Nicolas, vous pouvez vous retirer.

Il se retourna vers les magistrats, et reprit :

— Rappelez-vous le témoignage de Julia, la servante de Mme de Lastérieux. Casimir a été engagé, peu à peu entraîné et même forcé à affirmer qu'il avait posté une lettre. Or cette lettre – un faux, nous le savons – n'a pas été rédigée, imitée et scellée rue de Verneuil. Mme de Lastérieux ne possédait que des bâtons de cire verte, couleur dont elle raffolait. Elle a été ailleurs, je ne sais où, scellée d'une cire rouge et jetée à la poste dans une boîte du quartier de la rue de Verneuil. Ainsi notre homme ferré en écriture – ce M. Rodellet dont personne au Palais ne met en doute la science et la perspicacité – nous le révèle : voici la lettre écrite par le faussaire, celui qui a forgé un billet et un testament.

Il agitait la lettre au-dessus de sa tête.

— La lettre de celui qui copie de la musique, qui joue du clavecin, l'un des meurtriers de Mme de Lastérieux : M. von Müvala.

— L'erreur dans ce domaine est fréquente et vous devriez vous retenir de trop vous engager, monsieur, dit Le Noir et...

— Je suis au désespoir de vous interrompre, répliqua Nicolas, mais de grâce, laissez-moi achever ma démonstration. Pourquoi suis-je autant assuré que ces faux sont bien de la main du coupable présumé ? Un autre élément fonde ma conviction. Vous avez tous observé qu'ayant demandé à M. von Müvala de sceller avec de la cire rouge il a saisi la verte sans aucune hésitation. Pourquoi ? Pourquoi n'a-t-il pas remarqué qu'il ne disposait pas de cire rouge ? Il s'est jeté sur la mauvaise couleur, tout comme, à deux reprises, pour forger une prétendue lettre de Julie adressée à moi-même et pour clore un testament qui m'instituait l'héritier universel de Mme de Lastérieux, il a usé de cire rouge, la plus courante, celle qui vient tout naturellement sous la main. Celle, précisément, dont n'aurait jamais usé Julie de Lastérieux. Alors ? Il s'agissait d'une grave erreur qui jetait le doute sur des papiers qui avaient pour but de confondre de manière irrémédiable un innocent. Oui, pourquoi cette erreur grossière et répétée de la part d'un homme aussi habile ? La solution, messieurs, m'est venue d'une conversation avec le docteur Semacgus, chirurgien de marine. J'évoquais avec lui cette affaire de couleur, lorsqu'une conversation tenue à Madras lors d'une controverse avec des médecins orientaux lui est revenue en mémoire. Les anciens Perses et les médecins arabes avaient découvert que des anomalies de la vue empêchaient chez certains humains de distinguer la couleur verte de la couleur rouge ou celles qui en approchent[3]. Je crois que c'est le cas de M. von Müvala.

— Soit, dit M. de Sartine, voilà qui est du dernier ingénieux. Toutefois, si nous comprenons que Camusot vous haïsse en raison du passé, comment expliquer que ce jeune homme, à moins d'être un instrument imbécile dans les mains de l'ancien commissaire, ait pu vous poursuivre de la sorte au point d'assassiner Mme de Lastérieux pour vous compromettre ?

— Messieurs, sourit Nicolas, je suis en mesure de vous révéler le point essentiel qui fonde ma démonstration et authentifie mes conclusions. Dans ma longue attente au palais des Thermes, j'ai renoué avec un jeu de mon enfance, celui des anagrammes. Ai-je été assez aveugle et depuis trop longtemps ! Müvala... Le caractère étranger de ce nom nous a trompés. Il suffisait pourtant d'intervertir une lettre et une seule, faire passer le *a* final avant le *u*, et cela nous donnait MAUVAL. Transparent, n'est-ce pas ? Si transparent et si évident que nous n'y avons point songé. Ce qui fonde et nourrit la haine de M. von Müvala contre ma personne, c'est qu'il est le jeune frère de Mauval, le tueur attitré du brillant et influent commissaire Camusot, responsable de la police des jeux, il y a quatorze ans, magistrat corrompu qu'une de mes enquêtes a écarté des affaires. Je fus à l'origine de sa débâcle. J'ai tué, en légitime défense, dans le salon du *Dauphin Couronné*, ce Mauval qui, lui aussi, à l'instigation de Camusot, avait tenté de m'assassiner. Le prétendu Müvala est né à Montbard, en Bourgogne.

Il sortit un papier de sa poche.

— Voici copie du registre de la paroisse où sa naissance est consignée. Il a eu l'audace, il y a quelques instants, de vous citer le nom de sa ville natale, car elle lui venait spontanément à l'esprit. Né en 1751, il perd ses parents assez vite. Leur mort le place sous la tutelle de son frère. Après la disparition de ce dernier, Camusot prend soin de lui, lui fait dispenser une éducation convenable, mais l'élève avec l'idée unique et pernicieuse d'avoir un jour à venger son frère injustement assassiné par un certain commissaire Le Floch.

— Que ne vous a-t-il tout simplement tué ou provoqué en duel ? demanda Le Noir.

— Il aurait sans doute fini par le faire. Cependant, son obsession, instillée par Camusot, était de me détruire et de me voir monter à l'échafaud pour un crime majeur. L'empoisonnement, par exemple. Il s'est trouvé que nos routes se sont croisées chez Julie de Lastérieux.

— A-t-elle été sa maîtresse ? demanda Testard du Lys. La lecture du rapport d'ouverture semblerait...

— Nous ne le saurons jamais. Je dois à la mémoire d'une femme qui me fut chère de n'y point penser. En conclusion, messieurs, Camusot et Mauval jeune ont assassiné Mme de Lastérieux, puis Casimir, et enfin M. du Maine-Giraud dont ils craignaient les indiscrétions.

— Faire comparaître à nouveau les coupables m'apparaît superflu, dit Sartine.

Les trois magistrats discutèrent un moment à voix basse. Le lieutenant général de police reprit la parole, l'air excédé.

— Le lieutenant criminel et le conseiller

d'État souhaitent une dernière comparution, annonça-t-il.

On fit entrer Camusot et Müvala.

— Camusot, dit Sartine, nous sommes convaincus de votre culpabilité, ainsi que de celle de M. von Müvala, dans les morts de Mme de Lastérieux, de l'esclave Casimir et de M. du Maine-Giraud. Vous serez donc livré à la chambre criminelle et soumis à la question. Quant à vous...

Il se tourna vers Müvala.

— Vous, que nous reconnaissons comme le frère cadet de Mauval, ainsi que le commissaire Le Floch vient de nous le révéler preuves à l'appui, vous répondrez de vos crimes et subirez le même sort que votre aîné quand la justice passera.

Nicolas se souviendrait longtemps de la réaction du jeune homme. Elle fut effroyable et fit soudain ressurgir le visage d'ange mauvais de son aîné, réveillant chez Nicolas les cauchemars d'un passé mort. Telle une bouche de l'enfer, l'homme vomit des insultes et voua ses juges à d'éternels tourments. Il hurlait au point qu'il paraissait même effrayer Camusot. Il décrivit avec un luxe de détails atroces l'agonie de Mme de Lastérieux, maudissant Nicolas au point que celui-ci finit par se boucher les oreilles pour ne plus entendre cette litanie de haine. Si un doute avait pu subsister, la réaction du jeune Mauval l'aurait écarté. Les deux coupables furent expulsés dans la hâte, laissant les assistants et les magistrats épouvantés de ce qu'ils venaient d'entendre. À ce moment, un homme entra, un cavalier vêtu de noir, qui remit une grande lettre frappée du sceau de France à M. de Sartine. Après l'avoir ouverte et lue, il redressa la tête, pâle et mécontent.

— Messieurs, dit-il, on me fait part de la démission du duc d'Aiguillon et d'un ordre formel de bannir du royaume sur-le-champ, et sans qu'aucune poursuite soit engagée, le commissaire Camusot et M. von Müvala. M. Balbastre doit être libéré. L'ordre est signé de M. le duc de La Vrillière, au nom du roi.

— Monsieur..., protesta Nicolas.

— Il suffit, le coupa Sartine. Nous devons nous incliner devant une décision qui s'impose à nous, défenseurs de la loi et magistrats du roi, même si elle nous en coûte.

MM. Le Noir et Testard du Lys se retirèrent aussitôt, saluant froidement Nicolas. M. de Sartine s'approcha de lui, lui mit la main sur l'épaule, geste inouï de sa part.

— Vous avez lu Montesquieu, Nicolas. Il y a une phrase de lui qui court dans ma mémoire : « *Mais on crut qu'il était de la prudence de cesser les poursuites car l'on courait le risque de trouver un grand ennemi dont il fallait se cacher l'inimitié, pour ne pas se le rendre irréconciliable.* » Vous avez traité en maître cette affaire et n'avez rien à vous reprocher. Nous sommes les colonnes d'un État que certains s'efforcent d'ébranler. Parmi d'autres, cette histoire en porte témoignage. Quant aux coupables... Demeurez sur vos gardes ; un jour, vous croiserez à nouveau cette canaille.

ÉPILOGUE

> Faut-il qu'en un moment un scrupule timide
> Perde ?... mais quel bonheur nous envoie Atalide ?
>
> *Racine*

Mercredi 24 août 1774

Nicolas fut appelé de bon matin à l'hôtel de Gramont. Une agitation inusitée y régnait. Des valets portant de lourdes malles d'osier montaient et descendaient les degrés. Des voitures chargées à l'excès encombraient la cour. C'était comme les préparatifs d'un déménagement. Il fut introduit dans le bureau du lieutenant général de police. Celui-ci présidait à la mise dans des boîtes de cuir précieux de ses perruques bien aimées. À la vue du visiteur, il s'arrêta.

— En deux mots, lui dit-il, je viens d'être appelé par le roi au département de la Marine où je succède, comme ministre, à M. Turgot qui prend le Contrôle général. Je dois laisser la place à M. Le Noir, dont j'ai avancé le nom pour me succéder. Le duc de Chalabre me loue un hôtel proche dans son jardin ; vous y serez toujours le bienvenu. Je dois gagner Versailles toutes affaires cessantes. Je n'ai guère de temps pour vous dire tout ce que j'éprouve...

Il fit claquer à plusieurs reprises le fermoir d'une boîte.

— ... Et vous dire... Enfin, je vous ai recommandé à mon successeur. Présentez-vous à lui sur-le-champ ; les premières heures sont décisives et ceux qui ne se poussent pas à ce moment-là sont à jamais comptés pour rien. Il est trop tôt pour que j'envisage de vous trouver un emploi à mes côtés à la Marine, pour le moment du moins. Cela ne signifie nullement que je ne ferai pas un jour appel à vous. Certes, je le ferai. Au revoir mon ami.

Et il se remit à emballer ses perruques en morigénant des valets maladroits. Nicolas se retira abasourdi au milieu de l'agitation générale. Ainsi s'achevait, en quelques secondes, un travail commencé quatorze ans plus tôt. Il était sensible à l'émotion contenue de Sartine. Qu'elle fût à la hauteur de la masse de dévouement, de fidélité et de loyauté qui avait présidé, au fil des ans et des épreuves, à sa tâche près du lieutenant général de police, il n'en était pas entièrement persuadé. Il décida de ne pas aller au Châtelet, où rien d'urgent ne l'appelait, et de s'octroyer une journée de réflexion. Il irait lire dans la bibliothèque de M. de Noblecourt, échappant ainsi à l'orage de fin d'été qui menaçait Paris. La journée serait lourde, comme le poids qui pesait sur son cœur.

Il savait trop ce qui allait advenir. Déjà « vieille cour » comme disait La Borde, magistrat de police réputé fidèle du feu roi, marqué, malgré qu'il en eût, par les stigmates d'une affaire qui avait transpiré au dehors et dont les bons esprits ne connaissaient qu'une face sans en deviner les arcanes secrets, Nicolas ne donnait pas cher de sa carrière. Son ancienne position auprès de Sartine, désormais exalté dans sa gloire ministérielle, ne vaudrait plus guère et on lui ferait sentir au centuple l'acrimonie d'avoir dû le supporter, même s'il avait veillé à ne pas abuser de son pouvoir et de son influence. Les services rendus, il le savait, suscitaient plus d'ingratitude que de reconnaissance. Quant à M. Le Noir, souhaiterait-il prolonger un rôle et une fonction si particulière dans le traitement des affaires extraordinaires ? Au mieux, Nicolas serait placé en observation avant qu'on tranchât sur son sort ; au pire il serait écarté et cantonné à des tâches subalternes. Sa fidélité au prédécesseur ne serait comptée pour rien et même considérée comme une tare et un inconvénient.

Quand il arriva rue Montmartre, un équipage attendait sous le porche. Le cocher, rouge et suant, l'habit tombé, buvait du cidre rafraîchi que lui servait Catherine. Les mitrons de la boulangerie s'agglutinaient en une masse joyeuse et caquetante qui commentait cet événement extraordinaire. Le plus âgé lui conta en riant que tous avaient dû prêter la main pour hisser à l'étage une grosse dame dont le maquillage tombait par plaques, comme les croûtes farinées d'une miche. Nicolas, saisi de curiosité, s'achemina vers l'appartement de M. de Noblecourt. Avant de franchir la porte du salon, il s'arrêta, surpris par le son d'une voix éraillée qu'il connaissait bien.

— Ce breuvage, mon bon monsieur, est d'un doucereux !

— D'un doucereux ? s'inquiéta M. de Noblecourt.

— Oui-da ! Il s'écoule dans le gosier avec une

douceur qui me rappelle un vieux ratafia dont notre Nicolas raffolait. Et ces nonnettes au limon ! Elles sont d'un moelleux ! Faut vous dire que je suis du genre à avaler toute la rue des Lombards[1].

Nicolas risqua un œil par la porte entrouverte. Il vit la Paulet, une masse de satin parme et de rubans violets, affalée, et la chair débordant d'une bergère. La retraite au bon air semblait lui profiter. Son visage, toujours aussi cérusé et aux pommettes soulignées de rouge, avait gagné une sorte de dignité et d'apaisement, fruit sans doute de la dévotion et du service des pauvres auxquels, en dépit de ses infirmités, elle se vouait désormais. M. de Noblecourt – Mouchette endormie sur ses genoux et Cyrus à ses pieds – en habit noir et grande perruque régence, jouait les directeurs de conscience avec cet air de bonhomie polie qui dissimulait si bien une sagacité toujours en éveil.

— Madame, dit-il, que me vaut la grâce de votre visite ?

— Vous êtes bien urbain et bien délicat, mon bon monsieur. Croyez que j'ai quelque peu barguigné à venir vous voir. Si je m'y suis résolue, c'est en me forçant. Vas-y, vieille bête, me suis-je dit, que risques-tu d'ouvrir ton cœur à ce monsieur dont Nicolas t'a tant parlé ? Je me faisais du martel en me demandant si vous accepteriez de recevoir une ancienne tenancière. Pensez donc, un procureur ! Voilà, je me lance. J'ai confié le souci de ma maison, *Le Dauphin Couronné,* à l'une de mes anciennes pensionnaires, la Satin. Et il faut vous dire qu'elle fut, il y a déjà belle lurette...

— La bonne amie de Nicolas.

— Ah ! J'aime mieux cela, vous savez tout. Il y a toujours eu un brin de muguet entre eux...

— Un brin de muguet ?

— Oui, quoi, du sentiment et, souvent, du

retour de flamme. Faut savoir qu'étant retirée à Auteuil, pour les gros travaux, une servante vient de la rue du Faubourg Saint-Honoré pour aider ma cuisinière. La petite est gentille et très bavarde. Je la fais causer et je me tiens au fait de la marche de mon établissement. Elle m'a confié que notre Nicolas, l'autre jour, est tombé sur un jeune homme. Son émotion prouve que l'air de ressemblance de ce jeune homme avec lui-même l'a frappé. Il a dû se poser des questions. La Satin a appris cela, et la pauvrette en est malade d'angoisse.

— C'est leur fils.

— Tout juste ! Louis, qu'on le nomme. Elle lui a toujours caché, par égard, par délicatesse. Pensez donc, le moyen de faire un ménage entre un commissaire et un marquis, à ce qu'on dit, et une fille galante ! L'enfant a été très bien élevé, collège chez les frocards et toute la foire ! Il sera sur le pied de faire carrière.

Nicolas n'écouta pas la suite du dialogue. Le cœur lui battait et une vague de bonheur envahissait sa poitrine. Rien n'avait plus d'importance. Il avait perdu son vieux roi, M. de Sartine s'éloignait dans les hauteurs et son avenir s'obscurcissait. Il risquait de rencontrer désormais amertume et ressentiment. De méprisables courtisans, insinués par souplesse à la Cour et se poussant par intrigues, pourraient s'appliquer à le mortifier en lui faisant sentir, à toute occasion, la perte de ses protecteurs et de son influence. Qu'importait ? Désormais, un autre poids venait de tomber dans la balance de son destin. La Paulet, à quelques toises, chantait avec des mots populaires les qualités de son fils. Quel présent plus précieux le destin pouvait-il lui offrir ? La vie, comme le libre océan contemplé enfant des bords de la plage de Batz, prenait et redonnait. L'angoisse et la tristesse l'abandonnèrent comme l'eau se retire du rivage avant la douzième vague, celle qui emporte tout. Au moment où la chance semblait le quitter, un fils lui était offert.

La Marsa, juin 2001-mai 2002

Notes

CHAPITRE I

1 *Sautereaux de plumes* : pièce du clavecin qui pince la corde.

2. *Casernement tout proche* : l'hôtel du régiment des mousquetaires se trouvait à l'angle de la rue de Verneuil.

3. *Raucourt* (1753-1815), Françoise Clairien : comédienne du Théâtre-Français.

4. *Relaissé* : terme de chasse, se dit d'un lièvre qui s'arrête de lassitude.

5. *Poulette* : fille galante.

6. *Mangageats* : peuplade du Brésil.

7. *Galanterie* : une maladie vénérienne.

CHAPITRE II

1. *Garçon bleu* : valet au service exclusif du roi à Versailles.

2. Cf. *L'Homme au ventre de plomb*.

3 *Avoir du monde* : connaître les usages du monde.

CHAPITRE III

1. *Hôtel des Menus Plaisirs* : bâtiment dans lequel étaient recueillies les parures et architectures des fêtes de la Cour

2. Il fut condamné à mort pour trahison. Aidé par Voltaire, son fils obtint en 1783 la révision de ce jugement.

3. *Demi-setier* : 0,25 l.

4. *Errements* : à l'intention des lecteurs les plus jeunes, l'auteur rappelle qu'*errements* signifie *habitudes*.

5. *Ramponneau* : cabaret à la mode dans le faubourg de La Courtille.

CHAPITRE IV

1. *Père Laugier* : 1713-1769. Jésuite, puis bénédictin. Il fut diplomate et auteur d'ouvrages sur les arts, en particulier un *Essai sur l'Architecture*.

2. Ce fut le premier ravalement, avant Malraux, effectué en 1779 lors des cent mariages célébrés à Notre-Dame à l'occasion de la naissance de Madame Royale, premier enfant de Louis XVI et Marie-Antoinette.

3. Cf. *Le Fantôme de la rue Royale*.

4. *Hôtel de Gramont* : Hôtel loué par M. de Sartine rue Neuve-Saint-Augustin.

CHAPITRE V

1. *Dame de Choisy* : Mme de Pompadour.

2. *Gaspard* : Cf. *L'Homme au ventre de plomb*.

3. *Connétablie* : Sécurité militaire.

4. *Jouer le mot* : faire volontairement des équivoques.

5. *Louveciennes* : Mme du Barry possédait une demeure dans cette localité.

6. *Croquignoles* : coup de pouce.

7. *Demi-fortune* : voiture à un cheval.

8. *Le Louvre* : la dernière cour du château de Versailles, la plus proche des bâtiments.

9. *La Belle Bourbonnaise* : l'un des surnoms donnés par les pamphlets du temps à Mme du Barry.

CHAPITRE VI

1. *Pet-en-l'air* : robe de chambre.
2. *Tirer sa poudre aux moineaux* : faire des efforts vains, gâcher sa poudre.
3. *Tyburne* : banlieue de Londres où l'on pendait.
4. *Avoir cent piques au-dessus de la tête* : avoir des dettes.
5. *La pousse* : la police, en argot parisien de l'époque.
6. *Viédases* : tête d'âne en parler populaire.
7. *Banque au pharaon* : jeu de cartes très couru à l'époque.

CHAPITRE VII

1. Cet homme de loi, M. Vermeil, proposera en 1781 ce type nouveau de supplice.
2. *Ragoûtant* : qui intéresse.
3. *Escobarderie* : tromperie.
4. *Lancer des avertissements à la cantonade* : au théâtre, s'adresser aux coulisses.
5. *Gorgiasques* : somptueuses. Peu en usage déjà à l'époque, mais l'auteur aime exhumer, quelquefois, certaines antiquités langagières.
6. Henri Louis Duhamel du Monceau, physiologiste et agronome français. Inspecteur général de la marine (1700-1782).
7. *Poulpeton* : petite marmite en terre ou en cuivre sans pied.
8. *Huguenote* : petite marmite à couvercle dont usaient les protestants pour faire cuire silencieusement la viande les jours de maigre catholiques.
9. *Népenthès* : remède tiré d'une plante recommandée par Homère pour combattre la tristesse.

CHAPITRE VIII

1. Cf. *L'Énigme des Blancs-Manteaux*.
2. On est surpris de constater la modernité prophétique de ce grand instrument de l'État de finances que constituait, sous l'ancien régime, la Ferme générale.

3. *Foutinnabuler* : s'amuser à des riens.
4. *Contrôle général* : Contrôle général des Finances, donc du Trésor de l'État.
5. *Entendre bien chat sans qu'on puisse dire minou* : comprendre quelque chose à demi-mot.
6. *Mettre à la gêne* : interroger.
7. *Se tirer hors du pair* : échapper à une passe dangereuse.
8. *Trigauder* : tromper.
9. Cette expérience de scaphandre est historique. Elle intervint le 20 janvier 1774 en bas du Pont-Royal en présence d'une commission de l'Académie des Sciences.
10. Cf. *L'Énigme des Blancs-Manteaux*.
11. *Apozème* : infusion ou décoction de plusieurs substances végétales.

CHAPITRE IX

1. *Gadouards* : éboueurs.
2. Cf. note 8, chapitre V.
3. *Naganda* : personnage du *Fantôme de la rue Royale*.
4. *Cantharides* : coléoptère oblong vert doré. Sa poudre séchée servait extérieurement de vésicatoire et, en pastilles, constituait un aphrodisiaque redoutable pour la santé.
5. *Escoffion* : cornette de nuit.

CHAPITRE X

1. Cf. *Le Fantôme de la rue Royale*.
2. *Chambre réelle* : le roi présidait le grand coucher dans la chambre de parade, puis rejoignait la chambre réelle, quelques pièces plus loin, où il dormait.
3. *Scandale de Metz* : le même débat sur le renvoi de la duchesse de Châteauroux, favorite d'alors, avait fait scandale lors de la maladie du roi à Metz en 1742.
4. On rapportait qu'une jeune fille avait été mise dans le lit du roi par l'intermédiaire de la favorite et qu'elle avait transmis la petite vérole à Louis XV.

CHAPITRE XI

1. L'anecdote est authentique et, rapportée, fit beaucoup rire les Parisiens.

2. Rappelons qu'on dînait à Paris à 11 heures du matin.

CHAPITRE XII

1. *Pousse-culs* : les archers du guet.

2. *Mauval* : Cf. *L'Énigme des Blancs-Manteaux*.

3. *Barbet* : escroc.

4. *Poucettes* : menottes.

5. *Talapoins* : moines bouddhistes.

CHAPITRE XIII

1. *Pourpensée* : examinée en détail.

2. *Pharaon* : Cf. note 7, chapitre VI.

3. Le daltonisme fut scientifiquement démontré par le médecin physicien anglais Dalton quelques années plus tard, en 1791.

ÉPILOGUE

1. *Avaler toute la rue des Lombards* : être friand de sucreries.

Remerciements

Ma gratitude s'adresse d'abord à Isabelle Tujague qui a déployé compétence, vigilance et patience pour la mise au point du texte. Elle va aussi à Monique Constant, Conservateur général du Patrimoine, pour ses encouragements et ses découvertes archivistiques sur la période. Ma reconnaissance est une nouvelle fois acquise à Maurice Roisse pour sa relecture intelligente et typographique du manuscrit et pour ses utiles suggestions. Je remercie enfin mon éditeur pour la confiance manifestée à l'occasion de ce quatrième volume.

Table

Ce volume a été composé
par Nord Compo
et achevé d'imprimer en septembre 2003
par ***Bussière Camedan Imprimeries***
à Saint-Amand-Montrond (Cher)

Édition exclusivement réservée
aux adhérents du Club
Le Grand Livre du Mois
15, rue des Sablons
75116 Paris
réalisée avec l'autorisation des éditions Lattès.

ISBN : 2-7028-8216-1

N° d'impression : 034058/4.
Dépôt légal : mars 2003.

Imprimé en France